CÃES DE ROMA

Conor
Fitzgerald

CÃES
DE ROMA

Tradução de
MARCELO SCHILD

1ª edição

EDITORA RECORD
RIO DE JANEIRO • SÃO PAULO
2014

CIP-BRASIL. CATALOGAÇÃO NA FONTE
SINDICATO NACIONAL DOS EDITORES DE LIVROS, RJ

F581C
Fitzgerald, Conor
Cães de Roma / Conor Fitzgerald; tradução de Marcelo Schild. – Rio de Janeiro: Record, 2014.

Tradução de: The Dogs of Rome
ISBN 978-85-01-09041-6

1. Homicídio – Investigação – Ficção. 2. Ficção inglesa. I. Schild, Marcelo. II. Título.

13-6042

CDD: 813
CDU: 821.111-3

Título original em inglês:
The dogs of Rome

Copyright © Conor Fitzgerald 2010
Copyright da tradução © 2013, Editora Record

Texto revisado segundo o novo Acordo Ortográfico da Língua Portuguesa.

Todos os direitos reservados. Proibida a reprodução, no todo ou em parte, através de quaisquer meios. Os direitos morais do autor foram assegurados.

Direitos exclusivos de publicação em língua portuguesa somente para o Brasil adquiridos pela
EDITORA RECORD LTDA.
Rua Argentina, 171 – Rio de Janeiro, RJ – 20921-380 – Tel.: 2585-2000, que se reserva a propriedade literária desta tradução.

Impresso no Brasil

ISBN 978-85-01-09041-6

Seja um leitor preferencial Record.
Cadastre-se e receba informações sobre nossos lançamentos e nossas promoções.

Atendimento e venda direta ao leitor:
mdireto@record.com.br ou (21) 2585-2002.

EDITORA AFILIADA

Para Paola, e em memória de
Pat Kavanagh e Katherine Breen.

1

SEXTA-FEIRA, 27 DE AGOSTO, 10H30

Arturo Clemente desligou o telefone, virou-se para a mulher deitada em meio aos lençóis amassados e disse:

— Era Sveva. Você precisa ir agora.

— Agora? — A mulher fez beicinho e começou a pegar as roupas do chão.

Ela parou diante da janela e juntou as mãos atrás do pescoço, erguendo um pouco os pesados seios, o que deixou Arturo nervoso, pensando que ela poderia ser vista.

— Deus, está quente — disse ela, virando os ombros largos para sentir a leve brisa. A janela dava diretamente para a copa inferior de um pinheiro-manso que era quase tão alto quanto o prédio. As persianas externas também estavam parcialmente fechadas, de modo que não havia muito risco de que as pessoas nos apartamentos em frente a vissem.

Graças à árvore e ao pequeno jardim onde ficava, os odores usuais de Roma, de poeira, fumaça dos carros e lixo, eram sobrepostos por um forte perfume de resina de pinheiro. Até mesmo os sons das ruas pareciam abafados ali. Era um lugar reservado, mais conducente ao sono do que ao sexo. Ela parecia mover-se em uma câmera lenta voluptuosa.

— Você precisa ir agora — disse Arturo. — Ela mudou de planos. Está voltando com Tommaso. Deve ser uma votação ou algo parecido.

Ele foi até a janela e olhou para fora, apenas para se assegurar de que ninguém estivesse olhando. Podia ver os exosqueletos de cigarras ainda pendurados na casca do pinheiro no lado de fora.

Manuela vestiu metodicamente um par de jeans brancos justos com bolsos ornamentados por pedras reluzentes e brigou um pouco com o zíper.

— Não me encha o saco. Lá se vai nosso fim de semana.

Fora ideia de Manuela passarem juntos o fim de semana na casa de Arturo enquanto Sveva estivesse em seu distrito eleitoral em Pádua. Ele ficara em dúvida sobre se seria uma boa ideia, e agora tinha certeza.

Manuela logo ficou pronta para partir. Arturo, vestindo apenas uma cueca samba-canção, encolhendo um pouco a barriga, mas não muito, pois não havia motivo, acompanhou-a até a porta.

Com os sapatos, Manuela ficava mais alta do que ele. Antes de partir, ela colocou uma das mãos no braço dele, apertou-o com força e aproximou o rosto a ponto de Arturo poder ver a pele enrugada de seus lábios.

— Arturo — disse ela—, poderíamos ficar bem juntos. Sei que poderíamos. Mas não assim. — Ela moveu a mão para indicar o quarto, o apartamento, ele, Roma, tudo. — Você tem um filho pequeno. Respeito isso. Mas apenas não... — Ela fez uma pausa. — Desejo realmente que dê certo.

Arturo fechou a porta atrás dela e caminhou de volta para o quarto. Sentia alívio e nenhuma pressa. Sveva disse que estava telefonando de Pádua. Mesmo que o trem partisse agora, ela ainda levaria cinco horas para chegar. Ele tirou os lençóis da cama e perguntou-se o que deveria fazer com eles. Colocou-os no cesto de roupas sujas e pegou outros que eram mais ou menos iguais. Ele não achava que Sveva perceberia a diferença. Não eram eles que lavavam as roupas.

E mesmo que ela lavasse. Arturo não se importava mais em esconder sua solidão. Quando Sveva vinha para Roma, era para votar no Senado contra Berlusconi, e não para passar algum tempo com ele.

Fazia algum tempo que ele não arrumava uma cama. Tirar os lençóis amarrotados já o cansara. Ele colocou a roupa de cama limpa e dobrada sobre o colchão, depois abandonou a tarefa e tomou uma chuveirada. Ficou muito tempo no banho, sentindo-se culpado por estar usando tanta água para fugir do calor e remover os sabores e odores duradouros de Manuela.

Enquanto fechava o chuveiro, a primeira cigarra adulta na árvore começou a cantar em um volume alto o bastante apenas para abafar o ruído estridente de alguém no térreo tocando o interfone.

Segundos depois de sair do banho, Arturo já sentia as primeiras gotas de suor acumulando-se nas rugas de sua testa. A cigarra invisível parou tão repentinamente quanto começara, e o silêncio era lindo. Ele ouviu as gotas de água pingarem de seu corpo no chão de mármore.

Franziu os olhos para o espelho do armário e viu a silhueta borrada de um homem nu cuja carne estava se expandindo e despencando, apesar do vegetarianismo consciente. Havia três anos que ele reparara em tufos de pelos nas orelhas. Agora Arturo percebia — ou admitia a existência de — um lóbulo pendurado sobre seu pomo de Adão, como aquelas peles nos pescoços dos perus, seja lá como se chamam. Barbilhões.

Um baque surdo veio do patamar da escada do lado de fora do apartamento, como se alguém tivesse largado algo macio e pesado. A cigarra na rua arrastou-se alguns centímetros, subindo a casca rachada da árvore, e arriscou alguns estalidos experimentais antes de recomeçar e aumentar rapidamente a frequência e o tom até um nível que parecia insustentável.

Então, a campainha tocou.

Arturo olhou em volta e pegou o roupão de banho do toalheiro, revelando sob ele o traje comicamente pequeno de Tommaso. Imaginou a cabeça redonda do filho com os cachos louros exuberantes embrulhados dentro do capuz do robe, seus olhos graves. A voz da criança estava permanentemente afinada em um tom de perplexidade diante de todas as coisas interessantes que via ao redor. O maternal fora um choque. Todas aquelas horas longe do ambiente que lhe era familiar.

Não que Sveva jamais tivesse participado. Ela parecia considerar Tommaso um erro estratégico. Ele viera tarde, já na época da vida em que a maioria dos casais distanciados e envelhecendo preferem um par de cães caros de se manter a prole humana. Mas era um erro que deixava Arturo feliz por tê-lo cometido. Agora, Tommaso e Sveva estavam começando a passar algum tempo juntos. Fora a primeira vez que ela o levara a Pádua, a mãe talvez começando a compensar o filho pelos primeiros anos vazios, finalmente se afeiçoando a ele, orgulhosa de como o menino crescera; ela havia esperado até que Tommaso pudesse falar e raciocinar antes de demonstrar afeto. Sveva não era do tipo que suavizava a voz para falar com crianças.

A campainha tocou novamente, e Arturo não conseguiu encontrar os óculos.

— Não vou atender — resmungou para si mesmo em voz alta, vestindo o roupão. A portaria do edifício não era impedimento para vendedores. Alguém sempre os deixava entrar. Certa vez, em uma vingança divertida, ele manteve uma vendedora gorda de aspiradores de pó Kirby por duas horas no apartamento demonstrando o produto inútil e difícil de manejar antes de mandá-la se foder.

Ele ouviu arranhões fora da porta da frente, seguidos por quatro baques fortes.

Tocar a campainha já era intrusão suficiente, mas esmurrar a porta era uma afronta. Arturo amarrou melhor o roupão e caminhou pelo corredor, com uma enxurrada de xingamentos percorrendo sua cabeça. Raivosamente, majestosamente, abriu com força a porta reforçada e encontrou-se olhando para uma caixa de papelão amassada com compras da mercearia e dois engradados plásticos de água mineral di Nepi.

Um homem pequeno, muito próximo da parede à esquerda, vestindo um conjunto para corrida Adidas com o zíper fechado até a gola, apareceu no campo de visão de Arturo, que olhou para ele. O homem espiou de volta. Parecia ter um leve bigode, mas poderia ter sido apenas a iluminação deficiente.

— Arturo Clemente? — disse o homem, inclinando a cabeça para o lado. Ele indicou com a mão a caixa e a água no chão.

Arturo esquecera-se completamente da entrega das compras que ele mesmo fizera na noite anterior, e a raiva diminuiu. Ele recuou e segurou a porta aberta.

O entregador empurrou a caixa pela porta, silvando entre os dentes com o esforço. Ele usou os pés para empurrar os dois engradados de água para dentro. Chutou um deles com força demais e o pacote tombou ao passar por cima da pequena saliência entre o corredor do prédio e o piso do apartamento.

Não era o garoto de entregas de sempre. Nem mesmo era um garoto, agora que estava tão próximo. O cabelo dele era em tufos e claro, como o de uma criança de dois anos, mas estava ficando ralo no meio da cabeça. Ele calçava sapatos sem cadarço sob as calças trêmulas da Adidas com zíperes descendo pelas panturrilhas. Arturo sentiu uma rápida pontada de pena. Ali estava um homem tentando encaixar-se no visual feio de proletário de seus colegas mais jovens.

Arturo percebeu que precisaria voltar até o quarto para pegar a carteira caso desejasse dar uma gorjeta ao homem, que respirava rapidamente, emitindo pequenos grunhidos. Talvez devesse oferecer um copo d'água. O homem sorriu para ele com os dentes tortos e passou a língua sobre os lábios que faziam um pequeno beiço. Talvez não.

Arturo caminhou rapidamente pelo corredor, olhando para as prateleiras à esquerda na possibilidade improvável de que tivesse deixado algumas moedas que pudesse usar, mas não encontrou nenhuma. Quando chegou no quarto, ouviu atrás de si o barulho suave da porta da frente fechando. Ele olhou brevemente para trás e viu a figura branca do homem espremida contra a parede no final do corredor.

Ao entrar no quarto, Arturo sentiu uma pontada de desconforto, como se alguém tivesse puxado um barbante fino preso a seu umbigo. O entregador de sempre empurrava as caixas para dentro, saía imediatamente e partia. O de agora parecia querer fuçar a casa, enfiando o rosto anguloso em cantos e fendas. Uma segunda cigarra começou a cantar.

Movendo-se rapidamente, Arturo pegou a calça que estava pendurada em uma cadeira e tateou-a em busca da carteira. Ele decidiu não perder tempo procurando moedas ou os óculos e saiu do quarto com a carteira na mão. O homem parecia ter agachado, mas não se movera um centímetro sequer de onde estava antes, com a caixa de compras e os engradados de água mineral um pouco à sua esquerda.

Arturo acenou secamente com a cabeça e diminuiu o passo ao seguir pelo corredor conferindo o conteúdo da carteira. Ele lembrou que colocara todos os trocados em um vaso Deruta que ficava em uma das prateleiras de seu estúdio. Tudo que tinha eram notas, e a menor era de vinte. Não poderia dar tudo isso de gorjeta. Tampouco seguiria para o estúdio, deixando o visitante livre para bisbilhotar.

— Olhe, lamento muito... —, começou ele. A voz de Arturo soou mais alta do que ele pretendia, com um tom mais pomposo.

O entregador levantou uma das mãos de repente e interrompeu-o no meio da frase. Arturo ficou tão surpreso que parou imediatamente de falar. Então, dando-se conta de que acabara de obedecer à ordem do estranho, abriu a boca para protestar. O homem deu um passo à frente. Ele tinha mesmo um pequeno bigode. Apontou significativamente para a porta da frente fechada, como se ele e Arturo estivessem juntos em alguma caçada importante. Arturo obedeceu novamente e parou para ouvir.

A bela Claudia Sebastiano, no andar de cima, estava tocando uma sonata de Mozart, um adágio, defendendo-se contra o canto *prestíssimo* das cigarras. Alguém espirrou duas vezes, fazendo um barulho exagerado. O *jingle* de metais que antecedia o noticiário televisivo da RAI tocou, vindo de uma janela aberta em algum lugar, mas era o final de agosto e a cidade estava essencialmente tranquila.

— O que é? — A voz de Arturo revelou sua ansiedade.

— Acho que acabei de ouvir alguém do lado de fora... deixa eu ver. — A voz do entregador era um pouco nasalada e queixosa, como a de uma mulher de Milão. Ele espiou pelo olho mágico. Arturo viu os óculos em uma prateleira à direita, pegou-os e colocou-os. O entregador afastou rapidamente a cabeça do olho mágico e virou-se para ver o que Arturo estava fazendo. Examinou a prateleira, as mãos de Arturo e, depois, o rosto dele. Seus olhos rápidos registraram os óculos apoiados levemente inclinados no nariz gordo de Arturo. Ele sorriu e balançou a cabeça, como se estivesse concordando que os óculos fossem uma boa ideia.

Arturo resolveu controlar a situação. Ele conteve um desejo enorme de atirar-se contra o intruso e pisoteá-lo até a morte. O importante agora era se assegurar de que sua voz não vacilasse. Ele sabia que, àquela altura, seu rosto deveria estar branco. O roupão se abrira, mas fechá-lo pareceria algo que uma mulher faria. Tudo dependia do tom de voz.

— Obrigado pelas compras. Lamento, mas não consigo encontrar a gorjeta. Quero que vá embora agora.

A voz dele mal falhara. Talvez um pouco de raiva tivesse transparecido, o que era ainda melhor.

O visitante afastou-se da porta e inclinou levemente a cabeça para estudá-lo. Do térreo, Arturo ouviu a porta dilapidada do prédio bater. Seria alguém saindo ou chegando? A piscada lenta do entregador foi seguida por uma inclinação quase imperceptível do rosto para o alto.

A mente de Arturo reviu rapidamente os anos. Um velho amigo. Um velho inimigo. Algum tipo de dívida. Ele jamais tivera dívidas. Um encontro mais recente, então. Manuela? Com certeza, não. Ele não conseguia decifrar. Uma piada. Estariam filmando aquilo? Ele ainda não era famoso o bastante.

Não era uma piada. Um roubo. Era uma invasão domiciliar, um ladrão. Incrível, mas também óbvio.

O homem era menor do que ele. Parecia uma aposta segura.

Os instintos físicos de Arturo Clemente colocaram-no em ação antes que sua mente se decidisse por completo. Ele se lançou para a frente, concentrando todos os seus 95 quilos em um único punho com o objetivo de partir aqueles lábios insultuosos. Contudo, com um chiado que não era nem de deleite nem de medo, o entregador virou-se e bateu violentamente na lateral da cabeça de Arturo, arremessando os óculos para longe. Arturo conseguiu apenas acertar um golpe de raspão no ombro magro do homem.

— Você tem um ataque violento! — O tom do entregador era de satisfação, como se Arturo tivesse acabado de fazer algo incrivelmente esperto. — Está pronto?

— Pronto para... ? — Arturo parou de falar. Ele não seria distraído por palavras.

O intruso encolheu os ombros e ergueu a mão para esfregar o ombro esquerdo onde Arturo o golpeara. Em seguida, abriu e fechou o zíper do casaco. Um lampejo de algo capturou o olhar de Arturo e ele tentou focalizar o braço que acabara de atingi-lo no rosto. Não parecia um braço forte. Lembrava um osso de galinha. A extremidade da mão era pequena e rosada.

Eles retomaram suas posições, como em um duelo planejado. Arturo recuou pelo corredor para defender a casa. Ele amarrou novamente o roupão. Os pés descalços estavam úmidos no chão e, agora, ele temia escorregar.

Arturo lutara um pouco nas ruas contra os neofascistas e a polícia na década de 1970. Seu oponente, agora um borrão na outra extremidade do corredor, deu sorte. Um lutador de verdade teria dado sequência ao soco e não permitiria que Arturo se reposicionasse. Desta vez, ele socaria e depois estrangularia ou sufocaria aquele homem para descobrir sua identidade. Arturo rosnou, cerrou os punhos e disparou pelo corredor como um touro velho e vagaroso.

O golpe que recebera no estômago varreu todos os pensamentos de sua mente, exceto por uma sensação nauseante de covardia. Arturo viu-se de pé no meio do corredor, incapaz de levantar os braços. Até mesmo erguer o queixo do peito agora parecia muito difícil. Com muito esforço, respirando pesadamente pelo nariz, Arturo levou as mãos à barriga e dobrou-as sobre ela, como Sveva fazia quando estava grávida de Tommaso.

As mãos de Arturo estavam geladas, e o fluxo que escorria da barriga parecia diarreia quente. Mas era sangue. Ele podia ver agora, assim como via a faca empunhada por uma mão com um bracelete de prata traçando um arco no ar. Sem aviso, a perna direita de Arturo cedeu e ele viu-se parcialmente ajoelhado. O movimento acabou revelando-se positivo, pois o golpe do entregador direcionado à sua garganta foi malsucedido, e a faca perfurou somente o ar. Mas o golpe desajeitado com as costas da mão, desferido logo em seguida, que não deveria tê-lo atingido, penetrou diretamente sob a clavícula direita. O entregador empurrou para baixo o metal temperado e o perfurou. Então, por razões que Arturo conseguiu compreender apenas vagamente, ele retirou a faca novamente. Arturo levantou as mãos infinitamente pesadas para defender-se do golpe seguinte, mas não conseguia ver nada agora. Então, decidiu que deveria falar. Se conseguisse colocar as palavras para fora, o entregador poderia parar a tempo. Algo bateu contra o peito de Arturo e ele caiu pesadamente no chão, estirado sobre as costas. Uma espuma que subia pela garganta amorteceu tanto as palavras que, quando falou, elas saíram como gargarejos. Ele tentou engolir a espuma, mas ela subia e subia como leite fervente. Arturo sacudiu as pernas como um bebê em um trocador. Os sinais de dor de cada ferimento dirigiam-se agora para seu interior, todos convergindo para um único ponto brilhante bem no centro do corpo. Arturo não queria estar presente quando se fundissem. Ele enviou rapidamente a escuridão atrás dos olhos para o resto do corpo, esperando que ela chegasse primeiro.

2

O ASSASSINO LEVANTOU-SE. O sangue parecia ter se espalhado por todo o lugar, salpicando as paredes. Um pouco atingira até o teto. Ele cuspiu no olho embaçado de Clemente.

— Ganhei — disse ele.

Dando um passo sobre Arturo Clemente, cujos espasmos diminuíam de intensidade rapidamente, tornando-se não mais do que breves tremores, o assassino seguiu pelo corredor. Depois de abrir algumas portas, encontrou o banheiro e voltou carregando toalhas brancas. Talvez não precisasse delas. O roupão de banho azul-claro de Clemente absorvera o sangue sob o corpo e tornara-se roxo imperial.

O assassino agachou-se, equilibrando quatro toalhas no braço esquerdo, o cabo de borracha galvanizada da faca aninhado confortavelmente no punho direito. O rosto de Clemente estava de perfil, mas quase todo o corpo estava virado para cima, praticamente na posição correta para o necrotério. Depois de pensar por alguns momentos, ele enfiou com força a ponta da faca na têmpora e girou-a habilmente, torcendo o pulso ao puxar. Quase imediatamente, as contorções cessaram. Ele limpou parcialmente a lâmina em uma das toalhas, depois se levantou, caminhou até a porta e respirou fundo. Ele estava bem, mas não esperava que o sangue tivesse um cheiro tão forte. As mãos dele fediam como se tivessem segurado punhados de moedas sujas. Ele colocou as toalhas no chão, pegou uma no topo da pilha, enrolou-a e empurrou-a contra a base da porta. Repetiu a operação com as outras.

Voltando ao banheiro, abaixou a tampa da privada e colocou a faca sobre ela. Ele percebeu que ainda havia manchas no cabo. Tirou o casaco de corrida branco e examinou as roupas. A frente da camisa de futebol com gola em V estava um pouco respingada, mas parecia que ele era apenas alguém que se sujara ao comer. A calça cinza parecia direita. Ele despiu-se, ficando apenas de cueca, e desfrutou do alívio do calor. Largou o casaco manchado no chão de azulejos, o qual, reparou, já estava molhado. Abrindo a torneira da pia, esfregou delicadamente as manchas escuras na camisa de manga curta. Água fria para chocolate e sangue, a mãe dele costumava dizer. Quando as manchas não saíram, ele permitiu-se usar mais água e um pouco de sabão comum. Mesmo que acabasse vestindo uma camisa visivelmente molhada, as pessoas simplesmente presumiriam que se trataria de suor, ou que ele teria se molhado deliberadamente em um bebedouro para se refrescar.

Ele começou a puxar o cinto das presilhas da calça, removeu a bainha de Kydex e recolocou o cinto. Estava decepcionado com a bainha barata, a qual comprara à parte. Mas a faca, uma Ka-Bar Tanto, era magnífica. Ele pegou-a da tampa da privada e levou-a à pia. Enquanto a girava sob a água corrente, o fluxo de água atingiu o lado chato da lâmina e respingou para os lados e para trás. Praguejando, ele saltou para trás, fechou a água e conferiu se as roupas não tinham sido molhadas. Recolocou a faca na bainha e largou-a sobre o casaco de corrida no chão.

O assassino molhou o rosto, as mãos, os braços, o pescoço e o peito. Ele encontrou uma mancha de sangue na lateral do pescoço, mas não era dele. Inclinando ainda mais a cabeça para dentro da pia, deixou que a água fria escorresse sobre a cabeça. Quando se sentiu relaxado, levantou-se com os olhos fechados. Quando tornou a abri-los, viu que do cabelo molhado pingavam gotículas de um rosa vivo sobre seu rosto, lábios e ombros. Procurou um xampu. Precisou revirar todo o armário de remédios na parede atrás dele antes de encontrar um pouco, mas era de uma marca de que jamais ouvira falar. Conferiu novamente o frasco para se assegurar de que fosse xampu, despejou um pouco na palma da mão e cheirou o líquido com desconfiança. O cheiro era igual ao de creme facial caro. Ele tocou o líquido com um dedo, depois o ergueu e o examinou. Satisfeito, esfregou o xampu no cabelo e usou o chuveirinho da banheira para o enxágue. Depois, tirou as meias e os sapatos. Enrolou as meias e enxaguou completamente os sapatos, que também ficaram molhados por dentro. Vestiu-se novamente, deixando o casaco de corrida, os sapatos e as meias molhadas enrolados no chão. Ele precisava de algo para colocar as roupas.

Ele pegou a faca e saiu silenciosamente do banheiro, descalço, vitorioso mas incerto quanto ao que fazer com a liberdade da casa. A cozinha ficava à esquerda, e ele entrou. Uma janela alta dava diretamente para o pátio e mostrava uma visão desobstruída do bloco B, à direita. A não mais de sete metros de distância, de pé em uma varanda, uma mulher, fazendo uma pausa nas tarefas domésticas, estava apoiada no parapeito, fumando. Os olhos dela pareciam fixos nele enquanto ele ficava ali de pé, parado olhando-a de volta, mas ela não demonstrou nenhum interesse ou surpresa.

Pegar um pouco de dinheiro pareceu-lhe uma boa ideia, mas a cozinha era um lugar improvável para isso, então ele foi para o quarto. Ao entrar, o reflexo dele mesmo caminhou em sua direção, fazendo-o congelar no meio de um passo até perceber que estava olhando para as quatro portas espelhadas de tamanho grande de um armário embutido.

Ele abriu uma das portas de correr do armário e deparou-se com uma fileira de vestidos, saias e trajes a rigor pendurados em uma barra. Estava prestes a seguir para a porta no outro lado do armário quando a curiosidade o dominou e ele abriu uma das gavetas encaixadas na metade inferior do compartimento. Estava cheia de roupas íntimas femininas, a maioria de seda e cara, mas algumas eram de algodão comum. Ele esticou um braço para dentro da gaveta e passou a mão entre as pilhas de seda. Tirou algumas peças, fez cair um punhado de vestidos de verão e enterrou o rosto neles. Alguns tinham o mesmo cheiro que os de sua mãe. Outros eram diferentes.

Era uma pena que a esposa estivesse fora. Ele gostava da ideia de ter agora uma mulher à sua mercê, implorando, soluçando silenciosamente. Mas ele não se aproveitaria. Seria magnânimo.

O assassino abriu o lado do armário onde ficavam as roupas de Clemente, encontrou a gaveta de meias e a esvaziou. Fez o mesmo com as duas gavetas seguintes, mas não encontrou nenhum dinheiro. Escolheu um bom par de meias limpas, subiu na cama, deitou de costas com os pés no ar e calçou-as.

Ele empurrou a pilha de lençóis bem-dobrados para fora da cama e puxou o colchão, revelando uma estrutura de madeira treliçada, inadequada para esconder qualquer coisa. Em seguida, rasgou o colchão de látex bem no meio. O colchão foi partido ao meio como queijo mozarela, mas o interior era como o exterior, e não oferecia nenhum tesouro.

O homem retornou ao corredor e contornou o corpo. Ele percebeu a carteira de Clemente caída no chão. Agachou-se, esticou a mão e a pegou, descobrindo que, na parte de baixo, estava grudenta com sangue. Mesmo assim, enfiou-a no bolso.

Ele conferiu a sala de estar e bagunçou um pouco as almofadas do sofá. Havia uma velha televisão e um aparelho de vídeo. Achava que ninguém mais usava aparelhos de vídeo. A sala tinha três janelas e estava clara. Não ficou impressionado com as pinturas modernistas nas paredes.

Ele entrou no cômodo ao lado, um quarto de criança. A roupa de cama tinha um desenho do Ursinho Pooh. Os livros da criança estavam empilhados de forma organizada. Ele sentou-se na cama e olhou ao redor, depois se levantou, esticou os lençóis, bateu no travesseiro e saiu, fechando delicadamente a porta.

Passando novamente pelo corpo e deixando o corredor, entrou no cômodo diante da porta da frente. Era um estúdio. A primeira coisa em que reparou foi o monitor de tela plana Acer de Clemente. Lustroso, preto.

O brilho de moedas em um pote chamou-lhe a atenção. Ele pegou um punhado e estava prestes a colocar as moedas no bolso quando percebeu que muitas eram estrangeiras, incluindo um dólar americano de prata em comemoração do bicentenário. Cara ou... coroa. Ele jogou a moeda. Ela caiu errado. Ele jogou-a novamente. Cara. Ótimo. Depois, colocou-a no bolso.

Havia uma mochila Champion cinza em uma cadeira. Ele abriu o zíper e esvaziou-a sobre a escrivaninha. Um livro sobre flores, uma maçã escurecida, caixas de suco amassadas, um agasalho. Ele voltou para o quarto, pegou o casaco ensanguentado e as meias, enfiou as roupas na mochila e colocou os sapatos. Depois, voltou para o estúdio.

Atrás da escrivaninha havia um arquivo cinza, com duas plantas em vasos de terracota em cima. A julgar pelas manchas sobre o arquivo, Clemente as regava ali mesmo. Ele abriu o arquivo. Clemente levara uma vida organizada. Ele conferiu a letra *A* na gaveta superior e encontrou cinco pastas marcadas com o nome "Alleva, Renato", arquivadas depois de "Alergias".

Passou mais dez minutos revistando o estúdio. Encontrou dois cartões de restaurantes da cidade de Amatrice, ambos anunciando a melhor *amatriciana* do mundo, mas nenhum dinheiro.

Deixou o estúdio e voltou para o saguão. Usando outra vez a faca, cortou a fita adesiva que fechava a caixa de compras e buscou dentro dela o que pudesse saquear. Encontrou um pote de Nutella, o que amava. Colocou-o na mochila. Achou um recipiente com uma estranha pasta marrom. Manteiga de amendoim. Poderia ter um sabor interessante. Também o jogou na mochila.

Ele chutou para longe as toalhas da base da porta, espiou pelo olho mágico para assegurar-se de que a escada estivesse vazia, abriu a porta, desceu lentamente os degraus, passou pela portaria, cruzou o pátio e partiu.

Cinco horas depois, Sveva Romagnolo, cansada de uma viagem de trem e nada entusiasmada com a perspectiva de passar alguns dias com o marido, girou a chave na fechadura da porta do apartamento. Tommaso agachou-se sob o braço da mãe e entrou pela fresta, ansioso para mostrar ao pai seus sapatos novos com fecho de velcro.

3

SEXTA-FEIRA, 27 DE AGOSTO, 17H15

O COMISSÁRIO CHEFE ALEC BLUME recebeu a chamada do quartel-general às cinco e quinze, enquanto fazia um almoço tardio no Frontoni's. Vestindo uma camiseta com manchas de tinta, *shorts* e tênis de corrida, Blume saboreava uma pizza com recheio farto de *bresaola*, rúcula e parmesão e tomava uma cerveja. A intenção dele era comer muito e, depois, correr ainda mais. Estava sozinho no restaurante e quase sozinho em Trastevere. Uma família de turistas com muito calor estava parada observando-o através da janela, como se ele fosse um peixe tropical, e depois partiu, sendo interceptada em seguida por um vendedor de meias norte-africano.

Blume pegou um cristal de sal da pizza e triturou-o entre os dentes. Sobre a mesa, seu telefone emitiu um bipe e tremeu um pouco. Com um polegar engordurado, ele apertou um botão no aparelho. Haviam enviado a ele o endereço através de uma mensagem de texto.

O nome da rua no visor não significava nada, mas o superintendente eficiente na mesa de trabalho incluíra com bom senso o código postal. Blume viu que ficava em uma área próxima, de modo que teve tempo para terminar o almoço e tomar um pequeno gole de café antes de retornar ao carro. Telefonou para Paoloni e disse a ele que tinham um caso. Paoloni respondeu que já sabia e estava no local.

Blume dirigiu em uma velocidade imponente sob os plátanos, sem querer estragar a tranquilidade das ruas. Levou apenas dez minutos para chegar ao cume da colina Monteverde. Consultou um mapa *Tuttocittà* para encontrar a rua. Cinco minutos depois, contornou uma esquina em seu Fiat Brava e estacionou. Três viaturas bloqueavam a via, as luzes piscando. Uma van forense estava posicionada em ângulo reto no espaço apertado entre dois carros estacionados, com as rodas dianteiras e a frente do veículo bloqueando a calçada e a traseira criando um gargalo na rua estreita. Quando chegou, Blume viu uma ambulância, impossibilitada de espremer-se atrás da van forense, começar a executar o que provavelmente seria uma manobra demorada. A perua do legista ainda não havia chegado.

O bloco de apartamentos C, um dos quatro dispostos ao redor de um pátio pedregoso, estava guardado por um policial uniformizado que nem sequer lhe pediu uma identificação. Blume apresentou-a mesmo assim, disse ao policial para anotar os dados, conferir quem entrasse e saísse e, de modo geral, que fizesse seu trabalho. Depois, entrou.

O prédio não tinha elevador. Quando Blume chegou arfando ao terceiro andar, a porta do apartamento estava fechada e o patamar do lado de fora estava tomado por uma pequena multidão.

O comissário Paoloni vestia um casaco Kejo grosso, apesar do calor, jeans de cintura baixa e pulseiras *reluzentes*. Tinha a cabeça raspada e o rosto cinzento.

— Entrei, mas me mandaram sair — disse quando viu Blume.

— Quem mandou?

— O chefe da Unidade de Análise de Crimes Violentos. Ele quer somente o oficial superior ou o juiz investigador lá dentro. Está furioso, diz que a cena do crime foi completamente comprometida com tantas pessoas circulando.

— Que pessoas?

— D'Amico esteve aqui. Depois foi embora, apenas para ser substituído pelo Espírito Santo, entre todas as pessoas. Parece também que a esposa, que encontrou o corpo, tocou nele e caminhou por todo o lugar.

— D'Amico. Você quer dizer, o Nando? O que ele está fazendo aqui?

Paoloni encolheu os ombros.

— Não tenho ideia. De todo modo, ele é comissário agora. Do mesmo nível que você.

— Eu sei. — Blume não gostava de ser lembrado das promoções de D'Amico. — Acontece que ele não é mais investigador, de modo que não tem motivo para estar aqui. E o Espírito Santo, foi uma piada?

Paoloni ajeitou a calça, fungou, apoiou na parede um pé calçado com um tênis de corrida amarelo e olhou de modo vazio para seu superior.

— Não. Esteve aqui e disse que vai voltar.

— Mas Gallone nunca vai às cenas dos crimes.

— Sim. Bem, desta vez, ele veio.

O *vicequestore aggiunto* Franco Gallone era o superior imediato de Blume. Todos se referiam a ele como Espírito Santo, mas ninguém sabia dizer com certeza de onde vinha o apelido. A alcunha pegara, pois ele era invisível quando o trabalho duro era feito, mas de alguma maneira sempre aparecia mostrando-se dedicado quando a imprensa ou os superiores pediam sua presença. Havia uma história que dizia que ele recebera o apelido em 1981, na época em que era apenas um mero vice-comissário, quando foi encontrado chorando na delegacia, devastado depois da tentativa de assassinato do papa João Paulo II.

Blume olhou em volta. Havia quatro policiais em cena. Havia outro apartamento no andar, ele reparou, cuja porta estava fechada.

— O primeiro policial a chegar à cena está aqui?

— Sim, senhor — disse um dos policiais uniformizados, saindo de uma confortável posição reclinada.

— O que está fazendo agora?

— Estou registrando os nomes das pessoas que entram e saem.

— Pegou meu nome?

— Sei quem é, senhor.

Blume olhou para o policial. Tinha 30 e poucos anos e devia ter visto muitas cenas de crimes.

— Em uma escala de um a dez, o quão ruim está a situação lá dentro?

— Em uma escala de um a dez? Não sei... dois, três?

— Tão baixo?

— Nenhuma criança, nenhum estupro, apenas um corpo, e não tão jovem assim. Cadáver fresco, que não exala muito cheiro, nenhum parente chorando, nenhum animal, nenhum público, nenhum repórter até agora.

— Quem estava aqui quando você chegou?

— Uma mulher. A esposa da vítima. Encontrou ele assim. Ela telefonou para a emergência.

— Por que você deixou a testemunha ir embora?

O policial desviou o olhar e jogou o peso do corpo para o outro pé.

— Havia um garoto, pequeno, com cabelo louro comprido. Pareceu melhor deixá-los sair daqui. Eles foram embora quando os homens da ambulância chegaram.

— Temos oficiais do sexo feminino e psicólogas para essas coisas.

— Isso não foi tudo.

— O que mais?

— Recebi uma ordem direta, do *vicequestore*. Ele disse que os técnicos da UACV estavam a caminho e que eu devia deixar a testemunha partir.

— O Espírito Santo falou diretamente com você?

— Sim, comissário. — Ele sorriu quando Blume usou o apelido.

— Beppe, você anotou o nome desse policial? — perguntou Blume. Paoloni concordou com a cabeça.

— Certo — disse Blume. — Vamos entrar.

Ele agachou-se e passou por baixo da fita adesiva listrada que cruzava a porta. Um dos pés de Blume prendeu-se em uma tira mais baixa e rasgou a fita.

O chefe da Unidade de Análise de Crimes Violentos desceu o corredor e apontou para Blume.

— Entre, entre, participe do festival de pegadas. Quer dizer que agora é você o oficial responsável? Não, quem era mesmo... D'Amico? E Gallone? Ou todos vocês são responsáveis? Talvez queira convidar alguns amigos para cá?

Blume olhou para o técnico de terno branco imaculado com o símbolo amarelo e preto da UACV no bolso da frente. O homem era no mínimo 15 anos mais novo do que ele.

— Entendi o sarcasmo desde o começo. Não precisa continuar.

O jovem investigador da UACV deu de ombros e afastou-se sem oferecer nenhuma apresentação da cena.

Blume pensou novamente em D'Amico. Ele fora seu parceiro júnior durante cinco anos e fora muito bom. Há dois anos, mudara para um cargo burocrático no Ministério do Interior. Blume lamentou-se pelo treinamento desperdiçado, mas D'Amico tinha outros planos. A cada poucos meses, Blume ouvia novidades sobre como D'Amico ampliara sua base política, aumentando sua alavancagem.

Quando Blume e Paoloni entraram, o médico-legista, Dr. Gerhard Dorfmann, já estava guardando os instrumentos. Blume acenou amigavelmente com a cabeça para Dorfmann, que olhou de volta com desprezo, seu comportamento padrão. Blume esperou até que Dorfmann o reconhecesse e, finalmente, concedesse um ríspido aceno com a cabeça.

Na primeira vez em que vira o nome de Dorfmann em um relatório, Blume sentira-se levemente animado ao encontrar outro estrangeiro. Ele perguntara-se brevemente se Dorfmann poderia ser outro americano. Aquilo fora há muito tempo. E mesmo assim, Dorfmann parecia velho. Blume perguntou-se que idade teria agora. O cabelo dele era volumoso e de um branco brilhante. Os olhos ficavam escondidos atrás de espessos óculos dourados que haviam entrado e saído de moda diversas vezes desde quando Dorfmann os comprara. O rosto continha milhares de rugas, mas era livre de peles dobradas ou penduradas. Era finamente fissurada, como porcelana antiga.

Dorfmann era do Tirol e falava italiano com um sotaque pesado. Não aceitava ser confundido com um alemão, apesar de reconhecer que as pessoas poderiam pensar que fosse austríaco. Ele logo revelou que não via os americanos com bons olhos. Tampouco gostava muito dos italianos.

Blume deixara de se sentir ofendido. Essencialmente, Dorfmann não gostava de pessoas que ainda respiravam.

— Ataque com faca — disse Dorfmann, ignorando completamente Paoloni.

— Muito bem, obrigado, e você? — disse Blume.

Dorfmann continuou.

— Quatro ferimentos. Barriga, abdômen inferior, garganta, cabeça... atrás do lobo orbital. Todos potencialmente fatais. Provavelmente estava morto quando o último golpe foi desferido. O cabo da faca deixou uma marca no abdômen, portanto entrou com certa força. Provavelmente destro. O que está fazendo aqui? Não vejo por que eu deveria repetir o que acabei de dizer ao seu colega almofadinha. Nenhuma escoriação evidente em outro lugar, nada sexual que eu possa ver, apesar do roupão aberto, mas esperaremos pela autópsia. Nenhuma mutilação na área genital.

— Meu colega almofadinha? — O legista provavelmente referia-se a D'Amico.

— D'Alema.

— D'Alema? Quer dizer D'Amico?

— Sim. É ele. Não aquele tolo do D'Alema. D'Alema está longe de ser um almofadinha. Ou inteligente, ou politicamente letrado... — Dorfmann estava prestes a manifestar algumas opiniões políticas profundamente enraizadas, que Blume não queria ouvir.

— Certo, doutor, mas estamos falando aqui de Nando D'Amico, e não do fracasso político que é D'Alema.

— Sim. — Dorfmann estava suficientemente satisfeito com a escolha de termos de Blume para ignorar a interrupção. — Seu colega, D'Amico. Estava aqui poluindo a cena do crime. Depois se foi, provavelmente para clarear os dentes.

— Então, que tipo de pessoa fez isso? — perguntou Blume, tentando se acocorar para examinar o corpo e descobrindo que os joelhos não o aguentavam.

— Eu não descreveria as facadas como furiosas. Ainda assim, a pessoa que fez isso não estava serena.

Uma pequena poça de sangue formara-se nos dois lados do pescoço e havia respingos nas paredes ao lado e atrás da vítima, mas o derramamento de sangue no chão fora contido. Paoloni caminhava para um lado e para o outro de cabeça baixa, olhando para o chão e depois para a parede. Blume viu pela maneira como se movia que ele estava traçando com uma fita a silhueta ao redor do corpo. A equipe forense ignorou-o.

— Hora da morte? — Blume perguntou a Dorfmann.

— Esta é uma cidade desagradavelmente quente e suja, e o apartamento está abafado — começou Dorfmann. — Quando acordei hoje de manhã, achei que cairia uma chuva refrescante, mas surgiu um vento quente que soprou as nuvens para a Croácia.

Blume estalou a língua em simpatia. Malditos croatas.

— A temperatura do fígado, contudo, está mais alta até mesmo do que a deste lugar. A perda é de aproximadamente apenas oito graus. Primeiros sinais de rigor ao redor da boca. Tenho quase certeza, o corpo não estava aqui no começo da manhã de hoje.

— Podemos dizer meio-dia?

— Poderíamos dizer isso.

— Onze?

Dorfmann deu de ombros.

— Nove?

O legista parecia muito incerto. Era o máximo que podia fazer.

Virou-se e removeu um par de luvas de látex, pegou uma prancheta e fez um leve floreio com a mão para enfatizar que já estava se desligando do caso.

— Lividez nas costas e nas nádegas. Não acho que alguém tenha movido o corpo. Parece ter morrido ali. Se quiser precisão em relação ao horário, caberá a você ou ao seu amigo almofadinha me fornecerem alguns indícios.

Blume estava olhando para as toalhas ao lado da porta.

Um fotógrafo de macacão branco inclinou-se e tirou uma foto da caixa de compras, contra a qual apoiara uma régua fotográfica. Blume percebeu que ele alternava entre uma Canon comum de 35mm e uma Nikon SLR digital. Ele retirou a régua e fez mais duas fotos da caixa, uma com a câmera comum e a outra com a digital. Depois, acendeu as lâmpadas halógenas acima dele e repetiu o processo. Estava fazendo um trabalho cuidadoso.

— Traga as toalhas aqui. Quero dizer, fotografe-as — disse Blume.

O fotógrafo olhou para Blume de cima a baixo, avaliando a autoridade dele, depois franziu a testa e continuou a fotografar a caixa. Blume adotou a abordagem amigável.

Ele disse:

— Tenho uma Coolpix — disse ele. — É apenas uma Coolpix pequena. Não seria muito útil aqui, eu acho.

O fotógrafo levantou-se e o encarou. Depois, sem uma palavra, voltou ao trabalho.

Blume deixou de lado uma imagem fugaz dele próprio enfiando sua pequena e barata Coolpix na garganta do fotógrafo. Os peritos circulavam pelo apartamento em uniformes brancos, agindo segundo ordens e iniciativas próprias. Ele parou um deles, pediu e recebeu um par de luvas de látex e colocou-as. Deixara suas luvas no carro. Tudo estava seguindo muito tranquilamente.

— Meu mentor e mestre — declarou uma voz com sotaque napolitano.

Blume levantou os olhos do corpo ensanguentado no chão, o qual ainda não tinha nome, e virou-se para ver Nando D'Amico, resplandecente em um terno de seda dourada, passar pela porta da frente, rasgando outro pedaço de fita.

— Pronuncie as vogais mais fechadas, Nando. Você nunca chegará à elite política se não aprender a fechar essas vogais de Camorra. — disse Blume.

— Aulas de oratória de um imigrante de fora da União Europeia. Que vergonha — disse D'Amico. — Mas é claro, você é do extremo norte. Superior até ao último legista na Lombardia.

— Você também. Ocupamos o mesmo posto agora.

— É verdade. Precisaremos fazer algo a respeito. Agora, eis um fato conhecido por poucas pessoas — disse D'Amico. — Nápoles fica um pouco ao norte de Nova York. Confira na próxima vez em que estiver perto de um globo.

— Meu pessoal era de Seattle.

— Onde fica?

— Longe daqui. Escute, Nando, por que está aqui? Quem foi designado para o caso?

— Você.

— E você está aqui porque...?

— O próprio chefe do departamento me enviou. Ele disse que o morto era importante. Lembrei a ele que não coordeno mais uma equipe de homicídio e disse que precisava de um oficial superior.

— Não sou mais seu superior — disse Blume.

— Eu quis dizer moralmente.

— Há quanto tempo está aqui?

— Cerca de meia hora. — Ele levantou a mão como se quisesse repreender Blume por objeções que ele ainda não manifestara. — Estou aqui na função de representante oficial, e não como detetive. Isso precisa ficar claro.

— Gallone também está aqui.

— Sim, todos aqueles ateus que duvidaram da existência dele parecem tolos agora, não parecem? — Ele olhou ao redor de modo ostensivo. — Mas ele parece ter se desmaterializado novamente.

— Vejo a Unidade de Análise de Crimes Violentos fazendo um trabalho muito bom, policiais do lado de fora, um legista concluindo o laudo. Parece que já estamos sob a direção de um juiz investigador, estou certo?

— Sim. Filippo Principe, membro do Ministério Público.

— Isto significa que fui informado com atraso — disse Blume.

— Acontece. Também aconteceu quando éramos parceiros.

— Você chegou aqui quanto tempo antes de mim? Seja preciso.

— Quarenta minutos.

— A equipe forense já estava aqui?

— Cerca de cinco minutos depois.

— Você entrou no apartamento?

— O quê? Estou sob suspeita?

— Bem, entrou?

— Na companhia de Gallone e do primeiro policial a atender ao chamado, sim. A porta estava aberta. Fora aberta pela esposa.

— Onde ela está?

— Não sei. Não estava aqui quando cheguei.

— Estranho, não é? Você, um representante do Ministério e Gallone, entre todas as pessoas, serem os primeiros a chegar.

— Depois da patrulha, você quer dizer. Tudo que sei é que fui chamado, e cheguei. Se houve algum atraso em encontrar você, não é culpa minha.

— Certo — disse Blume.

D'Amico ajeitou a gravata.

— Esqueci o quanto você pode ser agressivo.

— Não estou sendo agressivo — disse Blume, e bateu no ombro de D'Amico. — E estou feliz por saber que a investigação está sob o comando de Principe. Gosto dele. Ele vai nos dar algum espaço. Ele escuta, pensa.

— Só que não está aqui — disse D'Amico.

— Ele vai chegar. Ele sabe que é melhor deixar a equipe forense trabalhar a cena antes de ver com os próprios olhos.

— Se você diz...

— É o que digo, Nando. Onde você estava ainda há pouco?

— Fazendo cópias dessas chaves. — D'Amico estendeu a mão e balançou um molho de chaves diante de Blume.

— São as chaves daqui?

— Sim. Estavam naquela prateleira perto da porta. Os peritos me deram autorização. Parece que, apesar das reclamações, eles têm outros materiais em quantidade suficiente aqui.

— Por exemplo?

— Impressões digitais, pegadas, saliva, pelos. O assassino, quem quer que seja, deixou rastros em toda parte. Podemos ter até pegadas. Quero dizer, de pés descalços.

Blume olhou para o corpo no saguão. Paoloni colocara luvas de látex e parecia determinado a abrir as bordas da facada na cabeça.

— As pegadas descalças devem ser dele.

— Não, a menos que tenha se levantado e caminhado por aí sobre o próprio sangue, o que poderia ter feito, mas não parece provável. Além disso, são pegadas pequenas — disse D'Amico.

— De mulher?

— Quem sabe? — D'Amico encolheu os ombros. — Aqui, quer uma chave? — Ele ofereceu a Blume uma grande chave com a extremidade em forma de H, usada na fechadura quádrupla na porta da frente, ao lado deles. — Não me dei ao trabalho de tirar cópias da chave do portão da entrada. Mas esta — ele entregou a Blume uma chave Yale de alumínio azul — abre a portaria. Não que você vá precisar dela...

— Por quê?

— Não é segura. Basta dar um empurrão e ela abre sozinha.

Blume pegou a chave mesmo assim.

D'Amico esticou a mão e apagou as luzes do saguão. Seu terno brilhante e a camisa branca pareceram turvar um pouco, mas seu rosto bronzeado e belo continuava reluzente.

Blume tinha várias perguntas. Ele escolheu uma fácil.

— Aquela caixa de papelão ali?

— Está cheia de compras do supermercado SMA. Aparentemente, nosso Arturo Clemente fez compras ontem à noite e pediu uma entrega para a manhã de hoje.

D'Amico beliscou levemente a parte superior das calças para se assegurar de que o vinco continuaria marcado. Blume esfregou a testa com as costas da mão.

— Arturo Clemente é o nome da vítima? — perguntou Blume.

— Sim.

— E daí? Você acha que o entregador o matou?

— É o que parece, não é mesmo? — respondeu D'Amico. Ele conferiu um relógio fino como uma hóstia e ajeitou os punhos das mangas da camisa. — Vamos pegar o entregador, deixar ele com o comissário Zambotto por uma hora e solucionar o caso antes do jantar. Seria ótimo.

D'Amico abriu um telefone celular em forma de concha, o qual já devia estar segurando na mão, encontrou o número que procurava e levou o aparelho ao ouvido. Com a mão livre, alisou o cabelo preto brilhoso e murmurou no telefone. Um perito no saguão disse um palavrão e deixou cair um tubo fumegante de cianoacrilato. Um dos colegas dele, que esticava uma cama de gato de filamentos que iam das manchas de sangue no chão de volta ao corpo, gargalhou. Paoloni, que estava fazendo um desenho da cena em um caderno, juntou-se a ele.

D'Amico era nove anos mais novo que Blume e estivera dois postos abaixo dele. Naqueles dias, era um jovem arrumado com sapatos limpos e camisa polo. Sempre que ascendia um nível, incrementava o estilo de vestir. Se algum dia chegasse a *questore*, precisaria se vestir como Luís XIV.

Ele fechou o celular sem dizer com quem estava falando, mas anunciou:

— Parece que temos um assassinato político nas nossas mãos.

Blume olhou para o corpo ensanguentado no roupão aberto. Observou os padrões dos respingos na parede e no chão, a caixa de papelão e o pacote de Weetabix visível sobre ela. Ele disse:

— Não me parece muito político.

— Bem, mas é... O que explica por que Gallone esteve aqui.

— Explica também por que você está aqui — disse Blume. — Ele é um político?

— Não. Era uma espécie de ativista de proteção aos animais. A mulher dele que é política. Também foi ela quem encontrou o corpo. Fez a chamada às quatro e cinco da tarde.

— A equipe forense queixou-se de que você já estava examinando o apartamento — disse Blume.

— Olhei para dentro, foi tudo. Gallone estava comigo. Ele ainda é meu superior, então fiz o que ele queria.

— Qual é o partido? Da esposa, quero dizer.

— Os Verdes — respondeu D'Amico.

— Então estamos procurando um entregador avesso ao meio ambiente.

D'Amico alisou o cabelo e pareceu em dúvida.

— Não podemos eliminar nada. Quando estava voltando da loja de ferramentas com as chaves, bati um papo com o porteiro. Eu devia estar com ele quando você chegou. O porteiro diz que não viu nada.

Blume permaneceu em silêncio.

D'Amico prosseguiu:

— Ele não me parece uma testemunha muito confiável. A julgar pelo hálito dele, ou estava bebendo na guarita ou tinha acabado de passar algum tempo em um bar.

— O porteiro vai ficar na defensiva, além de estar ansioso para agradar. Vai tentar dar as respostas que acredita que você quer ouvir — disse Blume, incapaz de abandonar o hábito de ensinar.

— Ele já andou apontando vários moradores.

— Ele pode estar certo. Precisamos checá-los também.

— Gallone designou policiais uniformizados para as visitas porta a porta. Ele suspendeu as folgas e chamou alguns recrutas adicionais de outras partes da cidade.

— Gallone, o coordenador. Isso também é novidade — disse Blume.

D'Amico colocou a mão dentro do casaco e tirou do bolso quatro folhas de papel cuidadosamente dobradas e grampeadas. Folheou-as e entregou-as a Blume.

— Esta é uma lista de todos os moradores neste e nos outros três blocos do complexo.

Blume passou os olhos pelas páginas.

— Alguns dos nomes estão circulados.

— São aqueles de quem o porteiro suspeita. Ele mesmo os circulou.

Blume passou para a página seguinte.

— Há mais nomes circulados do que não circulados.

— Ele é um porteiro muito desconfiado.

— Como ele consegue dormir à noite cercado por tantos moradores assassinos? Não é de surpreender que o pobre homem beba. E você... você anda muito ocupado para alguém enviado para representar o Ministério.

D'Amico pareceu ofendido.

— Eu só estava tentando ser útil.

— Você entrou na cena do crime, falou com o legista, copiou chaves e conversou com o porteiro. Ou você é um investigador criterioso ou não é — disse Blume. — Você foi um dia, agora não é mais. A partir de agora, você fica aqui na porta.

— Certo — disse D'Amico.

Blume caminhou até o corpo no meio do corredor. O fotógrafo desaparecera nos quartos contíguos.

— O legista me deixou com a impressão de que isto não tem nada a ver com bichas, apesar do roupão. — D'Amico falou de seu posto ao lado da porta.

— Apesar da faca, também — disse Blume. — Facas são substitutos, lembra?

— Você acha que pode ter sido sexual?

— Pode ter sido qualquer coisa. Mas confio em Dorfmann. A autópsia dirá com certeza.

Um técnico saiu do estúdio da vítima carregando um computador embrulhado em plástico. Descobririam mais sobre Arturo Clemente quando bisbilhotassem seus arquivos e seguissem os rastros que ele deixara em toda a internet, como uma lesma distraída.

Paoloni estava examinando as prateleiras ao longo do corredor. Os peritos tinham se afastado da área imediatamente ao redor do corpo. Blume acenou para um deles e pediu permissão para explorar. O perito deu de ombros e concordou com a cabeça.

Paoloni arrastou-se até Blume e parou ao lado dele, parecendo mais um delator com privilégios do que um defensor da lei.

— Certo. Vamos começar. Beppe, terminou o desenho?

Paoloni mostrou-o a Blume. Parecia ter sido feito por uma criança de 5 anos sem talento, mas indicava as medidas e serviria até que os peritos fornecessem a versão deles.

— Leves arranhões nas juntas dos dedos — disse Blume. — Pode ser que Dorfmann consiga nos dizer mais, porém parece que ele não conseguiu lutar muito.

Paoloni perguntou:

— O que você acha? O assassino foi habilidoso com a arma?

— Não necessariamente. Aparentemente, a vítima não estava esperando por isso.

— Penso o mesmo. Ele não percebeu o que o atingiu — disse Paoloni.

— Eu me pergunto se ele sabia quem o atingiu.

— Nenhum sinal de arrombamento. Alguém entregou as compras e alguém o matou antes que ele tivesse tempo de guardá-las. Faz sentido presumir que tenha sido a mesma pessoa.

Olharam em silêncio para o cadáver durante mais um momento.

— Creio que o agressor estava sozinho — disse Paoloni.

— Concordo.

— Caso houvesse uma segunda pessoa, ela teria agarrado a vítima de alguma maneira, e a segurado, amarrado. Algo que poderíamos ver.

— Sim — disse Blume. — Duas pessoas atacam você com facas, você corre, se protege em um quarto. Talvez não chegue muito longe, mas pelo menos alguns ferimentos seriam nas costas. Este cara parece ter pensado que teria alguma chance brigando. Esfaqueado na parte frontal do corpo todas as vezes. O que acha das toalhas perto da porta da frente?

Paoloni enfiou o polegar no nariz para mostrar que estava pensando.

— Não tenho ideia. É como se o assassino quisesse fazer uma limpeza ou algo parecido, mas acabou não se dando ao trabalho. Uma estava manchada, como se ele tivesse limpado a lâmina nela. As outras estão limpas.

— É como se ele quisesse conter o fluxo do sangue, como se estivesse com medo de que escorresse por baixo da porta — disse Blume.

Paoloni estalou a língua, desconsiderando o comentário. Ergueu o queixo.

— Jamais teria escorrido até lá depois que o coração parasse de bater.

— Talvez nosso assassino não soubesse disso — disse Blume. — O que faria dele um estreante.

Blume foi até a porta e olhou para as toalhas. Eram de um branco imaculado e felpudas. Ele pensou nas próprias toalhas, tiras multicoloridas de lixas. Duas toalhas ainda encontravam-se dobradas e limpas; uma estava manchada como se algo tivesse sido esfregado nela, como dissera Paoloni. Uma terceira fora desdobrada, depois enrolada no formato de uma cobra e deixada perto da porta.

— Boas toalhas — comentou D'Amico, que estava de pé próximo à porta. — Diga-se de passagem, esqueci de mencionar que a esposa falou com a vítima às dez e meia da manhã de hoje. Ao telefone. De Pádua.

— Você esqueceu de me dizer?

— O Espírito Santo já sabe disso. Foi ele quem me contou. Soube através da esposa.

— Você contou a Dorfmann?

— Não, apenas escutei, como disse.

— Ligue agora para Dorfmann. Diga a ele que você é o almofadinha e tem um horário de referência.

— O almofadinha?

— Sim.

Blume voltou-se para Paoloni e o corpo.

— Podemos virá-lo?

Eles viraram o corpo de Clemente. Não havia ferimentos nas costas, mas Dorfmann teria avisado caso houvesse. Como Blume esperava, o roupão de Clemente absorvera boa parte do sangue.

— Não há muito sangue — disse Paoloni. — Levando isso em consideração, a pulsação dele deve ter diminuído bem rápido.

Blume virou-se como se sentisse uma presença atrás dele.

O inspetor Cristian Zambotto chegara, resfolegando, arfando e dizendo palavrões depois da jornada escada acima. Zambotto era perigosamente obeso e tinha cabelos pretos e lisos que repousavam em algum lugar no meio da cabeça, deixando espaço para uma ampla coroa de pele cicatrizada que no final se fundia com seu pescoço grosso.

Depois que D'Amico saiu para seguir a carreira política, a equipe de Blume foi dividida, e Zambotto acabou ligado a ele. Blume não sabia muito sobre Zambotto, somente que quase nunca contribuía com qualquer conversa, como se, em algum ponto da vida, Zambotto tivesse decidido que era difícil demais transformar calorias em palavras.

— Cristian, fique cerca de meia hora aqui, certo? Guarde a cena na cabeça. Depois, quero que descubra quem entregou as compras e leve ele, ou eles, para um interrogatório. Quero poder sair daqui para entrevistar o suspeito. Leve reforços caso precise.

— Certo — disse Zambotto.

— Paoloni, fique aqui alguns minutos e depois me encontre no quarto em que eu estiver, certo?

Paoloni concordou com a cabeça.

— Depois, pode voltar e interrogar novamente as pessoas neste bloco. Quero que trace uma linha de tempo usando os relatórios dos policiais que Gallone parece ter designado para o caso. Temos um telefonema da esposa às dez e meia da manhã, um horário de morte estimado em não muito mais tarde, e agora precisamos descobrir quando as compras foram entregues. Além disso, você cuidará da papelada relativa ao caso.

Paoloni olhou para Blume com reprovação.

— Pode pedir ajuda a Ferrucci.

— Ah, ótimo... — retrucou Paoloni.

— Por quê? Prefere cuidar da papelada com Zambotto? — Blume olhou para Paoloni, que balançou rapidamente a cabeça, mais como um aviso a Blume para que não se esquecesse de que Zambotto ainda estava presente. — É, foi o que pensei.

Paoloni estava infernizando a vida de um formando do curso de oficiais chamado Marco Ferrucci, mas Blume via muito talento bruto no jovem. Ele deduziu que Paoloni também via, o que explicaria o motivo de ele estar tão determinado a humilhá-lo. Ferrucci tinha potencial para ofuscar todos eles.

Blume estava prestes a falar mais em defesa de Ferrucci quando viu Gallone, que aparecera na porta. Blume posicionou-se ao lado do corpo, como um vigia.

Gallone tinha mandado um *agente scelto* remover o resto da fita de cena de crime da porta e depois entrara com a cabeça baixa. Levantou os olhos tristonhos, olhou para Blume e ergueu as mãos.

— Tudo em ordem, comissário D'Amico?

— Sim, senhor. Tudo sob controle.

— Cuidaremos bem disso — disse ele a D'Amico. — Isto não será divulgado. Também não suplicaremos por informações, não por enquanto. As recompensas por solucionar este caso serão altas. Ouvi isso de uma fonte segura. — Ele voltou a atenção para Blume. — Comissário, apesar de não estar vestido apropriadamente...

— Eu estava de folga, e é fim de semana.

— Apesar, repito, de que pareça quase irreverente de sua parte estar vestindo *shorts* de corrida, você foi designado para o caso sob minha égide. O juiz investigador é Filippo Principe. Acredito que vocês dois sejam velhos amigos.

— Eu o respeito — disse Blume. — Portanto, se Principe está a cargo da investigação e você e eu nos reportarmos a ele, onde se encaixam D'Amico e o Ministério?

D'Amico falou:

— Pare de se referir a mim na terceira pessoa, Alec. Está me magoando.

— Desculpe, Nando. Eu gostaria que fizesse o mesmo na minha posição.

— D'Amico tem responsabilidades de coordenação — respondeu Gallone. — O trabalho de investigação é nossa responsabilidade. O juiz investigador está a caminho. Marcamos uma reunião da equipe de investigação para amanhã de manhã, às nove. Agora, se me dão licença...

Gallone saiu.

— Nando, preciso do número de seu celular, caso tenha mudado — disse Blume.

— Não, é o mesmo de sempre.

— O meu também. Você vai precisar pegar os de Paoloni e Zambotto e passar o seu para eles.

— Certo.

— Depois, deve sair para não prejudicar a cena com gente demais.

Gallone estava de novo entre eles.

— Esqueci de mencionar um detalhe importante, comissário. É sobre um telefone celular. Sveva Romagnolo, a pobre viúva, esqueceu o aparelho e o quer de volta. Ele contém contatos importantes e nomes de membros do governo e de políticos. Eu estava me perguntando se você o teria visto.

Somente Gallone poderia ignorar que um telefone celular na cena de um assassinato era uma das primeiras coisas que os peritos pegavam.

— Deve ter sido removido pela UACV.

Gallone estalou a língua com irritação.

— Sei que teriam pegado se o tivessem encontrado, mas eles dizem que não encontraram o celular. Não está na lista de itens removidos da cena.

— Bem, se não o encontraram, por que eu deveria?

Gallone concordou lentamente com a cabeça, como se aceitasse uma proposição duvidosa.

— Não é tão importante assim. O que importa é que vou conversar pessoalmente com a viúva. Nesse caso, vou reportar a você. Você não deve importuná-la. Entendido?

Gallone saiu. D'Amico permaneceu durante um minuto, desanimado mas esplêndido em seu terno dourado. Depois, também foi embora.

4

SEXTA-FEIRA, 27 DE AGOSTO, 17H45

Depois que Gallone e D'Amico partiram, Blume e Paoloni examinaram a caixa de compras. A fita adesiva que mantinha as abas fechadas estava cortada cuidadosamente ao meio. Blume examinou o conteúdo. Cereais Weetabix, maçãs orgânicas, cacau *fair trade*, bananas (uma ficando manchada), geleia, arroz basmati, pasta de dente. No fundo, encontrou a nota de compras. O total era de 113,23 euros e 37 itens, cada um listado pelo nome. O carimbo de data e hora marcava quinta-feira, 26 de agosto, 17h23.

Blume começou a remover os itens e a colocá-los no chão. Contou 34 no total.

— Quantos você contou? — perguntou a Paoloni.

— Trinta e cinco.

Blume entrou no estúdio de Clemente, encontrou uma caneta Staedler de ponta macia e retornou com ela. Ao recolocar as compras na caixa, conferiu-as com a nota. Paoloni estava certo: 35 itens. Com tudo de volta à caixa, Blume descobriu que dois itens listados pareciam estar faltando: um pote de Nutella (400g) e um de *"Crema arach"* (250g). Manteiga de amendoim! Então vendiam manteiga de amendoim nas lojas aqui. Talvez ele comprasse um pouco. O pai de Blume acreditava piamente na excelência da manteiga de amendoim. Às vezes, faziam uma viagem especial de compras até Castroni ou a Via Cola di Rienzo e estocavam manteiga de amendoim, barras de chocolates Hershey, marshmallows para derreter, gelatina, pudim de arroz, melado, molho de saladas Paul Newman, *tortillas* mexicanas e conchas para tacos, manteiga para bolos, cerveja, pasta de frutas cristalizadas. A mãe de Blume sempre ficava indignada com os preços, mas naquela época era a única loja em Roma que vendia o que o pai costumava chamar de "itens ocidentais de luxo", repetindo a mesma piada sempre que saíam para fazer as compras.

Zambotto apareceu e anunciou que estava partindo para interrogar os moradores. Blume disse-lhe para chamar cinco policiais uniformizados para ajudá-lo e que trabalhassem em três duplas. Quando Zambotto estava indo embora, o juiz investigador Filippo Principe entrou. Principe cumprimentou o policial que estava de saída, que emitiu um grunhido em reconhecimento.

O magistrado, 15 anos mais velho que Blume, tinha um aspecto saudável e bronzeado. Vestia um leve terno bege e uma camisa azul-celeste com a gola aberta. Atrás dos óculos redondos, olhos franzidos, como se estivessem voltados para o sol.

Principe aproximou-se e apertou a mão de Blume, algo que faziam apenas na abertura ou no fechamento de um novo caso. Também cumprimentou Paoloni, que surgiu atrás de Blume, com um aceno da cabeça. Blume disse a Principe o que descobrira até o momento, e não era muito.

— Você parece bem — disse Blume. — Para um velho.

— Consegui dar uma escapada — disse Principe. — Duas semanas em Terracina. Três dias na praia na companhia do garoto da minha filha. O que me diz, é errado não gostar do próprio neto?

— Eu não saberia dizer.

— Jamais pensei que mimo em excesso pudesse produzir tais monstros. Ele fingiu se afogar, veja só. Apenas para chamar a atenção. Gritou do mar. Fiquei sob o guarda-sol, e agora a mãe dele pensa que sou... Bem, deixa para lá.

— Por algum motivo, o *vicequestore* Franco Gallone e meu antigo parceiro, Nando D'Amico, agora comissário D'Amico, estiveram aqui antes de você.

— É um caso político — disse Principe. — Gallone está recebendo ordens diretas da *questura*, que se reporta ao Ministério do Interior, e já enviou seu antigo parceiro, D'Amico. Posso estar no controle da investigação, mas o Espírito Santo responde apenas às preces da hierarquia, você sabe disso. Relaxe.

— Essa questão política... — disse Blume. — Esta bagunça aqui é obra de um amador.

— A esposa da vítima é uma senadora eleita. É automaticamente político por causa da esposa.

O juiz investigador entrou no corredor e parou sobre o corpo estirado. Ficou ali em silêncio por alguns instantes. Depois, com um rápido movimento da mão, como se estivesse espantando uma mosca ou dissipando algum odor, fez o sinal da cruz.

— Você e Paoloni, prossigam — disse ele. — Conseguirei mais detalhes com os peritos.

O banheiro era uma bagunça de toalhas molhadas, talco no chão, pegadas, uma barra de sabão com um fio de cabelo, a qual os peritos decidiram não pegar. Um constrangimento de riquezas forenses. Um pequeno armário de teca estava preso à parede. Blume abriu-o e examinou a pasta de dentes, antissépticos bucais, ataduras com desenhos de crocodilos, pílulas de vitaminas infantis, um pote de aspirina dos Estados Unidos e um pote de Vick, entregando alguns dos itens para Paoloni, que franziu cuidadosamente os olhos para ler os rótulos e depois os devolveu, como uma velha conferindo preços no supermercado.

Uma cesta de palha para roupas sujas ficava no canto. Blume levantou a tampa. Um conjunto de roupas de cama estava no topo. Ele tirou-as e franziu um pouco o nariz contra o leve cheiro de urina e de meias suadas. Revirou as roupas, pegando um minúsculo par de meias infantis azuis e enlameadas. Parecia impossível que pudessem existir pés tão pequenos. Ele entrou no quarto.

O pinheiro-manso diante da janela do quarto filtrava o sol. As paredes brancas eram frias ao toque e deixavam uma poeira fina nas luvas de Blume, como se estivessem um pouco úmidas. Ele olhou para o colchão rasgado e para as roupas espalhadas pelo chão.

— Roupas íntimas de mulher — disse Paoloni, ainda o seguindo.

— Chame o juiz investigador aqui — ordenou Blume.

— O que acham disso? — perguntou Blume quando Principe e Paoloni apareceram na porta do quarto. Ele apontou para as roupas de cama no chão.

— O assassino estava procurando alguma coisa, revirando as roupas íntimas femininas. Provavelmente pegaremos amostras delas — disse Principe.

— Eu estava me referindo às roupas de cama.

— O que há com elas?

— Ainda estão dobradas, ou quase. Veja. — Blume foi até as roupas de cama, pegou um lençol e cheirou-o. — Limpo — Ele desdobrou o lençol. O tecido fora passado a ferro, tinha vincos marcados. — Alguém estava trocando as roupas de cama.

Blume continuou a procurar. As quatro cornijas dobráveis do armário de madeira de pinheiro, que ia até o teto, estavam abertas, roupas espalhadas aqui e ali.

Blume pegou a caneta Staedler e usou-a para içar uma calcinha de seda, levantando-a até o rosto. A calcinha tinha um cheiro muito fraco de mulher, mas também cheirava a condicionador, produtos de lavagem a seco e sabão. Nenhum dos itens fora descartado ali por uma mulher enquanto se despia. Tudo mais no lado dela do armário indicava ordem, limpeza. Ela não poderia ser a responsável por espalhar as próprias roupas pelo chão.

Blume colocou a calcinha de volta no chão e abaixou a cabeça sob a cama. Nada. Nem mesmo um tufo de poeira.

— Por que você trocaria as roupas de cama? — perguntou ele a Paoloni e Principe.

— Lençóis sujos? — sugeriu Principe.

— Este lugar está impecável — disse Blume. — Com certeza eles têm uma empregada. Parece que ela vem quase todos os dias.

— Todos nesta vizinhança têm faxineiras — observou Paoloni, com um indício de amargura na voz.

— A faxineira trocaria as roupas de cama, não é? Uma, duas vezes por semana, seja lá o que for.

Principe captou a linha de raciocínio de Blume.

— Portanto, por que ele mesmo estava trocando as roupas de cama? Caso tenha sido ele.

Blume concordou com a cabeça.

— Como você disse, lençóis sujos.

— Então você acha que nosso homem estava fazendo algo na cama.

— Caso estivesse, não era com a esposa, que estava do outro lado do país — disse Blume. — As roupas usadas estão no cesto de roupas sujas.

— Certo. Vou garantir que a equipe forense não deixe de verificar, se bem que acredito que fariam isso de qualquer modo.

Paoloni e Blume deixaram Principe no quarto e foram para a cozinha. Blume gostou do cômodo. Cada módulo de aço escovado custaria a ele dois meses de salário. Ele abriu uma gaveta, que fez deslizar com precisão milimétrica entre as demais, acima e abaixo. Olhando dentro da gaveta, Blume viu colheres de pau, um batedor de ovos, um abridor de latas brilhante e jogos americanos. A bancada era de granito preto, lustrosa e limpa, com bordas espessas. Uma máquina de suco e uma trituradora de café pareciam ter sido fabricadas pelos mesmos engenheiros alemães responsáveis pelas gavetas perfeitas. Um visor de LEDs azuis no forno informava que eram seis e quinze. A grande geladeira emitiu um clique e começou a zumbir. Blume abriu-a. A alface e as frutas ainda estavam viçosas e frescas nas prateleiras inferiores. Havia iogurtes de todos os sabores imagináveis. Na prateleira superior havia uma tigela de vagem coberta por uma película plástica, aparentemente destinada ao almoço. Um pote de manteiga de amendoim estava na porta entre dois vidros de alcaparras. Blume abriu o pote. Estava quase vazio. Como esperavam que a manteiga se espalhasse adequadamente se a guardavam na geladeira?

Foram para o estúdio. Novamente, o cômodo não tinha nenhuma poeira, salvo por uma fina pátina acinzentada onde o computador estivera antes de ser levado pelos peritos. No chão, havia uma pilha de panfletos sobre proteção animal impressos em papel brilhante. Blume pegou um panfleto, que exibia um filhote de raposa com olhos grandes e uma legenda que dizia: "Sua mãe tem um casaco de pele? A minha tinha."

Blume sentiu que a acusação não se aplicava a ele. Notou algumas coisas jogadas sobre um sofá de estilo japonês com almofadas pretas e passou pelo móvel sem parar para examinar os objetos. Não queria influenciar Paoloni.

— Alguma coisa aqui parece fora do lugar? — perguntou.

Paoloni olhou ao redor.

— Está bastante arrumado. Pouca coisa fora do lugar. Talvez as coisas no sofá?

— Muito bem — disse Blume. — Vamos esperar até que Principe se junte a nós.

O juiz investigador chegou em alguns instantes.

— Alguma novidade?

— Ainda não começamos — disse Blume. — Estávamos prestes a examinar esta pilha de coisas no sofá.

Blume foi até o sofá para examinar a pilha. Um livro sobre flores, uma maçã, caixas de suco amassadas e um agasalho estavam amontoados.

— O que acham disso?

Paoloni estava anotando no caderno uma lista dos objetos. Quando terminou, levantou os olhos e disse:

— Não sei. Até pessoas organizadas largam coisas em uma pilha de vez em quando.

A testa de Principe enrugou-se, mas ele não tinha nenhuma sugestão.

— Um livro sobre flores — disse Blume.

— Sim. Bem, ele era um daqueles ecologistas — disse Paoloni.

— Mas é o tipo de coisa que você levaria ao sair de casa. O mesmo vale para o agasalho. Não estou certo quanto à maçã, apenas quanto às caixas de suco vazias. Você não beberia aqui e depois colocaria as caixas ali no sofá. Foram tiradas de uma bolsa.

— Por que ele teria caixas vazias na bolsa? — perguntou Paoloni.

— Ele é um daqueles ecologistas, como você disse. Provavelmente não queria jogá-las na rua, como a maioria dos... italianos.

— Como a maioria dos romanos — corrigiu Principe, que era de Latina.

— A maçã está um pouco enrugada — observou Paoloni.

— Clemente era homem — disse Blume. — Que tipo de bolsa carregaria?

— Não uso bolsa — destacou Paoloni.

— Uso uma maleta — completou Principe. — Uma mochila? Estaria de acordo com o que ele parecia ser.

— Sim — disse Blume. — Vejamos se conseguimos encontrá-la.

Procuraram no estúdio, mas não acharam nada. Depois, procuraram nos outros cômodos da casa. Por fim, encontraram uma mochila Invicta preta dobrada no fundo do armário.

— Não era esta — disse Blume. — Se ele tivesse se dado ao trabalho de dobrar e guardar a mochila, teria arrumado a bagunça no sofá do estúdio.

— Talvez a esposa tenha pegado? — sugeriu Paoloni.

— Boa observação. Vá descobrir. O primeiro policial a chegar está na porta. Pergunte a ele.

Paoloni saiu.

Blume virou-se para Principe.

— Se a esposa não pegou a mochila, provavelmente foi o assassino.

— Caso seja burro o suficiente para guardá-la, será uma prova forte contra ele — disse Principe.

— Por que você esvaziaria e levaria uma mochila? — perguntou Blume.

— Para colocar coisas nela?

— Certo. O que significa que o assassino não previu do que precisaria. Não estava adequadamente preparado. Mais evidências de um comportamento amador. Um amador de verdade, não simulado.

Blume sentou-se no chão ao lado dos panfletos. Ele abriu o arquivo, folheou os conteúdos a esmo e pegou a pasta marcada *G-L*. Ela continha outra pasta marcada com o nome *Galles*. O primeiro documento na pasta tinha como cabeçalho *Plaid Werdd Cyrmu*, o que não significava nada para ele, e continha uma lista de nomes e números telefônicos no Reino Unido. A pasta seguinte estava marcada como *Die Grünen / Verdi Austria* e continha mais nomes. Sob o *L*, encontrou uma brochura sobre limas-da-pérsia. Outras pastas mencionavam marcação de pássaros, ciclovias — depois de algum tempo, ele parou de abrir as pastas para ver o conteúdo. *C-Camorra/Crimine* parecia promissor, mas os papéis eram panfletos políticos, uma transcrição de um discurso em uma conferência do líder do Partido Verde, Pecoraro Scanio: nada de nomes ou números. Uma pasta marcada como *Cani* era nitidamente mais espessa e continha algumas fotografias perturbadoras de cães ensanguentados. Blume virou as fotografias para ver se o nome do fotógrafo estava no verso, mas encontrou apenas algumas datas. Uma das imagens mais feias tinha "campanha na web?" rabiscado no verso. Blume separou-a. Não havia nada arquivado na letra *H*. Blume abriu a gaveta superior: países da ACP, Attivisti (mais nomes), Alleanza Nazionale, Ambiente, Animali.

Ele precisava ver o chefe da equipe forense para dar a ele uma lista de objetos removidos da cena.

— Alè? — Paoloni costumava romanizar o nome de Blume.

— O quê?

— A esposa não estava carregando nenhuma bolsa quando saiu. O policial tem certeza.

— Certo.

— Mais uma coisa, os legistas estão aqui.

Blume saiu do estúdio. O chefe da equipe forense, que o deixara entrar mais cedo, tinha sumido, deixando o assistente, um jovem obeso e bem-apessoado, no comando.

— Ei — disse Blume. Ele já havia trabalhado pelo menos sete vezes com o sujeito e gostava dele.

O homem virou-se e Blume imediatamente esqueceu seu nome.

— Você encontrou uma carteira?

— Não.

— Um telefone celular?

— Não.

— Você está procurando um telefone celular? — perguntou o jovem, que talvez se chamasse Fabio.

— Não tanto quanto meu chefe... Não importa. Ainda assim, é um pouco incomum. Nenhum telefone celular?

— Posso conferir — disse o jovem. — Mas acho que não.

Flavio, não Fabio.

— Obrigado — disse Blume. — Talvez tenhamos também uma cena secundária. Clemente provavelmente tinha um escritório em algum lugar.

O cara certamente não se chamava Flavio. Flavios sempre eram magros. Francesco era uma aposta melhor.

— Certo, comissário Blume. Basta nos informar.

— Obrigado, Flahvrub.

Blume começou outra volta pela casa. Abriu a porta de um quarto de criança, achou deprimente de tão arrumado.

Principe entrou e parou no meio do quarto.

— Parece que o assassino nem entrou aqui — disse.

— O que faz você afirmar isso?

— Bem, dá para ver. Nada foi tocado. Ele fez uma grande bagunça nos outros cômodos.

— Sim, eu estava pensando justamente nisso — disse Blume. — A porta deste quarto estava fechada, não é?

Principe pensou por um instante.

— Não posso dizer que me lembro.

— Eu reparei — afirmou Blume. — Vou precisar conferir com as primeiras pessoas na cena do crime para saber se estava fechada quando chegaram. Depois, podemos checar as fotos.

— Supondo que estivesse fechada, e daí?

— O assassino parece ter estado em todos os cômodos da casa, e todas as portas estão abertas, exceto esta. Não faz sentido pensar que não tenha entrado aqui.

— Certo — disse Principe. — Então ele fechou a porta quando saiu.

— Além disso, deixou o quarto arrumado. Não o bagunçou, como fez com os outros. Para mim, parece ter sido uma escolha. Parece que a visão de um quarto de criança despertou algo nele. Piedade, respeito, o que for.

— Existe algo chamado interpretação excessiva — disse Principe. — Preciso falar com a equipe do legista. Mandarei Paoloni vir aqui; você poderá apresentar sua ideia a ele.

Paoloni chegou e parou no meio do quarto. Blume repetiu o que dissera a Principe.

— Então ele decidiu não bagunçar um quarto de criança — concluiu Blume.

— Ah, você quer dizer que ele foi compassivo? — disse Paoloni, depois de um longo bocejo. — Eu não teria percebido isso. Está dizendo que ele tem pontos bons, como gostar de crianças?

— Sim. Acho que poderia ser importante para traçarmos o perfil. — disse Blume. — Ele não bagunçou o quarto da criança, mas deixou o pai morto no meio da casa. Isso...

— Não é normal?

— Suponho que não. Tem alguma coisa aí. Talvez ele tenha sofrido quando criança, alguma coisa assim.

— Você não está começando a sentir pena dele?

— Deus, não! Sempre fico satisfeito quando descubro que um assassino teve uma infância péssima. Significa que receberam o que mereciam, mesmo que tenham precisado pagar antecipadamente.

Do corredor fora do quarto, Blume ouviu Principe discutindo a remoção com os homens da equipe do legista.

Blume olhou para uma fileira de DVDs da Disney entre dois suportes de livros feitos para parecerem árvores com rostos felizes. Estavam enfileirados próximo a um aparelho de DVD, ao lado do qual havia uma pequena televisão preta. *Alladin, Aristogatti, La Bella Addormentata, La Bella e la Bestia; Biancaneve,* tudo em ordem alfabética.

Os únicos livros eram mapas do céu noturno, atlas, um dicionário ilustrado de inglês. Pareciam nunca ter sido abertos. Blume agachou-se e olhou sob a cama, onde, como se estivesse escondida, havia uma roupa de Batman e uma capa amassadas.

5

SEXTA-FEIRA, 27 DE AGOSTO, 22H30

Naquela noite, às dez e meia, depois de repetir seu álibi pela enésima vez, Leonardo Ulmo disse ao inspetor Paoloni que não aguentava mais. Paoloni fez um gesto de compreensão e disse que veria o que poderia fazer.

Mas o mantiveram lá.

Leonardo disse que tudo que fizera ao longo do dia fora entregar caixas de compras na vizinhança de Monteverde. Blume concordou apreciativamente e tomou nota. Leonardo passou a ser mais específico sobre o dia. Blume perguntou sobre a entrega que fizera aos apartamentos do número sete da Via Generale Regola.

Leonardo explicou que tinha duas entregas a fazer naquele endereço. Duas caixas de compras para o bloco C, apartamentos seis e dez, no terceiro e no quinto andar. Havia também dois engradados de água mineral di Nepi para o apartamento seis. O bloco C não tinha elevador. A maioria das entregas que fazia era para prédios sem elevadores.

— É? Por quê?

— As pessoas que moram em prédios sem elevadores costumam pedir que as compras sejam entregues. Assim, não precisam subir a escada. Eu subo.

Blume olhou para ele.

— Certo — disse finalmente. — Faz sentido. Prossiga.

— Bem, eu estava subindo com as caixas na...

Blume ergueu a mão.

— Que papo é esse de ir direto para o meio da história? Em primeiro lugar, quem enviou você?

— Meu gerente no supermercado — explicou Leonardo.

— Descrito pelo meu colega como um sem-vergonha suarento que usa uma camisa listrada e um cinto branco?

— Ele mesmo.

— Você entregou alguma coisa antes da Via Regola?

— Sim. Na Via Regnoli, Carini, Quattro Venti.

— E depois?

— Piazza Cucchi.

— Pode me dizer o endereço exato?

Leonardo podia. Blume tomou nota.

— Está com sede?

— Estou morrendo de sede — disse Leonardo.

— Volto já. — Blume saiu da sala de interrogatório. Ele pegou o número do endereço que Leonardo lhe dera e telefonou. Uma mulher atendeu e confirmou rapidamente que suas compras haviam sido entregues precisamente às onze horas daquela manhã. Foi durante o noticiário, ela disse, logo antes de seus comentaristas favoritos entrarem no ar na Rádio 2.

Não era um álibi perfeito, mas quase. Blume foi para o térreo, comprou duas garrafas de água bebeu a dele enquanto voltava, amaldiçoando a si próprio por ter sido enganado mais uma vez e pagado euro por algo que saía de graça das bicas. Enfiou a garrafa vazia no bolso. Seria usada para pegar mais água.

Blume entregou a outra garrafa a Leonardo, que bebeu tudo de uma vez.

— Obrigado.

— Disponha. Bem, depois da entrega na Piazza Cucchi, você voltou para o supermercado?

— Sim. Meu horário de chegada é registrado, então você pode conferir.

— Certo. Voltemos um pouco. A que horas chegou à Via Regola.
— Deviam ser dez e meia.
— Deviam ser ou eram?
— Eram, deve ter sido isso. Não sei. Um pouco mais tarde. Dez e quarenta, certo?

Blume desenhou três círculos ao redor de "10:40" em seu bloco de notas.

— Estacionei a Iveco ao lado de uma fileira de carros, abri as portas traseiras, peguei o carrinho do porteiro, as duas caixas e a água.
— O carrinho do porteiro?
— Para carregar as caixas e a água mineral.
— Você puxa as caixas por toda a escada usando o carrinho de metal, quicando de degrau em degrau até o topo? Não seria mais rápido simplesmente carregá-las?
— Talvez, até minhas costas estragarem.
— Certo.
— Bem, fui até o bloco de apartamentos, puxei o carrinho com duas caixas e dois engradados de água mineral.
— Quem deixou você entrar?
— Não sei. A porta da frente estava aberta, de todo modo.

Mas, mentalmente, Blume ainda não chegara à porta da frente. Ainda estava de pé na rua, fora do conjunto de prédios.

— O portão de entrada do pátio estava aberto?
— Sim — disse Leonardo.
— O porteiro estava de serviço?

Leonardo pensou a respeito por um momento.

— Não. Acho que não estava. Não. Estava tudo muito silencioso. Quente. Muitas persianas fechadas, porque todos estão de férias.
— Então você chega ao bloco C. E a porta da frente já está aberta. Por quê?
— A fechadura está com defeito. Nem sempre tranca ao bater.
— Então você entra.

— Não. Primeiro toco o interfone para avisar que estou a caminho.

— Qual interfone?

— Os dois. Do apartamento de cima, que é o número dez, e depois o do terceiro andar, que é o número seis. Apertei os dois botões ao mesmo tempo.

— Quem atendeu?

— Não sei. Quando ouvi o interfone sendo atendido, apenas gritei "compras". Eu já estava passando pela porta nesse ponto.

— Como lembra os números dos apartamentos?

— Estou neste emprego há 18 meses. São clientes regulares.

— Eles sempre recebem as entregas às sextas-feiras?

— Um deles, sim. O outro é mais irregular. Suponho que também me lembre deles porque os dois são homens. A maioria das entregas é para mulheres.

Blume colocou os punhos sobre a mesa e inclinou-se para mais perto de Leonardo.

— Você consegue lembrar os nomes na porta? Relaxe, feche os olhos, pense tranquilamente a respeito.

— Não estou calmo.

— Não há motivo para não estar, Leonardo. Você está ajudando muito. Apenas mais dez minutos aqui, prometo.

Leonardo fechou os olhos.

— O interfone do andar de cima tem apenas um nome. É alemão ou inglês. O de baixo tem dois nomes. Em cima está Romano, ou Romagna, Romagnolo ou algo parecido. O outro nome... Não. Começa com um *L;* ou é um *C*? É por isso que estou aqui, não é? Aconteceu alguma coisa com o cara no terceiro andar?

Blume ignorou a pergunta e olhou para o bloco de notas.

— Você está no bloco C, no pé da escada. E então?

— Primeiro subi direto para o andar de cima.

— Você carregou todas as caixas até o andar de cima?

— Não. Faço assim: deixo a caixa de compras e a água mineral para o apartamento no terceiro andar enquanto subo. Vou ao último andar e entrego a outra caixa. Depois, quando desço, toco a campainha, o cara abre a porta, empurro a entrega, ele me dá uma gorjeta.

— O apartamento no terceiro andar. É sempre um homem que atende?

— Geralmente. Às vezes, uma faxineira.

— Como sabe que é uma faxineira?

— Velha. Mais velha do que ele. Além do mais, dá para ver.

Blume pegou novamente a caneta.

— Certo, e quanto ao homem? Como ele é?

— Às vezes ele conversa, em outras finge que não existe. Prefiro quando finge que não existe, por que é quando costuma dar gorjeta. Quando conversa, não dá gorjeta.

— E hoje, como ele se comportou hoje?

— Não vi ele hoje.

— Não viu?

— Hoje, não. Fui ao apartamento dez, no último andar, toquei a campainha e o alemão magrelo que mora lá abriu a porta, todo vestido em roupas esportivas, como você.

Blume olhou para suas pernas peludas.

— E o cara do andar de baixo, pode me dizer qual nome dissemos que ele tinha?

— Não disseram um nome — respondeu Leonardo.

— Certo, não dissemos. Bem, o nome é Arturo Clemente.

— Desci a escada com o carrinho e, quando cheguei no patamar diante do apartamento seis, a caixa e os engradados de água tinham sumido.

— Sumido?

— Sumido. Achei que ele devia ter aberto a porta, puxado sozinho as compras e fechado para não me dar gorjeta. Safado mesquinho.

— Você não tocou a campainha para conferir?

— Conferir o quê? O único motivo seria para pedir a gorjeta, mas tenho um pouco de dignidade.

— Ele já fez isso antes?

— Não dar gorjeta? Sim, como lhe contei. Mas não me lembro de ele ter puxado as compras para dentro.

— Como ele sabia que as compras estavam ali?

— Como diabos vou saber? Ele abriu a porta e viu as compras. Só sei que não estavam mais lá. Toquei o interfone na portaria, lembra?

Blume bateu com a caneta nos dentes incisivos. Era uma caneta de metal, e fez barulho ao chocar-se com o esmalte.

— E depois?

— Nada. Fui embora.

— Que horas eram?

— Não sei. Como disse, vinte para as onze, ou quinze.

— Alguém poderia ter entrado no prédio sem que você ouvisse? — perguntou.

— Com certeza.

— E alguém entrou?

Leonardo fechou novamente os olhos. Depois, voltou a abri-los.

— Não me lembro.

— Apenas pense nos sons que escutou — disse Blume. Era quase um convite educado.

— Espere. Alguém estava tocando piano. — Leonardo sorriu, satisfeito.

— Rapidamente? Lentamente? Tocando bem? Talvez fosse um CD?

— Lento... mas também havia partes rápidas. Não era um CD. A pessoa parou e repetiu o mesmo trecho algumas vezes.

— Somente a música do piano?

— Sim.

— Consegue cantar a melodia para mim?

— Não.

— Tente.

— Não sei. Era música clássica.

— Certo. Mais algum som?

— Era um início de tarde tranquilo, preguiçoso. Não me lembro de outros sons. Exceto pelas cigarras. Espere, houve outro som, como algo atingindo o piso de madeira. — Ele bateu na mesa com a palma da mão. — Mais ou menos assim. Três, quatro vezes.

— De onde?

— De baixo, quando eu estava empurrando a caixa para dentro do apartamento no último andar.

— Certo, Leonardo. Muito bem.

6

SEXTA-FEIRA, 27 DE AGOSTO, 23H

O JUIZ INVESTIGADOR FILIPPO PRINCIPE estava esperando quando Blume saiu.

Principe acenou com a cabeça para a porta da sala de interrogatório.

— Nenhum advogado de defesa presente, então as declarações dele não têm qualquer valor legal.

— Sei disso — disse Blume. — Mas ele não é nosso homem.

— É provável que ele cause problemas para a investigação?

— Não. É um cara legal.

Blume subiu até o térreo, onde encontrou Zambotto apoiado no batente de uma porta no meio do corredor, olhando para uma máquina de vendas automática como se fosse a tela de uma televisão. Blume chamou-o, e Zambotto desceu pesadamente o corredor, insatisfeito por ter sido requisitado.

— O que foi?

— Quero que prepare uma declaração de testemunha voluntária. Você perguntou ao gerente do supermercado sobre furtos?

Zambotto olhou para ele sem o menor indício de compreensão. Blume gesticulou para que o seguisse até o subsolo.

— Paoloni e eu descobrimos que alguns dos itens na caixa de compras estavam faltando. Apenas pensei que podíamos perguntar ao gerente se o pessoal das entregas costuma roubar itens das caixas... Você sabe, furtar.

— Que itens? — perguntou Zambotto.

— Manteiga de amendoim.

— O que é manteiga de amendoim?

— Comida americana — afirmou Blume.

Zambotto colocou para fora uma língua larga e chata, enojado.

— Encontramos uma lista na caixa de compras — afirmou Blume. — Faltavam dois itens. Pasta de amendoim e Nutella.

— Hum... — disse Zambotto.

— Não estou dizendo que seja importante. É apenas um fato. Mas se o assassino pegou os produtos, é relevante. Se não pegou, não é.

— Todos os entregadores roubam coisas — falou Zambotto, como se estivesse citando um provérbio conhecido. — Mas o supermercado jamais admitirá tal fato.

— Depende de como você perguntar, suponho. Você perguntou?

— Não.

Blume fez um gesto com a cabeça.

— Não havia motivo para perguntar. Você pegou o número da casa do gerente do supermercado?

— Peguei o número do celular dele. Está aqui. — Zambotto desabotoou o casaco laranja e marrom e pescou um bloco de notas do bolso interno. — O nome dele é Truffa.

— Truffa, é isso que você disse?

Blume pegou o telefone celular e pressionou os números à medida que Zambotto os dizia. Em seguida, com um aceno de cabeça, ele dispensou o parceiro, que se dirigiu até a sala de interrogatório.

— Vai telefonar agora para ele? — perguntou Principe.

— Por quê? Acha que devemos esperar?

Blume discou o número, identificou-se para o homem que atendeu e desculpou-se por ter ligado tão tarde, parou por um segundo e depois fez uma piada sem graça sobre programas ruins na televisão. Dois minutos depois, desligou e deu de ombros.

— E aí? — perguntou Principe.

— Certo. O gerente do supermercado... Truffa... Acaba de me dizer que os clientes quase nunca tentam enganar ou reclamar sobre itens desaparecidos — disse Blume.

— Isso é algum tipo de descoberta? — Principe quis saber.

— De forma alguma — disse Blume. — Praticamente não faz diferença. Mas significa que as coisas não desaparecem. Os clientes reclamariam se isso acontecesse. Não faz sentido perder um emprego, mesmo que seja horrível, por causa de uma lata de feijão.

A porta da sala de interrogatório abriu-se, e Zambotto apareceu respirando ofegante, sua cabeça enorme abaixada como se ele tivesse acabado de terminar um round em um ringue.

— Tive que sair de lá para não estrangular o babaca.

— Por quê? O que ele fez? — perguntou Principe.

— Ele nega tudo. Portanto, talvez não tenha sido ele, mas está usando um tom de voz, você sabe, como se estivesse me chamando de burro.

— Sabe de uma coisa, Cristian? — disse Blume. — Acho que podemos parar por aqui.

— O quê?

— Ele não é quem estamos procurando. Além do mais, quero um intervalo. Talvez você também queira.

Zambotto concordou com a cabeça.

— Ótimo — disse Blume. — Vamos mandá-lo de volta para a mãe a tempo para o jantar. Inteiro.

Blume saiu do porão e foi para a seção de crimes graves no segundo andar da delegacia em busca de Paoloni, que devia estar elaborando uma cronologia investigativa. Mas em vez de Paoloni, encontrou no escritório o jovem vice-inspetor, Marco Ferrucci, com a língua de fora de tanta concentração enquanto digitava algo no computador na mesa. Blume não pretendia usar Ferrucci até o dia seguinte.

— Quando você chegou?

— Há cerca de uma hora, senhor.

— Há um motivo para eu não ter chamado você. Eu queria pelo menos um policial totalmente desperto em serviço amanhã. Quem lhe disse para vir?

— Ninguém.

— Então o quê? Você simplesmente sonhou que havia um caso, acordou e veio para cá?

— Eu não estava dormindo. Não está tarde.

Blume interrompeu-o.

— Bem, onde está Paoloni?

— Ele disse que a tela do computador estava irritando os olhos dele, senhor.

— Ele foi para casa?

— Não creio que tenha ido para casa. De todo modo, ele estava trabalhando muito duro até agora.

Na sala ao lado, o telefone na mesa de Blume começou a tocar. Agora, quase todos os telefonemas para a mesa dele vinham de dentro do prédio, e ele achava que só poderia ser Gallone.

— Vai atender? — perguntou Ferrucci.

O telefone parou de tocar.

— Atender o quê? — questionou Blume.

Naquela altura, o telefone começou a tocar outra vez. Blume foi direto para o escritório apertado, pegou o fone e levou-o ao ouvido. Contudo para provocar Gallone, não disse nada.

— Alec?

Era D'Amico, e não Gallone.

— Nando? — perguntou Blume.

— Sim, sou eu. Então você está no escritório. Telefonei para este número porque sei de cor. Eu estava prestes a ligar para seu celular.

— Onde você está?

— No meu escritório na Viminale — disse D'Amico.

— Não deveríamos coordenar ou algo do gênero?

— É o que estamos fazendo: coordenação.

— Você tem alguma coisa para mim, Nando?

— Sim. A esposa, Sveva Romagnolo, não fez uma chamada de emergência quando encontrou o corpo. Não de cara.

— Não? — disse Blume.

— Certo, imagine o seguinte — prosseguiu D'Amico. — Romagnolo encontra o corpo ensanguentado do marido no chão, o filho presumivelmente sofre um trauma psicológico. Então ela pega o celular como qualquer pessoa normal faria e liga para... Preste atenção... Não para um número de emergência, e sim para 1240... Consulta à lista. Ela fez a chamada às três e cinquenta e cinco. São nove minutos antes da chamada de emergência.

— Espere. Volte um pouco. Ela pegou o celular?

— Claro.

— Aquele que sumiu da cena do crime?

Silêncio no outro lado da linha.

— Nando? Você pegou o telefone de Romagnolo na cena do crime?

— Não era parte da cena do crime. Ela o deixou lá depois do ocorrido. É irrelevante para o assassinato. A menos que ela tenha cometido o crime, o que está fora de questão.

— Está? — perguntou Blume.

— Sim, praticamente. Ela estava viajando com o filho. Estava em seu distrito eleitoral em Pádua. Centenas de pessoas a viram. É uma senadora, meu Deus.

— Quando o Espírito Santo começou a falar sobre o telefone celular, você não pensou em dar uma explicação? Talvez até entregá-lo a ele?

— Ele não pediu educadamente. E simplesmente teria devolvido o celular para ela, sem conferir as chamadas e os números na lista de contatos. E quero saber por que o Espírito Santo de repente ficou assim tão visível.

— Você já ouviu falar em cadeia de evidências, Nando?

— Você podia perguntar o mesmo a Gallone. Ele parecia feliz por abrir mão de uma evidência importante. Você quer ouvir o que telefonei para lhe dizer ou não, Alec?

Blume percebeu que estava pressionando o fone forte demais contra a orelha. Colocou a mão livre sobre a região do plexo solar e tentou avaliar suas sensações. Estava tenso, mas não com raiva. D'Amico contava com a cumplicidade dele, mas também estava compartilhando informações. Blume sabia que o interesse de D'Amico no caso era político, por isso o enviaram da Viminale. Para alguns, inclusive D'Amico, evidentemente, era mais urgente descobrir quem a viúva conhecia e para quem ela telefonara do que quem matara o marido.

— Romagnolo telefonou para o serviço de consulta à lista telefônica, você disse?

— Sim — confirmou D'Amico. — Se conseguirmos um mandado, talvez possamos descobrir quem ela estava procurando, mas não creio que seja necessário. Queria falar com o *comissariato* do Collegio Romano, onde você está.

— Aqui? Esta delegacia?

— Sim. Poucos minutos depois, ela telefonou para o atendimento no térreo e pediu para falar com o *vicequestore aggiunto*. Portanto, parece-me que consultou a lista para que lhe dessem o número de seu escritório, ou para tentar obter o telefone de Gallone, que não está listado. Eles não transferiram a ligação, então ela disse que era uma emergência. Perguntaram de que tipo, e ela disse. Quando digo "eles", eu me refiro ao policial que atendeu a chamada.

— Ela telefonou diretamente?

— Sim. Acabo de falar com o sargento da recepção que atendeu a chamada. Ele recorda que, depois, ela disse que era amiga do *vicequestore aggiunto* e exigiu que a chamada fosse transferida. Ele conectou-a com o celular de Gallone.

— Então ela queria especificamente o Espírito Santo, e não qualquer policial.

— Isso é engraçado. Alguém querendo Gallone — disse D'Amico.

— Ela não deve conhecê-lo muito bem — disse Blume — ou já teria o número de telefone dele.

— Gallone é o tipo de pessoa cujo número você apaga do celular na primeira oportunidade. Eu apaguei. De todo modo, depois de falar com Gallone, ela ligou para a telefonista central aqui na Viminale. Não sei para onde a chamada foi transferida, caso tenha sido. Provavelmente, para alguém mais importante que Gallone.

— E depois?

— Depois, talvez porque ninguém havia chegado ainda e ela tinha começado a pirar com o que estava diante dela no apartamento, ligou para a emergência e falou com um dos atendentes. A chamada foi encaminhada para Via Cavalotti, mas não tinham ninguém disponível, de modo que foi reencaminhada para você. O mesmo sargento da recepção atendeu a chamada, anotou o endereço, enviou uma unidade e depois ligou para o Espírito Santo para informar a ele. Mas Gallone disse que uma equipe já havia sido enviada para aquele endereço e chamou o pobre coitado da recepção de incompetente.

— Portanto, primeiro Gallone, depois vocês no Ministério e, por fim, uma chamada comum de emergência, nesta ordem?

— Sim — disse D'Amico. — Foi por isso que eu soube primeiro, e você por último.

— E onde ela está nesse momento? A esposa, ou a viúva, pois é o que ela é agora.

— Ela disse à primeira unidade... a que foi enviada por Gallone... que ia se recolher com o filho na casa da mãe. Forneceu um endereço. Mas Gallone não disse que ia lidar com isso?

— Sim, ele disse — concordou Blume. — Pode-se ver como está lidando pela maneira como deixou a viúva ir embora. Certo, Nando. Você vem aqui para coordenar isso comigo em breve?

— Eu estava pensando em ir para casa. Vou continuar acessível caso precise que eu faça algo — disse D'Amico.

Blume pensou a respeito. Por enquanto, não queria que D'Amico fizesse nada.

— Apenas esteja aqui amanhã de manhã. Antes da reunião com Gallone. — disse Blume, e desligou.

Em seguida, saiu do escritório.

— Ferrucci, o que tem para mim?

Entusiasmado, Ferrucci, que estava se balançando para cima e para baixo na cadeira, sem nenhum sinal de cansaço, disse:

— Tenho uma lista de endereços, senhor.

— De quem?

— Da casa da mãe de Romagnolo. Do escritório de Clemente e... Consegui estes dois até agora. Precisa de mais algum?

Blume perguntou-se se havia superestimado Ferrucci.

— É tudo que conseguiu?

— Sim, senhor. — Ferrucci ruborizou.

— Você podia ter usado uma lista telefônica para isso. O que há com o computador?

— Eu estava pesquisando sobre Clemente, senhor. Ainda não acabei.

— Diga-me o que sabe.

— Ele trabalhou para a LAV... Liga Antivivisseção. É presidente da seção de Lazio. Era presidente. Meio que se especializou em cães.

— O que isso quer dizer?

— Fazia campanha contra brigas ilegais de cães. Estava envolvido nisso há algum tempo. Existem artigos de jornais datados desde 1998. Estava fazendo um documentário a respeito. Lembra-se da operação realizada ano passado contra um ringue de lutas de cães em Tor di Valle?

Blume lembrava, apesar da operação ter envolvido os Carabinieri, e não a polícia.

— Ele estava por trás dela. Gerou um grande alvoroço na mídia. O nome dele apareceu em todos os jornais na época.

— Bom. Então temos um motivo. Com quem ele estava fazendo o documentário?

— Taddeo Di Tivoli. É apresentador de um programa de televisão.

— Conheço o nome — disse Blume. — Mas na verdade não costumo ver televisão. O que mais descobriu sobre Clemente?

— Ele estava pensando em entrar para a política, em filiar-se aos Verdes. É o partido da esposa.

— Certo. Algo mais?

Blume começava a acreditar novamente no jovem colega.

— Não. Mas ouvi que o *vicequestore* estava...

Naquele instante, Paoloni entrou e arrotou.

— Não me dou bem com favas — disse e esfregou a barriga. — Pode ser o princípio de favismo. Prossiga, Ferrucci: Gallone estava o quê?

Ferrucci, com a voz um pouco mais aguda por causa da tensão, prosseguiu:

— Ouvi que ele tinha ficado encarregado de interrogar Romagnolo.

— Ou é o que ele pensa — disse Blume. — Continue.

— Bem, sei que o *vicequestore* Gallone não gosta de se envolver...

— Não se pode envolver o Espírito Santo, Ferrucci. Problemas intrincados passam totalmente despercebidos por ele — disse Paoloni.

— Bem... — Ferrucci parecia triste. — Percebi que era incomum que ele, vocês sabem, trabalhasse pessoalmente em um caso, portanto procurei um ponto de convergência entre ele e Romagnolo para saber se havia alguma ligação especial que explicasse o interesse dele.

— Você averiguou Gallone? — Blume pensou que sua voz transmitia calor e admiração, mas Ferrucci encolheu-se.

— Sim, senhor.

— E?

— Descobri algo. Eles estudaram jurisprudência juntos na universidade. Ela estava um ano à frente dele.

— Você consultou registros universitários — disse Blume. — O que fez você pensar nisso?

— Primeiro consultei os arquivos da polícia, senhor. Clemente, Romagnolo e o *vicequestore* estavam marcados porque foram membros de um grupo revolucionário chamado Prima Linea na La Sapienza.

Blume e Paoloni caíram na gargalhada. Ferrucci pareceu preocupado, pensando que poderiam estar rindo dele.

— Camarada Gallone... — disse Paoloni. — Quem teria imaginado? Sempre o vi como um padre mimado. Talvez seja um daqueles cristãos comunistas sobre os quais ouvíamos falar.

Prima Linea era um eco de um passado distante, quando os comunistas realmente pensavam que poderiam vencer. Blume era ainda criança em outro país quando o grupo estava em atividade, e Ferrucci nem sequer havia nascido.

Blume tentou imaginar Gallone na linha de frente de combate atirando coquetéis molotov contra a polícia, instituição em que ingressaria mais tarde. Muitos políticos e gestores de direita tinham participado de movimentos de extrema esquerda na juventude. Ainda assim, se havia ficado quieto quanto a isso, Gallone obviamente se sentia vulnerável. O que Blume achava mais engraçado de tudo era a ideia de que o *vicequestore* um dia tivera um ideal. Ou fora jovem.

— Certo. Vou arquivar isso na cabeça para a próxima vez que precisar comprometer o safado — disse Paoloni.

— Bom trabalho, Ferrucci — disse Blume.

— Alè? — disse Paoloni.

— O quê?

— Preciso tomar um drinque na Trastevere, ver quem posso encontrar. Você vem?

Blume olhou para o relógio. Acabara de dar onze da noite.

— Você acha?

— Você decide — disse Paoloni.

Blume nunca tivera muita credibilidade nas ruas. D'Amico dissera-lhe certa vez que era porque não fazia concessões, mas ele sabia que era por causa de sua voz. O sotaque de Blume, adquirido no pátio da escola, era perfeitamente romano, mas por trás dele havia um indício de algo mais, uma insegurança, uma falta de espontaneidade ou uma leve reticência nos movimentos. Seja lá o que fosse, deixava as pessoas na defensiva.

— Acho que não vou — disse ele.

— Você vai ficar aqui?

— Não sei. Posso tentar pegar no sono, algumas horas. Aqui ou em casa, não me decidi. Mas vou estar acessível caso precise de mim.

O alívio de Ferrucci com a partida de Paoloni chegou a Blume como um ar mais fresco.

Blume disse:

— Quero que contate Zambotto, informe o endereço do escritório de Clemente, diga a ele para ir até lá e descubra um jeito de entrar. Vou me encontrar com ele lá mais tarde. Diga para esperar o tempo que for.

— Sim, senhor.

Blume rabiscou o endereço do escritório de Clemente em um pedaço de papel, o qual enfiou no bolso.

— Depois, termine de obter as informações essenciais... Número de registros de carros, parentes, amigos, números telefônicos, provedores de internet, nomes de bancos, transações com cartões de crédito, tudo isso. Além disso, a primeira coisa que quero que faça amanhã é tentar obter uma cópia do relatório dos Carabinieri sobre a batida no ringue de lutas de cães. Vá direto para o Gabinete de Registros de Tribunais amanhã de manhã. Não vamos perder tempo. Peça ajuda ao juiz investigador. É Principe. Ele é bom. Ajudará você caso os Carabinieri decidam não ajudar. Depois, volte para casa e vá dormir. Entendeu tudo?

— Dormir?

— Sim. O cansaço leva a distrações. Pessoas que não dormem cometem erros estúpidos.

7

SEXTA-FEIRA, 27 DE AGOSTO, 23H40

Blume estava sentado em seu carro na garagem subterrânea e não conseguia dormir. Ele entrara no carro com o intuito de dirigir para casa, cochilar por uma hora e meia e vestir roupas apropriadas antes de ir para o escritório de Clemente encontrar Zambotto. Mas não se sentia confortável indo para casa enquanto Paoloni continuava trabalhando com seus contatos.

Ele decidiu colocar o telefone no painel e tentar cochilar enquanto o esperava tocar. O cheiro de óleo da garagem escura e o assento macio do Lancia da polícia, que ele reclinara ao máximo, pareciam convidar ao sono. Mas Blume permaneceu acordado.

Ele conferiu mais uma vez o indicador de intensidade do sinal no celular, apesar de ter recebido e feito chamadas da garagem inúmeras vezes no passado. O telefone indicava que o sinal estava bom, mas Blume não conseguiu eliminar a ideia de que as paredes de calcário e as pilastras de concreto estariam de alguma maneira bloqueando a comunicação com o mundo exterior.

Depois de meia hora, Blume dirigiu até a rampa, atravessou os portões elétricos e chegou na *piazza*. Ele saiu, inspirou o ar quente da noite e telefonou para Paoloni, mas não foi atendido. Não ficou surpreso. Paoloni costumava deixar o telefone desligado enquanto fazia seu trabalho. Receber chamadas deixava os informantes confidenciais e as testemunhas em potencial nervosos. Muito bem. Hora de encontrar Zambotto. Blume imaginou o policial grandalhão com as pálpebras caídas esperando, sem agir.

O escritório de Clemente ficava perto do zoológico, ou Bioparque, como passava a ser chamado agora que quase todos os animais de grande porte tinham morrido ou sido envenenados por zeladores insatisfeitos. Blume conferiu outra vez o endereço que tinha no bolso e ligou o motor do carro.

O tráfego nos acessos rumo ao norte continuava pesado. Carros pequenos com jovens costuravam a via, fechando-o diversas vezes. Blume fez o melhor para permanecer calmo e dirigir com cuidado, mas ainda assim estava a mais de cem por hora quando saiu do túnel que dava na ponte Risorgimento. Ao reduzir para virar à direita, o telefone tocou. Blume ficou surpreso ao ver o nome de Zambotto no visor. Zambotto não costumava tomar a iniciativa de dar um telefonema.

— O escritório já está sendo revistado — disse Zambotto, sem nem ao menos conferir se a pessoa certa tinha atendido.

— De Clemente?

— Sim, esse mesmo. Seu colega D'Amico esteve aqui com dois policiais uniformizados. Acabaram de sair.

— Fique aí. Chegarei em três minutos.

Blume avançou o sinal e desceu a Viale delle Belle Arti em alta velocidade. Subiu disparado a Via delle Tre Madonne e quase perdeu o controle quando os pneus perderam a aderência sobre os trilhos dos bondes antes de dobrar para a Via Mercandante. Um carro de polícia aproximava-se na direção oposta e Blume dirigiu-se a ele. A viatura ligou a sirene e guinou na estrada para bloquear Blume. Um policial saltou do assento do carona, já empunhando a pistola. Blume saiu erguendo sua identificação policial.

Nando D'Amico, vestindo uma camisa branca, saltou cautelosamente do assento traseiro do carro e desenrolou um casaco escuro.

Ele vestiu o casaco e ficou menos visível.

— Alec! O que está acontecendo?

O policial abaixou a arma lentamente.

— É o que quero saber, Nando. O que está acontecendo?

— Não estou entendendo.

— O que você estava fazendo no escritório de Clemente?

D'Amico esfregou o queixo e inclinou-se um pouco para a frente como que para examinar sua barba curta no retrovisor lateral do carro.

— Quem disse que era lá que eu estava?

— O que estava fazendo lá?

— Ajudando. Você não tem homens suficientes para se virar sem ajuda, ou tem?

— Você não é um investigador nomeado judicialmente.

— Essa atenção às regras, Alec. É novidade? Porque não me recordo de você ser avesso a fazer vista grossa de vez em quando.

— Caso tenha sido para ajudar no andamento de um caso, às vezes. Isso é diferente.

— Não. Não é. De todo modo, seu capanga Zambotto esteve aqui. Pareceu surpreso ao me ver. Posso lhe dizer agora, não há motivo para considerar o lugar uma cena de crime secundária. Não há nada lá.

— Como você entrou?

— Pegamos a chave com a secretária de Clemente quando estávamos a caminho. Ferrucci descobriu o endereço dela para nós.

— Ela ainda está lá?

— Não.

— Onde está?

D'Amico consultou o relógio de pulso.

— Na cama, suponho. É quase uma da manhã. Nós trouxemos a chave, não ela. Vamos interrogá-la amanhã.

— Nós?

— Você, então — disse D'Amico.

Blume pegou o celular e ligou para Ferrucci.

— Está telefonando para quem? — perguntou D'Amico.

— Cale a boca. — Blume deixou o telefone tocar até a voz do rapaz atender. — Você deu a D'Amico o endereço da secretária de Clemente?

Houve uma pausa enquanto Ferrucci decifrava o tom da pergunta. Blume repetiu-a.

— Eu não deveria?

— Responda sim ou não.
— Sim.
— Quando?
— Cerca de meia hora depois que você partiu.
— E por que não me contou?
— O comissário D'Amico disse para não contar.
— E você fez o que D'Amico disse?
— Ele é um oficial superior... — A voz de Ferrucci falhou.
— Ele disse por que não deveria me contar?
— Ele disse que você já tinha o bastante com que lidar. Ele queria lhe fazer um favor, não obrigar você a atravessar metade da cidade.
— Muito atencioso. A partir de agora, Ferrucci, tudo, e quero dizer tudo, deve ser filtrado primeiro por mim. Entendeu?
— Sim, senhor.
— Onde você está agora?
— Quase em casa.
— Vá dormir antes que faça mais estragos. Diga-me o nome dela. Ferrucci disse, e Blume desligou.
— Satisfeito? — perguntou D'Amico.
— Não. Na verdade, bastante contrariado.
— Isso é parte de sua personalidade. Agora, acho que devemos ir embora.
— Você vai quando eu mandar.
— Alec, acho que está se esquecendo de que não sou mais seu parceiro e subalterno. Você não pode me dar ordens. No máximo...
— Cale a boca, Nando. Quero que vá e traga a secretária. Volte até onde quer que ela more, tire-a da cama e traga-a diretamente aqui. Se ela protestar, ameace-a. Simplesmente traga ela até aqui. Depois, quero que prometa que não se intrometerá na minha investigação.
— Sinto muito, Alec. De verdade. Mas não posso não me intrometer... Percebo que você ainda não mudou...
— O que quer dizer com *ainda?*
— Ainda está vestido para correr.

— Ah, isso.

— Você devia ter uma muda de roupas na delegacia. Quase todos fazem isso. Venha aqui.

D'Amico enganchou o cotovelo sob o braço de Blume, que sentiu o corpo inteiro enrijecer em resposta. Os italianos tocavam demais. Especialmente os sulistas, como Nando.

D'Amico afastou-o do alcance dos ouvidos dos dois policiais uniformizados.

— Ordens do alto. Devo monitorar o caso. Eu só estava querendo lhe ser útil enquanto isso.

— Pegar o telefone celular da viúva foi seu jeito de ser útil?

— Sim. Na verdade, foi. — O belo perfil de D'Amico alternava entre o preto e o azul e depois de volta ao preto à medida que as luzes da viatura piscavam. — Você sabe por que me enviaram?

— Porque você é meu antigo parceiro e eu deveria confiar em você?

— Você pode confiar em mim, mas não foi o que eu quis dizer — disse D'Amico.

Um dos policiais veio pedir permissão a D'Amico para tirar os carros do meio da rua.

— Certo — disse Blume. — E também desligue a luz azul de seu veículo. Não faz sentido.

O policial uniformizado hesitou, aguardando uma confirmação de D'Amico.

— Vá, por Deus — ordenou Blume.

D'Amico moveu levemente a cabeça em aprovação. Quando o policial saiu, ele disse:

— Não quis dizer por que enviaram a mim em particular. Por que você acha que designaram alguém para monitorar o caso?

— A esposa é senadora. Tem contatos — disse Blume. — Ela anda pressionando algumas pessoas importantes.

As luzes das viaturas se apagaram. D'Amico falou na escuridão:

— Eu estava com medo de que não tivesse compreendido esse fato.

— Não é tão difícil.

— Não, não é, mas às vezes você age como se não soubesse como as coisas funcionam aqui.

— Aqui onde?

— Aqui na Itália.

Blume gargalhou.

— Como se eu não vivesse aqui? Estou na polícia há mais tempo do que alguns recrutas estão vivos. Ou quase. Há eleitores que nem sequer tinham nascido quando vim para cá.

— O Ministério não quer comentários sobre uma investigação inapropriada do assassinato do marido de uma senadora da oposição. Ela tem amigos em todos os lugares. Você sabia que o pai dela também era senador?

— Não.

— Democratas Cristãos. E ela tem um tio que ajudou a fundar o Forza Italia e um primo que é um figurão na política local em Mântua. Não importa que o partido político dela seja pequeno. Ela mudará quando for conveniente.

— Então ela está fazendo pressão — disse Blume. — O que quer?

— Não temos certeza. Por enquanto, parece que deseja o mínimo possível de publicidade. Estava afastada do marido. Pelo menos foi o que ouvi.

— Parece-me que ela pode ter algo a ver com o crime.

— Duvido, mas foi por isso que peguei o telefone. Para conferir os registros nele, ver para quem ela ligou, quais números guarda, quais apagou.

— Isso era trabalho meu.

— Ou de Principe. De todo modo, o trabalho foi feito por você. O Ministério precisa saber se existe qualquer possibilidade de ela se tornar fonte de constrangimento. Ninguém quer ser descoberto fazendo favores a alguém que mandou matar o marido.

— O telefone não é prova suficiente — disse Blume.

— Até onde sabemos. Na verdade, ela está pedindo favores. É importante descobrir qualquer coisa comprometedora, para o caso de ela pedir demais. Ou começar a ameaçar fazer um escândalo.

— Ela estava tendo um caso, você disse.

— Talvez. Houve rumores. Um jovem RP em Pádua. Não é muita coisa, especialmente porque é uma feminista liberal de esquerda que não deveria se preocupar demais com uma história dessas tornando-se pública. Mas é alguma coisa.

— E quanto a Clemente, a vítima? O que você sabe sobre ele?

— Nada. Isso cabe a você.

— Não acredito que não saiba nada.

— Lamento ouvir você dizer isso.

— Nando, vá buscar a secretária. Traga-a aqui.

— Pode levar uma hora, talvez mais — disse D'Amico.

— Vou aguardar.

— Certo.

— Me dê as chaves do escritório.

— Deixei com Zambotto.

Blume quase se esquecera dele.

— Certo. Mais uma coisa, Nando.

— O quê?

— Não tente orientá-la quanto ao que deve dizer. Eu saberei caso o faça. Fui eu que lhe ensinei, lembra?

— Lembro — disse Nando, desaparecendo na escuridão.

8

SÁBADO, 28 DE AGOSTO, 01H15

ZAMBOTTO AGUARDAVA, APOIADO em uma parede curva de mármore branco e fumando um cigarro. Mesmo a vinte metros de distância, a fumaça entrou nas narinas de Blume e deixou-o enjoado. Mas, de algum lugar perto da boca do estômago, também sentiu um desejo. Enquanto Blume se aproximava, Zambotto amassou o cigarro na parede.

— Foram três minutos muito demorados — disse Zambotto.
— Precisei falar com D'Amico.
— O escritório de Clemente é no segundo andar — disse Zambotto.
— O que encontrarei lá?
— Nada demais.
— Acha que D'Amico já estava aqui há muito tempo quando você chegou?

Zambotto pareceu não entender a pergunta.

— Você sabe, ele estava terminando ou continuou revistando quando você chegou? Esse tipo de coisa.
— Ele chegou vinte minutos antes de mim — disse Zambotto.
— Como você sabe?
— Perguntei aos patrulheiros que o trouxeram.
— Muito bem.
— Certo.

Blume sentou-se no degrau da porta. Estava sujo, mas agradavelmente frio contra suas pernas nuas.

— Que horas são?

— Uma e quinze.

— Pode ir para casa se quiser, Cristian. Durma um pouco. Há uma reunião amanhã de manhã, às oito.

— Você quer as chaves?

Blume estendeu a mão e Zambotto entregou-lhe um chaveiro com duas chaves pesadas e uma leve antes de sair cambaleando como um boi indolente.

Blume pegou o celular e telefonou para Paoloni. Dessa vez foi atendido.

— Não consegui nada — disse Paoloni, atendendo no segundo toque.

— Estávamos esperando algo?

— Não. Eu tinha noventa por cento de certeza de que não foi um assassinato relacionado a quadrilhas, agora tenho cem por cento de certeza. Ninguém sabia do que eu estava falando.

— Deixe em 99 por cento — disse Blume. — Não há nada certo na vida, exceto a morte e impostos.

— Já ouvi você dizer isso. Não entendo a parte sobre os impostos.

— A quem você perguntou?

— Usei um cara da Albânia que tenho como fonte — disse Paoloni. — Ele deve muito a mim. Mais do que um homem deveria ser capaz de dever. Mas não consegui nada. Nem mesmo um piscar de olho suspeito. As outras pessoas que encontrei à noite ou não sabem nada sobre este tal Clemente ou não estão colaborando. Vou falar com outras pessoas amanhã, mas acredito que não dará em nada.

— Ou sabem algo mas estão com medo de falar, o que indicaria o envolvimento de quadrilhas profissionais, ou foi algo casual cometido por alguém fora do círculo, e eles realmente não sabem nada.

— Você não prestou atenção? Eles não sabem nada. Amanhã encontrarei outras pessoas que também não sabem nada. É um beco sem saída.

— Certo — disse Blume. — Você sabe o que está fazendo. Você viu o apartamento. Dê-me um adjetivo para a cena do crime.

— Um adjetivo?

— Apenas um, por favor.

— Casual — disse Paoloni.

— Acabei de usar este — disse Blume. — Mas é um adjetivo muito bom. Aliás, você sabe algo sobre D'Amico ter visitado o escritório de Clemente?

— Como poderia saber o que ele anda fazendo atualmente? É onde você está agora? No escritório de Clemente?

— Sim.

— Com D'Amico?

— Não. D'Amico já foi embora.

— Quer que eu vá até aí?

Blume pensou a respeito.

— Não — disse ele finalmente. — Trabalharei sozinho.

Blume desligou e olhou para o relógio no telefone. Eram quase duas da manhã.

Não havia nada a fazer exceto esperar. Blume revirou o bolso dos *shorts* e pegou seu MP3 player Transcend, bastante desgastado. Os fones de ouvido estavam no outro bolso, e foi preciso algum tempo para desenrolá-los. Ele planejara uma corrida leve e carregara o player com músicas específicas para esse fim, porém suaves e relaxantes, o tipo de coisa que seu pai costumava ouvir, um som de qualidade e sem exageros sobre o qual ninguém na Itália sabia nada a respeito.

A primeira faixa era "I.G.Y.", de Donald Fagen. Música limpa, otimista e de vanguarda. A mãe de Blume, da costa leste, jamais entendera aquele estilo plenamente.

Ela inclinara-se sobre a cama de Blume, no começo de uma manhã de sexta-feira, quando ele estava meio adormecido, beijou-o e disse-lhe para se comportar enquanto estivessem fora. Ao se levantar, deixou um aroma de sabão de Marselha e de laranjas, seu perfume europeu. Havia uma conferência de historiadores de arte em Spoleto. Passariam a noite lá. O pai de Blume acariciou a testa do filho. Tudo que ele precisaria fazer seria abrir os olhos, sentar-se e despedir-se apropriadamente. Poderiam ter trocado um abraço, se ele ainda desse algum. Mas Blume ficara deitado, um adolescente fedido, inútil e preguiçoso, irritado por ter sido acordado.

Fagen foi seguido por Boston, que fez com que Blume se perdesse em uma canção familiar, fechando os olhos e divagando, e Boston deu lugar a Clapton, a "Horse with No Name", Creedence Clearwater Revival, Doobie Brothers, Kansas, "Dust in the Wind", Van Morrison (sobre o qual o pai sabia tudo antes mesmo de ele ser descoberto na Europa), Linda Ronstadt, James Taylor, Neil Young e "Blinded by the Light", que Blume jamais entendera.

Os pais dele nunca chegaram a sair da cidade. Foram mortos a tiros, junto com outra pessoa, durante um assalto ao Banca Nazionale del Lavoro na Via Cristoforo Colombo. Nem sequer haviam mencionado que iriam ao banco. Um dos assaltantes também foi morto. O que não efetuara os disparos.

A polícia foi até a escola de Blume encontrá-lo, mas ele estava matando aula com cinco amigos e passara a tarde fumando maconha em um aterro na Villa Borghese, jogando guimbas e baganas nos carros que passavam sob eles na Viale del Muro Torto. A polícia foi ao prédio onde ele morava e pediu aos vizinhos que a chamassem quando ouvissem Blume chegar. Colocaram um policial aguardando-o do lado de fora do apartamento, mas removeram-no do posto para lidar com uma denúncia de agressão.

Quando Blume e os amigos barulhentos retornaram, às nove da noite, ninguém estava esperando por ele. Quem o chamou foi a mulher do apartamento no andar de baixo.

Quando a polícia chegou, Blume e os colegas estavam espremidos no apartamento ficando doidões e ouvindo The Clash. Ele abriu a porta e os viu ali, um policial e uma oficial feminina. Alguns amigos que relaxavam no sofá viram os uniformes.

— Uau! Pesado!

— Porcos à solta!

— Fascistas!

Blume agiu com rebeldia e dureza e começou a fechar a porta antes mesmo de os policiais falarem, dizendo que sim, sim, ele diminuiria o volume da música.

— Foda-se o volume — disse o policial, e enfiou o pé dentro do apartamento, forçando a porta a abrir novamente, quase acertando a quina na têmpora de Blume. Blume levantou os olhos surpreso e fitou diretamente os olhos escuros da policial, tomados de compaixão.

Passava das duas horas quando a patrulha retornou. D'Amico não estava presente. Evidentemente, pegara uma carona para casa enquanto Blume aguardava sentado.

Um dos patrulheiros acenou para Blume antes de abrir a porta traseira para deixar uma jovem no meio da rua. Depois, partiu.

Blume levantou-se.

— Aqui.

Ela hesitou, depois se virou na direção dele e aproximou-se.

Ela era jovem e usava óculos espessos. Blume poderia tê-la achado atraente se fosse um pouco mais velha.

— Quando chegaram na primeira vez, não me contaram o que aconteceu — disse ela. — Depois, retornaram.

— Eu sei. Fui eu quem os enviou.

— Recusei-me a cooperar até quando me contaram. — Ela fez uma pausa e olhou para ele. — É verdade?

— O que contaram?

— Que Arturo foi assassinado.

— Sim. É verdade.

— Preciso de tempo para processar a informação.

— Lamento, mas não há tempo. Temos que agir o mais rápido possível. Haverá outros interrogatórios. Por enquanto, quero que me conduza ao escritório e me diga se há algo que pareça fora do lugar para você. Se nada estiver fora do lugar, então gostaria que apenas me mostrasse o escritório. Acha que consegue fazer isso?

Blume ofereceu-lhe as chaves.

O escritório ficava no segundo andar. Subiram pela escadaria larga e sinuosa em vez do elevador, quase como se tivessem concordado silenciosamente em não fazer mais barulho do que o necessário.

— O que mais tem aqui?

— Apenas escritórios. Advogados, uma empresa de venda de ingressos para museus, uma agência de viagem e, no último andar, um contador.

Entraram no escritório. Ela acendeu as luzes fluorescentes, as quais lançavam sobre o ambiente uma brancura sibilante que Blume achou desconfortável depois da rua escura.

O escritório tinha um acabamento cinza fosco e sem personalidade. Parte da mobília estilo Ikea era de cores horrendas, para transmitir um visual étnico ou falso boêmio do norte da Europa, mas a sala onde se encontravam estava dominada por uma fotocopiadora gigantesca cujas rodas e diversas bandejas para papel faziam com que parecesse um robô com barbatanas. A parede posterior era repleta de prateleiras brancas alinhadas com encadernações verdes.

Em cima de uma mesa branca havia um computador sem graça da Apple, feito de plástico translúcido.

— É aqui que trabalha?

Ela confirmou.

— Alguma coisa fora do lugar?

Ela fez que não com a cabeça.

Blume deu um longo passo na direção de um corredor com duas portas à direita.

— O escritório de Clemente fica atrás destas portas?

Ela confirmou novamente.

— E a outra?

— Banheiro.

— Certo.

Ele entrou no corredor e abriu a primeira porta. O banheiro era comprido e estreito. Parecia fora de uso. À esquerda, havia um chuveiro. Blume imaginou o prazer de ficar debaixo dele.

— Ligue seu computador e depois me mostre o escritório.

— Você nem perguntou meu nome.

— Lamento. Devo estar mais cansado do que pensei. Sou o comissário Alec Blume. Já sei seu nome. É Federica. Certo?

— Nem pedi para ver sua identificação.

— Quer vê-la agora?

— Não, está bem. Confio em você. Você parece...

— Cansado. Pareço cansado.

O escritório de Clemente era pequeno e quase totalmente branco. Durante o dia, deveria oferecer uma vista agradável dos plátanos e de um trecho do parque. Em cada um dos quatro cantos da sala havia pilhas de caixas brancas de papelão.

— Alguma coisa fora do lugar aqui?

— Não que eu tenha notado.

— E quanto às caixas de papelão?

— Cartazes, panfletos. Proteção aos animais. Para ajudar a alterar as leis sobre maus-tratos contra os animais, vira-latas, brigas de cães — explicou Federica.

Blume pegou uma pasta bege que estava sobre a mesa de Clemente e abriu-a. Continha panfletos, algumas folhas datilografadas, algumas notas feitas à mão.

— E esta pasta na mesa dele?

Federica franziu a testa.

— Não sei. Geralmente ele deixa a mesa arrumada, mas nem sempre.

Blume pegou algumas folhas e começou a ler. Pareciam ser notas para uma campanha contra a ideia de dar filhotes de cachorros de natal para crianças. Se fosse um ditador, Blume baniria todos os cães da cidade. Os grandes que mordiam crianças e sujavam as ruas, e os pequenos que latiam para ele nos braços de mulheres sem filhos, e todos os tipos intermediários.

Uma página escrita cuidadosamente à mão tinha alguns nomes e números. No meio da pequena pilha de papéis havia diversas folhas com o nome Alleva escrito à mão em letras de imprensa grandes no topo.

— Venha aqui um minuto, Federica.

Blume sentou-se e continuou a ler, entregando cada folha para a secretária à medida que concluía a leitura. Algumas folhas eram datilografadas, outras escritas à mão. Ele levou vinte minutos. Blume esperou que ela terminasse de olhar para elas, pois não parecia estar lendo de verdade, e perguntou:

— O que acha disso?

— É uma descrição de um ringue de lutas de cães. As raças, o que ele viu, o número de cães que morreram... Era nossa campanha principal ultimamente. Depois da campanha contra os filhotes de cachorros para o Natal, que é anual. Imaginei que soubesse disso.

— Não. Até agora, sei muito pouco.

Blume pegou a pasta.

— Vamos voltar à recepção, sua sala, e você pode me inteirar um pouco. Sente-se ali, na cadeira que costuma usar, diante do computador. Assim. Ótimo.

Blume descobriu que Federica vira Clemente sair do escritório às quatro da tarde de quinta-feira. Ele não disse para onde ia. Para casa, ela supôs. Ela não conseguia acreditar que jamais voltaria a vê-lo. Seu queixo tremeu.

Blume deixou-a chorar por algum tempo. Observou os ombros dela sacudirem violentamente e a cabeça balançar, o que o fez perguntar:

— Você chegou a dormir com ele?

Ela parou de chorar e fulminou-o com um olhar de desgosto.

— Que pergunta horrível.

— Faz parte do meu trabalho — disse Blume. — Contudo, já que abordamos o tema, e quanto a outras mulheres? Você acha que ele poderia ter outras mulheres, ou outra mulher?

Ela olhou para ele como se não compreendesse.

— Além da esposa — acrescentou ele só para ser claro. Observou os lábios dela se apertarem e seus braços cruzarem sobre o peito.

— Você não o estará traindo se contar, estará apenas nos ajudando a capturar quem quer que o tenha matado.

Ela balançou a cabeça, mas era um gesto de enfrentamento, e não de negação. Agora, Blume sentiu que ela poderia ter alguma ideia, afinal de contas. Ele pensou na roupa de cama no apartamento do morto e correu um pequeno risco.

— Já sabemos que havia uma mulher. O que preciso de você agora é uma confirmação. Você pode me dizer o nome dela?

Desta vez ela inclinou-se um pouco, como que para se esconder atrás do computador.

— Certo. Não o nome dela. Mas você precisa me ajudar aqui. Ela visitava o escritório com frequência?

Federica amassou uma folha de papel perfeitamente branca sobre a mesa, deu as costas a Blume ao jogá-la no cesto de lixo e depois moveu o cesto com o pé para um lugar um pouco diferente. Blume deu-lhe tempo para concluir a operação. Quando ela levantou os olhos e o encarou novamente, ele captou o indício de um aceno de cabeça.

— Ótimo.

Ele ainda precisava de um nome, mas queria deixá-la à vontade.

— Diga-me, quem é responsável pelos registros aqui? Você?

— Sim.

— Nomes de membros, assinaturas, mala-direta, esse tipo de coisa?

— Sim.

— O que mais você faz?

— *Release* das campanhas, assessoria de imprensa, acordos com gráficas para a impressão de cartazes e panfletos.

— Você é responsável pelo lado financeiro das coisas?

— Não, quem fazia isso era Arturo. E Chiara.

— Chiara é sua colega. Certo? Aposto que está aqui há mais tempo que você. Aposto também que é mais velha que você? Estou certo?

Velha o bastante para saber que não deveria vir correndo para o escritório assim que acordasse para ser interrogada agressivamente pela polícia.

— Sim. Ela e Arturo cuidavam do dinheiro. Ela está em Londres agora, em uma conferência para a RSPCA. Viajou na quarta-feira.

— O que é a RSPCA?

Federica franziu o cenho como se tivesse dificuldade de lembrar, mas na verdade estava tentando acertar a pronúncia em inglês:

— The Royal Society for the Prevention of Cruelty to Animals — disse ela.

— Entendi — disse Blume. — E você, tem reclamações quanto a forma como é tratada aqui?

— Acreditamos no que fazemos aqui. Foram completamente honestos comigo em relação a tudo. Pelo menos tudo ligado a dinheiro.

— Onde você mantém os arquivos?

Ela apontou para o computador.

— Todos ali?

— Transferimos os dados para o computador em Milão. Uma parte é impressa, mas nunca usamos os impressos.

— Onde eles estão?

Ela levantou-se, caminhou até uma parede e abriu uma porta de correr branca, revelando mais fichários espessos, cuidadosamente ordenados em ordem alfabética.

— Listas de membros, faturas, contas, campanhas, recortes da imprensa — explicou ela. — Mas está mais bem-organizado no computador.

— Para que Clemente usava o escritório?

— Trabalho.

— Trabalho significa coisas diferentes para pessoas diferentes. Ele arquivava, datilografava no computador, escrevia com uma caneta, encontrava pessoas, bebia café, jogava na internet?

— Arturo era incompetente com computadores. Jamais usou o dele. Nem mesmo tinha um telefone celular.

— Então, o que ele fazia durante o dia inteiro?

— Não ficava aqui tanto assim. Especialmente desde que começou com a história do documentário. Ele redigia projetos de campanhas, me pedia para elaborar fluxogramas, PowerPoint, esse tipo de coisa. Dava telefonemas, recebia visitantes.

— Que documentário?

— Para a TV. Contra lutas de cães.

— Certo — disse Blume. — Que tipo de visitas?

— Geralmente pessoas que queriam fazer doações, se afiliar, oferecer trabalho voluntário.

— Incluindo a mulher sobre quem estávamos falando?

Ela olhou para ele quase com cara feia, como se Blume não tivesse o direito de retomar o mesmo tema desconfortável de poucos minutos antes.

— Bem?

— Sim.

— Sei que é difícil para você, mas não precisará falar sobre isso com ninguém mais além de mim — disse Blume.

Era mentira. Caso a história dela se revelasse importante, ela teria de repeti-la diversas vezes ao juiz investigador, ao juiz preliminar, a cerca de outros dez policiais, a um juiz no tribunal e, finalmente, à imprensa.

— Como você sabe que eles estavam tendo um caso?

— Eu nunca disse que estavam.

— Mas já sabemos disso. Não se preocupe com o que disse, conte-me apenas como soube.

Ela olhou para a mesa.

— Isso não tem nada a ver com você — disse Blume. — Apenas preciso saber como você percebeu, apenas para... — Ele procurou um blefe convincente, mas acabou desistindo. — Apenas para que tenhamos certeza — disse ele com vivacidade.

Federica olhou para a mesa e falou, como se a acusasse:

— O jeito como eles se moviam, como se olhavam. Além do mais, ela era bastante franca quanto ao assunto.

— Você gostava dela?

— Não. — Desta vez, ela não fez nenhum movimento silencioso com a cabeça.

— O nome dela consta nos registros? — Blume inclinou-se para a frente e deu tapinhas no monitor do computador.

— Sim. Era uma grande doadora.

— Encontre o nome no computador, por favor?

Blume levantou-se e ficou atrás dela para ver o monitor, que exibia uma planilha aberta até os últimos poucos nomes. O cursor piscava ao lado de um nome. Manuela Innocenzi. Afiliara-se à LAV seis meses antes.

— É ela?

Uma triste confirmação com um movimento da cabeça.

Blume encontrou um pedaço de papel e uma caneta e anotou o endereço e o telefone.

— Ótimo. Você ajudou muito. Acho que agora deveria fechar o escritório e ir para casa.

— O escritório abre em cerca de três horas. Posso muito bem ficar.

— Não acho que abrirá hoje, não é?

— Os animais continuam sofrendo — disse ela. — O escritório ficará aberto.

— Humanos sofrem mais — retrucou Blume. — E aqui é uma cena de crime secundária, de modo que o juiz investigador provavelmente o lacrará.

Ele percebeu que estava começando a confrontá-la, algo que não queria fazer. Ainda não.

— Os arquivos sobre as brigas de cães. — Ele bateu na pasta que estava segurando. — Você os preparou, reuniu, algo do gênero?

— Não. Estes, não.

— Foi a outra garota, Chiara, quem fez isso?

— Não. Não são daqui. Não possuem número de referência. Todos os nossos arquivos possuem números de referência da LAV. Nada é arquivado até que tenha um número, e o obtemos através do computador. Assim, o computador tem pelo menos um registro de todas as cópias físicas.

— Então, o que é isto?

— Podem ser só os arquivos dele. Apenas anotações.

— Mas não são deste escritório?

Blume virou a pasta bege nas mãos. Era do mesmo tipo usado por juízes, do mesmo tipo que Clemente tinha no estúdio.

— Talvez ele os tenha escrito aqui. Ainda não estão no sistema, só isso. Ele precisaria entregá-los primeiro a mim, depois eu os organizaria, designaria números para eles.

— Você passava a limpo a caligrafia dele?

— Somente quando me pedia. Às vezes, eu apenas escaneava notas feitas à mão, mas não com frequência. Geralmente ele fazia a maior parte no computador, apesar de ter dificuldades. Ele não é o tipo de patrão que espera que a secretária faça tudo.

— Entendo. Então, estas eram as anotações pessoais dele? Eram um rascunho ou algo parecido?

— Sim.

— Talvez ele tenha feito em casa?

— Talvez. Ele fazia muita coisa em casa.

— Você recorda de tê-los visto na mesa dele? Na quinta-feira, antes de ele partir?

Ela pensou por alguns instantes, depois disse:

— Não. Não acho que estivessem lá. Como eu disse, ele mantém a mesa arrumada. Ele leva e traz coisas de casa. Sempre sai com uma mochila. Quero dizer, costumava sair.

— Uma mochila?

— Cinza. Ele pedala para o trabalho. É a melhor maneira de carregar coisas.

Pedalar em Roma, pensou Blume. Outra boa maneira de ser morto.

9

SÁBADO, 28 DE AGOSTO, 04H15

IGNORANDO OS PROTESTOS da secretária, que evidentemente se imaginara deixada tragicamente só à noite no escritório, Blume obrigou-a a sair do prédio com ele. Chamou uma patrulha para levá-la para casa e pediu que enviassem alguém para controlar o acesso ao escritório até que o juiz decidisse o que precisava ser feito. Contudo, não considerava o lugar um repositório de provas e não esperou para ver quando, ou se, alguém chegaria.

O que interessava mais, muito mais, era a pessoa com quem Clemente dormia. E a possibilidade de que D'Amico estivesse querendo atrapalhar a investigação. Estava na hora de ter certeza.

Blume dirigiu pela cidade, quase totalmente adormecida sob o céu leitoso e cinzento que antecedia o amanhecer, mas com verdureiros e bares matutinos já abrindo as portas. Ele levou apenas vinte minutos para retornar à cena do crime em Monteverde.

O porteiro não estava na guarita, mas o portão para o pátio encontrava-se aberto. Quando chegou ao bloco C, Blume pegou a chave de alumínio Yale que D'Amico lhe dera e abriu a porta da frente. Tirou a chave da fechadura e deixou a porta se fechar novamente. Depois, com a mão espalmada, empurrou-a com força. Ela resistiu. Ele usou o ombro e, com um estalo agudo, a porta escancarou-se. Blume manteve a porta aberta com um pé e examinou-a. A placa de metal estava amassada e recuada para dentro da madeira onde o ferrolho se conectava ao batente. A plaqueta na porta também estava amassada. Pareciam estar assim havia anos. Passar pelo porteiro e entrar no bloco C não envolvia grandes dificuldades. Nada relativo a entrar naquele prédio exigia planejamento.

Carregando a pasta do escritório de Clemente, Blume seguiu para o terceiro andar. Um policial jovem estava de pé diante da porta. O esforço que fez para parecer totalmente desperto deixou-o com o aspecto de uma criança em pânico ao ser apanhada em uma mentira. Blume mostrou sua identificação.

— Quando começou seu turno?

— À meia-noite, senhor.

— Quem estava aqui antes de você?

— Quando cheguei, não havia ninguém aqui.

— Faz sentido — disse Blume.

Colada à porta havia uma notificação datilografada, proibindo a entrada de acordo com o artigo 354 do Código de Procedimento Criminal. Fitas da polícia estavam esticadas em forma de X da cornija à soleira e em cinco tiras laterais de um batente ao outro. Blume retirou o mínimo possível e colocou a chave em forma de H na fechadura. A fechadura destrancou-se quando a chave girou. Blume entrou no apartamento da vítima e acendeu a luz.

A primeira coisa que fez foi olhar para o local de onde o cadáver fora removido. As manchas ferruginosas no chão de madeira indicavam onde o corpo estivera. Blume inclinou-se para olhar. Ele estudou os finos filetes vermelhos e marrons na parede. As linhas brancas e azuis colocadas pelos técnicos para fixar a origem na terceira dimensão desciam da parede e cruzavam o chão. Linhas finas vermelhas e marrons marcavam a parede branca, como uma tela de Schifano. Arma de lâmina fina, agressor destro. Os padrões das manchas de sangue sugeriam fortemente que o agressor estivera mais ou menos no meio do saguão. Ele limpara-se no banheiro, deixando vestígios em todas as partes. Provavelmente, também trocara de roupa e levara as roupas sujas em uma bolsa. Possivelmente a mochila que pegou no estúdio. Seria a mochila que a secretária disse que Clemente costumava levar para o escritório?

As toalhas que estavam perto da porta tinham sido levadas ao laboratório para serem examinadas. Blume voltou para o local no saguão no qual estimava que estivessem e pensou nelas.

O assassino tinha colocado as toalhas ali porque pensara que o sangue poderia escorrer por debaixo da porta. Se ele fosse alguém que assistisse a esse tipo de filme e apenas decidira experimentar na vida real, Clemente era uma vítima aleatória.

Blume não gostava da hipótese de aleatoriedade total. Contudo, não acreditava que houvesse nada de profissional ou político no assassinato. A verdade jazia em algum lugar intermediário.

A caixa de compras fora levada para o laboratório junto com seu conteúdo. Comida para um homem morto. O assassino usara a faca para abrir a caixa, Blume tinha certeza. E depois, por impulso, roubara Nutella e manteiga de amendoim, comidas de criança. Ele deixara o apartamento com alguma espécie de bolsa, pois precisava esconder as roupas ensanguentadas. Provavelmente roubara a carteira.

Na véspera, os policiais uniformizados relataram que os vizinhos de porta estavam viajando em férias, assim como os do andar superior, e o do andar inferior trabalhava o dia inteiro em sua loja no outro lado da cidade. Quando Clemente foi morto, havia apenas dois apartamentos ocupados no prédio. O do último andar, para o qual o entregador fora com outra caixa, e um no térreo. E alguém tocava piano enquanto Clemente era esfaqueado até a morte.

Blume voltou para o estúdio e, como fizera exatamente 12 horas antes, abriu a perigosamente pesada tampa de correr do arquivo de Clemente e procurou as pastas no fundo, atrás da letra *A*. Pegou as pastas marcadas com "Alergias", "Direitos dos animais" e "Alleva", largou-as sobre a mesa e depois colocou sobre elas a pasta que pegara no escritório da vítima. Eram idênticas. Algumas das notas manuscritas na pasta do escritório pareciam continuar na pasta *Alleva*, a qual estava sobre a mesa.

Era certamente o pior caso de provas plantadas que Blume já vira, pelo menos nos últimos anos. Ele quase ficou constrangido por D'Amico. Aquilo tampouco refletia bem sobre ele próprio: D'Amico fora seu pupilo.

Blume reuniu todos os papéis com o nome *Alleva* que conseguiu encontrar, voltou para o carro e cruzou novamente a cidade até seu apartamento, ficando preso no tráfego matinal no final do caminho.

O plano original de Blume era cochilar por uma hora, mas acabou dormindo quatro e foi acordado pelo telefone celular tocando.

— Onde você está, comissário? — disse a voz de Gallone. — Já está 15 minutos atrasado para a reunião de coordenação.

— Eu estava no meio de uma... estou no meio de algo. É importante. Não tive a oportunidade de telefonar — disse Blume.

— Onde você está agora?

Blume olhou para o relógio do quarto. Jesus! Como aquilo acontecera?

— Prefiro não falar agora. Contarei mais tarde, senhor.

— O que há de errado com sua voz?

— Nada. Apenas preciso falar em voz baixa. A pessoa que estou entrevistando, um informante confidencial, está um pouco cautelosa. Preciso desligar agora.

— Quem é seu informante confidencial, Blume?

— Tenho que manter sigilo, senhor.

— Você não possui nenhum informante confidencial. Isso é trabalho de Paoloni. Onde você está?

— Preciso mesmo desligar. Explicarei mais tarde.

Blume desligou. Levantou-se da cama e, de repente, o chão pareceu se inclinar. Ele sentou-se de novo rapidamente enquanto era tomado por ondas de náusea. Não jantara. Desde criança, perder uma refeição resultava em uma espécie de crise glicêmica. A mãe dele costumava se preocupar com isso e ia levá-lo ao médico quando voltasse da breve viagem com o pai. No dia seguinte, quando estava sentado entre os destroços de uma festa de adolescentes recém-acabada, com uma policial sentada no sofá diante dele, a secretária do médico telefonara e falara em tons gélidos que não havia desculpas para faltar às consultas. Assim, ele jamais retornara ao médico. Todo ano era submetido a um exame obrigatório, durante o qual cruzava os braços sobre o peito e falava em monossílabos. No ano anterior, o médico pegara um instrumento de metal em forma de bico e apertara um pedaço de gordura de suas costas entre as lâminas.

Médicos.

Depois de algumas torradas e uma maçã, Blume sentiu-se um pouco melhor. Ele sempre tivera problemas com excesso de sono. Quando dormia, apagava. Ele precisaria faltar à reunião de coordenação, mas compensaria com uma descoberta investigativa. No entanto, antes... adormeceu novamente.

10

SÁBADO, 28 DE AGOSTO, 11H15

ÀS ONZE E QUINZE, DE BANHO TOMADO, cabelo engomado, refrescado e revigorado, Alec Blume deixou seu prédio, trajando apropriadamente calças cáqui e uma camisa azul macia de algodão com um bolso grande no peito, contendo um bloco de notas, caneta e telefone. Ele carregava uma maleta de couro, ainda flexível graças à aplicação cuidadosa de bálsamo de couro com cera Atom uma vez por mês. Era uma maleta grande e funda, larga o bastante para os livros de arte que seu pai costumava carregar nela. Blume não portava uma arma.

Decidiu ir diretamente visitar a tal Manuela Innocenzi indicada pela secretária. Se ela fosse a pessoa que estava na cama com Clemente antes do assassinato, poderia ter muito a contar, e ele a arrastaria para um interrogatório.

Blume plugou o celular para recarregá-lo no isqueiro do carro sob o painel e telefonou para o escritório. Ele esperava ser atendido pela voz jovem e viva de Ferrucci. Ao invés dele, foi atendido por Zambotto.

— Cristian? É você? O que está fazendo atendendo telefones?

— Estava tocando.

Blume explicou para onde estava indo.

— Manuela Innocenzi? — disse Zambotto. — Que nome.

— O que quer dizer com isso? — perguntou Blume, começando a imaginar a resposta enquanto fazia a pergunta.

— Você sabe, Innocenzi — disse Zambotto.

— Innocenzi, como em... Innocenzi? — disse Blume. Aquilo nem sequer lhe ocorrera, mas fora a primeira coisa que passara pela cabeça de vento de Zambotto. — De jeito nenhum.

— Certo. Então, não — disse Zambotto.

Blume sentiu um frio na barriga, uma sensação que costumava ter na escola e durante as apresentações na faculdade. Era uma sensação de pesadelo, de estar sendo visivelmente estúpido na frente de outras pessoas. Innocenzi era o nome do clã que controlava todo o sul e o sudeste de Roma, grande parte do Aggro Romano até Fiumicino e Ostia, com áreas de influência no Agro Pontino, em Foggia, Circeo, Latina e até mesmo em Campania.

Ele encostou o carro na beira da estrada e ligou o pisca-pisca.

— De jeito nenhum — disse ele.

Zambotto parecia ter desligado.

— Não — repetiu Blume. — É apenas uma coincidência de sobrenomes.

Zambotto continuava na linha.

— Innocenzi tem uma filha. Nada de esposa, irmãos ou irmãs. Apenas a filha.

— Não uma que durma com um benfeitor como Clemente. Eles jamais frequentariam os mesmos círculos.

— O que os círculos sociais têm a ver com pessoas fodendo? — questionou Zambotto.

— Innocenzi é um nome bastante comum — disse Blume.

Zambotto parecia estar considerando a ideia.

— Não consigo pensar em ninguém chamado Innocenzi, somente naquele safado. Se quiser, posso perguntar a Ferrucci. Ele é bom com pesquisas. Estará aqui em um minuto.

Blume hesitou, pegou o pedaço de papel que copiara mais cedo no escritório de Clemente e leu o endereço para Zambotto.

— Certo. Diga a Paoloni, diga a Ferrucci, mas fique quieto. Provavelmente não é nada. Quanto a essa mulher, eu mesmo irei até lá agora.

Passe o endereço para Ferrucci, confira com ele e me ligue imediatamente. Talvez seja, é apenas uma coincidência.

— Em alguns aspectos, seria muito bom que não fosse — disse Zambotto.

— Como assim?

— Resolveria o caso. Filha de um chefão dormindo com um cara casado, o cara casado é eliminado. Não há muitos problemas com a motivação.

— Você acha que seria bom nos envolvermos em uma disputa com Innocenzi? — perguntou Blume.

Zambotto ficou em silêncio.

— Informe-me o mais rápido possível.

A mulher de pijama de seda que abriu a porta vinte minutos depois provavelmente já tivera cabelos loiros, quase ruivos. O tempo os desbotara, e ela retaliara tornando-os laranja como uma cenoura. Ela olhou para Blume com um ar cansado, como se ele fosse um conhecido familiar e nada bem-vindo. Deu um passo atrás para deixá-lo entrar e nem sequer olhou para o distintivo de Blume, no qual uma versão mais jovem dele a encarava fixamente.

Ele soube de imediato que não precisaria ser a pessoa que transmitiria a ela qualquer má notícia. As lágrimas já haviam removido qualquer pretensão de juventude.

— Manuela Innocenzi? — perguntou Blume.

Ela o deixara entrar no prédio sem uma pergunta sequer assim que ele informou que era da polícia. Nem Zambotto nem ninguém do escritório havia lhe retornado ainda.

Ela concordou com a cabeça e soltou os cabelos, deixando-os cair sobre os ombros. Estava descalça. Ela conduziu Blume à sala de estar. Ele olhou em volta, em parte esperando ver um retrato inequívoco de Benedetto Innocenzi, o velho chefão da quadrilha Nova Magliana. Ela fez um gesto para que ele se sentasse. Blume procurou alguma mobília adequada, mas não encontrou nenhuma. Relutantemente, deslizou sobre as gordas almofadas cor-de-rosa de uma poltrona.

— Enya! — gritou ela, e um setter irlandês aproximou-se de seus pés enquanto ela se sentava em um sofá rosa diante de Blume.

— Sou o comissário Blume. — Depois se manteve em silêncio enquanto observava o balanço dos seios dela sob o bustiê largo e a ruga em forma de V da pele visível quando ela inclinou-se e acariciou o cachorro, que era bem-cuidado.

— Qual é seu nome?

— Blume.

— Isso eu ouvi. Seu primeiro nome, foi o que quis dizer.

— Alec.

— É um nome escocês?

Blume não tinha a menor ideia.

— De onde você é?

— Da polícia.

— Sua origem.

— Estados Unidos.

— Verdade? Você gosta de cães, Alec?

— Por Deus, não. Mas sei que você gosta — disse ele. — É sobre isso que quero conversar.

— Sobre cães? Ou sobre um homem que dedicou a vida a cuidar deles?

— O outro. O homem, quero dizer — disse Blume. — Mas, se não se importar, eu gostaria apenas de esclarecer se estamos falando da mesma pessoa.

— Arturo Clemente — disse ela. — Foi assassinado. Esfaqueado até a morte. É sobre isso que está aqui para conversar comigo, não é?

Blume tentou encontrar um ponto de apoio nas almofadas que cediam.

— Sim. Onde ouviu falar sobre o assassinato?

— No noticiário.

— Rádio ou TV?

— Rádio.

— Ainda não foi divulgado — disse Blume.

— Sim, foi. Você não tem ouvido o rádio, só isso.

Era possível, pensou Blume. Naquela altura, a notícia já teria vazado.

— O que quero saber é se vocês estão fazendo alguma coisa — disse Manuela.

— O que quero saber — retrucou Blume — é como você sabe sobre a faca. Este detalhe também foi divulgado no rádio?

— Você não acha que tenha sido?

Ela pegara Blume outra vez.

— Não creio.

Blume lembrava-se agora do objetivo das reuniões matinais para coordenar investigações. Ele precisava de tais detalhes.

— Talvez não tenha sido, então — disse Manuela. A indiferença dela quanto a ser pega era absoluta.

O celular de Blume tocou e ele aproveitou a oportunidade para se esforçar para levantar da poltrona e ficar de pé no meio da sala.

— É ela. É definitivamente a filha — disse a voz de Zambotto. — Quer que alguém vá até aí?

Ele parecia satisfeito, como se não conseguisse esperar para contar a todos os amigos.

— Não. Obrigado de todo modo — disse Blume e desligou, voltando a atenção para a mulher. O rosto dela estava marcado e enrugado, como se as lágrimas fossem de ácido.

— O que disseram sobre mim? — perguntou ela.

— Nada. Era outra coisa.

— Claro que era...

— Assuntos de polícia.

— É o que sou neste momento. Assunto de polícia. Passei a porra da noite toda sentada aqui esperando que vocês, sacanas inúteis, viessem me fazer perguntas.

— Você poderia ter telefonado — disse Blume.

— Se vocês não tivessem nem ao menos me encontrado, então não estariam progredindo muito. Portanto, qual seria o motivo? De todo modo, não telefono para a polícia.

— Estou com um pouco de dificuldade para entender — disse Blume — Você pretende ajudar ou não? Vamos começar com algumas informações básicas.

— Dormi com Arturo cerca de 12 vezes. Não, não "cerca de". Exatamente 12 vezes. É o que você queria saber, não é?

Blume acomodou-se no largo braço da poltrona. Um fio de cabelo ruivo estava enrolado no tecido do apoio para o braço.

— Eu teria chegado aí de um modo mais indireto. E quanto à esposa dele?

— O quê?

— Não havia risco?

Blume passou casualmente um dos dedos sobre o tecido e enrolou o fio de cabelo entre o indicador e o polegar.

— Fizemos aqui, fizemos na casa de um amigo em Amatrice. Ontem foi a primeira vez na casa dele. A primeira e última vez. — Ela parecia mais irritada do que perturbada agora.

— Quem era o amigo no campo?

— Um amigo de Arturo. Não sou obrigada a responder suas perguntas, ou sou?

A ideia de levar a mulher para interrogatório parecia remota agora.

— Ainda não. Como soube a respeito do assassinato? E não diga que foi pelo rádio.

Manuela levantou um cacho revolto caído sobre a testa e ajeitou o cabelo com tapinhas.

— Um amigo de meu pai. Ele telefonou.

— E qual foi a fonte dele?

— Canais extraoficiais.

— Da polícia ou do judiciário?

— Em seguida você perguntará quem é o amigo de meu pai.

— Não, perguntarei em seguida a que horas esse amigo telefonou.

— Ontem à noite. Tarde. Telefonaram para saber se eu estava bem. Eram duas da manhã. Estou acordada desde então, aguardando vocês. Eu esperava que viessem dois policiais, no entanto.

Blume não estava surpreso com o vazamento da informação. Se o departamento e a equipe forense tinham vazamentos, o judiciário era uma torneira aberta. Mas a notícia chegara rápido demais até aquela mulher. Ela soube antes mesmo que se completassem os telefonemas entre as instituições policiais as agências de segurança.

— Certo. Agora, a próxima pergunta é: quem é a fonte?

— Tudo isso é irrelevante — disse Manuela. — Se você for sério, converso com você. Se não for, então quero que vá embora.

— O que quer dizer com "sério"? — perguntou Blume, pegando sua caixa de óculos escuros.

— Se você for sério quanto a pegar os desgraçados que mataram Arturo, ajudo você. Se eu puder.

Era mais uma intenção do que uma oferta. Blume pegou os óculos escuros e um pano azul macio para limpar as lentes.

— Já ouviu o nome Alleva?

Ela não hesitou.

— Sim. Não foi ele.

Blume guardou os óculos, dobrou o pano sobre eles, colocou cuidadosamente o fio de cabelo ruivo no pano e guardou a caixa.

— Não? — disse Blume. — Eu nem suspeitei dele.

— Faria sentido — disse Manuela. — Mas acredito que eu já teria ouvido algo a esta altura.

Blume concordou com a cabeça, tentando parecer esperto. Ele queria saber onde Alleva se encaixava, mas não podia perguntar. Ele prometeu a si mesmo que jamais faltaria novamente a uma reunião de investigação antes de lidar com uma testemunha e optou por outra estratégia.

— Quando foi a última vez que viu Arturo Clemente?

— Sexta de manhã. Saí às dez e meia. Estávamos juntos desde quinze para as nove.

— Onde foi isso?

— Na casa dele. Acabei de dizer.

— Estavam na cama juntos?

— Sim. Também acabei de dizer isso. Não é de surpreender que não façam muito progresso na investigação.

— Por que você foi embora?

— Porque ele me pediu, disse que a esposa estava voltando. Ela deveria ter ficado fora o final de semana todo. Quero que você confira isto. Por que ela estava voltando? Investigue-a. É o que deveria fazer. É uma cachorra insensível.

— Ela sabia a respeito de vocês dois?

— Talvez. Arturo insinuou que sim. Ele disse que não esconderia nosso relacionamento, mas não acreditei. Dormir na casa dele foi meu jeito de testá-lo. Estávamos planejando voltar para a casa do amigo de Arturo.

— Você pode me dizer quem era esse amigo?

— Ele trabalha na TV. Era íntimo de Craxi, De Michelis, Martelli, todas essas pessoas. Arturo estava fazendo um documentário com ele.

— Taddeo Di Tivoli — disse Blume, lembrando-se do nome que Ferrucci lhe passara.

— Ele mesmo. Nunca confiei nele. Acho que queria explorar o fato de que sou, você sabe, filha de meu pai, e conseguir um furo ou algo parecido. De todo modo, tem uma fazenda em Amatrice. Ele disse que Arturo poderia usar o lugar sempre que quisesse. Arturo tinha na carteira as instruções de como chegar lá. A chave ficava sob um arbusto de louros no jardim da frente. Ele não estava conosco, é claro. Eu não teria ido se estivesse. Arturo tampouco.

— É uma *villa* agradável, não é?

— É legal. Um pouco bolorenta. Cheia de lembranças de Di Tivoli quando era um garoto mimado.

— Há quanto tempo você mantinha o relacionamento com Arturo Clemente?

— Desde que o conheci, basicamente. Foi há seis meses.

— E por que você... Qual é a ligação entre alguém como ele... — Blume fez uma pausa, pensou sobre Alleva e as brigas de cães, resolveu o que queria dizer e fez a pergunta. — Você é defensora dos animais?

Ela acariciou o cão com um pé descalço.

— Pergunte à Enya aqui.

— E seu pai?

— Não.

— Ele não gosta de animais?

— Não foi o que eu disse. Ele tem outras preocupações.

— Sente-se diferente dele?

— Claro que sim. Sou filha dele, não um clone. Mas também sou próxima dele. Lembre-se disso.

— Então você é mesmo filha de seu pai?

— Não estou envolvida com os negócios dele, se é o que quer dizer. — Ela deu um meio sorriso para Blume com o canto esquerdo da boca. — Quem quer que tenha telefonado para você há um minuto poderá conferir.

Blume pegou um bloco de notas dobrado do bolso da camisa e abriu-o. Estava totalmente em branco.

— Você está falando agora comigo. Isto já é uma coisa que seu pai não faria.

— Não comece a tomar notas — disse Manuela. — Fico nervosa. E você está errado. Meu pai fala com muitos policiais, sempre falou. Ele é muito aberto também. Além do mais, tenho um motivo simples para falar com você.

Blume guardou o bloco de notas inútil.

— Qual motivo?

— Preciso que descubra quem matou Arturo. Mas esqueça Alleva. É perda de tempo. Se tivesse sido ele, já saberíamos.

— Como sabe que ele é um suspeito? Talvez nem tenha sido interrogado.

— Eu sei que vocês não o interrogaram — disse Manuela. — Vocês estão se mexendo muito devagar.

— Está me dizendo que alguém interrogou Alleva? Alguém como seu pai?

— Não estou dizendo nada específico — disse Manuela.

— Certo, vamos deixar Alleva de lado.

— Sim. É um beco sem saída — concordou Manuela.

— Agora, sem ser explícito demais quanto ao tipo de homem que penso que seu pai seja, deixe-me dizer que, por algum motivo, não o vejo defendendo os direitos dos animais como você. O que me diz?

— É justo.

— Ele desprezaria um defensor dos direitos dos animais, não é? — perguntou Blume.

— Animais não são a prioridade dele.

— Talvez ele reprovasse um homem que corresse para as autoridades para denunciar lutas ilegais de cães?

Manuela soltou uma gargalhada curta de quem fuma demais.

— Ele não mandou matar Arturo, especialmente do jeito que ocorreu. É o que você está tentando insinuar com seus rodeios.

— Eu não iria insinuar, iria dizer isso diretamente. Suponha que ele tenha achado que Clemente, um homem casado, estivesse, você sabe, desonrando você e, por extensão, ele também...

Ela abanou a cabeça.

— Não estamos na Sicília. Nem mesmo lá as pessoas ainda se comportam dessa forma.

— Algumas sim, e seu pai é de outra geração. Talvez ele tenha achado constrangedor. Talvez estivesse preocupado com a sua reputação. Pais podem ser esquisitos quando se trata de suas filhas.

Manuela deu de ombros.

— Mas esse não é o caso. Se alguém estava constrangido, era a esposa senadora dele, e não eu. Tive outros homens além dele. Arturo era casado e tinha seus defeitos, mas pensei...

Os olhos dela encheram-se repentinamente de lágrimas. Ela piscou e elas desceram por seu rosto, pegando Blume de surpresa. Ele não ouvira nenhum tremor ou falha na voz dela, e perguntou-se se as lágrimas eram verdadeiras. D'Amico jamais confiara nas lágrimas de ninguém. Ele costumava dizer que era a única coisa que Blume precisava aprender com ele.

Mas Blume acreditava que sempre eram ao menos um pouco verdadeiras. Tristeza era a única coisa com a qual se podia contar.

Com a voz ainda firme, Manuela prosseguiu:

— Desculpe. Que desperdício. Eu não esperava desmoronar na sua frente. — Ela secou as lágrimas das bochechas com os polegares. — Você perguntou há pouco se eu era parecida com meu pai.

Blume concordou com a cabeça.

— Me deixe dizer uma coisa que aconteceu quando eu era criança. Depois, julgue por conta própria — disse Manuela. — Sempre gostei de cães. Ganhei minha primeira cachorrinha, uma pequena border collie, ou collie misturado com um pouco de outra raça, no meu nono aniversário. Eu gostava dela, mas nunca lhe dei um nome, e meus pais jamais sugeriram que eu o fizesse. Quando eu tinha dez anos e meio... Talvez você já tenha conferido isso?... Minha mãe foi morta.

— Não — disse Blume. — Não li... Apenas descobri quem você é.

— Invadiram a casa — disse ela. — Não foi em Roma. Eles tinham ido para Foggia. Por que diabos alguém iria espontaneamente para Foggia é um mistério. Negócios, suponho. De todo modo, a casa pertencia ao tio-avô do meu pai ou algo parecido. Nada disso importa. Ela foi morta a tiros durante um assalto.

— Foi o que aconteceu?

— Foi um acontecimento anômalo.

— Anômalo. Esta é uma estranha escolha de palavra.

— Foi a que meu pai usou na época. Lembro-me de que não sabia o que significava. Às vezes, ainda não sei — disse Manuela. — Meu pai jamais descobriu quem foi o responsável.

— E a polícia?

Ela olhou para Blume como se ele fosse um simplório.

— Interpretarei isso como um não — disse Blume.

— Depois do funeral, algumas semanas depois, acredito, perguntei ao meu pai se podia batizar a cachorrinha de Eleonora, que era o nome de minha mãe. Eu era uma criança. Enfim, meu pai perdeu a cabeça. De um jeito que jamais voltei a ver. Ele gritou que mataria o animal; como eu poderia desonrar minha mãe daquela maneira? Depois, ficou semanas sem falar comigo. Finalmente, um dia me procurou e disse que estava na hora da cachorra receber um nome, um nome russo: Laika.

— Foi o primeiro cão a ir para o espaço — disse Blume.

Manuela fez uma pausa e olhou para ele em busca de ironia.

— Sim, comissário. De todo modo, o que eu quero dizer é que aquele era só o nome oficial dela.

Ela inclinou-se e acariciou com a mão o cachorro no chão enquanto prosseguia com a voz mais baixa.

— Às vezes, quando passeava com ela em um campo aberto ou em uma rua escura e tinha certeza de que ninguém estava por perto para ouvir, eu a chamava pelo nome da minha mãe, Eleonora.

Blume olhou para a criatura sedosa estirada no parquete.

— Não é ela, se é o que você está pensando — disse Manuela.

— Não. Suponho que não. Laika teria algumas centenas de anos de idade a esta altura, suponho.

— Obrigada. Devo estar com a aparência ótima hoje.

— Me expressei mal. Não sou bom com cães e suas idades. Então Laika-Eleonora morreu.

— Foi atropelada por um carro. Atropelamento e fuga. O cara freou depois de atingir Laika, depois pensou melhor e partiu disparado.

— Que pena.

— Eu tinha 12 anos quando isso aconteceu. Foi pouco mais de um ano depois da morte de minha mãe.

— Crianças não deveriam ter que sofrer essas perdas.

Manuela pareceu não ter ouvido.

— Me lembro de como meu pai ficou de pé no batente da porta, olhando para mim no corredor, os olhos cheios de pena. Corri até ele e ele me pegou nos braços. Lembro que foi muito carinhoso. Depois, sabe o que ele fez?

— O quê?

— Levantou meu rosto delicadamente, afastando-o do dele, e ajeitou o cabelo que cobria minha testa. — Manuela imitou o gesto enquanto olhava através do espaço estreito para Blume. — Ele me olhou nos olhos e disse: pobre Eleonora.

— Ah, então ele descobriu que você usava o nome.

— Ele sempre descobre, sempre sabe. Você deveria se lembrar disso, caso o conheça algum dia.

Manuela apertou os joelhos e fechou os olhos.

— Me senti próxima dele naquele momento, e igualmente próxima dele em outras ocasiões.

— Entendo por que se sente dessa forma. Ele parece ser um bom pai — disse Blume.

Ele não estava sendo sincero. Criminosos romanos tinham muitos problemas em relação à santidade das próprias famílias. Era uma das fraquezas deles. Em Nápoles, eram menos iludidos.

Manuela abriu os olhos azul-claros. Apontou para ele a borda branca e quadrada de uma unha feita por uma manicure e disse:

— Não, comissário, você está se desviando da questão central outra vez. Você perguntou se eu era mesmo filha de meu pai. A resposta é sim. Depois que ele me confortou, entreguei a ele o número da placa do carro. Levaram só quatro horas para caçar o desgraçado que matou minha cachorrinha.

11

SÁBADO, 28 DE AGOSTO, 14H40

Ao chegar à delegacia de Collegio Romano, Blume transferiu o fio de cabelo que pegara na casa de Manuela para um pequeno saco de papel, rotulou-o com o nome dela, data, local e horário de obtenção e deixou-o para ser entregue aos laboratórios na Via Tuscolana. Sem testemunhas, Manuela tranquilamente afirmou que estivera com Clemente, mas poderia mudar de ideia a respeito depois.

A caminho do escritório, Blume esbarrou em Paoloni no corredor.

— O que foi dito na reunião? — perguntou Blume.

— Quer dizer, além do Espírito Santo lamentando sua ausência irresponsável? Pouca coisa. Zambotto, eu, Ferrucci, praticamente só isso de gente de verdade. Gallone está comandando a investigação porta a porta, para isso temos 14 policiais uniformizados por três dias. Ele nomeou Micheli e Labroca para lidar com o relatório do laboratório criminal e a autópsia. Ele mesmo cuidará da assessoria de imprensa. D'Amico ficou de olho em nós em nome do Ministério. Foi basicamente isso. Gallone quer que investiguemos Alleva, e você parece ter uma pista com Manuela Innocenzi.

— Acho que não dará em nada — disse Blume. — Como a sua. Se Innocenzi estivesse envolvido, você teria pelo menos captado algo nas ruas, não?

— Definitivamente. O mesmo em relação a Alleva — disse Paoloni. — Não parece certo. Eu teria ouvido algo. Sei quem é ele. Tem um bom negócio na praça.

— Apostas, números, esse tipo de coisa? — perguntou Blume.

Paoloni encarou-o.

— Se tentasse, teria duas balas chacoalhando no crânio em uma questão de horas. Essa área é monopolizada.

Blume levantou as mãos.

— Certo, eu estava apenas pensando em voz alta. Alleva organiza brigas de cães, mas não gerencia apostas. Onde fica o dinheiro nisso?

— Bem, ele talvez tenha permissão para gerenciar algumas apostas, mas nunca cuidaria delas. Ele é tolerado. Atua em um nicho, prestando serviços com que os chefões não podem se incomodar ou não pensaram em atuar por conta própria. Tem somente um capanga, um cara chamado Massoni. Trabalham juntos há anos. Massoni cuida de toda a RP.

— RP?

— Sim, toda a intimidação e coisas do gênero, atua como leão de chácara, abre portas, faz Alleva parecer importante. Mas é só. Não creio que o *mamma santissima* Innocenzi permita que Alleva ou qualquer outro freelancer tenha mais do que um capanga.

— Alleva opera no território de Innocenzi?

— Alleva costuma promover as lutas de cães na área de Pontina, Selcetta, Trigoria, Ponte Galleria, esse tipo de lugar. Portanto, sim, opera bem dentro do território deles.

— Como é esse tal de Massoni?

— Bandido-padrão. Grande. Passa muito tempo com os braços cruzados e os pés afastados. Corte de cabelo militar, tatuagens. Alleva foi o alvo da batida dos nossos primos Carabinieri, sobre quem a RAI fez aquele documentário. Alleva é peixe pequeno, mas não teria problemas em lidar com um abraça-árvores como Clemente.

— Você precisa admitir que ele parece um bom suspeito — disse Blume.

— Com certeza. Além do mais, Clemente estava realmente incomodando Alleva por causa da questão dos cachorros — disse Paoloni. — É quase possível simpatizar com Alleva por eliminá-lo daquela forma. Mas não ouvi um sussurro sequer nas ruas... Lá vem meu antecessor...

Blume virou-se e viu D'Amico descendo o corredor na direção deles.

— Até mais tarde — disse Paoloni.

— Claro.

— Ei, Alec. O *vicequestore* quer trocar uma palavra com a gente. Ele está no escritório.

Blume seguiu D'Amico até o final do corredor, onde Gallone tinha um escritório com vista para a *piazza*.

— Onde estava hoje de manhã, comissário? — indagou Gallone.

Blume sentou-se sem responder. D'Amico sentou-se um pouco mais próximo da mesa de Gallone, esticou um punho branco de seu casaco cinza e ajustou uma abotoadura de titânio. Depois, inclinou-se para a frente e deu um tapinha no joelho de Blume.

— Em que ponto está na investigação, Alec?

Não que Gallone quisesse falar com os dois. Eram Gallone e D'Amico que queriam falar com ele, uma imitação ruim da tática do policial bom e do policial mau.

Blume relatou todas as ações da noite anterior, até o ponto em que visitara o escritório de Clemente e encontrara alguns papéis com o nome de Alleva. Ele parou e olhou para a bochecha perfeitamente barbeada de D'Amico para ver se havia qualquer sinal de rubor. Nada.

— Como vocês dois sabem — disse Gallone —, a pessoa encontrada morta em casa ontem era um certo Arturo Clemente. Ele é, ou era, um novo membro do Partido Verde, e tinha acabado de ser escolhido como candidato para as eleições regionais de Lazio no ano que vem. Isso já basta para criar um acontecimento para a mídia. Mas poderíamos ao menos ter esperado que o assassinato de um aspirante inferior do Partido Verde não causasse um alvoroço enorme.

Gallone reviu mentalmente a última frase e decidiu que ela precisava de uma correção política.

— Independente de qualquer coisa, lamento o assassinato. Mas, isso é o que importa, a esposa dele é... Sveva Romagnolo, membro eleito do Senado da República. Foi ela quem descobriu o corpo do marido.

— Achei que tivesse sido o filho — disse Blume. — Não foi o que me contou, Nando? — Ele voltou os olhos para D'Amico. — O filho encontrou o corpo?

D'Amico concordou com a cabeça.

— Está certo. Foi o filho.

— Uma pessoa menor de idade não conta — disse Gallone. — Não foi a criança quem fez a chamada. É cansativo para mim ter que dizer tudo isso novamente. Se tivesse comparecido à reunião desta manhã, você saberia de tudo isso. Espero que seu suposto informante confidencial tenha fornecido dados úteis.

— Nenhum — retrucou Blume. — Mas eu queria perguntar, e me desculpe caso tudo já tenha ficado perfeitamente claro na minha ausência, mas para quem Romagnolo telefonou primeiro?

Gallone refugiou-se atrás da mesa e reclinou-se na cadeira.

— Para quem ela telefonou primeiro? — repetiu Blume. — Para nós, para os Carabinieri, para a mãe, a ambulância, outra pessoa?

— Acontece que estou entre as primeiras pessoas que falaram com Sveva Romagnolo — disse Gallone. — Ou talvez eu tenha sido a segunda pessoa. Compreensivelmente, ela telefonou para um oficial de primeiro escalão do Ministério que também é amigo dela. O importante é que ela informou imediatamente às autoridades. Na verdade, fez isso três vezes. O assassinato do cônjuge de um membro do parlamento é uma notícia terrível. Estaremos sob muita pressão, tanto por parte dos partidos aliados com os Verdes quanto dos partidos do governo, que estarão ansiosos para serem vistos como não discriminatórios. É melhor manter isso no mais alto nível possível, portanto provavelmente foi bom que ela tenha telefonado para um oficial superior. — Ele fez uma pausa e depois acrescentou um toque irônico. — Pelo menos não telefonou para os Carabinieri.

— Bem, senhor — disse Blume —, acredito que quem quer que tenha cometido o crime não era um profissional. Essa é minha teoria até agora. Por essa razão os peritos não encontrarão as impressões do assassino no banco de dados da AFIS, e grande parte das evidências que obterão serão excludentes. O mesmo vale para o DNA. Também não acredito que a autópsia nos revele muita coisa. Isso torna Alleva um suspeito menos provável.

D'Amico cruzou a perna sobre o joelho e voltou um sapato pontudo na direção de Blume.

— Está dizendo que ele não tinha um motivo, Alec? — perguntou.

— Talvez tivesse. — Mas um criminoso profissional, até mesmo um que não fosse experiente, faria tamanha bagunça?

Ele manteve o olhar firme, observando a expressão de D'Amico.

— Há oito meses os Carabinieri fizeram uma batida em um ringue de lutas de cães — disse D'Amico. — E o organizador do ringue era Renato Alleva.

— Sim. Sei disso.

Agora era a vez de Gallone:

— A vítima, Clemente, estava em campanha contra as lutas de cachorros. Ele cooperou na realização de um documentário televisivo sobre o tema.

— E o tal Renato Alleva foi preso em consequência da campanha? — perguntou Blume.

— Sim — disse Gallone.

— Não — retrucou D'Amico, e depois levantou uma das mãos para tranquilizar Gallone. — Quero dizer, não preso. Apenas detido. Foi liberado imediatamente.

— Detido, então — disse Gallone. — O ponto é que Alleva tem uma longa ficha criminal.

Blume voltou-se para D'Amico.

— Nando, me conte sobre essa ocorrência.

— Foi uma espécie de reality show televisivo. As câmeras estavam ligadas, os Carabinieri invadiram, detiveram 47 pessoas, anotaram nomes, acusaram Alleva e mais alguns outros. Lacraram o ringue de lutas. Uma equipe filmou o lugar, um armazém perto da Via della Magliana, no quilômetro 15. Filmaram os cães, entrevistaram alguns Carabinieri e alguns dos detidos. E foi isso.

— Entrevistaram alguns dos detidos? — perguntou Blume.

— Sim, está citado no relatório. Mas não está especificado quem.

— Não deram continuidade?

— Não.

Gallone bateu as mãos gordas vividamente, como que para indicar o final da reunião.

— Bem, comissário Blume, parece que você está pronto para seguir a linha investigativa mais significativa, que leva diretamente a Alleva.

— Antes de nos agarrarmos a linhas, eu gostaria de completar os primeiros passos básicos. Como entrevistar a viúva.

— Já fiz isso — disse Gallone. — Não é necessário.

— Você redigiu um relatório que possamos ler, senhor?

— Vou escrever um relatório depois desta reunião — disse Gallone.

— Ainda assim, eu gostaria de entrevistá-la por conta própria, senhor — insistiu Blume.

— Fora de questão. Este é um caso que exige delicadeza. Não quero você pisoteando a tristeza da mulher. Você não tem diplomacia. E não tem minha autorização.

— Percebo. A viúva provavelmente não é nosso principal interesse, de todo modo.

— Fico feliz em ouvi-lo dizer isso, comissário.

— E Alleva muito menos.

— Não vejo como pode chegar a tal conclusão.

— Você estava se perguntando quanto ao meu paradeiro nesta manhã, senhor? Entre outras coisas, estava entrevistando uma mulher chamada Manuela Innocenzi.

— E quem é ela?

— O pai dela é um certo Benedetto Innocenzi — disse Blume, erguendo uma sobrancelha.

— Não compreendo. Qual é a ligação dela?

— Genealógica. Pai e filha. Não poderia ser mais simples.

— Não foi o que eu quis dizer, diabos. Com o caso. Qual é a ligação dela com o crime?

— Clemente estava tendo um caso com ela.

Gallone sentou-se na cadeira de couro verde, quase desaparecendo atrás da mesa. Ele cruzou os braços enquanto Blume falava sobre as roupas de cama, a secretária no escritório de Clemente, a entrevista com Manuela Innocenzi. D'Amico balançou lentamente a cabeça de um lado para o outro em admiração silenciosa.

Quando Blume terminou, Gallone socou a mesa e disse:

— Quando você pretendia nos revelar essa novidade sobre a filha de Innocenzi, comissário?

— Quando? Acabei de fazer isso.

— Não precisamos disso — disse Gallone. Ele pegou o telefone celular, depois olhou para o aparelho com repulsa. Independentemente de para quem ele se reportasse a pessoa não ficaria feliz com aquela nova informação.

— Isso complica as coisas — disse Blume. — Mas acho que eu conseguiria fazer você se sentir um pouco melhor quanto a essa situação, *questore*.

— E como pretende fazer isso? — Gallone tentou demonstrar severidade, mas a pergunta tinha um toque de esperança.

— Analisando os fatos diretamente — disse Blume. — A carteira da vítima parece ter desaparecido, mas não acredito que estamos lidando com um assalto que fugiu do controle. Além do mais... Você pode confirmar isso, Nando... O assassino deixou impressões em todas as partes.

— É o que parece — respondeu D'Amico. — É cedo demais para afirmar com certeza, já que precisamos obter as impressões de outras pessoas, como da esposa, de amigos e tudo o mais, mas, basicamente sim, parece que ele até deixou uma impressão digital 3D perfeita em uma barra de sabão.

— Então ele entrou no quarto e revirou as roupas, inclusive as da esposa. Dorfmann disse que as facadas demonstravam indícios de um frenesi contido. Acredito que possamos eliminar um assassinato profissional pelo simples fato de ele ter usado uma faca. Estamos procurando alguém que, provavelmente, é bastante jovem.

— Por que uma pessoa jovem? — perguntou Gallone.

— Homens mais velhos usam armas de fogo. Os ainda mais velhos usam outras pessoas — disse Blume.

Naquele instante, a porta foi aberta. Blume vislumbrou uma mulher de cabelos ruivos com uma blusa branca e jeans azuis.

— Ops. — Foi tudo que ela disse antes de sair da sala.

— Quem era essa mulher? — perguntou Gallone.

— Não sei, senhor. Quer que eu a chame de volta? — disse Blume, ameaçando se levantar.

— Não. Acabo de me lembrar. Tenho um compromisso. Você estragou toda minha agenda para o dia, Blume.

— Ela era parte da sua agenda? Lamento terrivelmente.

— Prossiga com sua teoria.

— Minha hipótese, senhor. A primeira impressão que se tem quando se observa a cronologia é que o assassino parece ter operado de forma oportunista. Ele sabia como entrar. Ele planejou, mas foi descuidado quanto às impressões e outras coisas. É um pouco contraditório, mas significa que ele sabe que suas impressões não constam nos arquivos. Todas aquelas evidências forenses serão inúteis a menos que o capturemos. Contudo, quando fizermos isso, ele não terá a menor chance. A esposa de Clemente e Manuela Innocenzi estavam fora quando o assassino atacou. Talvez tenha acontecido dessa forma e só isso. Talvez não. Preciso falar com a esposa agora.

— Você não vai falar com a esposa, comissário. Não até que eu mande — disse Gallone.

Blume ignorou-o e prosseguiu.

— Parece claro que a vítima abriu a porta. Também encontramos uma caixa de compras. Creio que o assassino possa ter se passado por entregador para entrar. Penso que foi criativo e usou os itens que encontrou na cena. As circunstâncias sugerem que Clemente não conhecia o rosto do assassino. Mas digamos que as compras não estivessem para ser entregues. E então?

— Prossiga — disse Gallone.

— Não sei. Estaria o assassino seguindo o entregador por aí, esperando por uma oportunidade? Parece improvável. Parece muito mais provável que ele tenha entrado na casa de outra maneira. Em outras palavras, ele devia ter alguma outra ideia em mente para fazer Clemente abrir a porta. E isso significa que devia haver um ponto em comum entre eles. Portanto, precisamos investigar os amigos de Clemente e, senhor, precisamos fazer algumas perguntas à esposa.

— Não gosto da sua insistência na esposa e nos amigos — disse Gallone. — Já temos um suspeito principal, Alleva, e agora você nos diz que há também uma conexão com Innocenzi, embora eu ainda considere Alleva o candidato mais provável.

D'Amico levantou-se.

— Não, senhor. O comissário Blume está certo. Se excluirmos Innocenzi tendo por base o fato de que o assassinato foi completamente antiprofissional e o deixa exposto demais a suspeitas, então precisamos excluir Alleva precisamente pelo mesmo motivo.

— Então você não acredita mais na hipótese sobre Alleva, Nando? — perguntou Blume. — Apesar da evidência documental que encontrei na mesa do escritório? Sabe o que aquilo me pareceu? Como se uma pessoa tediosamente organizada tivesse se esforçado ao máximo para espalhar papéis por lá, mas não tivesse paciência para fazer bagunça demais.

Acima da gola branca limpíssima de D'Amico, surgiu o mais tênue indício de ruborização, que desapareceu quase imediatamente. Mas ele balançou um dedo mandatório para Blume e girou os olhos na direção de Gallone. Agora, D'Amico estava fingindo ter voltado para o lado de Blume, seu antigo parceiro e amigo, como se cortasse Gallone da conversa.

Quanto a Gallone, ele mergulhara nos próprios pensamentos e parecia preocupado demais até mesmo para reconhecer que alguém estava deixando seu escritório sem ter sido dispensado. Quando D'Amico fechou a porta atrás deles, Blume viu-o estremecer e, depois, pegar novamente o celular prateado.

12

SÁBADO, 28 DE AGOSTO, 15H10

Blume atravessou a cidade rumo ao gabinete do juiz investigador em Prati.

— Alec — disse Principe, reclinando-se e esticando os braços atrás da cabeça, revelando manchas de suor nas axilas. — Sentimos sua falta de manhã.

— Estou aqui agora.

— Você chega quando está quente demais para pessoas sãs pensarem direito.

Blume olhou para um aparelho enferrujado de ar condicionado pendurado na metade inferior da janela.

— Aquela coisa não funciona?

Principe deu ombros.

— Nunca tentei usar. Ar condicionado causa infecções de garganta, resfriados e espasmos musculares. Ouvi que você quer conduzir a investigação em outra direção. Em uma rota de colisão com a segunda família criminosa mais importante de Roma.

— Como sabe disso?

Principe balançou as mãos como um mágico.

— Mágica de juiz — disse.

— Quem telefonou antecipadamente? — indagou Blume. — O Espírito Santo?

— Sim, ele me inteirou sobre o seu encontro com Manuela Innocenzi. Agora quer que eu impeça você. Devo fazer isso?

— Não vejo motivo. Duvido que a organização de Innocenzi tenha qualquer relação com o assassinato. O crime foi um ataque grosseiro executado por um amador.

— Ou por um profissional imitando um amador — disse Principe. — Quanto mais sujo o assassinato, mais burro o assassino parece e menor a probabilidade de que o liguemos a um profissional como Benedetto Innocenzi.

— Conversaremos depois que eu tiver entrevistado a viúva.

— Ah. Esta era a outra coisa que ele queria que eu proibisse.

— Bem, você não quer bloquear as únicas duas vias da investigação.

— Não. Você deve ir em frente e conversar com a viúva. Parece que não está convencido com a terceira via... A que conduz a Alleva?

— Não estou excluindo nada — disse Blume. — Quanto ao documentário televisivo com que Clemente estava envolvido, poderia ser útil obtermos uma cópia dele com a RAI. Talvez também uma lista de todas as pessoas envolvidas na produção. Você poderia enviar Ferrucci. Telefone antes, facilite a vida dele. Não é material confidencial. Foi transmitido em rede nacional há um mês, ou para a parte da nação que ainda está acordada às onze da noite e assistindo à RAI 2.

Principe pegou uma caneta-tinteiro.

— Ótimo. Mais alguma coisa?

— Não por enquanto — disse Blume. — Quer tomar um café?

Principe balançou a cabeça com tristeza.

— Não posso. Café é cheio de cafestol. Meu médico diz que não faz sentido tomar Zocor à noite e depois desfazer todo o bom trabalho durante o dia.

— Não tenho a menor ideia do que você está falando — disse Blume.

— Você deveria prestar atenção a estas coisas — disse Principe. — O estresse aumenta o colesterol. Você parece estressado.

— Eu ficaria mais estressado se não pudesse tomar café por causa de... Seja lá o que for aquilo — disse Blume.

— Cafestol. Posso beber café filtrado, você sabe, aquela infusão cinzenta de que vocês, americanos, gostam. Aparentemente, não contém cafestol. Mas não consigo fazer isso. Prefiro morrer.

Blume pegou o carro, que estava estacionado diante do tribunal, e dirigiu de volta para a delegacia. Estacionou na *piazza* em frente à delegacia, acenando com a cabeça para o flanelinha, o qual tinha centenas de chaves de veículos presas a correntes ao redor da cintura que tiniam enquanto ele caminhava.

Blume entrou no pátio da delegacia, que até recentemente estivera ocupado por viaturas e um jipe Fiat muito velho. Mas haviam decidido ocupar a *piazza* diante do prédio e devolver ao pátio a função original de jardim interno, com uma fonte no meio. A remoção dos carros não fizera flores brotarem em meio ao concreto. E ninguém pensara em consertar a fonte, uma estrutura coberta de limo, supostamente feita por Borromini, com esquadrões de pernilongos voando ao redor.

Ao chegar no centro do pátio, Blume levantou o olhar do chão à sua frente e viu alguém sentado no banco de madeira dilapidado. Mesmo antes de olhar diretamente para a pessoa, Blume já a registrara como a mulher que havia entrado na reunião por engano. Seu objeto de estudo era a fonte decrépita.

O pescoço da mulher era branco e gracioso, e o cabelo, da mesma cor acobreada das folhas da ameixeira-da-pérsia atrás dela. Ela cruzara uma perna sobre a outra e pousara um caderno de desenho sobre o joelho. A vinte passos de distância, Blume imaginou poder detectar o cheiro de sabão branco e cores pastel que o fizeram se lembrar de repente de um momento na creche em Seattle, havia muito tempo.

Ela vestia calças jeans, sandálias Birkenstock e uma blusa branca. Algo na brancura da blusa de algodão, na claridade da pele dela, disse a Blume que era americana. Algumas folhas soltas do caderno de desenho revoavam ao vento. Agora, Blume percebia que ela era apenas poucos anos mais jovem do que ele. A dez passos de distância, resolveu dizer-lhe algo. Ela sentiu a chegada de Blume, levantou o olhar e sorriu para ele.

Ele sorriu e indicou com a cabeça o desenho que ela estava fazendo. Ela meio que o levantou, quase como se pedisse a opinião dele. Ao fazer isso, uma lufada de vento e poeira levantou alguns papéis que estavam ao lado dela no banco, fazendo-os flutuarem até o chão. Uma folha deslizou sobre o pavimento rachado, perdendo a brancura imaculada. Blume apanhou-a, apesar dos protestos da mulher, que disse "*Grazie — non importa*". Segurando a folha de papel com um leve ar de reverência, Blume abordou-a.

— Aqui está — disse ele em inglês.

— *Non era necessario* — disse ela com um sorriso que despertou em Blume uma sensação de pressão no peito. Ele esperava que ela percebesse que ele falara em inglês.

— Sem problema. — Desta vez, a mensagem foi captada.

— Ah, então você fala inglês? Demorei um pouco para perceber.

— Tudo bem. — Blume sentia-se contrariado.

— O vento — explicou ela.

— Sim, eu vi.

Posso ver correntes de ar invisíveis. Tenho este dom.

Mas ela não pareceu reparar na construção de frases dele; recolheu as folhas de papel e, sem separar as limpas das sujas, nem mesmo as em branco das que continham desenhos, enfiou todas em uma bolsa de couro macio. Agora estava guardando todos os seus pertences, como se a lufada de vento fosse uma ordem repentina para abandonar o campo. Sua mão direita estava coberta de pó de carvão, mas a blusa permanecia perfeitamente branca.

— Vamos lá, vejamos o último que fez. Meus pais eram professores de arte. Entendo um pouco dessas coisas.

Rindo, ela tateou dentro da bolsa, finalmente escolhendo um desenho, e mostrou-o a ele.

Blume encontrou-se olhando para um borrão de carvão. Não queria pegá-lo com as próprias mãos para evitar segurá-lo de cabeça para baixo, de lado ou algo do gênero.

— Aposto que está se perguntando por que estou desenhando em uma delegacia de polícia.

Na verdade, ele estava se perguntando como poderia convidá-la para um drinque. Todas as outras indagações foram suspensas de sua mente, de modo que, quando ela lhe fez outra pergunta diretamente, ele respondeu com uma sinceridade distraída.

— Meu desenho está bom?

— Ainda não.

Era o que o pai de Blume teria dito a ele. Dizia a ele.

— Sabe de uma coisa? É bom que fale isso. Eu poderia ter ficado assustada se você tivesse sido todo galanteador.

— Não estou dizendo que não tenha futuro...

— Não estrague. Apenas me diga, você poderia fazer melhor?

— Não. Fui uma grande decepção para meu pai. Peço a Paoloni para fazer os desenhos das cenas, e você deveria ver o trabalho dele.

— Sou Kristin. Começa com um *K*. Estou de saída.

— Alec, apesar de meu nome variar dependendo de quem estiver falando comigo. A maioria diz Alex, Alessio, Alessando ou Alè. Mas, em todos os casos, começa com um *A*.

Blume parou de falar e desejou ter pensado em parar antes.

Ela guardou suas coisas e começou a atravessar o pátio na direção do portão principal. Blume caminhou ao lado dela. Ela era quase tão alta quanto ele.

— De onde você é, Alec?

— Trabalho aqui.

— Antes disso.

— Seattle.

Há seis anos, ele cruzara a marca intermediária. Agora, passara mais tempo da vida na Itália do que fora dela. Mas nascera em Seattle.

— Sou de Vermont. Perto de Plymouth. — Ela fez uma breve pausa para ver se ele teria algo a dizer a respeito. — Está há muito tempo na Itália?

— Sim, algum tempo. — disse Blume. Um pouco mais do que algum tempo. Vinte e dois anos. Ele não diria isso a ela. Estava apenas começando a dizer para si próprio. — O que tinha a tratar com o *vicequestore aggiunto*?

— Gallone, não é? Eu só precisava entregar a ele um convite para uma conferência.

Blume desejava saber mais, mas não queria desperdiçar tempo falando sobre Gallone. Haviam chegado à *piazza* diante da delegacia e ele corria um perigo iminente de perdê-la.

— Você estará por aqui mais tarde, à noite? — Pronto, ele havia falado. Kristin parou e avaliou-o com os olhos.

— Claro — disse ela finalmente. — Vou tomar um drinque com amigos em Trastevere. Conhece a fonte na Piazza Santa Maria? Marcamos de nos encontrar lá às nove e meia da noite.

— Não quero me intrometer em nenhum plano nem nada do gênero — disse Blume, perguntando-se quem seriam os tais amigos, quantos estariam presentes e, mais importante, de qual sexo seriam.

— Estarei lá. Você será muito bem-vindo caso queira se juntar a nós.

Kristin levantou uma das mãos para indicar o fim da conversa, transformou o movimento em uma espécie de saudação e afastou-se antes que Blume pensasse em algo para dizer.

Ainda assim, ele estava satisfeito. Seu último relacionamento terminara dois anos antes, depois de uma briga enorme que começara, entre várias coisas, por causa de sua recusa em votar. Elena abandonou-o e, três meses depois, casou com um membro mais participativo do eleitorado.

Quando estava na casa dos 20 anos, Blume tivera a rara distinção, quase desconhecida na Itália, de não viver com os pais, tampouco de depender deles. Mas fracassara em explorar o potencial pleno de sua autonomia. Ele considerava flertar e as outras preliminares tão excruciantes que, em vez de passar novamente por elas, ficava com a mesma mulher, não importando a velocidade com que o relacionamento deteriorasse.

O encontro com Kristin não fora tão ruim. Talvez ele estivesse melhorando com a idade. Ele foi à cantina para um almoço tardio, pediu um café e se esqueceu de comer.

13

SÁBADO, 28 DE AGOSTO, 16H15

DE VOLTA AO escritório, Blume leu uma lista de nomes que Ferrucci obtivera com os Carabinieri. Até agora, Ferrucci já se desculpara cinco vezes por ter ajudado D'Amico na noite anterior sem informar a Blume. Blume desculpara-o, mas não permitiria que ele soubesse disso ainda.

Os Carabinieri detiveram 47 pessoas e liberaram 46 sem que fossem acusadas formalmente. A única acusação formal foi contra Renato Alleva, organizador do evento. Foi sua sétima detenção.

Nesta, como nas seis ocasiões anteriores, Alleva fora acusado de acordo com os artigos 718-721 e 727 do Código Penal. O primeiro conjunto de artigos referia-se a apostas ilegais, e Alleva foi inocentado todas as seis vezes porque ninguém encontrara nenhum dinheiro com ele. O artigo 727 referia-se a maus-tratos a animais, e em cinco ocasiões distintas no passado consideraram que ele havia desrespeitado o estatuto, o qual vinha no final de uma seção que estabelecia as penalidades para crimes similares, como dizer palavrões em público, insultar a Deus e falar mal dos mortos.

Desta vez, contudo, um promotor ambicioso também acusara Alleva de formação de quadrilha. Era uma acusação grave, e Renato Alleva contratara advogados de verdade para lidar com a questão no Tribunal de Primeira Instância. Ele venceu. O caso estava agora agendado para ser levado ao Tribunal de Apelações.

Oito cães foram recuperados e sacrificados. Uma carta de protesto da LAV datada de 12 de outubro do ano anterior foi anexada. A LAV era a organização de Clemente. Uma garantia de que a ligação entre Clemente e Alleva era direta. Portanto, talvez Gallone estivesse correto em insistir em Alleva. Mas, por enquanto, Blume seguiria o próprio instinto, as certezas de Paoloni e a palavra da filha de um chefão do crime organizado.

Blume esticou a cabeça para fora do escritório.

— Ferrucci. Se Paoloni estiver por aqui, quero que venha me ver.

Dez minutos depois, Paoloni entrou. Ele apontou para o relatório dos Carabinieri na mesa de Blume.

— Já vi. Tem um promotor que precisa ser evitado — disse ele.

— Ele é jovem — disse Blume.

— Ferrucci também é, mas até ele sabe que não deve passar batido por isso na esperança de avançar na carreira.

Blume concordou com a análise de Paoloni. As brigas de cães eram excelentes territórios para negociações. Pessoas faziam apostas e transmitiam informações. Acordos eram fechados, ordens eram passadas e ânimos eram avaliados. Elas forneciam uma boa interseção da vida criminal em um único lugar. Como lutas de boxe, só que ainda mais. Quando Paoloni e outros detetives operando nas ruas precisavam enviar um aviso ou pedido, uma luta de cães era o ponto de conexão perfeito. Valia a pena sacrificar alguns animais em prol da manutenção da paz.

Certamente, Alleva estava na companhia de criminosos. Ferrucci listara as acusações feitas contra os homens detidos. Depois, separou-as em categorias, marcando 12 nomes que haviam cumprido pena por crimes violentos e 26 que haviam sido acusados e não foram condenados. Os outros tinham históricos relativos a tráfico de drogas, roubos, vandalismo, comércio sem licença, conduta desordeira e daí em diante.

Somente três nomes não haviam sido condenados anteriormente.

— Temos 12 criminosos violentos condenados — disse Blume. — Cinco deles cumpriram pena por assassinato, os outros sete por agressão. Suponho que podemos começar por eles.

— Vou investigar — disse Paoloni. — Mas não acho que tenhamos um motivo para nenhum deles.

— O único com um motivo claro é Alleva. Como diz o Espírito Santo.
— Sim, mas não foi ele — retrucou Paoloni. — Tampouco foi ele quem ordenou o crime. Você confia em mim quanto a isso?
— Me lembre mais uma vez do motivo pelo qual você e eu sabemos que não foi Alleva.
— Intuição.
— Deixe a intuição de lado — disse Blume.
— Você não acredita em intuição?
— Claro que acredito. É aquele dom misterioso que os policiais têm de saber que estão certos quando estão errados.
— Conheço Alleva — disse Paoloni. — Ele é delicado demais. Não comete atos violentos. Esta é a prerrogativa da quadrilha de Innocenzi. Ele age porque tem permissão para isso.
— Nada de violência?
— Um pouco de intimidação leve, é tudo. Só funciona com algumas pessoas. Veja o nome dos caras na lista... como você faria para intimidá-los?
Blume apontou para a lista sobre a mesa.
— Então você acha que deveríamos priorizar esses caras, e não Alleva?
— Com certeza — disse Paoloni. — Isso já nos dá o ponto de interseção com Clemente.
— Mas Alleva tem um motivo — disse Blume. — Bem, não me entenda mal agora. Não estou engolindo a ideia defendida pelo Espírito Santo, nem sequer gosto de cachorros. Mas, da maneira que vejo a situação, uma pessoa que faz esse tipo de coisa com animais burros não teria muito problema em fazer o mesmo com um humano. Me dê uma razão forte.
— Certo — disse Paoloni. — Ele me telefonou hoje de manhã e disse que estava preocupado com o que aconteceu com Clemente.
— Alleva telefonou para você? É seu amigo?
Paoloni enfiou os dedos nas passadeiras de cinto dos jeans e ergueu as calças.
— Ele me telefonou. É meu trabalho conhecê-lo, e a pessoas como ele.
— Prossiga.

— Ele disse que as pessoas estavam erradas ao ligá-lo a Clemente.

— Pessoas como nós?

— Pessoas mais perigosas. É possível que Alleva já tenha travado uma conversinha intensa com alguns executivos de Innocenzi, ou com o próprio *mamma santissima*.

Blume lembrou-se de Manuela e de como ela eliminara Alleva categoricamente.

— Alleva disse que falou com eles?

— Não — disse Paoloni. — Mas soava como se tivesse falado. O que quero dizer é que ele parecia assustado. Innocenzi não aprecia muito a iniciativa privada. Alleva é tolerado, mas se quiser peidar, precisa de permissão. E agora você diz que a vítima estava envolvida com a filha de Innocenzi. Por que alguém faria isso?

— Talvez ele não soubesse. Não há motivo para Clemente ter ligação com Innocenzi, não se fosse honesto. Eu não fiz — disse Blume.

— Você é tão honesto quanto se pode ser — disse Paoloni.

Blume ignorou o sarcasmo.

— Alleva não ousaria tocar em uma pessoa com quem a filha de Innocenzi estivesse dormindo, não importa o quanto tal pessoa fosse ruim para os negócios. Ele teria consultado Innocenzi, o que coloca Innocenzi novamente em cena, exceto pela natureza do assassinato. Mas suponhamos que Alleva não tenha feito a ligação. Suponhamos que tenha decidido que o ativismo de Clemente se tornou caro demais. Suponhamos que tenha ordenado a eliminação de Clemente sem saber nada a respeito de sua vida sexual.

— Pensei que não estivesse convencido do ponto de vista relativo a Alleva — disse Paoloni.

— Não estou. Mas não posso eliminá-lo apenas para irritar Gallone, D'Amico e quem quer que esteja comprando esta ideia.

— Eles não engolem a história mais do que nós... pelo menos, seu ex-parceiro, D'Amico, não engole. Ele está apenas seguindo ordens, e a ordem é a de fechar o caso o mais rápido possível, com o mínimo de alvoroço.

— A viúva não gostaria disso. Ela gostaria que descobríssemos quem matou o marido — disse Blume.

— Talvez. Mas, também, talvez não.

— Por que não iria querer?

— É senadora.

— Isso é bastante cínico — disse Blume.

— Políticos são todos iguais. — De repente, Paoloni abaixou a voz e colocou a mão no ombro de Blume. — Alleva sabe de algo a seu respeito? Algo que possa fazer você querer defendê-lo?

— Não — disse Blume, afastando-se do alcance de Paoloni. — Ele não sabe. E quanto a você? Ele sabe de algo a seu respeito?

Ele esperava que Paoloni reagisse com raiva ao contra-ataque, mas Paoloni apenas disse:

— Ele poderia saber. Talvez a respeito de outros, também.

— Algo grande?

— Eu não iria para a cadeia por causa disso, mas é algo que não ajudaria em nada minha carreira. Mas vou lhe dizer uma coisa: o que Alleva sabe sobre mim é pouco em comparação com as informações de Innocenzi sobre mais da metade do departamento e praticamente todos os políticos locais. Além disso, ele tem alguns mentores políticos bastante convincentes no Parlamento. Portanto, não importa o que aconteça, o rumo dessa investigação vai se desviar totalmente de Innocenzi, como se ele fosse uma rocha oculta. Alleva vai conseguir se vingar de pessoas como eu.

— Você e outros.

— Alguns outros. Não dou andamento ao caso contra ele porque não acredito que haja um caso. Mas acho que você vai me ajudar.

— O que faz você pensar isso?

Paoloni pegou um maço de MS, extraiu um cigarro amassado e acendeu-o. Era proibido fumar nos escritórios, mas nunca denunciaram ninguém por desrespeitar a norma.

— Dois motivos — disse ele. — Primeiro, você é meu oficial superior e cabe a você cuidar dos meus interesses, assim como cuido dos seus.

— Espero que o segundo motivo seja mais convincente que o primeiro — disse Blume. — E apague o cigarro.

Paoloni jogou o cigarro ainda aceso no chão. A fumaça subiu até as narinas de Blume. Ele foi até o cigarro e esmagou-o com a sola do sapato.

— O segundo motivo — prosseguiu Paoloni — é que você também não acredita que Alleva tenha qualquer relação com o crime, por isso não é como se eu estivesse lhe pedindo para fazer vista grossa.

— Não — disse Blume. — Mas também não vamos fingir que Alleva não existe. Ele será detido e interrogado. Quero falar com a viúva mas, basicamente, Alleva é nosso próximo passo.

14

SÁBADO, 28 DE AGOSTO, 17H

— Você estava absolutamente certo desde o começo — disse D'Amico. Ele apoiara os braços dobrados sobre o teto de um sedã cinza diante da delegacia. — Não podemos nem mesmo elaborar uma linha de tempo sem a ajuda da esposa, senadora ou não. Parece que o Espírito Santo precisará que ela forneça impressões digitais e uma amostra de DNA, mas precisamos do depoimento dela. Ela poderia até mesmo ser uma suspeita.

— Vejo que decidiu ir comigo à casa da viúva.

— Eu trouxe um carro. Podemos muito bem ir agora. Podemos conversar no caminho.

— Não é sobre a viúva que quero conversar — disse Blume. — Eu dirijo.

— Isso não é possível, Alec. É um carro do Ministério. Questão de seguro. Sinto muito.

— Muito bem. Enquanto você dirige, pode me contar sobre aquela tentativa patética de plantar provas.

D'Amico abriu o carro e sentou-se no lugar do motorista.

— Sobre o que está falando? — perguntou, enquanto Blume sentava-se ao seu lado.

— Não comece o jogo outra vez. Estou falando sobre você ter entrado no escritório de Clemente e colocado pastas da casa dele lá, apenas para se assegurar de que eu veria o nome Alleva.

D'Amico esperou Blume fechar a porta do carro.

— Você está certo, naturalmente. Mas não há necessidade de gritar isso em uma *piazza* pública.

— Que erro de minha parte — disse Blume.

D'Amico reajustou calmamente o ângulo do retrovisor em um ou dois graus enquanto saía da *piazza* movimentada.

— Era a conexão óbvia. A vítima fazia campanha contra lutas de cachorros, o homem que organizava os espetáculos providencia o assassinato da vítima. Lamento se fui indelicado. Estão nervosos no Ministério, caso alguém comece a pensar que tenha sido um assassinato político ou algo parecido.

— Isso é improvável.

— Eu sei — disse D'Amico. — Mas querem o caso fechado o mais rápido possível. Pensei que poderia acelerar as coisas. Foi tudo.

— Isso é plantar provas, Nando.

— Você que me ensinou.

Blume deu um tapa no painel, fazendo D'Amico dar um pequeno sobressalto.

— Jamais plantei provas. Jamais lhe ensinei a plantar provas.

D'Amico trocou a marcha e acelerou na reta diante do Circus Maximus.

— Lembro-me daquele caso no qual trabalhamos juntos, há quatro anos, aquele da garota espancada até a morte pelo namorado estudante porque tentou terminar com ele. Lembra?

— Sara — disse Blume. — Eu me lembro dela. Recordo de todos os detalhes.

— Eu também — disse D'Amico. — Apenas para nos assegurarmos de que ele ficaria onde deveria estar, tentamos condená-lo também por estupro, apesar de provavelmente ter sido sexo consensual primeiro, antes que ele a matasse. Você se lembra também disso?

— Lembro — disse Blume.

— E se lembra de como havia um caderno com notas de palestras que pertencia a ele largado em cima da cama, ao lado do corpo dela? — prosseguiu D'Amico. — Lembra que você me disse para sumir com ele e eu não entendi, porque pensei que você queria beneficiar o assassino removendo uma prova que ajudava a situá-lo na cena do crime?

— Lembro-me de tudo isso — disse Blume.

— Foi quando você me explicou que o livro estava lá porque eles estavam estudando juntos na cama, e que aquilo não apenas comprometia a acusação de estupro como também humanizava o namorado.

— Sim, era o que teria acontecido — disse Blume. — E já que estamos caminhando pelas alamedas da memória, você também se lembrará de que o bastardo confessou e nem estava arrependido. Ele não conseguia acreditar que qualquer pessoa tivesse o direito de deixá-lo.

— Ele confessou depois — disse D'Amico. — Mas removemos o caderno antes.

— E foi por isso que deu certo. E estávamos trabalhando juntos, polícia contra assassino. Mas agora sua tentativa foi polícia, ou Ministério, ou o que quer que você seja agora, contra polícia. E você está plantando provas. O que fez com as anotações de Alleva foi... Foi nada convincente e totalmente errado. Há uma grande diferença. O moleque mimado que espancou Sara até a morte era culpado.

— Bem, suponha que Alleva seja culpado. Ele ainda pode ser.

— Caso seja, suas ações não ajudarão a obter uma condenação, mas poderiam comprometer uma. Não há comparação entre os casos. Não insulte minha inteligência ou a memória de Sara. Nem trouxemos Alleva para ser interrogado.

— Mas é o que deveriam fazer. Tome a iniciativa. Procure Principe, faça com que ele emita um mandado de prisão. Principe vai fazer isso de qualquer jeito, ele precisa. Pare de ser tão relutante.

— Você sabe mais sobre Alleva do que eu? — perguntou Blume. — O Ministério está conduzindo interrogatórios paralelos?

— Nada do gênero.

— Então, por que tanta insistência?

— Não tenho certeza — disse D'Amico. — Vem do alto. Imagino que possa ser a viúva que queira que seja dessa forma. Faz sentido, se pensar a respeito. O marido assassinado por uma questão de princípios éticos, tentando salvar cães.

— Vocês são tão cínicos em relação aos políticos — disse Blume. — Caso seja a esposa, então o que poderia ser melhor do que vê-la agora?

— Eu preferiria ter Alleva sob custódia antes de vê-la. Isso nos daria cobertura caso ela faça alvoroço em público.

— Como você diz, isso cabe ao juiz investigador, e não a nós.

A temperatura ultrapassara os trinta graus Celsius. A umidade era sufocante, mas D'Amico preferia manter as janelas abertas e o ar-condicionado desligado. Ele dirigia com o braço apoiado na janela e uma mão no volante. A única concessão que fizera ao calor fora tirar o paletó, o qual alisara, dobrara e colocara no banco de trás, depois de espanar o assento. Quando partiram, olhou para o paletó, quase como se quisesse mandá-lo colocar o cinto de segurança. Como sempre, D'Amico portava sua Beretta, acomodada confortavelmente ao lado do corpo em um coldre minimalista de couro.

— Nando? — disse Blume.

— O quê?

— Jamais tente plantar provas novamente em um de meus casos.

— Certo.

15

SÁBADO, 28 DE AGOSTO, 17H30

A CASA DA MÃE de Sveva Romagnolo ficava em EUR, um projeto da era fascista de prédios lineares monumentais com fachadas de mármore branco ao sul de Roma, construído na década de 1930 para impressionar visitantes internacionais que jamais visitaram uma Exposição Universal que nunca aconteceu.

Quando finalmente chegaram, Blume sentia-se como se estivesse em um banho turco com um casaco de lã. D'Amico estacionou o carro, saiu e espreguiçou-se. As axilas dele estavam perfeitamente secas, assim como as costas de sua camisa. A testa brilhava, mas não reluzia. Devia ser uma questão racial, Blume decidiu. Naquela altura, Blume suara tanto que sua camisa se tornara um tom azul mais escuro.

O pátio continha cinco pinheiros-mansos e um círculo de tamareiras atarracadas que não chegavam à varanda mais baixa dos prédios de quatro andares que as rodeavam. Os prédios eram novos. D'Amico cutucou Blume, apontou para as modernas câmeras de segurança e depois moveu a cabeça em aprovação.

Depois de confrontarem um porteiro sóbrio e de barba feita em uma guarita com vidro escurecido no portão principal e de mostrarem suas credenciais, os dois seguiram um caminho que traçava o desenho de um oito sobre a grama bem-cuidada. No meio do percurso, um regador automatizado emergiu do solo e esguichou um jato de água sobre os dois através do caminho, molhando suas calças e sapatos.

— *Cazzo*! — proferiu D'Amico, olhando para a água reluzente sobre os sapatos como se fosse esterco líquido. Blume caminhou rapidamente à frente, evitando que D'Amico percebesse que estava rindo.

Examinando os nomes nos interfones e nas caixas de correio com tampas de cobre, Blume percebeu que cada residência ocupava um andar inteiro. Pensando nos trinta botões do interfone na porta de entrada de seu prédio de seis andares em San Giovanni, ele deduziu que os apartamentos ali deveriam ser cerca de cinco vezes o tamanho do dele. As etiquetas com os nomes mostravam que os Romagnolo moravam no apartamento quatro, no último andar.

— Quem é? — indagou uma voz masculina pelo interfone. Ela lembrou-o de alguém.

— Comissários Blume e D'Amico — anunciou Blume, em sua maneira mais oficiosa. — Abra, por favor.

Quem quer que estivesse lá ou enfrentava dificuldades em encontrar o botão para abrir a porta ou havia ido embora. De todo modo, a porta permaneceu trancada. Blume fechou os olhos e ouviu seu estômago vazio roncar. Ele contaria até trinta antes de recolocar o dedo na campainha e mantê-lo ali enquanto contasse novamente até trinta.

Ele chegara a 15 quando, sem outra comunicação através do interfone, a porta foi destrancada. D'Amico abriu-a e Blume entrou na frente.

Quando entraram no pátio, a claridade da manhã, que incomodara bastante Blume, fora aplacada pelo verde do jardim e pela sombra fresca dos prédios ao redor. Agora, ao percorrerem o átrio, a intensidade da luz era tão reduzida que ambos tiraram imediatamente os óculos escuros. Através de janelas foscas e planas, o jardim do lado de fora se tornara de um marrom fechado. O ar era frio e seco, como dentro de um avião.

D'Amico, que assoviava delicadamente "Il Fannullone", chamou o elevador, que se revelou surpreendentemente pequeno, como um caixão de zinco colocado na vertical. Espremendo-se, ambos se acomodaram.

Ao chegarem ao último andar, Blume secou a testa e D'Amico deu tapinhas nas bochechas. Havia somente um apartamento, e o saguão estava repleto de plantas. Uma bicicleta cara, sem cadeado, estava guardada atrás de um fícus.

Blume esticou a mão e apertou a campainha. Ao invés de dim-dom, ela emitiu um arrulho suave e pipilante como o canto de um pássaro selvagem.

— O que há com esta campainha que faz sons de zoológico? — perguntou Blume.

A porta foi aberta e Blume viu-se diante de Gallone.

— *Vicequestore* — disse D'Amico, avançando para o espaço deixado por Blume, que recuara um passo. D'Amico extraiu um telefone celular com tela grande do bolso. — Isto pertence a Romagnolo, senhor. Lembro-me de que você pediu especificamente que fosse devolvido a ela.

— Este é o telefone dela? — Gallone soou desconfiado. — Onde estava?

— No apartamento, no final das contas. Não foi registrado apropriadamente. Clonaram o chip e fizeram não sei mais o que com ele, assim já podemos devolvê-lo.

Gallone concordou levemente com a cabeça, mas depois seu rosto se tornou obscuro à medida que percebeu a presença de Blume.

— Eu disse especificamente a você que deixasse Sveva em paz.

— Sveva? — disse Blume. — Quer dizer, senadora Romagnolo?

— Franco? — Era uma voz de mulher. — Quem está aí? Por que não entram?

— Só um minuto — disse Gallone, mas a mulher já aparecera atrás dele.

— Ah, colegas. — Ela pareceu decepcionada e soava cansada. — Suponho que seja engraçado de uma maneira particular. Franco acabou de me prometer que eu não precisaria enfrentar muitos interrogatórios, mas aqui estão vocês.

— Eles não estão aqui para interrogá-la — disse Gallone. — Estão devolvendo o telefone que esqueceu no apartamento.

— Não me incomodo em ser interrogada se for para ajudar no caso — disse Romagnolo. — Bem, entrem. Não fiquem os três parados aí na porta.

— Vou monitorar o interrogatório, Sveva — disse Gallone.

— Não, Franco, eu realmente preferiria que não fizesse isso.

— Neste caso...

— Você está certo — disse Romagnolo. — Neste caso, não é necessário que passe mais tempo aqui comigo. Sou realmente grata pelo que fez.

Levemente, ela colocou a mão na base das costas de Gallone, murmurou algo delicado para ele e conduziu-o à porta do apartamento, fechando-a atrás de si.

Blume sentiu vontade de aplaudir.

Ela virou-se para ele e disse:

— Você sempre sorri tão largamente quando entrevista os recém-enlutados?

Blume ajustou a expressão.

— Sinto muito — disse ele.

Blume sentia-se como se acabasse de ter sido repreendido pela professora na escola e ficou irritado com o efeito que ela exercia sobre ele.

O contraste com a amante de Clemente era notável. Era em parte uma questão de classe e aparência, mas não somente isso. Enquanto Manuela Innocenzi fora rubra, seca, raivosa, falante e ácida, Romagnolo parecia apenas desanimada, mas composta e reticente.

Sveva Romagnolo fez um gesto com a mão que Blume interpretou como um convite nada entusiasmado para que entrassem no espaçoso apartamento. Blume sempre imaginou que Sveva tivesse no mínimo 40 anos, mas a mulher diante dele mal poderia ter mais de 35. Sua testa era grande e oval, e os cabelos castanhos, lisos e longos, caíam para os lados de uma risca perfeitamente reta, o que a deixava com a aparência, Blume pensou, de uma universitária radical da década de 1960. O nariz era levemente arrebitado e, comparado à boca grande, um pouco pequeno demais, talvez o resultado de uma cirurgia plástica. Ela usava um fino colar chato de prata e uma blusa de seda pura. Quando se movia, a seda roçava contra os seios e parecia mudar de cor, do verde para o preto e de volta para o verde. Admirando as longas pernas dela e as calças leves e largas que iam até logo acima dos calcanhares, Blume percebeu que ela calçava um par de sandálias simples estilo Birkenstock. Elas combinavam com sua imagem, mas ainda assim a sensação de encontrar uma senadora da República de sandálias era estranha.

Ela conduziu-os através de uma grande sala sem divisórias, do tamanho do apartamento inteiro de Blume, com uma porta de correr que dava para uma grande varanda com vista para o jardim que eles tinham acabado de cruzar. As treliças altas cobertas com pequenas folhas de alfena chinesa entrelaçadas com jasmins formavam uma barreira eficaz com o dobro da altura da parede original sobre a qual repousavam. Laranjeiras e limeiras em vasos faziam o papel de vigias ao longo da parte externa, e hera subia pela parede da casa. No centro da varanda havia uma fonte pequena em pleno funcionamento, formada por quatro tartarugas de pedra que sustentavam uma bacia de cujo centro erguiam-se outras três bacias menores, como taças de champanhe empilhadas. Seria divertido jogar futebol americano ali, pensou Blume.

— Por favor, sentem-se — disse Sveva, indicando um círculo de cadeiras de vime com almofadas vivamente coloridas em castanho e roxo. O que faziam com aquilo quando chovia?

Enquanto se sentava, Blume fez a primeira pergunta:

— Há quanto tempo conhece nosso *vicequestore aggiunto*?

— O *vicequestore*. Deus, mas que título para Franco. — Expirou longamente. — Conheço-o há... — Ela franziu o rosto, pensando, e finalmente Blume viu as rugas da idade em sua face. — Vinte e cinco anos? Estudou comigo na La Sapienza. Turma de 1976.

— Velhos amigos?

— E nada mais. Absolutamente nada mais. — Romagnolo tremeu levemente os ombros, como se afastasse uma imagem repulsiva de Gallone tocando-a. — Acabamos nos afastando. Reencontramo-nos algumas vezes. Éramos um grupo. Foi também quando conheci meu marido.

A mulher não aparentava a idade que tinha. Em 1976, Blume era uma criança em Seattle; ela era uma ativista política na universidade. De repente, Blume sentiu-se um bebê diante dela. Para compensar, ele acrescentou uma aspereza ao seu tom de voz.

— Então Gallone também conhecia seu marido?

— Na verdade, não. Quando eram mais jovens, seus caminhos cruzaram-se algumas vezes.

— Perdoem a interrupção — disse D'Amico. — Encontramos isto no apartamento. — Ele entregou o celular a Romagnolo. — É seu, não é?

— Sim, obrigada. Preciso dele. — Imediatamente, ela começou a apertar os botões, consultando os menus.

Blume colocou a mão na bolsa de couro, pegou um bloco de papel e abriu-o.

— Antes de mais nada — começou ele —, quero manifestar as mais profundas condolências por sua perda. Deve ter sido um choque terrível.

Era uma frase pronta e ele utilizara variações dela muitas vezes antes, mas não era privada de significado. Era terrível perder uma pessoa querida. Algo que ia além das palavras, motivo pelo qual Blume se conformara em usar mais ou menos a mesma frase repetidamente. Ele também gostava da acusação disfarçada contida nela. Deve ter sido um choque terrível; é melhor que tenha sido um choque terrível.

Romagnolo finalmente colocou o telefone de lado. Blume viu-se olhando atentamente para as mãos da viúva, que tinham dedos compridos e, ele reparou, apresentavam as primeiras rugas e manchas de meia-idade que o rosto dela ainda estava por adquirir. Sempre que encontrava um parente de primeiro grau depois de um assassinato, ele conferia suas mãos e perguntava-se se elas poderiam ter desferido os golpes fatais, puxado o gatilho. Muitas vezes, tinham realmente feito aquilo, mas até agora as mãos haviam pertencido somente a homens.

Sveva Romagnolo agradeceu-lhe pelas palavras gentis e mergulhou no silêncio. D'Amico também pegara um bloco de notas e olhava para ele com uma expressão fechada, como se tivesse desaprendido a ler ou escrever.

Enquanto se sentavam em um silêncio momentâneo, Blume tomou consciência do gotejar irritante na fonte atrás dele. Muito longe dali, alguém tentava ligar uma lambreta ou um cortador de grama. Blume estava se perguntando sobre o filho. Será que deveria perguntar sobre ele? Decidiu que não, mas a boca o traiu:

— Quantos anos tem seu filho?

— Nove — Romagnolo enunciou o número muito claramente, para enfatizar sua patética pequenez e adverti-lo para que mantivesse distância. Ela fixou os olhos com firmeza nele quando falou. Eram castanho-escuros, quase negros e, ele percebeu, um pouco pequenos demais. Ela não tinha olhos muito bonitos.

— Como ele está? — indagou Blume.

— Traumatizado. Destruído. Inconsolável. Tem sido muito difícil lidar com ele. Eu mesma mal tive chance de absorver o ocorrido.

Blume concordou com simpatia. Estava calculando a idade provável dela quando tivera o filho. Possivelmente, estava bem no limite.

— Quando entrou na casa, você reparou se a porta do quarto de seu filho estava aberta ou fechada?

— Não.

— Não o quê?

— Não, não reparei. Como diabos eu repararia em algo como isso com Arturo deitado no...

Ela levou a mão ao pescoço.

— Então talvez você não a tenha fechado. Você sabe, como proteção.

— Não! Isso é normal, que as perguntas sejam tão irrelevantes? — Romagnolo dirigiu a pergunta a D'Amico, que lhe ofereceu seu sorriso impotente mais cativante.

— Você come manteiga de amendoim?

— Está falando sério?

— Bem, você come?

— Não. Meu marido comia. Pela proteína. Ele não come carne. Não comia carne.

— Seu marido tinha uma bolsa?

— Uma bolsa? Tipo uma bolsa de mão?

— Qualquer bolsa.

— Uma mochila. Costumava carregar uma mochila cinza. Andava muito de bicicleta.

— Não encontramos a carteira de seu marido. O assassino provavelmente a pegou, mas, apenas para nos assegurarmos, tem alguma ideia de onde ela possa estar?

— Ele costumava deixá-la largada pela casa, ou no bolso. Não, não tenho ideia de onde mais possa estar.

— A secretária disse que ele não tinha um telefone celular.

— Ele achava que fazia mal para a saúde.

Blume permitiu que alguns segundos de silêncio se passassem.

— Franco comentou a respeito de um homem chamado Alleva — disse Romagnolo. Ele tortura animais. Meu marido e um amigo estavam fazendo um documentário sobre o tema. Imaginei que esse tal Alleva estaria em custódia a esta altura.

— Estará em breve — disse Blume. — Fora Alleva, seu marido tinha inimigos?

— Arturo fazia campanhas realmente intensas contra rinhas de cachorros. Isso lhe rendeu muitos inimigos no submundo do crime. Pessoas como esse Alleva, presumo. Ele era responsável por Roma e pela região de Lazio. Eu me lembro de ele ter dito que havia três quadrilhas diferentes no ramo, ciganos... albaneses e italianos. Ele disse que estava lidando com os italianos porque achava que tinha alguma chance de sucesso, mas... — Ela mostrou as palmas das mãos para demonstrar sua ignorância dos detalhes.

— Pode nos dizer onde ficavam esses lugares?

— Talvez eu possa me lembrar de alguns. Mas, considerando que meu marido denunciava todo encontro que descobria, a polícia deve ter registros detalhados. Ou melhor, a menos que tenham sido destruídos logo em seguida.

Blume ignorou a farpa, que se aplicava mais aos Carabinieri, de todo modo, e não à polícia estadual. O que interessava a ele era a indiferença demonstrada por Romagnolo pelas atividades do marido.

— Vocês receberam algum telefonema estranho recentemente?

Ela olhou para o alto e para a esquerda enquanto tentava se lembrar.

— Não.

— Alguma pessoa nova na casa?

Ela hesitou.

— Não que eu saiba.

— Seu marido mencionou algum amigo novo?

— Meu marido não falava dos amigos mais recentes comigo.

Pronto. Ele chegara a algum lugar.

— O que quer dizer?

— Com o quê?

— Ele não falava sobre os amigos mais recentes. Você quer dizer namoradas?

Para crédito dela, Romagnolo não desperdiçou tempo com dissimulações.

— Não se pode dizer que eram garotas. Eram mulheres mais velhas. Eram atraídas pelo que pensavam ser seu coração grande e generoso. Um homem que gosta tanto assim de animais não pode ser mau.

— E ele era... mau, quero dizer?

— Oh, não. Pobre Arturo. Era um homem bom. Era apenas um pouco vaidoso. Vaidoso e solitário, suponho. Talvez nem mesmo fosse vaidoso, considerando a velha *babbione* que escolheu.

— Ele sabia que você sabia?

— Imagino que devia saber. Jamais conversamos sobre esse lado das coisas. Seria possível que alguma dessas... mulheres tenha algo a ver com o que aconteceu?

Sem achar qualquer motivo para fingir o contrário, Blume disse:

— É justamente o que eu estava me perguntando. — Depois, acrescentou: — Você percebeu qualquer mudança na agenda diária dele?

— Eu já disse, comissário, que ele não tinha dias de trabalho regulares como as outras pessoas. E eu mesma sou tão ocupada que mal poderia perceber. Fico muito em Pádua.

— Seu distrito eleitoral.

— Sim.

— Então, você fica muito fora de casa?

— Posso dizer que fico mais fora de casa. Passo muito mais tempo em Pádua do que em Roma.

— Compreendo — disse Blume. Mas ele não compreendia. Se você é casado com uma pessoa, ele raciocinou, deveria viver com ela. Caso não estivesse disposto a viver com ela, então o casamento não daria em nada.

Blume não tinha certeza quanto ao que achar da mulher com quem estava conversando e teve a sensação de que também não gostaria muito de Arturo. Ela se importava com política e meio ambiente, ele, com animais, e nenhum dos dois se importava com o outro, o que deixava o filho como o centro moral comum: com os livros em ordem alfabética e a imagem do pai esfaqueado no meio de casa.

— Portanto, você não teria percebido caso ele, digamos, estivesse voltando para casa mais tarde do que de costume?

— Não de imediato, mas eu provavelmente saberia a respeito através de Angelica ou Tommaso.

— Quem é Angelica?

— Nossa *babysitter*... babá, suponho. Está lá quase todos os dias. — Sveva Romagnolo permitiu que um tom de amargura penetrasse em sua voz.

— Ou era. Parece ter ficado com medo. De todo modo, ela desapareceu.

Blume olhou rapidamente para D'Amico. Aquilo poderia ser importante.

— Despareceu? A babá desapareceu?

— Bem, não. Não exatamente. Ela telefonou hoje de manhã, na verdade — disse Romagnolo. — Alegou que precisava de algum tempo para se recuperar do choque. Como se eu não... Ah, deixe para lá.

Ela espanou uma poeira invisível do braço e, com isso, eliminou a babá, Angelica, da conversa.

— E qual é a idade de Angelica? — Blume não tinha tanta certeza de se queria que o tópico fosse descartado tão rapidamente.

— Oh, deixe-me ver... Sessenta e cinco, setenta. É muito difícil saber quando se trata dessas sulistas gordas.

Nando quebrou seu silêncio:

— Sou sulista — anunciou.

— É mesmo? — disse Romagnolo. Blume raramente ouvira uma expressão que transmitisse menos interesse.

D'Amico cruzou os braços e mergulhou novamente em silêncio.

Blume continuou perguntando sobre novos amigos, mudanças na agenda e telefonemas estranhos, e ela continuou respondendo que não tinha nada a relatar.

— Você estava em Pádua com seu filho.

— Sim.

— E a ideia era passar o fim de semana lá?

— Sim, mas fui chamada de volta para uma votação de emergência que será realizada segunda-feira. Berlusconi está ameaçando fazer uma moção de confiança... Está nos jornais.

Blume não lia jornais. Ele odiava política.

— Então, você retornou na tarde de sexta-feira. Por que não no sábado?

— Meu filho estava ficando entediado. Ainda é muito novo.

— Arturo não a esperava?

— Fiz questão de telefonar antes para avisar que estava voltando.

— A que horas você telefonou?

— Às dez e meia, da estação de Pádua.

— Certo — disse Blume. — Agora, essa babá que cuida da casa. Quando ela vem?

— Em dias alternados.

— E ela cozinha, faz faxina...

— Às vezes ela cozinha, mas Arturo também cozinhava. Ela fazia faxina, cuidava de Tommaso.

— Ela lavava as roupas? Arrumava as camas, trocava os lençóis, esse tipo de coisa?

— Sim. Ela fazia essas coisas.

— Sempre?

— Sempre.

Blume revisou as anotações que fizera e começou a repetir as mesmas perguntas. Quando perguntou novamente sobre os inimigos de Arturo, ela disse:

— O quê? Não estava ouvindo antes? Já lhe disse tudo de que me lembro.

— Só para o caso de ter se esquecido de alguém.

— Não vou me repetir. Se não estava escutando, talvez seu colega estivesse.

Com um meneio, ela apontou para D'Amico, que por sua vez abaixou levemente a cabeça.

Blume levantou-se. D'Amico fez o mesmo e, um instante depois, Romagnolo também se levantou.

— Francamente, os aspectos políticos fogem da minha competência — disse Blume. — Tudo que posso dizer é que vou ficar atento e manter você completamente informada.

Blume estendeu a mão, que ela apertou muito leve e brevemente.

— Lamento sua perda.

— Obrigada.

Ela acompanhou-os em silêncio através da sala de estar espaçosa, destituída de parentes e amigos enlutados.

16

SÁBADO, 28 DE AGOSTO, 18H

Quando chegaram ao térreo, D'Amico abriu a porta e eles saíram em meio ao canto das cigarras. As sombras estavam mais longas e a luz esvanecera, mas continuava fazendo calor.

Blume olhou para os carros estacionados na rua e perguntou:

— O Espírito Santo não veio até aqui com um carro oficial, não é?

— Espero que não, pois, em caso positivo, deixaremos de ser os policiais mais observadores do mundo. Ele também não deve ter usado um carro da frota, ou você teria reconhecido.

— Você também teria reconhecido — disse Blume, pegando o telefone celular. — Acho que substituíram talvez dois veículos desde que você foi embora... Ferrucci? — falou ele ao telefone. — Sim, sou eu. Preciso que consiga para mim o endereço de Di Tivoli, Taddeo... Sim, ele mesmo, o cara da TV... Espere, estou aqui com D'Amico, ele pode anotar. Via Alcamo, seis. Sim, conheço a rua. Obrigado.

D'Amico estava olhando para o endereço que acabara de anotar.

— Não posso dizer que também conheço a rua.

— Conheço apenas porque fica perto de onde moro — disse Blume. — É uma rua pequena. Sem saída, se me lembro bem.

Ocorreu a Blume que, ao longo dos três anos nos quais D'Amico fora seu parceiro e subordinado, ele jamais o convidara a sua casa. D'Amico era casado e tinha dois filhos de idades indeterminadas.

Entraram no carro.

— Então agora vamos ver Di Tivoli? — indagou D'Amico.

— Foi ele quem fez o documentário com Clemente sobre as brigas de cachorros — disse Blume. — Parece ser uma pessoa óbvia com quem devemos conversar. A menos que pense em algo melhor.

— Talvez seja melhor reportarmos primeiro ao *vicequestore* — sugeriu D'Amico.

— Com certeza. Faça isso. Mas antes me deixe na casa de Di Tivoli.

— Se levar você até lá, posso muito bem ficar.

— Então fique — disse Blume, sem muito entusiasmo.

D'Amico dirigiu por todo o trajeto até a Via Cristoforo Colombo com o cenho franzido, como se tentasse se lembrar de algo. Quando passaram pela Via Appia Antica, sua expressão se tornou mais clara:

— Sei quem é Di Tivoli.

— Acabei de dizer, é o cara que fez o documentário...

— Não. Antes disso. Lembro que ele foi tirado do ar por volta de 2001 porque... Não sei, estava incomodando ou algo parecido.

— Sim. É bom que não tenham restado pessoas irritantes na televisão — disse Blume. — Tem certeza de que não foi tirado do ar porque Berlusconi e seus capangas ascenderam ao poder?

— Não, ele esbofeteou um convidado ou algo parecido. Provavelmente está no YouTube.

— Acho que talvez me lembre — disse Blume, que jamais via televisão. — Ele era gay ou algo parecido, não era?

— Quem? O convidado? Não me lembro. Bom motivo para esbofeteá-lo, no entanto.

— Estava me referindo a Di Tivoli. Talvez não gay, mas um pouco afeminado. Costumava marchar pelo estúdio tentando parecer ultrajante.

— Não — retrucou D'Amico. — Você está pensando naquela bicha de cabelo encaracolado do Canale 5. A que é especialista em tudo. Di Tivoli é aquele com a apresentadora sensual.

— Isso não ajuda muito.

— Garotas sensuais de óculos — adicionou D'Amico. — Esquerdistas.

— Por esquerdista você quer dizer que elas têm cérebros?

— Apenas óculos. Miopia, dinheiro e atitude. Mas havia algo mais... É aqui.

D'Amico estacionou diante de uma placa de proibido estacionar afixada a portões automáticos.

— Ele tem uma garagem — disse Blume. — Jesus, eu daria meu braço direito por uma.

A porta principal do edifício estava aberta e eles entraram, cumprimentando brevemente com a cabeça um porteiro que quase os enfrentou. O homem que abriu a porta do apartamento tinha cabelo ruivo desbotando para o grisalho, mas muito volumoso. Um tufo desgrenhado caía sobre sua testa, e ele o empurrava para trás com a palma da mão, como se estivesse conferindo se continuava ali. Vestia um terno azul de cotelê, do tipo que somente uma pessoa esguia deveria usar, e que lhe caía bem. As armações de seus óculos eram brancas. Ele calçava botinas de camurça. Não era o apresentador que Blume tivera em mente, mas era bastante afeminado, pensou ele. Provavelmente, era uma exigência do trabalho.

Di Tivoli não os convidou a entrar, simplesmente afastou-se e deixou a porta aberta.

Blume não gostou dos tons de bege e cinza, da madeira de vidoeiro e de pinheiro e da cortiça no apartamento. Mas, sem dúvida, era um lugar de classe, parecido com o tipo visto naquelas revistas de papel lustroso. Di Tivoli pegou um controle remoto, apertou um botão, abanou a cabeça e largou-o. Pegou outro, fez o mesmo, e Blume ouviu o silvo suave de um aparelho de ar-condicionado ligando. Alguns segundos depois, sentiu o ar fresco lufar contra seu rosto. Ele gostaria de ter um aparelho daqueles quase tanto quanto de uma garagem.

— O calor está me matando — disse Di Tivoli. Ele falava com o sotaque musical e o tom de honestidade total de Bolonha. Uma das cidades mais presunçosas e com a mais poderosa autoestima que já existiu.

Blume olhou em volta. Di Tivoli trouxera para casa os ornamentos de seu ofício. Uma pilha de equipamentos high-tech e hi-fi ocupavam duas prateleiras embutidas nas paredes. Um microfone *boom* ficava em um suporte. Atrás dele havia um gravador de rolo caro mas ultrapassado da década de 1970. Em uma prateleira mais alta havia um busto de madeira de um homem de meia-idade muito feio.

Blume sentou-se em um sofá, largou a bolsa, abriu a fivela e o zíper e tirou dela um livro de bolso. Di Tivoli empoleirou-se diante dele em uma poltrona.

— Você tem um apartamento agradável — disse Blume.

Di Tivoli fez uma careta.

— Sabe, somos praticamente vizinhos. Moro na Via La Spezia. Conhece? Na esquina da Via Orvieto, onde fica o mercado de peixes?

Di Tivoli manteve a careta.

D'Amico acomodou-se em um sofá com almofadas quadradas salpicadas como ovos de pardal. Esticou as pernas e examinou o caimento das meias sobre sua tíbia. Caberia a Blume conduzir a conversa.

— Diga-me, conhecia bem Arturo Clemente?

— Desde a universidade. Mantivemos contato esporádico ao longo de 25 anos — disse Di Tivoli.

— Também conhecia Sveva Romagnolo na época?

— Sim. E o *questore* Gallone.

— *Vicequestore aggiunto* — corrigiu Blume.

— As graduações menores na hierarquia da polícia não me interessam muito. Tudo que sei é que ele é seu superior.

— Com certeza — disse Blume. — Então você sempre manteve contato com Clemente?

— Não. Perdemos contato até a campanha contra as brigas de cachorros.

— Clemente procurou você com a ideia para o documentário?

— Na verdade, foi ideia de Sveva. Para ajudar a campanha dele e minha carreira — disse Di Tivoli. — Parte de ser jornalista na Itália é oscilar entre ser bem-visto ou não. Eu não era bem-visto há algum tempo, desde... bem, foi um momento famoso da televisão, no qual esbofeteei aquele caipira da Liga do Norte. Estou certo de que vocês dois assistiram.

— Não — disse Blume. — Não vejo televisão.

— Está no YouTube. Milhões de visualizações. — disse Di Tivoli.

— Eu disse a você — falou D'Amico e assentiu, satisfeito.

Blume balançou a cabeça.

— Também não visito o YouTube.

— Bem, talvez devesse aprender a fazer isso — disse Di Tivoli. — De todo modo, o documentário era um retorno. Eu tinha firmado um contrato com o diretor da RAI 2, Minoli, que é amigo de Sveva. A ideia era fazer um documentário com uma tese com a qual todos concordassem, independentemente da convicção política.

— Todos amam um cachorro — disse Blume. — Exceto eu, talvez.

— Também não suporto aquelas criaturas imundas mas, sim, era esta a ideia. Cenas chocantes e fortes, bom jornalismo investigativo, descobertas escandalosas, mas nenhum partido político deveria se sentir excluído. Você acompanha política?

— Não — disse Blume.

— Você não parece ter muitos interesses, inspetor.

— Comissário.

— Você sabe que basta um telefonema para tirar vocês daqui — ameaçou Di Tivoli. — Eu poderia começar por Gallone e subir pela hierarquia até Manganelli, se quisesse.

— Nós da polícia temos todo tipo de pequenos truques para trazer pessoas como você de volta à realidade — disse Blume. — Não é mesmo, Nando?

D'Amico demonstrou desconforto.

— Ah, sei disso — disse Di Tivoli. — E é por isso que eu quero que olhe para aquela caixa ali.

Blume olhou para o que considerara um aparelho de som comum. Agora, percebia que era um pequeno computador preto com as letras *XPC* impressas, posicionado ao lado de uma televisão *widescreen* de tela plana.

— Está vendo a luz laranja? Significa que está gravando. Estou gravando tudo que disse desde o momento em que entrou. Nunca se sabe, vocês dois podem me fornecer material para uma reportagem exclusiva.

D'Amico pareceu ainda mais desconfortável e ameaçou levantar-se, como que para desligar a máquina, mas Blume captou o olhar dele e balançou a cabeça. Provavelmente, era um blefe. Com certeza, o cara não tinha microfones escondidos pela sala. Depois, olhou novamente e percebeu que os microfones não estavam escondidos. Havia um grande microfone *boom* bem na frente deles. Ele presumira que se tratava de um adereço retrô elegante, como o gravador de rolo da década de 1970 ao lado dele. Foi quando se lembrou de como Di Tivoli pegara um controle remoto e depois o largara antes de ligar o ar-condicionado com outro.

— Não há problema, Di Tivoli — disse Blume, abrindo o bloco de notas e pegando uma caneta. — Nada de ruim foi dito por ninguém aqui. Presumo que o que digo agora está sendo gravado em uma fita?

— Um disco rígido, inspetor. Desculpe... Comissário. Você não tem muito conhecimento dessas coisas, não é mesmo?

Blume olhou para a caixa preta, que piscava uma luz laranja em sua direção.

— Vamos continuar — disse.

Ele levantou-se e começou a andar pela sala. Foi até a estante de livros sobre a qual a máquina com a luz laranja murmurava. Na prateleira acima estava o antigo busto de madeira brilhosa do homem careca de meia-idade no qual ele reparara ao entrar.

— Quem é este? Buda em um dia ruim?

Blume esticou a mão e levantou o busto da prateleira. Os lábios eram esculpidos como em um rosnado, o nariz era grande e curvo. Uma parte que faltava da testa aumentava o efeito beligerante. A estátua era mais pesada do que Blume esperara, e ele precisou da outra mão para segurá-la.

— Não toque nele! — Di Tivoli demonstrou uma velocidade surpreendente ao se levantar e atravessar a sala. — Ninguém toca nisto.

— Certo, certo — disse Blume.

Di Tivoli acariciou o topo da cabeça careca de madeira antes de recolocá-la com reverência sobre a prateleira e voltar para a poltrona. Blume perguntou-se se ele conversava com o busto.

— É muito antigo — disse Di Tivoli.
— Peça de museu?
— Etrusca. De Veio. Tem mais de 2 mil anos.
— E por que não está em um museu? — perguntou Blume.
— Porque é nosso. Legalmente. A questão foi resolvida há muito tempo.
— Nosso? Seu e de quem mais?
— Nosso. Da minha família. Meu tataravô, que era de Veio, comprou essa estátua em Londres em 1902 e trouxe de volta ao lugar onde deveria estar.
— Aqui não é Veio — disse D'Amico no sofá.

Blume recostou-se nas prateleiras, a centímetros da caixa preta com a luz laranja.

— Nem pense em tocar no computador — ameaçou Di Tivoli.
— Eu jamais sonharia em fazer isso — disse Blume. Depois, inclinou-se e apertou o botão que o desligava.

17

Durante um instante, pareceu que nem Di Tivoli nem D'Amico tinham se dado conta do que Blume fizera.

Di Tivoli levantou-se rapidamente com um sobressalto e bateu com a perna na quina da mesa de café de teca indiana no meio da sala, causando um leve tilintar da prataria na cômoda no outro lado da sala.

O repentino lampejo de medo que Blume viu no rosto de Di Tivoli já dera lugar à mais pura indignação quando ele percebeu que o policial não estava prestes a atacá-lo fisicamente. Em seguida, Di Tivoli pegou um telefone preto e fino, e a expressão de indignação foi lentamente substituída por um sorriso malicioso. Blume ouviu seu nome ser mencionado duas vezes.

Enquanto isso, D'Amico pegou um telefone ainda mais fino e posicionou-se diante da porta da frente, murmurando algo. Blume ficou entre os dois no meio da sala, observando um e depois o outro.

Instantes depois, Di Tivoli estava de volta, andando com um ar superior. Parou no meio da sala, aprumou os cachos grisalhos na cabeça e sorriu para Blume.

— Olhe para o computador, inspetor.

Blume olhou. A luz laranja continuava piscando.

— Você precisa segurar o botão durante cinco segundos até que ele desligue.

— Quer dizer, assim?

Mas antes que Blume pudesse fazer uma segunda tentativa, o celular dele tocou.

— E lá vamos nós — disse Di Tivoli.

Blume sacou o celular do bolso.

— Sim?

Era Gallone. Ele acabara de receber um telefonema da *questura* informando que um certo comissário Blume, na companhia do comissário D'Amico, estava tentando intimidar Taddeo Di Tivoli. Ele esperava, pelo bem de Blume, que não fosse verdade.

— Não o estamos intimidando, senhor — disse Blume.

— Vocês deixarão essa casa agora. Os dois. Em seguida, devem se reportar diretamente ao meu escritório, Blume. Entendido?

— Sim, senhor.

Blume olhou para a cara arrogante de Di Tivoli e sentiu os músculos do braço se contraírem. Ele imaginou esmagar algo pesado nos lábios femininos de Di Tivoli, o breve lampejo de alegria e, posteriormente, as cinzas escuras de sua carreira.

— Nando, vamos embora — disse Blume.

D'Amico guardou o telefone no paletó.

— Creio que vamos ficar um pouco mais.

— Não acho que você se dê conta dos altos postos que posso alcançar se for necessário — disse Di Tivoli.

— Sei que frequenta círculos elevados — retrucou D'Amico. — É divertido, imagino.

— Sim, é — disse Di Tivoli.

— Muitas festas em piscinas na Sardenha, em Ischia, Elba, Portofino, muitas garotas, carreiras de cocaína. Ah, e garotos.

— Não sei do que está falando — disse Di Tivoli.

Blume adorou ouvir aquela frase. Pessoas que declaravam repentinamente não mais compreender as palavras ditas a elas eram pessoas encurraladas.

D'Amico descobrira um espelho perto da porta e aprumou-se um pouco antes de retornar à sala de estar.

— Tudo faz parte dos privilégios que você desfruta — disse ele. — A coisa com os garotos, no entanto... É um pouco mais embaraçosa.

Di Tivoli empalideceu e sentou-se.

— Nenhuma acusação foi feita contra mim.

— Eu sei — falou D'Amico tranquilizadoramente. — É apenas uma daquelas histórias que surgem em tempos de estagnação. Até agora, você foi interrogado meramente como uma testemunha dos fatos. Estou correto? O promotor público Bernard Woodruff está conduzindo o inquérito. Outro desgraçado com um nome complicado, como Blume aqui. Sempre é um pouco mais difícil saber exatamente de onde esses estrangeiros vêm.

— Isso ainda está sendo gravado — disse Di Tivoli.

— Eu apagaria, se fosse você — retrucou D'Amico. — Veja, me deixe oferecer uma prévia de algo que talvez você não saiba. Ouvi que a *villa* daquele repórter siciliano, Nicotra, será confiscada pela Polícia Financeira para averiguação da Direção Investigativa Antimáfia. Nicotra exala o odor da máfia. Agora, você e ele, obviamente...

— Certo, certo, basta — disse Di Tivoli.

D'Amico olhou para Blume e disse:

— Eu sabia que tinha ouvido recentemente o nome desse idiota por algum motivo.

— Então, você sabe das coisas — disse Di Tivoli. — Mas não quer dizer que possa fazer algo a respeito.

— Você está provavelmente certo quanto a eu não poder fazer a situação desaparecer, eu também não gostaria de fazer isso; mas acho que poderia piorar as coisas. Veja, tudo de que precisamos é uma entrevista rápida, agradável e amigável, depois vamos embora. Que tal um pouco de compreensão mútua? Nada de registrar queixas contra meu colega, esse tipo de coisa.

Di Tivoli concordou com a cabeça.

Blume bateu as mãos.

— Excelente. Agora, onde estávamos? Sexo... garotos? *Che combinazione*. Isso me lembra... você sabe com quem seu amigo Clemente estava dormindo?

Di Tivoli bateu algumas vezes com o polegar na bochecha, ainda considerando as alternativas. Finalmente, disse:

— Sei que tinha outra mulher. Ela foi com ele para minha *villa* no campo, em Amatrice. Chama-se Manuela. Era muito simples. Até mesmo feia. Envelhecendo, de aparência vulgar, mas surpreendentemente educada ao falar. Mas não sei quem era. Por quê? Era alguém importante?

— Bem, sim. É filha do segundo maior criminoso de Roma. Será divertido combinar esse fato com a investigação de Woodruff.

— Eu não sabia nada a respeito disso!

— Acreditamos em você. Não é verdade, Nando? — D'Amico concordou solenemente. — É com a inconstância do público que você deve se preocupar. Os italianos amam uma boa teoria conspiratória. Agora, quero conversar com você sobre os encontros com cachorros que você viu.

Havia cerca de um mês, Di Tivoli não sabia dizer com precisão, Arturo Clemente e ele foram até o final da Via della Magliana, além dos armazéns que vendiam materiais de construção e equipamentos para banheiros, no exato ponto em que a estrada, depois de cinco quilômetros de buracos e aterros decrépitos, desiste de fingir ser apropriada para carros comuns. Eles seguiram até o local em que havia tiras de sacolas plásticas de compras penduradas em todos os arbustos e foram além, passando dos acampamentos de ciganos aninhados sob as pontes que sustentavam o anel rodoviário que marcava o final dos limites da cidade.

— Até onde?

— Até um campo, cerca de 3 quilômetros depois do anel rodoviário. Saindo da Via della Magliana, para o norte. Há uma cerca com duas, ou melhor, três fileiras de arame farpado. Clemente parou na esquina, levantou a última estaca, entrou no campo carregando-a, criando uma abertura, entrou com o carro, saiu e fechou a abertura. Na extremidade oposta do campo havia alguns barracos antigos, uma fileira de coisas parecidas com galinheiros mas que, na verdade, eram destinados a cachorros, e à direita, subindo um pouco uma colina, havia um armazém ou uma distribuidora com asfalto e um estacionamento.

— Espere, isso não faz sentido — disse Blume. — Você atravessa um campo aberto para chegar a um armazém de distribuição?

— Sim, um armazém com estacionamento asfaltado e sem ligação com nenhuma estrada. Totalmente invisível para as autoridades. Vivemos em um grande país, não é mesmo?

— Você conseguiria encontrar novamente o lugar? — perguntou Blume.

— Sim, creio que sim.

— Os carros no estacionamento... eram quantos?

— Eu diria que cerca de trinta.

— Que tipo de carros?

— Quase todos caminhonetes e jipes, mas me lembro de ter visto um ou dois Fiats Uno brancos muito velhos.

— Os veículos estavam limpos ou sujos?

— Estavam sujos. Tudo estava sujo. — Di Tivoli estremeceu com a lembrança. — Tinha chovido poucos dias antes.

— Então, o que aconteceu lá?

— Clemente estacionou o carro e entramos.

— Entraram assim, sem mais nem menos?

— Estávamos disfarçados, obviamente. O que quero dizer com isso é que não estávamos lá como um ativista e um repórter.

— Certo, então aqueles caras nunca viram você na TV nem no YouTube. Posso acreditar nisso, mas as pessoas deviam conhecer Clemente, já que ele estava criando problemas para elas.

— Ele estava disfarçado.

Blume olhou intensamente para Di Tivoli, mas, aparentemente, o homem estava falando sério.

— Disfarçado de quê?

— Nada em particular. Usava um pequeno bigode louro; ele descolorira o cabelo e vestia um longo casaco de couro, um boné do Roma AC e botinas de couro. O disfarce quase o deixou louco.

— Ele torce para o Lazio?

— Não o boné do time de futebol... As botinas e o casaco de couro. Ele nem usava sapatos de couro na vida real. Jamais comeu um ovo. Era completamente honesto.

— Nunca comeu um ovo?

— Não. Ele não tinha limites. Ou limites demais, dependendo do ponto de vista.

— Retornando ao encontro, ninguém conferiu quem vocês eram?

— Ninguém realmente parecia se incomodar. As pessoas olharam um pouco para nós, mas ninguém estava conferindo. Pessoas circulando, cães rosnando e... Jesus. — Di Tivoli balançou a cabeça.

— O quê? — Blume inclinou-se para a frente.

— O cheiro. O cheiro daquele lugar é algo que nunca vou esquecer.

— Cheiro de quê?

— Lama, sangue, álcool, fumaça de cigarro, mas acima de tudo cães, bosta de cachorro e medo.

— Parece pesado.

— Você não faz ideia.

— Vocês dois simplesmente entraram nesse antro de horrores? — perguntou Blume.

— Havia uma espécie de capanga na porta, mas não sei se era um leão de chácara. Pensei que pudesse tentar nos barrar, mas não fez isso.

— A quantas brigas vocês assistiram?

— Duas, mas eu não estava realmente assistindo, estava observando o local, estudando a iluminação e avaliando onde deveria posicionar as câmeras quando filmássemos a batida policial.

— Você tomou notas sobre o lugar, os eventos?

— Nada que tenha qualquer utilidade.

— Deixe-me decidir isso — disse Blume. — Estão aqui?

Di Tivoli deixou a sala e voltou alguns minutos depois com duas pastas. Entregou-as a Blume, que olhou dentro delas. Cada uma continha algumas folhas datilografadas.

— Estão datilografadas — disse Blume.

— Posso certamente ver por que você se tornou detetive.

— Não comece. Você datilografou depois... Usando a memória?

Blume colocou-as de lado. Ele duvidava de que o material e o próprio Di Tivoli viessem a ter qualquer valor.

Quando saíam do edifício para o calor escaldante, Blume deu um tapinha nas costas de D'Amico.

— Está feliz que eu tenha vindo com você, não está? — perguntou D'Amico. — Você não acreditaria nas coisas comprometedoras que temos no Ministério. Na verdade, muitas das pessoas sobre quem temos informações são as mesmas que dirigem o Ministério.

— Devo admitir, Nando. Às vezes, você tem alguma utilidade.

18

SÁBADO, 28 DE AGOSTO, 18H30

D'AMICO DEIXOU-O NA delegacia e foi para o Ministério. A caminho do próprio escritório, Blume bateu na porta de Gallone.

— Entre! Ah, é você, comissário. Estou muito decepcionado e também com muita raiva, não me incomodo em dizer.

— Creio que houve alguns mal-entendidos, senhor — disse Blume. — O juiz investigador me instruiu a visitar diretamente Sveva Romagnolo. Vou escrever agora o relatório e entregar a ele. Não posso ignorar uma instrução específica de um promotor.

— Você podia ter me informado. — Foi tudo que Gallone disse. Blume esperou por mais, mas parecia não haver mais conversa sobre defender a privacidade da viúva enlutada, e Blume teve a sensação de que Gallone não gostava de se recordar da imagem dele próprio sendo retirado sem qualquer cerimônia do apartamento de Sveva.

— E creio que, se telefonar para Di Tivoli, você descobrirá que ele não tem nenhuma reclamação a fazer em relação a nós. Também vou escrever o relatório sobre a entrevista. Você vai assiná-lo antes que eu o encaminhe ao promotor?

Gallone parecia também ter perdido interesse no incidente. A responsabilidade era um peso muito grande para ele. Blume duvidava de que ele jamais tivesse preenchido tanta papelada. E a viúva nem sequer estava agradecida.

— Blume, estou muito ocupado. Preciso escrever alguns relatórios. Consegui o laudo da necropsia e descobri agora que Romagnolo escolheu o legista para acompanhar o exame do cadáver. Ela fez isso sem me informar.

— Algo de interessante na necropsia?

— O quê? Não. Não. Confirmaram que a causa da morte foram múltiplos ferimentos a faca. Os conteúdos do estômago... Café da manhã. Clemente comera espelta com alto teor de fibras. O que, se me perguntar, é basicamente papelão. E uma maçã. Arroz integral na noite anterior. Você receberá uma cópia. Ah, e iremos atrás de Alleva. Agiremos hoje à noite... Ou talvez amanhã de manhã, considerando o ritmo atual. Não falte à próxima reunião, comissário.

— Não faltarei. E quanto às visitas porta a porta?

— Nada. Absolutamente nada. E ainda preciso escrever um relatório detalhado sobre todo esse nada — disse Gallone.

O pequeno escritório de Blume era precedido por uma sala maior compartilhada por Paoloni, Zambotto e Ferrucci, apesar de o último ser o único jamais visto lá. A sala servia como uma espécie de antecâmara para o escritório de Blume e até concedia a ele um leve ar de autoridade. Agora, estava ocupada por Ferrucci, sentado à sua mesa olhando para a tela do computador.

Blume entrou no escritório e telefonou para o juiz investigador.

— Eu disse que você me mandou visitar Sveva Romagnolo. Você mandou, não é mesmo?

— Sim, sem problema — disse Principe. — Alguma coisa?

— Eu diria que ela está suficientemente triste, mas nem sempre é possível avaliar essas coisas. Quem sou eu para dizer o quanto uma pessoa deveria estar triste?

— Ou deveria demonstrar estar — disse Principe. — Emiti um mandado de prisão para Alleva.

— Sim. Foi o que ouvi. Gallone deve coordenar, então você vai ter sorte se ele for cumprido antes do Natal. O pobre homem nunca viu tantos formulários.

— Maldição. É melhor eu me assegurar de que ele vai organizar o mandado de prisão no máximo até amanhã — disse Principe. — Vou telefonar agora para ele.

Blume desligou e chamou Ferrucci.

— Ainda tem aquela lista com os nomes das pessoas detidas pelos Carabinieri depois da briga de cachorros?

— Sim. Zambotto e Paoloni estão checando todas agora.

Blume olhou para o rosto irremediavelmente honesto de Ferrucci. Um dia até mesmo Ferrucci seria duro o bastante para falar com os bandidos, mas isso ainda levaria muito tempo.

— Estão investigando os bandidos?

— Sim. Trabalhando de trás para a frente: dos piores criminosos para os mais leves.

— Traçando todo o caminho até Alleva e seu ajudante, como é mesmo o nome dele?

— Massoni. Alguns desses caras têm fichas ainda piores — disse Ferrucci.

— Andei pensando, Marco: talvez tenhamos feito tudo pelo caminho errado.

— Pelo caminho errado?

— A lista.

— Quer dizer que ir do mais provável para o menos é a forma errada de agir?

— Sim — disse Blume. — É exatamente o que quero dizer.

— Mas...

Blume aguardou um momento. Queria ver se estivera certo a respeito da inteligência do jovem. Durante um momento, duvidou dela. Ferrucci parecia olhar estupidamente para a janela, mas depois seus olhos dispararam para o lado, como se ele tivesse visto um animal veloz atravessar a rua.

— Entendi — disse ele.

— Vamos ouvir, então.

— Certo. Sua teoria é que a vítima foi morta em um ataque casual ou semicasual.

— Digamos semicasual — disse Blume.

— Agora temos uma lista de nomes, e os primeiros que estamos investigando são aqueles que já mataram antes, que têm ligações, foram condenados no passado e daí em diante. Mas isso tornaria o assassinato menos casual, mais organizado.

Blume concordou com a cabeça, encorajando-o. Estava satisfeito com seu pupilo.

— Portanto — continuou Ferrucci —, quando os Carabinieri fizeram a batida no armazém, detiveram apenas três pessoas sem fichas criminais. Três pessoas que não são profissionais do crime.

— Os que planejávamos investigar por último. Onde estão?

Ferrucci foi até o escritório e voltou com uma folha de papel.

— Esses três.

Ele circulou rapidamente três nomes com uma caneta.

— Quando é a próxima reunião da equipe de investigação? — perguntou Blume.

— Hoje, às oito da noite. O Espírito Santo quer saber quem vai fazer hora extra depois das oito.

Ferrucci tentou soar indiferente ao usar o apelido de Gallone pela primeira vez. Mas ele acabara de conquistar tal direito.

— Então temos cerca de uma hora. Que tal conferirmos os três? Agora. Você escolhe um nome, eu escolho outro.

— E o terceiro?

— Temos uma hora. Nenhum de nós tem tempo para interrogar mais de uma pessoa. Vejo o terceiro depois da reunião, ou talvez amanhã. Vamos, escolha um nome.

Ferrucci apontou para o primeiro dos três nomes.

— Gianfranco Canghiari. Cabeleireiro, salão perto de Parioli, residência em Trullo. — Ele olhou para o relógio. — Ainda deve estar no trabalho. Devo ir agora?

— Sim.

— O que pergunto a ele?

— Não sei. Pergunte se gosta de ver animais estraçalhando uns aos outros, se declara toda a renda, se tem a consciência limpa sobre a forma como usa o computador... qualquer coisa. Incomode-o um pouco. Obtenha uma ideia de que tipo de pessoa ele é.

Blume indicou o próximo nome na lista, Dandini, um vendedor de carros.

— Vou conversar com esse cara, fazer uma avaliação. Depois, um de nós checa o terceiro cara amanhã de manhã, ou quando possível. Qual é o nome dele?

— Angelo Pernazzo. Programador de linguagem Perl.

— Nem sei o que é isso — disse Blume.

19H

Dandini era um homem com cabelo preto encaracolado que parecia prestes a irromper em um solo de Puccini. A contragosto, Blume simpatizou com ele quase imediatamente. Dandini vendia carros grandes e antigos em um lote situado perto do anel rodoviário ao lado de Casale Lumbroso e estava terminando de tentar fechar uma venda para um casal interessado em um Volkswagen Touareg quando Blume chegou. O comissário permitiu que se despedisse do casal e depois entrou com Dandini em um casebre pré-fabricado, onde o vendedor afrouxou uma larga gravata amarela e acomodou-se diante de um ar-condicionado ruidoso. Ele colocou a mão no paletó, pegou o que parecia um lençol de uma cama de criança e secou a testa.

— Ouvi trovoadas mais cedo. Seria bom se chovesse, mas depois precisamos lavar todos os carros, especialmente se a chuva trouxer terra.

Dandini parecia genuinamente satisfeito em conhecer Blume. Mesmo quando ele mostrou a identificação de policial, Dandini continuou olhando-o alegremente e ofereceu-lhe um cartão de visita, como que concluindo uma troca justa.

Segundo Dandini, ter sido pego em uma batida pelos Carabinieri fora essencialmente a melhor coisa que já lhe acontecera.

Ele fez uma pausa, um grande sorriso de expectativa no rosto enquanto esperava Blume pegar a deixa.

Solicitamente, Blume manifestou espanto diante do paradoxo.

Porque — Dandini cerrou o punho — o ocorrido fez com que ele se desse conta de que tinha um problema sério com apostas. Ele abriu a gaveta superior, pegou uma caixa branca de papelão, abriu-a e ofereceu a Blume um doce de massa folhada.

Blume recusou. Dandini pegou um doce. Logo no dia seguinte, ele e a esposa procuraram ajuda. Descobriram um lugar na Via Casaletto.

Alguns farelos da massa folhada e uma nuvem de açúcar escaparam da boca de Dandini, e ele parou de falar até ter tudo sob controle.

As pessoas no lugar foram gentis com ele a respeito do problema, mas um pouco duras com a esposa, dizendo que ela precisava mudar sua atitude superficial. Ele não entendera aquela parte, mas estavam muito melhor. Não jogava havia meses. Também parara totalmente de beber, exceto nos fins de semana e depois de uma venda.

Ele agradeceu a Blume pelo interesse demonstrado pela polícia em relação a tais assuntos. Se coubesse a ele, não haveria mais nenhuma máquina de pôquer, tampouco jogos de raspadinha.

Blume queria saber por que ele fora a uma briga de cachorros. Ele não sabia que era cruel, desumano e ilegal?

— Os prêmios sobre as apostas — disse Dandini, balançando lentamente sua grande cabeça. — Tinham prêmios muito bons.

Dandini disse que passara toda a sexta-feira no escritório.

— Alguém mais pode confirmar a informação?

— Giovanni.

— Quem é ele?

— Meu sócio minoritário. Foi visitar um cliente para pegar assinaturas em alguns documentos. Depois é provável que vá direto para casa.

— Certo, talvez eu fale com ele. Mais alguém?

— Fiz três vendas ontem. Bem, fechei uma venda e assinei os contratos de venda de outras duas. Maria, nossa secretária, estava aqui. Ela redige os documentos de propriedade. Vai para casa às quatro.

Blume anotou o número de telefone dela.

— Quando você fez as vendas?

— Durante toda a manhã. Leva algum tempo, você sabe. A papelada, mostrar o carro, o emplacamento, me despedir dos clientes. Fiz isso das nove até a hora do almoço. Fechei a terceira venda depois do almoço. Foi um dia bom.

— E você tem os nomes dos clientes. Eles podem dizer que você estava aqui?

— Eu não tinha pensado nisso. É claro. — Ele abriu uma gaveta inferior e pegou duas pastas. — Aqui estão os nomes, caso precise deles.

Um grupo de jovens endinheirados apareceu no pátio da frente e Dandini olhou para Blume desejando obter permissão para sair. Blume sequer começara a fazer as perguntas, mas Dandini tinha álibis sólidos. De todo modo, ele sabia que aquele não era o homem por quem procurava.

19

SÁBADO, 28 DE AGOSTO, 19H45

Blume chegou de volta à delegacia em cima da hora para a reunião e foi ao escritório. Alguém, provavelmente Ferrucci, deixara duas pastas fechadas com elásticos sobre sua mesa. Blume as abriu, viu que eram perfis de Alleva e de seu capanga, Gaetano Massoni. Colocou-as na bolsa e foi para a sala de reuniões.

A mobília na sala era mínima: nenhum telefone, nem sequer havia tomadas para telefones nas paredes. Uma tela para projeção de imagens, que costumava ficar aberta, estava montada contra a parede atrás da porta. Para minimizar as oportunidades para a instalação de grampos permanentes, todo o equipamento audiovisual, incluindo um projetor extremamente caro, ficava em um carrinho cercado por uma tela de arame que poderia ser retirado da sala quando não estivesse em uso. Era uma sala projetada para a negação.

Blume sentou-se, abriu a bolsa e leu o conteúdo das pastas.

Renato Alleva, nascido em 1966 em Genoa. Isso já era estranho. O submundo romano, como a própria cidade de Roma, era provinciano. Alleva era um forasteiro e operava graças à tolerância. O início da carreira parecia o de um contraventor frustrado. Preso em 1982, 1986, 1988, 1991 e 1995 por se passar por vendedor de seguros, gerente regional de um supermercado, funcionário de instituição de caridade, empresário investidor e corretor de imóveis, foi desmascarado todas as vezes pelas potenciais vítimas, que chamaram a polícia. Como jamais conseguiu efetivamente arrancar dinheiro de ninguém, a condenação foi leve. Em 1995, Alleva passou dois meses no hospital devido a fraturas múltiplas causadas aparentemente por parentes da senhora para quem tentara vender um apartamento temporariamente desocupado na Via Marco Sala. Passou os oito meses seguintes na prisão de Marassi. Blume olhou para as fotografias de identificação tiradas pela polícia do rosto achatado de Alleva com seu nariz cúbico e olhos de porco e perguntou-se como o dono daquele rosto pensou em tentar seguir uma carreira baseada na conquista de confiança. Mas Alleva aprendera com seus erros. Mudar de estelionatário para criador de cães fora uma atitude esperta.

Blume percorreu a ficha criminal de Alleva da mesma forma que ele costumava aprender poemas na escola. Ele se lembraria dela enquanto precisava e depois a esqueceria. Às vezes, rostos, seus crimes e, mais frequentemente, as vítimas, tomavam seus pensamentos, além de fragmentos de poemas escolares.

Lontano, lontano
Come un cieco
M'hanno portato per mano.

Quanto a Massoni, a ficha criminal dele datava de 1980, quando tinha 13 anos. Os detalhes das acusações feitas contra ele entre 1980 e 1985 estavam ausentes, "de acordo com os termos do artigo 15 DPR 448/88", relativo à proteção de menores de idade. O comentário estava marcado com um asterisco, o qual, Blume viu, se referia a uma nota de rodapé que informava que o artigo 52 da lei 313/02 anulara posteriormente tal provisão. Mas não antes que as empreitadas juvenis de Massoni, quaisquer que tenham sido, fossem apagadas.

Massoni não permitiu que o décimo oitavo aniversário reduzisse seu ritmo. Começara com prisões por danos criminosos a um veículo, resistência à prisão, direção perigosa e agressão, delitos pelos quais recebera sentenças não privativas de liberdade e tivera a carteira de motorista suspensa. Retornou oito meses depois, após ter sido pego dirigindo, e a suspensão da carteira de motorista foi estendida. A partir de 1990, Massoni parecia estar se especializando em agressões. Foi preso por infligir danos corporais em supostos clientes de uma casa noturna na qual trabalhou durante algum tempo como leão de chácara, mas as vítimas não registraram queixa. Em 1991, foi preso e acusado de espancar uma mulher de 35 anos chamada Elena, com quem morava. Cumpriu pena de sete meses, sentindo pela primeira vez o sabor da prisão. Libertado depois de três meses, foi detido novamente por outra agressão, desta vez contra uma garota de 20 anos e o filho de 5, mas as acusações foram retiradas. Esteve de volta a Rebbibia em 1993 e 1994, depois de cortar o rosto de um torcedor do Juventus. Também foi acusado de fazer parte de uma gangue de Roma Ultras que jogou uma lambreta Vespa do alto da arquibancada sul do Estádio Olímpico sobre torcedores rivais que estavam embaixo. Em 1995, ele e mais quatro foram absolvidos por falta de provas de uma acusação de ataque racista contra um certo Francis Mianzoukoutto, um técnico da Rádio Vaticano, que perdeu o uso da mão esquerda depois de ser atacado por cães quando voltava do trabalho para casa.

Em 1998, a ficha de Massoni tornava-se um pouco mais interessante, com prisões por sonegação de impostos, apostas ilegais e extorsão. Nenhuma acusação de maus-tratos contra animais foi feita contra ele até 2002, mas Blume deduziu que aquilo estava mais relacionado à ausência de legislações específicas até então. Parecia que o interesse de Massoni em animais datava aproximadamente de 1997 ou 1998.

Blume estava prestes a começar a ler os papéis que pegara com Di Tivoli quando Ferrucci entrou e sentou-se rapidamente na extremidade oposta das mesas, onde Blume havia se sentado na última reunião.

— E então? — perguntou Blume. — Como foi?

— Bem — disse Ferrucci. — Não sei ao certo o que você queria que eu descobrisse, mas não creio que o cara tenha qualquer relação com o crime.

Um pálido raio de luz laranja iluminou o lugar onde Ferrucci escolhera sentar-se. Blume olhou pela janela e viu que o céu diretamente acima deles estava ficando mais claro, enquanto que, ao longe, escurecia. Retornou a atenção para Ferrucci, que parecia mudado de alguma maneira. Não era apenas a luz estranha da tempestade iminente.

— Estou tendo alucinações, ou você acabou de cortar o cabelo?

Ferrucci tocou o cabelo e hesitou, como se considerasse negar. Seu cabelo claro e curto parecia amarelado.

— Sim.

— Sim, estou tendo alucinações? Ou sim, você acaba de cortar o cabelo com uma pessoa a quem tinha sido enviado para entrevistar por suspeita de assassinato?

— Você nunca disse que ele era suspeito.

— Você pagou pelo corte?

— Ele não falaria comigo se eu não pagasse.

— Também deixou que ele fizesse sua barba? — Blume ouviu o som de vozes aproximando-se no corredor. Se continuasse naquela linha de perguntas, acabaria humilhando Ferrucci. — Certo, esqueça. Qual foi sua impressão?

— Não creio que seja um bom suspeito — disse Ferrucci. — Mas não tenho certeza.

— O que faz você pensar assim?

— Gordo — disse Ferrucci justamente quando Paoloni e Zambotto entraram. — Gordo, mole, braços curtos, perfumado...

— Está falando de seu namorado? — perguntou Paoloni, sentando-se perto mas não ao lado de Ferrucci.

Zambotto olhou para Ferrucci e disse:

— Você cortou o cabelo desde a última vez que o vi. Quanto a mim, eu estava trabalhando.

— Tagarela, enxerido, ocupado, conhece todo mundo — prosseguiu Ferrucci. — Gay, imagino.

— Você *está* falando do seu namorado — insinuou Paoloni.

— Cale a boca, Beppe. — disse Blume. — Está dizendo que gays não matam? — Desta vez se dirigiu a Ferrucci.

— Ele disse que passou toda a manhã no salão. Mostrou uma agenda de compromissos e me convidou a telefonar para qualquer um dos nomes listados. Tem seis álibis para a manhã e cinco para a tarde. Além disso, tem um bar no outro lado da rua. O barman entrega pedidos aos clientes. Ele diz que entrou e saiu do salão pelo menos quatro vezes na sexta-feira.

— Certo. Bom trabalho.

— Também perguntei em algumas outras lojas. Os que se lembravam, confirmaram tê-lo visto lá.

D'Amico foi o próximo a chegar. Fazendo uma concessão ao fato de que era sábado à noite, vestia uma combinação de Lacoste e Zegna em vez do terno que usara mais cedo. Ele deve ter um armário no escritório, pensou Blume.

D'Amico entrou e sentou-se ao lado de Blume como se ainda fossem parceiros. Finalmente, Gallone entrou. Ele olhou para Blume sentado na extremidade da sala e parecia prestes a dizer algo, mas afinal se satisfez em não se sentar no centro da mesa e iniciou a reunião.

Blume folheou as poucas páginas que pegara de Di Tivoli. Para um jornalista, o homem não era muito bom em ortografia. Tampouco havia muita coisa nas anotações. Ele circulou os nomes que encontrou: Alleva era um deles, além de Clemente e vários outros nomes e números, os quais pareciam principalmente relacionados a custos de produção. Blume também anotou esses nomes. Ele reconheceu alguns como repórteres da "linha de frente" da RAI. Repórteres verdadeiros. Não como Di Tivoli. Mas as notas não ajudariam muito. Não havia nada ali.

— Terminou sua leitura, comissário Blume?

Blume recolocou cuidadosamente os papéis na bolsa, fechou o zíper do compartimento, afivelou a aba, colocou a bolsa no chão e disse:

— Sim, senhor.

A cada movimento exasperantemente lento de Blume, Gallone projetava um pouco mais o queixo para fora, de modo que, agora, os tendões de seu pescoço pareciam prestes a se romper.

— Estamos aqui para mapear um plano para a captura de Alleva — disse Gallone. — Peço a atenção total de vocês.

— Você a tem, senhor.

— Temos uma ordem de detenção emitida por Principe, e já estava na hora, diga-se de passagem. A imprensa sabe quase tudo a esta altura e completamos 24 horas desde que recebemos o alerta. Qualquer atraso parecerá incompetência. Agora, teremos Alleva sob custódia. Além disso, é o que a família espera.

— A família? — perguntou Blume.

— A viúva, Sveva Romagnolo.

— Certo.

— Eu estava falando com o juiz que aguarda pelo relatório da autópsia, mas Dorfmann forneceu a ele alguns detalhes, que também me transmitiu e passarei agora a vocês.

Eles ficaram sentados esperando Gallone passar os detalhes.

— Bem, não é nada que já não soubéssemos. Morte causada por uma faca de gume único serrilhado na extremidade, quase certamente uma faca de combate. Nenhum ferimento que demonstre hesitação. O assassino agiu com objetividade. Ou era habilidoso ou teve sorte. Temos cinco possíveis suspeitos para o golpe fatal e 17 punhaladas no total.

— E quanto a outras evidências? — perguntou Paoloni.

— Até agora, não conseguimos nada com as impressões digitais. Nenhum tipo de combinação — disse Gallone. — Eles começaram pelas encontradas no banheiro e por uma encontrada em um pedaço de fita adesiva na caixa de papelão. O DNA levará mais tempo. O relatório do coordenador da cena do crime está quase pronto. Clemente foi morto onde o encontraram. Não se sabe muito mais do que isso.

— A faca foi confirmada como causa da morte, *questore*? — perguntou Blume.

Gallone olhou para ele como se aquela pudesse ser uma pergunta maldosa.

— Sim. Você receberá amanhã o relatório concluído.

— Bom — disse Blume. — Mas todas as provas continuam apontando na mesma direção, que não é a de Alleva.

— Comissário, você desperdiçou uma tarde inteira importunando a viúva e uma personalidade da mídia. Desobedeceu uma ordem direta para que se reportasse a mim. Não vamos piorar a situação agora.

— Não, realmente — disse Blume.

— Voltando a Alleva — prosseguiu Gallone —, podemos obter reforços caso precisemos. Quero Alleva sob custódia hoje à noite.

— Não é uma boa ideia, *questore* — disse Paoloni.

Todos se viraram para olhar para ele.

— Não me recordo de ter pedido uma opinião — disse Gallone.

Paoloni estava com os braços dobrados e a cabeça inclinada para trás, como se estivesse falando com alguém flutuando logo acima de sua cabeça.

— Será difícil deter Alleva hoje à noite. Soube que foi visto pela última vez, sozinho... o que quer dizer, sem Massoni... na companhia de alguns *scagnozzi* de Innocenzi. Portanto, é possível que jamais o vejamos novamente. Mas o importante é que não está inteiramente só. Não estamos em número suficiente para entrar e pegá-lo. Mesmo se estivéssemos, poderia ser complicado.

— Posso pedir homens suficientes — disse Gallone.

— Não queremos entrar lá — retrucou Paoloni. — Todos nesta sala compreendem isso. — Ele abaixou a cabeça e olhou para Gallone. — Você também compreende, senhor. Não podemos simplesmente entrar e pegá-lo caso haja uma chance de que outros intervenham, especialmente se forem da quadrilha de Innocenzi. A situação poderia fugir do controle. Todos os acordos seriam anulados. Perderíamos meses, anos de inteligência e contatos. Além disso, essas pessoas sabem muitos segredos e mexem muitos pauzinhos. Tais coisas precisam ser negociadas. Não creio que realmente queiramos isso na área de Magliana. Tudo que queremos é Alleva. Vamos aguardar até que possamos pegar apenas ele.

Blume ficou surpreso ao ver Gallone aceitar aquela resposta malcriada. Ele até parecia estar ouvindo.

— Certo. Então como capturamos Alleva? — perguntou Gallone.

— Podemos capturá-lo amanhã de manhã, quando for visitar a mãe — disse Paoloni. — Ele sempre visita a mãe aos domingos. Leva doces para ela. Domingo é um dia tranquilo.

— Também é um dia de hora extra — disse Gallone. — Bem, onde mora a mãe dele?

— Na área de Testaccio. Ele vai para lá em torno das dez horas. Podemos segui-lo da casa dele ou aguardá-lo na casa da mãe.

— Podemos fazer as duas coisas — disse Gallone. — Só por garantia.

Gallone, voltando aos velhos hábitos, designou a Paoloni a tarefa de organizar a tocaia para a manhã seguinte. Não era o que Paoloni fazia de melhor, mas Blume não gastaria saliva.

Quando a reunião estava prestes a terminar, Ferrucci anunciou de repente:

— Tenho um DVD do documentário que Di Tivoli fez para a RAI. Esqueci-me de dizer. Peguei-o na Viale Mazzini quando estava voltando para cá.

Blume olhou para ele. Ferrucci tinha um DVD na mão. O símbolo com as cabeças em forma de borboleta da RAI estava impresso na capa.

— Que horas são?

— Oito e pouco — disse Ferrucci.

— Certo, vamos assistir — disse ele.

— Não todos, comissário. Não é necessário nem eficiente — disse Gallone. — Sugiro que escolha um de seus homens para assistir com você.

Blume massageou as têmporas.

— Eu não iria... deixe para lá.

— Eu assisto com você — disse Ferrucci.

— Vou pegar a pipoca — concluiu Zambotto.

Paoloni deixou a sala e voltou empurrando o carrinho de arame com o aparelho de DVD e a televisão. Ferrucci colocou o DVD, ligou a televisão e sentou-se ao lado de Blume. Zambotto e Paoloni tinham ido embora.

O documentário era essencialmente como Ferrucci dissera. Muitos planos médios do próprio Di Tivoli de perfil com o queixo apontando levemente para o alto, como se estivesse olhando adiante para um futuro incerto.

As brigas de cachorros foram filmadas com uma câmera escondida e havia muitos tremores e confusão e, às vezes, escuridão demais para que ficasse claro o que estava acontecendo. Os editores de som colocaram em algumas brigas uma música dançante frenética.

A música clamava *Vai-vai-vai-vai-vai-vai-vai-vai-vai-vai-vai-vai-vai-vai*! e Blume inclinou-se para a frente com entusiasmo. Dois pitbulls rondavam um ao outro e depois se atracaram, cabeça com cabeça, e a música explodiu em um refrão maniacamente repetitivo.

Blume viu-se acompanhando o ritmo com os pés. Ele sentiu vontade de socar o ar e dizer "É isso aí", é para isso que os cachorros servem.

Depois, para compensar, os editores de som inseriram algumas tomadas de cães moribundos, ensanguentados e tropeçando e tocaram o *Requiem* de Fauré.

Clemente foi entrevistado. Aparecia sentado no escritório onde Blume estivera naquela manhã. Citava muitas estatísticas, possivelmente para permanecer calmo, pois quando começava a falar sobre como os cães eram treinados, era difícil para ele permanecer sentado. Parecia um cara honesto, vestindo roupas jovens demais para sua idade. Não se parecia com o cadáver que Blume vira, mas pessoas vivas jamais se pareciam com os próprios corpos quando mortas.

A operação dos Carabinieri foi bem-filmada. Os repórteres haviam posicionado uma câmera de longo alcance no final do campo capaz de fazer panorâmicas por toda a cena quando os Jipes chegaram ruidosamente ao armazém. Um grande leão de chácara *skinhead* parecia prestes a oferecer alguma resistência quando os Carabinieri arrombaram a porta que ele guardava, mas se ajoelhou com as mãos atrás da cabeça quando lhe apontaram uma escopeta.

— Pare a fita — disse Blume.

— É um DVD — retrucou Ferrucci, mas parou a reprodução.

— Você pode voltar um pouco até aquele cara ajoelhado?

Ferruci precisou de algumas tentativas até conseguir parar em um quadro com algum detalhe visível, e mesmo quando conseguiu era difícil ver os rostos.

— Este deve ser Massoni, o capanga de Alleva — disse Blume, retirando uma pasta da bolsa. — Você deixou estas pastas na minha mesa?

Ferrucci concordou com a cabeça.

Blume abriu o perfil de Massoni. Havia dois conjuntos de fotografias tiradas pela polícia. Uma em cores, de cinco anos atrás, e outra em preto e branco, de oito anos atrás. Ele escolheu as fotografias em preto e branco.

— Nunca deveriam ter começado a usar cores — disse ele, segurando a foto diante do rosto e comparando-a com a imagem na tela. — Elas se sobrepõem a todos os detalhes essenciais.

Blume entregou a fotografia a Ferrucci.

— O que acha? É ele?

Ferrucci olhou atentamente para a foto, depois para a tela, e disse:

— Não tenho a menor ideia.

— Sim, é impossível, não é mesmo? E isto foi feito com câmeras de verdade, e não com um circuito interno comum. — Blume estudou cuidadosamente a imagem na tela. — Digamos apenas que possa ser a mesma pessoa. Certo, vamos voltar ao filme.

Eles haviam enviado dois câmeras com os Carabinieri, além de um extremamente correto Di Tivoli, que correu até as pessoas enquanto eram maltratadas pelos Carabinieri e disparou perguntas a elas. As pessoas responderam com xingamentos substituídos por bipes. Pior ainda, os rostos estavam pixelados.

— Não pensei em pedir a fita matriz ou seja lá qual for o nome. — disse Ferrucci, desculpando-se.

— Não importa. Temos os nomes das pessoas, de todo modo. Podemos olhar para os rostos delas na hora que quisermos.

Outros Carabinieri com macacões brancos foram mostrados inclinando-se sobre animais mutilados, tentando controlar uma besta cinza-amarronzada enfurecida usando duas varas com laços que restringiam qualquer movimento.

— É um tosa inu — disse Ferrucci.

— Animal feio — disse Blume, observando a boca negra salivante tentando partir a vara.

— Não, na verdade são cães bons — disse Ferrucci. — Precisamos ir até lá resgatá-los. Ou mandar alguém lá. Eu cuido disso, se quiser.

Blume olhou para Ferrucci para ver se estava tentando ser engraçado, mas ele parecia concentrado na cena.

Uma lufada repentina de ar úmido escancarou uma janela e Ferrucci pausou novamente o documentário quando Blume foi fechá-la. Quando ele chegou à janela, o clarão branco de um relâmpago pareceu envolver todo o prédio e deixou-o com um gosto de alumínio na garganta. O trovão que veio em seguida estremeceu o edifício e, logo depois, a chuva chegou com toda a força. Ferrucci juntou-se a ele na janela. Não fazia sentido tentar assistir ao DVD enquanto a tempestade permanecesse diretamente sobre eles.

Pensando antecipadamente no encontro, Blume começou a temer que Kristin não aparecesse com aquele tempo. Contudo, depois de alguns minutos, a tempestade afastou-se na direção de Castelli Romani. Os clarões dos relâmpagos tinham agora um tom amarelado, e os trovões ressoavam, além de estrondarem. Depois de oito minutos, a chuva começou a diminuir e eles retomaram os lugares diante da televisão.

Agora, a tela exibia Di Tivoli de volta ao estúdio. Ele falou um pouco sobre como o organizador era conhecido pelas autoridades, mas não mencionou o nome de Alleva e tampouco exibiu qualquer fotografia.

Os repórteres esperavam alguns dos detidos à medida que saíam da delegacia dos Carabinieri para a qual foram levados. Mais obscenidades, mas três concordaram em ser entrevistados. Novamente, os rostos estavam obscurecidos, mas não as vozes. Um deles, que parecia bêbado, defendia as brigas de cães como sendo o mesmo que corridas de galgos. Outro foi desafiador e falou sobre o livre mercado e o direito à liberdade de expressão. Uma voz mais jovem, que parecia vir de uma garganta cheia de catarro, descreveu paralelos históricos com *bear-baiting** e depois gargalhou e afirmou que claro, pensava que o *bear-baiting* podia ser defendido, quando perguntado pelo repórter. Corte para Di Tivoli, tremendo com uma ira malsuprimida, fingindo ter ouvido as entrevistas ao mesmo tempo que o espectador. Depois, Di Tivoli concluiu com insinuações de cumplicidade política e a necessidade de outros atos corajosos por parte da mídia. Clemente tivera direito a cerca de trinta segundos.

Blume perguntou-se se teria tempo de entrevistar o terceiro nome na lista, Pernazzo, antes do encontro com Kristin. Provavelmente, não. Ele não deveria ter tentado marcar um encontro no meio de uma investigação.

— Alguém precisava assistir, acho — disse a Ferrrucci. — Vou entrevistar a terceira pessoa na lista, Angelo Pernazzo.

Ferrucci ejetou o disco sem responder. O queixo dele parecia tremer, mas Blume não conseguiu saber se era um truque de luz causado pela tempestade.

---

* Prática ilegal que consiste em colocar cães bull terrier em brigas contra ursos. (*N. do T.*)

20

SÁBADO, 28 DE AGOSTO, 20H50

EM UM SÁBADO, naquela hora da noite, a Via di Bravetta estava repleta de pessoas de Corviale determinadas a celebrar a noite de sábado em qualquer lugar que não fosse Corviale. A casa à frente de Blume era construída de estuque amarelo que parecia vômito seco, mas atrás dele uma faixa de terreno sem construções, ainda cintilando por causa da chuva de uma hora antes, estendia-se até a área de Portuense e dava a ilusão de declives gramados que iam até as montanhas mais além. Blume apertou o botão do interfone ao lado do nome Pernazzo.

— Pernazzo?
— Sim?
— Angelo Pernazzo?
— Sim. O que você quer?
— Polícia.

A pausa que veio em seguida foi longa o bastante para fazer Blume apertar outra vez o botão do interfone.

— Ainda estou aqui, porra! — disse a voz.
— Você me ouviu? Eu disse polícia.
— Certo.

A campainha tocou e a tranca da porta de entrada abriu com um clique. Blume manteve a porta aberta com o pé e apertou o botão pela terceira vez.

— O quê?

— Qual andar?

— Terceiro.

— Certo. Estou subindo.

Blume pegou o elevador e saiu em um corredor estreito com três portas marrom-chocolate, cada uma com uma placa de cobre com dois sobrenomes diferentes. A placa na porta do meio parecia nova. O primeiro nome era T. Vercetti e o segundo F. Pernazzo. Sob a campainha havia uma etiqueta de papel coberta de fita adesiva. Nela, havia apenas o nome A. Pernazzo. Blume colocou a unha sob a etiqueta e puxou-a para ver qual nome havia ali originalmente. S. Pernazzo. Ele esticou a etiqueta nova, colocou-a de volta no lugar e tocou a campainha.

Blume achou que devia estar parecendo cansado, mas a pessoa que abriu a porta estava evidentemente em pior estado. O homem parecia ter sido banhado em nicotina e depois coberto de barro. Seu nariz pequeno contorcia-se um pouco. Era arrebitado, a pele rosada, do tipo que cirurgiões plásticos colocam em tantas mulheres. Ele escancarou a porta e depois recuou para dentro do apartamento, deixando-a entreaberta.

— *Permesso?* — disse Blume que, interpretando o silêncio emburrado como permissão, entrou. Angelo Pernazzo estava esperando por ele no meio do saguão em uma posição semiagachada, como se estivesse preparado para saltar. Blume ficou tenso por um breve instante, pronto para se defender, mas Pernazzo deu meia-volta e entrou na última porta à esquerda.

Blume seguiu Pernazzo ao longo de um corredor curto, passando por uma cozinha onde vislumbrou uma mesa coberta com uma toalha de plástico, sobre a qual havia uma lata aberta de feijão-manteiga, um garfo reluzente e um pedaço de pão partido com algo marrom espalhado sobre ele. Ele entrou na pequena sala de estar. O piso de mármore era tão viscoso que grudava nas solas dos sapatos de Blume, de modo que cada passo era acompanhado por um pequeno estalo quando os pés se desgrudavam.

As persianas estavam fechadas, impedindo a entrada dos últimos minutos restantes da luz do anoitecer. A principal fonte de iluminação da sala era um grande monitor de computador no canto. A imagem na tela exibia uma paisagem fantástica detalhada vista do alto. Blume ficou fascinado com o nível de detalhe. Parecia haver centenas de personagens travando uma batalha lá embaixo.

Pernazzo apontou para o monitor, revelando um bracelete feminino de prata no braço. Ele indicou o nível que tinha atingido e perguntou:

— Você curte *World of Warcraft?*

— Eu? Não — disse Blume. — Sou adulto.

Ele afastou-se do computador e sentou-se em um sofá de estofamento fofo que cheirava a fermento e poeira. No chão, aos pés dele, havia uma embalagem de chocolate Mars.

Pernazzo pegou um par de meias lilás enroladas em uma bola. Blume podia sentir o cheiro delas de onde estava sentado. Pernazzo curvou-se e calçou as meias. Depois, ficou ereto e perguntou:

— Do que se trata?

— Você foi detido em uma briga ilegal de cachorros? Lembra-se? — disse Blume.

— Aquilo? É daquilo que se trata?

— Por quê? Deveria ser sobre alguma outra coisa?

— Não. É só que já faz algum tempo, você sabe. E foram os Carabinieri, e não a polícia.

Pernazzo lambeu os lábios rachados.

Blume acomodou-se no sofá fofo de veludo marrom. Ele sentiu cheiro de peixe à sua esquerda e levou a mão ao nariz para bloquear o odor. Depois, transformou o gesto em um bocejo, o qual se tornou real.

— Você está cansado — disse Pernazzo acomodando-se diante de Blume em uma poltrona coberta com plástico. — Eu nunca estou.

— Não?

— Se dormir, você perde — disse Pernazzo. — Sigo o programa de sono Uberman. Ele maximiza meu sono REM e minimiza o sono não REM, que é apenas desperdício de tempo.

— Compreendo — disse Blume, e bocejou outra vez.

— O que você precisa fazer é dar seis hipercochiladas de vinte minutos a cada quatro horas. Quando você fecha os olhos, entra diretamente em REM, saltando quatro fases desnecessárias. Isso é chamado de sono polifásico.

— E você faz isso?

— Sim, aumentou minha produtividade.

O cheiro de algo podre parecia exalar de dentro das almofadas marrons. Blume inclinou-se para a frente. Uma mochila Champion cinza estava ao lado da mesa de computador de Pernazzo.

— Você trabalha com computadores — disse Blume.

— Eu escrevo *scripts* para sites. Algumas das companhias para onde trabalho são nomes grandes, mas recebo pouco e o trabalho nunca é regular. Sem renda estável. Você acha isso justo?

Blume não tinha nenhuma opinião a respeito.

— Ninguém paga por qualidade, também. Meu trabalho é de qualidade. Inteligência elevada não compensa.

— Depende de sua unidade de referência — disse Blume.

— Euros — retrucou Pernazzo. — Fiz *day trading* durante algum tempo. Naturalmente, eu era bom, mas não se pode fazer muito com o mercado de ações italiano. A MIBTEL ganhou, o quê, cinco por cento ao longo do ano? No mesmo período, a Dow Jones Industrial subiu 23 por cento.

— Você perdeu dinheiro?

— Claro que sim. Não é possível ganhar dinheiro neste país fodido.

— Então você começou a jogar.

— Sempre joguei, como você diz. Geralmente ganho.

Pernazzo parecia ter afundado na poltrona, de modo que os braços dela estavam mais altos do que os dele.

— Então você é um vencedor. Diga-me, esta casa é sua?

— É claro que sim.

— Você a comprou?

— Não. Era de minha mãe. Ela morreu há alguns meses.

Blume ignorou a oportunidade de manifestar suas condolências.

— E seu pai?

— Abandonou minha mãe antes de eu nascer. O que faz de mim um bastardo.

— Entendo. Qual era o nome de sua mãe?

— O quê? Você não acredita que tive uma mãe? O nome dela era Serena.

— Serena Pernazzo. Você adotou o sobrenome dela — disse Blume.

— Sim. Esta era a casa dela. Agora é minha, porque ela morreu.

— De que ela morreu?

— Velhice.

— É o que consta no atestado de óbito?

— O atestado de óbito diz que morreu de insuficiência cardíaca.

— Onde ela morreu?

— No quarto dela.

— Nesta casa? Importa-se se eu der uma olhada?

Pernazzo saltou da poltrona.

— É claro que me importo. O que isto tem a ver com brigas de cachorros? Você tem um mandado de busca?

— Não. Acha que preciso de um?

Pernazzo foi até o computador, empurrou a mochila cinza na direção da parede e começou a fechar programas, dando as costas para Blume.

— Se não vai fazer mais nenhuma pergunta sobre a briga de cachorros, não tenho nenhum motivo para falar com você.

— Você está muito nervoso.

— É culpa sua.

— Então, você abandonou as rinhas ilegais?

— Sim.

— Só está dizendo isso porque usei a palavra "ilegais". Pensou em procurar ajuda para seu problema com jogos?

— Não tenho problema com jogos. Geralmente ganho.

— Então você tem bastante dinheiro?

— O suficiente.

— Mas não o suficiente para ter a própria casa até que sua mãe morresse.

— É porque só jogo quantias pequenas. — A voz de Pernazzo aumentou de volume. — Não sou trouxa. Leio sistemas. Estudei as fórmulas de corrida de cavalos, mas existem muitos outros fatores que eu não conheço. Corridas de cães têm probabilidades melhores. Pergunte a qualquer um. De todo modo, é tudo armação.

— Então, por que jogar se é tudo armação?

Pernazzo olhou para Blume como se ele fosse um idiota.

— Porque se você descobrir como armam, você aposta da mesma maneira.

— Foi o que você fez?

— Durante algum tempo, mas eles finalmente percebem e você precisa parar. Aqueles napolitanos que administram as corridas de galgos no Valle Aurelia não gostam que as pessoas ganhem.

— Então você mudou dos galgos para as brigas ilegais de cachorros — disse Blume. — Não me parece que você seja muito bom em nada disso.

— Isso é porque você não sabe nada a respeito! — Pernazzo retorceu-se de frustração na poltrona diante da burrice de Blume. — Estudo táticas. Estava aprendendo o sistema de Alleva. Era apenas uma questão de tempo.

— Ah, então você conhece Alleva. E quanto ao ajudante e capanga dele, Massoni? Já ouviu falar nele?

— Posso conhecer o nome — disse Pernazzo em direção ao monitor.

— Angelo, vire-se. É rude falar assim com as pessoas. Sua mãe não lhe ensinou nada?

Pernazzo girou na cadeira.

— Parece que um pouco mais de sono REM lhe faria bem — disse Blume.

— Estou bem.

— Seus olhos estão se movendo rapidamente agora — disse Blume.
— Você devia dinheiro a Alleva?

— Certa vez, sim — disse Pernazzo. — Mas paguei.

— Só uma vez. Onde pagou?

— Não paguei a ele. Paguei ao cara que você mencionou. Não lembro o nome dele.

Blume olhou para os pés de Pernazzo. Os dois estavam apontados diretamente para a porta. Uma unha amarela e grande saía por um buraco em uma das meias.

— Massoni.

— Sim, ele — disse Pernazzo.

— Massoni veio aqui?

— Acho que sim. Sim.

— Quando?

— Há um ano. Não me lembro.

— Sua mãe estava viva?

— Sim.

— Ela não ficou alarmada?

— Nunca viu o cara. Sou eu que cuido das minhas coisas.

— Mais cedo, conversei com um homem chamado Dandini. Você o conhece?

— Não. — Pernazzo abanou a cabeça.

— Ele está perturbado com o hábito de jogar. Acho que você também deveria estar.

— Bem, não estou.

— Certo. O que há naquela bolsa?

— Que bolsa?

— Esta aos seus pés.

— Ah, nada.

— Posso olhar?

— Não. Não, não pode. Nem mesmo tenho certeza de se preciso responder às suas perguntas.

— Por que não posso olhar?

Pernazzo pegou a mochila e jogou-a para Blume. Assim que a pegou, Blume percebeu que estava vazia.

— Certo, não vou olhar se lhe aborrece. Angelo, estou com muita sede. Posso incomodar você e pedir um copo d'água?

Por um instante, Pernazzo pareceu congelar. Levantou da poltrona com um salto e sentou-se novamente. Depois, pegou a mochila cinza e carregou-a para fora da sala.

— Vou só levar meus pertences pessoais — disse. — Você não tem permissão para procurar nada, você sabe.

— Conheço as regras — disse Blume.

Assim que Angelo saiu da sala, Blume levantou-se e foi até a mesa do computador. Viu um dólar de prata, pegou-o e virou a moeda na mão. 1976. Ele estava no... o quê? — Na metade do ensino fundamental? Pensou em coroa, jogou a moeda e tirou coroa. Ao lado do mouse havia dois potes de plástico vazios de alguma sobremesa cremosa amarela. Três pontas negras de unhas em forma de meia-lua estavam sobre uma página aberta de um manual de programação.

Angelo voltou para a sala com um copo d'água. Examinou a mesa, as mãos de Blume e seu rosto.

— Você estava espionando meu computador.

— Ótimos gráficos — disse Blume. — É um daqueles jogos de fantasia online, não é? Ouvi falar a respeito. Você é bom?

— Sou um dos melhores. Possivelmente o melhor do país, certamente de Roma — disse Pernazzo.

— Já saiu de Roma alguma vez?

— Claro.

— Já foi aos Estados Unidos?

— Não.

— Vejo que tem um dólar de prata.

Pernazzo não disse nada.

— Então você é bom nesse jogo?

— Um dos melhores. Nível setenta.

— É mesmo? E quantos níveis existem?

— Sessenta.

— Se existem sessenta níveis... — começou Blume.

— Sessenta níveis para a maioria das pessoas. Mas quando você chega ao topo, há um plano mais elevado.

— Soa muito frustrante — disse Blume.

Pernazzo entregou o copo a Blume. Estava engordurado na borda e coberto de limo no interior.

— Não posso beber deste copo — disse Blume. — Está imundo.

— Faça como quiser, cacete.

— Muito bem, eu mesmo cuidarei disso — disse Blume e saiu rapidamente da sala em direção à cozinha.

Blume colocou o copo no topo de uma pilha de pratos sujos e caixas de pizza. Abriu um armário e olhou para dentro. Batatas chips, biscoitos Pavesi com gotas de chocolate, flocos de arroz, caixas de leite UHT, Nutella, massa na forma de rodas de carroça, temperos Knorr e um único pote de manteiga de amendoim Skippy.

Pernazzo apareceu na porta atrás dele, um pouco ofegante.

— Vejo que tem manteiga de amendoim — disse Blume.

Pernazzo puxou um pano de prato que estava sob uma torradeira, derramando um monte de migalhas. Limpou o canto da boca com o pano, enrolou-o e colocou-o na bancada.

— E daí?

— Onde a conseguiu?

— No supermercado, acho.

— É mesmo? Veja só, gosto de manteiga de amendoim, mas é difícil achar aqui na cidade. Não tão difícil quanto já foi, mas ainda é. Qual supermercado?

— Não me lembro.

— Um supermercado local?

— Não me lembro, certo?

— Certo. Você pede que o supermercado entregue as compras? Alguns supermercados colocam as compras em uma caixa de papelão e as entregam em casa. Já ouviu falar nisso?

— Não.

— Nunca ouviu falar? Acho que todos fazem isso atualmente.

— Bem, jamais ouvi falar nisso.

— Não há nada limpo aqui, Pernazzo. Não tem condições de pagar uma empregada?

— Não estou interessado.

— Você tem namorada, Angelo?

— Não lhe interessa, cacete.

Blume olhou novamente para a manteiga de amendoim.

— Sabe de uma coisa? — disse ele. — Há um código de barras aqui. Pode ser útil. — Ele pegou o pote, que estava sem tampa. — Se importa se eu pegar emprestado?

— É claro que me importo — retrucou Pernazzo.

— Você está certo, é claro — disse Blume. — Não tenho o direito de privar você de comida.

Ele arrancou o rótulo da jarra e colocou-o no bolso.

— Você não pode fazer isso! — A voz de Pernazzo tornou-se um ganido.

— Acabo de fazer — disse Blume. — Estou interessado em saber se isso veio de um supermercado específico. Isso não pode trazer preocupações, ou pode?

— Corrente de evidências! — disse Pernazzo. — Você não pode simplesmente... Você precisa de outros policiais aqui, mandados de busca. Precisa registrar as evidências.

— Você tem assistido televisão demais, Pernazzo. E isto é apenas curiosidade pessoal de minha parte. Não vejo por que deveria estar tão preocupado.

Pernazzo parecia ter entrado em uma espécie de transe.

— Você não pode usar esse tipo de código de barras para a troca de informações inseridas em um identificador único sem integridade referencial.

— Lamento não ter entendido muito bem o que disse — disse Blume.

— O que quero descobrir é se esse rótulo foi bipado em um caixa em um certo supermercado. Se quiser, pode ter o rótulo de volta depois.

Pernazzo arregalou os olhos, como Blume costumava fazer quando tentava não cair no sono na sala de aula.

— Angelo, todo esse seu esquema aqui. Sabe o que me diz? Ele diz "perdedor".

— Bem, você está errado. Você é o perdedor.

— Quanto dinheiro perdeu para Alleva?

— Quem diz que perdi? Talvez tenha ganhado.

— Você disse que perdeu. Você mesmo disse. Pagou uma dívida a Massoni ano passado.

Pernazzo ergueu um dedo para tocar no que parecia um bigode muito ralo.

— Sempre se perde no começo. É como funciona. Depois, você melhora. Você obtém conhecimento, habilidade, armas, você evolui. No final, torna-se o melhor de todos.

— Talvez em seus jogos. Não na vida real, Angelo. Jamais se ganha apostando com criminosos.

— É justamente aí que você se engana. Aprendi como funciona. Sei como a coisa é feita.

— Como as brigas de cachorro são feitas?

Pernazzo tocou o nariz, passou a língua pelos lábios e coçou a virilha.

— É um conhecimento valioso.

— Não vou contar a ninguém — disse Blume. — Prometo. Vamos voltar para a sala de estar e você me conta.

Blume mantivera a respiração curta enquanto estava na cozinha, que era pior do que a sala de estar. Ele ansiava por respirar fundo assim que deixasse o prédio. Quando retornaram para a sala de estar, permaneceu de pé. Cristo, ele precisava sair dali.

— Então, me conte. Como aprendeu o funcionamento para obter tamanho sucesso com suas apostas?

— Conheço o truque deles do cão inferior.

— O truque do cão inferior. Como funciona?

Pernazzo afastou-se de Blume e ficou ao lado da janela com as persianas fechadas. Agora estava escuro. A tempestade ressoava ao longe.

— Funciona assim — disse Pernazzo. Eles pegam o animal mais feroz, algum rottweiler enorme, e colocam em uma jaula com outros cães. Dão água aos cães, mas não alimentam por cerca de três dias. Se for mais tempo do que isso, os animais perdem a força para sempre. Depois, jogam na jaula um pedaço de carne. Frenesi total. O cão mais feroz luta contra os outros e vence. Mas sempre que tenta comer, os outros o atacam outra vez. Sempre que um deles tenta pegar a carne, é atacado pelos outros. Está acompanhando?

— Sim.

— Mas, às vezes, há um cão que não ataca. Ele fica no canto, deixa os outros brigarem e, quando o cão mais forte está defendendo seu lugar, se aproxima sorrateiramente e pega um pedaço pequeno de carne. Uma mordidinha, depois recua, outra mordidinha e recua novamente. Aquele cão se tornou o campeão oculto. O cão inferior.

— Entendi. Então eles criam o cão inferior e depois fazem as pessoas apostarem contra ele?

— Elaboram uma espécie de histórico para o cão grande campeão, o rottweiler ou o que quer que seja, fazem os apostadores ignorantes apostarem nele e ele vence algumas brigas. Até que, um dia, trazem o cão inferior, que vêm treinando para ser realmente muito feroz. Também afiam os dentes dele. Deixam muito afiados. Portanto, agora é feroz e também esperto, entupido de hormônios, alimentado com carne crua e leite. Nada de grãos. Jogam para lutar contra um cachorro grande e ganham muito dinheiro com a briga. Só que, na próxima vez, vou apostar no cão inferior.

— Angelo, você acaba de inventar essa besteira?

— Não é besteira! — A voz de Angelo ficou esganiçada.

— Então você não inventou?

— Não!

— Certo, quem lhe contou? Quem lhe explicou a estratégia do cão inferior?

Pernazzo levou uma mão rosada à boca e mordiscou uma unha. Blume repetiu a pergunta.

— Não tenho que lhe contar minhas fontes.

— Não, você não precisa me contar, porque eu sei. Apenas duas pessoas poderiam ter contado isso a você. Alleva, que, diga-se de passagem, era um vigarista antes de lidar com cães, ou o ajudante dele, Massoni, de cujo nome você não se lembrava. Eu me pergunto quanto tirariam de você... Você é um perdedor, Angelo. E também um péssimo mentiroso. Manteve contato próximo com Massoni e Alleva. Próximo o bastante para que lhe contassem um monte de besteiras.

Pernazzo curvou as costas e deu um passo na direção de Blume. Ele era pequeno, mas os instintos de Blume fizeram-no recuar um passo.

— Saia desta casa — disse ele.

Blume ignorou-o.

— Já ouviu falar em Arturo Clemente?

— Não.

— Nunca ouviu nada a respeito dele?

— Nunca.

— Apesar de ter sido ele o homem responsável por levar as câmeras de televisão e os Carabinieri para as brigas de cachorros de Alleva?

— Não.

— Apesar de você ter sido detido naquela noite?

— Não.

— Apesar de você ter dito algumas palavras para as câmeras de televisão? Apesar de logo antes de vir aqui eu ter assistido a você dando sua opinião a respeito de *bear-baiting*?

Silêncio.

— Você nem mesmo assistiu ao documentário da televisão quando foi transmitido? Certamente sentiu vontade de se ver na televisão.

— Saia agora da minha casa ou chamarei os Carabinieri.

— Não, você não vai fazer isso. Mas, caso não queira me ver outra vez, suponho que não se importaria em me fornecer algumas impressões digitais e amostras de saliva, certo? — disse Blume.

— Para quê?

— Para excluir você de nosso inquérito.

— Inquérito sobre o quê?

— O assassinato de Arturo Clemente.

— Não tenho ideia do que está falando.

— Ah. Eis aquela frase outra vez. Onde estava ontem de manhã?

— Aqui em casa.

— Alguém pode confirmar isso?

— Não. Mas estava online jogando pôquer, Texas Hold'em.

— É mesmo. Se me lembro bem, isso é ilegal na Itália. Ganhou, pelo menos?

Pernazzo deu de ombros.

— Um pouco. O valor na mesa não era alto.

— Me ajude, Angelo — disse Blume. — Como posso ter certeza de que estava online, como disse?

— Isso é problema seu.

— Não, Angelo. Acho que é seu.

— O quê? Porque é ilegal?

— Porque não é um álibi muito bom.

— Joguei das sete da manhã até o começo da tarde.

Blume foi até o computador.

— Mostre para mim — disse ele.

Pernazzo levantou e limpou o nariz com as costas da mão. Blume tentou não olhar para o brilho prateado entre os nós dos dedos de Pernazzo enquanto ele apertou algumas teclas, fazendo a paisagem fantástica se dissolver.

— Este é o programa — disse ele.

Blume observou enquanto o nome "Full Tilt Poker" surgiu no monitor. Uma mesa virtual de feltro apareceu. Quatro avatares estavam sentados ao redor de uma mesa. Uma mulher peituda, um sapo, um cachorro e um caubói.

— Qual deles é você?

— Nenhum. Estamos apenas observando os outros. Você acha que, de repente, estou lá jogando e conversando com você ao mesmo tempo? Preciso me registrar, escolher uma mesa. Você não entende, não é?

— Não, não entendo — disse Blume. — Bem, quando você entra, o que você é? Uma mulher, um cachorro, um inseto, o quê?

Pernazzo fechou o programa.

— Isso é assunto meu.

— E você estava jogando isso durante toda a manhã de sexta-feira?

— Com certeza. Pode pedir ao seu departamento de TI para checar meu IP. Sei que nos espionam, de todo modo.

A paisagem fantástica apareceu novamente no monitor. Blume moveu o mouse para mostrar a barra de tarefas do Windows, mas nada aconteceu.

— Ei, o que está fazendo?

— Eu estava tentando fazer aquele negócio do relógio aparecer, ver as horas.

— Este não é um sistema Windows. O relógio fica no topo.

— Ah, é mesmo.

O relógio indicava que eram 9h15. Ele precisava encontrar Kristin às nove e meia. Não chegaria a tempo.

— Certo. Vou embora. Vou pedir a alguém para conferir seu endereço de IP, como disse. Vou conferir o rótulo e pensar um pouco sobre Angelo Pernazzo, o cão inferior, o perdedor. Isso levará até dois dias. Durante dois dias, portanto, estaremos observando você. Qualquer tentativa de deixar Roma resultará na sua prisão imediata e, depois, vamos entrar aqui e virar de pernas para o ar este ninho de ratos que chama de casa.

Portanto, apenas fique aí sentado e jogue seus joguinhos de computador até que eu bata na porta. Acha que consegue fazer isso?

Blume pegou um cartão com o número da delegacia, seu nome e posto e ofereceu-o a Pernazzo, que pegou o cartão da mão grande do comissário e jogou-o na direção da mesa do computador. Ele errou e o cartão flutuou até o chão.

— Você pode querer contratar os serviços de um advogado, ou — Blume apontou para o computador — convocar alguns elfos e magos para ajudá-lo.

21

SÁBADO, 28 DE AGOSTO, 21H45

Eram nove e quarenta e cinco da noite quando Blume, faminto e começando a sofrer com a exaustão das últimas trinta horas, aproximadamente, chegou à Piazza Santa Maria. A chuva, que caía forte quando deixou a casa de Pernazzo, diminuíra. Turistas jovens, seguindo obedientemente as instruções em seus guias *Lonely Planet*, sentavam-se encolhidos nos degraus encharcados da fonte cercada por cocô de pombos, olhando de soslaio para os bêbados e viciados, esperando algo legal acontecer.

Blume viu Kristin imediatamente. Ela estava de pé não exatamente no centro da praça, afastada da fonte, com as mãos ao lado do corpo. Apesar de ser uma mulher evidentemente americana arrumada, ninguém a incomodava.

— Kristin — disse Blume estendendo a mão, como se fosse um encontro de negócios.

— Oi — disse ela, apertando brevemente a mão estendida de Blume. As mãos dela eram secas e mais fortes do que ele esperara.

— Estou atrasado. Sinto muito. Surgiu um imprevisto... — Ele tentou pensar em algumas palavras não idiotas, mas os pensamentos pareciam escorregar do cérebro dele para o pescoço, deixando a mente vazia e sua voz grave. — Bem, aqui estamos.

— Sim. Aqui estamos. Estou feliz que conseguiu vir.

— Eu também — disse Blume. Ele pensaria em algo inteligente para dizer em um minuto.

— Tem algum plano em particular? — perguntou Kristin. — Estou com fome.

— Não vamos esperar seu amigo... seus amigos, quero dizer? — perguntou Blume.

— Eles não vêm. Marty telefonou mais cedo e disse que não poderiam vir.

— Ah, não? — Blume decidiu não simular decepção.

Ele olhou para um bar do outro lado da praça, onde um garçom secava gotas de chuva de mesas reluzentes.

— Talvez uma bebida?

Kristin olhou para o bar e pareceu desconsiderá-lo com um gesto de cabeça. Depois, disse:

— Você gosta de culinária romana?

— Quer dizer *pajata*, tripas, pés de porco, carne de cavalo, fígado e todas essas coisas? — perguntou Blume.

— Sim. Amo essas coisas.

— É mesmo?

Blume tivera que aprender a cozinhar sozinho muito rapidamente e permanecera nada aventureiro nesse quesito.

— Sim, venha.

Ela quase pegou o braço de Blume. Se ele tivesse se movido na direção certa, ela poderia tê-lo pegado. Mas ele não foi rápido o bastante.

Blume seguiu Kristin pela Vicolo del Moro, atrás da Piazza Trilussa, de onde entraram em uma alameda estreita pavimentada com pedras negras e molhadas que formavam calombos e montes, como que anunciando um futuro evento sísmico.

A alameda seguia até uma casa medieval de dois andares, cor de ocre, tão pequena que parecia uma maquete. Uma varanda de madeira fora afixada à fachada da casa, formando um alpendre cercado por uma paliçada de esteiras de junco que sustentavam trepadeiras de jasmim e clematite. A área do alpendre tinha espaço suficiente para cinco mesas, das quais quatro estavam ocupadas. Nenhuma sinalização indicava que pudesse ser um restaurante e, à distância, as pessoas que jantavam pareciam uma grande família desfrutando de uma refeição particular diante da porta de casa. A não mais do que trinta metros dali, as margens do Tibre retumbavam e ressoavam com o tráfego sobre o asfalto molhado, mas ali apenas se ouvia um ruído indistinto.

Através de uma série de sinais com as mãos e gesticulações, Kristin conseguiu obter a única mesa restante, e ela e Blume sentaram-se um de frente para o outro. Somente agora que estava sentado, ele conseguiu ver o nome do restaurante, Mattaoio Cinque, inscrito acima da porta estreita, através da qual um garçom ágil deu um passo para trás e logo emergiu trazendo cardápios, pão e água sobre os braços esticados.

Kristin pediu *rigatoni alla pajata* e, demonstrando sua impaciência americana, também pediu logo o segundo prato, escolhendo *frattaglie*.

— *Frattaglie?* — ecoou Blume, erguendo uma das mãos para impedir o garçom eficiente de anotar o pedido no bloco de papel. — Você sabe o que é isso?

Ela deu de ombros com felicidade.

— Sim.

Blume não estava convencido.

— São as partes internas de animais — disse ele.

— Melhor do que as externas, eu diria.

— Guarnição de estômago, fígados, rins, testículos, traqueias e... coisas?

O garçom sorriu e dirigiu-se a Kristin.

— Hoje o cozinheiro preparou coração de vitela com alcachofra e cenoura cozidos em banha com vinho branco e molho branco.

Blume olhou para a mulher de bela silhueta diante dele. Ela comeria o coração de um bezerro cozido na banha derretida de um porco?

O garçom lançou um olhar na direção de Blume.

— Quero apenas o *ossobuco* — disse ele. — E uma garrafa do vinho tinto da casa.

— E antes? A massa? — perguntou o garçom.

— Quero o *amatriciana* — disse Blume.

O garçom anotou os pedidos, concordou com a cabeça e entrou na casa. Antes que pudessem iniciar uma conversa, estava de volta com uma garrafa de três quartos de litro de vinho tinto e depois, com dois longos passos, recuou até a mesa ao lado, ocupada por um casal alemão.

— Gostaria de um pouco de vinho? — ofereceu Blume.

— Claro — disse ela. — Meia taça é o bastante.

Blume também serviu para si próprio meia taça.

A massa foi servida e comeram em uma bolha de silêncio, a qual Blume tentava perfurar com tentativas ocasionais de descobrir mais sobre o passado de Kristin. Mas ela estava mais interessada nos intestinos de vitela.

Kristin começou a perguntar sobre ele. Blume encheu a boca e mastigou forte os pedacinhos gordurosos do bacon picado perguntando-se até onde gostaria de revelar. Limitou-se a dizer que estava na Itália havia muitos anos.

Ela perguntou sobre os pais dele. Blume estava esperando pela pergunta e decidiu que queria soar sucinto e conformado, talvez um pouco ríspido.

— Os dois foram mortos em um assalto a banco na Via Cristoforo Colombo.

Kristin concordou com a cabeça e enrolou no garfo um fio brilhante de macarrão.

— Humm — disse ela. — Está gostoso.

Blume olhou com relutância para a massa dela e acrescentou alguns detalhes do assalto.

— Um guarda de banco estúpido tentou bancar o herói e puxou a arma para defender o dinheiro dos caixas. Guardas de banco. Pode haver emprego mais patético?

Ela parecia um pouco entediada enquanto ele falava. Nem sequer dissera que lamentava ouvir aquilo. A morte trágica dos pais sempre assegurara ao menos simpatia a Blume, ou então sexo.

Kristin fez uma pergunta:

— Prenderam os caras?

— Um foi morto no local. Não o que atirou nos meus pais. Ele fugiu. Obviamente, havia um terceiro homem aguardando na rua e, provavelmente, mais um vigiando.

— Você precisou identificar os corpos?

— Sim. Minha mãe levou um tiro no peito.

— Mostraram isso a você? — A voz de Kristin aumentou de volume em descrença.

— Não. Me contaram. Acharam que serviria de conforto. Direto no coração. A morte deve ter sido instantânea. Me mostraram o rosto dela. O rosto do meu pai também. A primeira bala o atingiu na boca. Ele parecia sorrir para mim. A segunda e a terceira atingiram o abdômen. Não foi instantâneo para ele.

— Então você decidiu se tornar um policial e caçá-los pelo resto da vida?

— Não. Não foi assim. E o atirador está morto, de todo modo.

— Então ele foi pego — disse Kristin. — No final das contas.

— Não, apenas morreu no final das contas. Foi no verão de 1990 e eu tinha acabado de concluir uma prova sobre economia política. Era meu primeiro ano na polícia. Voltei para casa e havia uma carta me aguardando com um carimbo postal local. Abri e, dentro, estava datilografado "Verano Riq. 57 no. 23-bis". Mais nada.

— Verano. Como no cemitério?

— Está vendo? Você também seria uma boa detetive — disse Blume. — Dá para ir a pé da minha casa ao cemitério.

Kristin interrompeu.

— Então você ainda mora na mesma casa?

— Sim.

— Seus pais estão enterrados no mesmo cemitério?

— Sim. Quer ouvir a história ou não?

— Continue.

— Fui diretamente para o cemitério, para a seção 57 e encontrei o número da sepultura. *Para sempre em nossos corações*, estava escrito nela. *Pietro Scognamiglio. 17 de outubro 1961 a 19 de maio de 1990.*

— E quem era este tal de Scognamiglio?

— Eu não sabia. Pesquisei o nome e descobri que passara mais tempo em Rebbibia do que fora do subúrbio e tinha uma lista de crimes violentos atribuídos a ele. No entanto, sempre era libertado.

— E foi isso?

— Foi.

— Então você não sabe realmente se esse Scognamiglio foi o cara que puxou o gatilho.

— Não. Mas alguém sabia, e esse alguém me enviou uma mensagem.

Kristin molhou um pedaço de pão no óleo em seu prato e colocou-o na boca, depois afastou o prato.

— Estava excelente. Então você se sentiu melhor vendo a sepultura?

— Um pouco — disse Blume. — Não muito. Eu gostaria de ter certeza absoluta de que era aquilo que a mensagem significava, e preferia que eu mesmo tivesse colocado Scognamiglio na sepultura.

— Acredito que a morte de seus pais seja o motivo pelo qual ainda está aqui.

— Sim. Eu tinha apenas 17 anos. Foi difícil sobreviver sozinho em outro país.

— No entanto, aqui está você.

Blume tentou identificar o tom de voz dela. Não era exatamente zombeteiro, ou talvez fosse.

— Eu já estava morando aqui há três anos. Achei que entraria no primeiro ano da Franklin High, mas me trouxeram para cá e me colocaram no último ano de um *liceo* em Parioli. Eu tinha 15 anos.

— Por que vieram para cá?

— Eram historiadores da arte. Meu pai também era ilustrador. Não herdei o talento dele.

— Então você viveu sozinho depois dos 17 anos?

Blume concordou.

— Deve ter sido interessante. Quantos garotos têm a casa só para eles todas as noites?

— Não era minha casa — disse Blume.

— Você era parente. Não seria possível que a casa ficasse com outra pessoa.

— Era um apartamento alugado. Nunca pertenceu a eles. Pertencia a um cara chamado Gargaruti, que acabou se revelando uma figura e tanto.

— É mesmo? Fale mais sobre ele.

Blume permitiu que um ar de grande tristeza tomasse sua expressão e disse:

— Talvez outra hora.

— Tudo bem.

— A menos que queira ouvir agora...

— Não. Tudo bem. Pode ser outra hora.

— Sim, porque ele era...

Kristin interrompeu-o.

— Então me conte, como você sobreviveu?

— A polícia me ajudou. Primeiro, tentaram entrar em contato com meus parentes nos Estados Unidos. Minha mãe tinha uma irmã em Los Angeles, uma espécie de atriz fracassada. Ela não respondeu a nenhuma carta. Nada. Então, tiveram que me mandar para um orfanato.

— Isto é muito dickensiano. Não se importa que eu diga isso, ou se importa?

— Não me importo. Além do mais, não vivi realmente em um orfanato. Continuei na escola e depois as freiras me deram alguma liberdade. Eu até recebia caronas de ida e volta da polícia, passava algumas noites no apartamento, cujo aluguel estava pago até o final do ano. Além disso, as autoridades levaram três meses para concluir a burocracia, de modo que, quando entrei lá para meu primeiro dia, faltavam apenas poucas semanas para meu décimo oitavo aniversário.

— Como obtinha dinheiro?

— Eu ensinava inglês, depois também comecei a dar aulas de latim e francês.

— Você era bom o bastante em latim e francês para dar aulas?

— Sim. Sou bom com línguas. Muito bom. Acho fácil aprendê-las.

— Que outras línguas você fala?

— Espanhol... Obviamente. Basicamente, é italiano com um cicio. Meu alemão é muito bom. É tudo. Um pouco de albanês. Um pouco de romeno. Grego.

— Grego antigo?

— Não. Moderno. Eu costumava ir para as ilhas em junho e julho com amigos da faculdade. Sei pedir comida em grego, ler um cardápio.

— Você aprende línguas apenas de ouvido?

— Não. Preciso estudá-las. Sou bom mesmo é em detectar sotaques. Consigo identificar quase todos.

— Quem eram os policiais que o ajudaram?

— Uma policial, que foi quem veio me contar. Marina. Ela veio no dia seguinte, e no outro. Depois o parceiro dela chegou e, depois dele, outro, e todos começaram a me visitar para conferir se eu estava bem. Cinco policiais se alternaram durante pouco mais de um ano, todos cuidando de mim. Ainda tenho contato com todos eles.

— Seus pais deixaram dinheiro?

— Não. Não estavam planejando morrer. E ambos eram professores universitários em meio período, com um estilo de vida mais caro do que os recursos que possuíam. Nenhuma propriedade, nenhum espólio, nenhuma economia. Meu pai deixou um cartão de débito na gaveta e, depois de uma longa procura, encontrei a senha escondida como um número telefônico. Então comecei a sacar dinheiro da conta dele. Mas não durou. Depois de seis meses, o banco descobriu que meu pai não estava vivo. Não estou certo de como descobriram. Eles não somente bloquearam a conta como também chamaram a Polícia Financeira e acusaram "pessoas desconhecidas" por roubo.

— Então você tem uma ficha criminal?

— Não. Recebi uma visita da Polícia Financeira e eles me incomodaram durante algum tempo. Depois, chegou uma carta do advogado do banco dizendo que queriam todo o dinheiro de volta, mais juros, custos legais e daí em diante. Aí Gargaruti, meu senhorio, dobrou o aluguel na mesma hora.

— Um senhorio não pode simplesmente dobrar o valor do aluguel do nada.

— Aqui pode, se o apartamento for alugado para um não italiano. Gargaruti tinha outros apartamentos e um restaurante onde os clientes compravam a comida para levar para casa, uma *rosticceria*. Trabalhava lá o dia todo. Sempre cheirava a frango assado. De todo modo, me disse para ir trabalhar no restaurante na segunda-feira. Eu fui. O salário que me pagava não cobria o valor do aluguel, e ele disse que estava cobrando juros. Depois, virou novamente o tio bonzinho e me disse para comer todo o frango assado que quisesse. Contei a Marina, a policial, sobre ele. Ela espalhou a informação e a polícia meio que o pressionou. Meu aluguel voltou ao valor original e deixei a cozinha dele. Três anos depois, comprei o apartamento. Ele também precisou ser persuadido quanto a isso.

Blume ergueu a taça para beber um pouco do vinho, manteve a borda da taça contra a boca e semicerrou os olhos até ver apenas o vinho tinto. Quando pousou a taça, pegou o guardanapo e pressionou-o contra a boca, deixando uma mancha púrpura parecida com um hematoma no tecido branco.

— Alguns dias depois de identificar meus pais, pediram-me para morder um pedaço de gaze, que guardaram com pinças em um tubo plástico. Teste de DNA mitocondrial. Era o começo da década de 1990. Os laboratórios policiais estavam desenvolvendo um programa de treinamento para peritos, e foi uma boa oportunidade.

— Você não fica ressentido com isso? A polícia ter usado você dessa forma para treinar peritos?

— Não. — Blume foi enfático. — A polícia fez tudo por mim. Cuidou de mim. Eles sempre voltavam para ver como eu estava. Eu teria acabado na rua se não fosse por eles.

— Ou de volta aos Estados Unidos.

Eles foram interrompidos pela chegada do segundo prato. Com gosto, Kristin deu uma garfada em uma mistura vermelha e amarelo-clara de pedaços em uma tigela. Blume não conseguia deixar de se maravilhar com a incongruência entre o frescor com perfume de talco de Kristin e aquele apetite voraz por restos do matadouro. Ele pensou em Clemente caído no chão, o sangue coagulando ao redor dele. Dorfmann pingando o sangue de um chumaço de algodão encharcado em uma tira Hemastix, que ficara verde.

— Você deve comer o tutano — disse Kristin, indicando com o garfo o prato de Blume, que mal tocara o *ossobuco*. — É a melhor parte.

Blume olhou sem apetite para o corte de osso de perna com tiras de carne cinza presas a ele. Ele esticou a mão para servir mais vinho, mas descobriu que a garrafa já estava vazia.

— Voltei para os Estados Unidos. Um ano depois, assim que completei 18 anos e pude viajar sozinho. Não havia ninguém lá. Descobri onde minha tia morava. Observei a casa dela em Los Angeles durante um dia, e acho que a vi. Tenho dois primos.

— Você viajou até os Estados Unidos e apenas olhou de longe para sua tia?

— Eu não sabia o que dizer a ela. De todo modo, foi apenas um dia das minhas férias.

— Você considerou a viagem como de férias?

— Eu estava lá com Valentina, minha namorada. Viajamos de costa a costa. Dois meses viajando e trabalhando. Ela obteve um visto J-1, de modo que também pôde trabalhar. Foi divertido. Minha vida não foi um fracasso total, você sabe.

— Você andava com estudantes ou policiais na época?

— Ambos. Muitos estudantes de direito e economia pensavam em entrar para a polícia.

— E quanto à comunidade de expatriados? Tinha muito contato com eles? Outros americanos?

A voz de Kristin pareceu ecoar quando ela falou, e Blume percebeu que estava entrando em um estado semionírico, combatendo o vinho e o sono com adrenalina. Ele conferiu a hora no telefone: dez e quarenta e cinco. O mais razoável teria sido ir para a cama e dormir direito pelo menos por seis horas antes da operação Alleva.

— Não muito. Nunca me dei com americanos visitantes. — Ele estava cansado de falar. — Mas e quanto a você? Não consegui arrancar nenhuma informação de você.

— Bem, fui advogada até pouco tempo atrás. Trabalhei para a Merck Sharp e a Dolme. Laboratórios farmacêuticos. O que não posso lhe dizer sobre benzoato de rizatriptano não vale a pena saber.

— O que isso faz?

— Elimina dores de cabeça.

— Funciona?

— Não sei, nunca tive dor de cabeça — disse Kristin.

— Merda, eu sempre tenho.

— Bem, poderia tentar beber menos — disse Kristin, sincronizando o comentário com a chegada do garçom com outra garrafa cheia de vinho até o gargalo.

— Por que abandonou o trabalho?

— Questões éticas. Fazem experimentos demais com cães. Gatos também... Mais com gatos do que com cães, na verdade, mas tive alguns problemas sérios com os experimentos com cães. Fiz alguns comentários indevidos em uma revista de circulação interna.

— Você gosta de cães?

— É claro. A maioria das pessoas normais não gosta? Exceto os experimentadores, mas até mesmo alguns deles se sentem bastante mal ocasionalmente.

— Não gosto nem um pouco de cachorros — disse Blume. — Criaturas imundas, fedorentas e barulhentas.

— Você prefere gatos, então?

— Isso não é código para gay quando aplicado a homens? Não me importo... Veja bem, jamais penso em gatos. Eles vivem no meu quintal, mijam nas motocicletas, é tudo que sei sobre gatos. Cães, por outro lado, são criaturas das quais verdadeiramente não gosto.

Kristin pareceu incomodada ao ouvir aquilo e, para distrair a atenção dela, Blume perguntou ao garçom o que havia no cardápio de sobremesas.

— *Torta mimosa panna cotta frutta fresca crème caramel torta all'arancio cassata siciliana con ripieno di ricotta fresca... Molta buona questa... La prenda* — respondeu o garçom, sem desperdiçar mais do que seis segundos de sua vida listando alternativas falsas antes de dizer a Blume o que pedir.

— Ah, sim, a *cassata*, é o que quero — disse Kristin.

Blume pediu o mesmo.

O garçom foi lentamente até outra mesa, com um ar de que tinha decidido não dar nada a eles, no final das contas.

— De onde você é?

— Vermont. Já lhe disse isso no pátio.

— Então seu sotaque é de lá — disse Blume.

— Eu morava onde há árvores grandes e jardins grandes. Frio, rico, classe média. Muito confortável. Meu closet em casa é mais ou menos do tamanho do meu apartamento aqui. Meu pai é anestesista, ou era. Aposentado. Agora, apenas deixa as pessoas entediadas até que caiam no sono.

— Não entendo a ligação entre a Merck e o outro lugar, e você caminhando pelos corredores de uma delegacia em Roma — disse Blume.

— Não trabalho para um laboratório farmacêutico. Eu trabalhava. Mas me demiti. Agora, trabalho como legada na embaixada em Via Veneto.

— O que é legada?

— Adido legal.

— Você não fala mais do que o necessário, não é? Deve ser parte de ser advogada.

— Deve ser.

— A que você é legalmente ligada?

— Ao FBI.

Blume refletiu a respeito.

— O FBI funciona na embaixada? Eu achava que operavam através da Europol. Ouvi falar em cooperação, mas sempre foi muito específico. Suponho que eu não saiba muita coisa.

— Seu posto não ajuda — disse ela e empurrou para trás uma mecha de cabelo que caíra sobre sua testa. — Sou legada do FBI para a Embaixada dos Estados Unidos na Itália. Reporto-me aqui a um oficial de segurança regional, e em casa ao Gabinete de Operações Internacionais.

— E faz desenhos ruins de fontes em pátios no tempo livre?

— Desenhos ruins, é? Você não gostou da referência ao seu posto. Sinto muito, Alec.

— Não. Não me importo com isso. Mas, considerando que isso aqui é mais uma entrevista do que um encontro, ocorreu-me que seu desenho possa ter sido um artifício para lhe permitir sentar-se ali enquanto esperava por mim.

— Não consegui pensar em nada melhor.

— Então você está aqui conversando comigo, descobrindo coisas a meu respeito, porque...?

— Mantenho contatos na *Polizia*, nos Carabinieri, na Polícia Financeira e até mesmo... Dá pra acreditar?... Na polícia de trânsito — disse Kristin. — Os contatos são oficiais, extraoficiais, diplomáticos, confidenciais, abertos, privados, públicos... O que for. Eles dizem a mim o que sentem vontade de falar. Não peço que me contem mais. É tudo muito franco e amigável.

— Qual o objetivo?

— Nos ajudar a sentir o clima do lugar. Ficar de olho.

Blume deu a ela seu olhar de policial cético.

— Trabalho um pouco, sim, com pessoas que podem fazer certas protelações operacionais especiais. Angariamos informações e trabalhamos juntos no que chamamos de equipe nacional.

— Você tem contatos em postos altos?

— Discuti amenidades com o prefeito em eventos da embaixada.

— O que estava fazendo na minha delegacia?

— Entregando convites para uma conferência sobre terrorismo. Antes que você diga, quase todos sabem que as conferências não resolvem nada, mas não é para isso que servem. A presença de todos é sempre certa. Sabe por quê?

— Comida grátis? Policiais amam comida grátis.

— Sim, amam. Mas não é só isso. O primeiro escalão está presente. Dessa forma, comissários inferiores têm a oportunidade de trocar uma palavra em particular com *questore*s e prefeitos. Fornecemos uma pequena corte privada na qual os vassalos têm a oportunidade de pedir favores aos barões. Tudo encenado na nossa frente. Eles sabem que estamos observando, mas não se importam. Afinal de contas, somos todos aliados.

O garçom saiu pela porta minúscula com dois pratos e um sorriso sedutor.

— Aqui está — declarou ele, colocando as sobremesas diante dos dois e recuando como se planejasse observá-los, feito uma mãe orgulhosa alimentando os dois filhos. Blume deu-lhe um olhar que o afugentou com uma careta para a mesa ao lado.

A *cassata* era especial. Blume não comia uma *cassata* tão boa desde quando fora postado em Palermo durante o período no começo da década de 1990, quando os políticos fingiam preocupar-se com o crime organizado. O *chef* não economizara na ricota doce, que estava fresca e no ponto exato entre cremosa e friável, além de coberta com uma dose muito generosa de licor marasquino. Agora Blume lamentava ter afugentado o garçom daquela maneira. Excelência e beleza deveriam sempre ser reconhecidas e elogiadas publicamente. Os italianos eram bons nisso, mas ele não.

— Bom, não é? — murmurou Kristin, quebrando o silêncio pesado que caíra sobre os dois conforme permitiam que as frutas cristalizadas, o chocolate, o queijo e o pão de ló se dissolvessem lentamente no calor de suas bocas.

— É mais do que bom. As pessoas deveriam vir aqui somente por causa disso — concordou Blume.

Rápido demais, a sobremesa acabou. Blume esfregou o polegar no rastro branco e doce que ficara em seu prato e colocou-o na boca. Kristin estava limpando com determinação todos os resíduos com o dedo médio.

— Poderíamos pedir outra — sugeriu Blume.

Kristin riu, o que Blume achou desconcertantemente estranho para a personalidade dela.

— Marcello! — chamou Kristin.

O garçom respondeu como um cocker spaniel zeloso e foi até a mesa, emanando sorrisos somente para Kristin.

— *Il conto, per piacere.*

Muito a contragosto, quando Marcello veio com a conta, ele entregou-a a Kristin e, antes que Blume pudesse protestar, ela colocara um American Express dourado no prato.

— Quanto deu? — perguntou ele, tentando ler o sobrenome no cartão, que estava de cabeça para baixo para ele. O nome parecia ser Holmquist.

Como resposta, ela entregou a conta a Blume: 126 euros.

— O vinho foi especialmente caro — disse ela.

Kristin foi até o caixa para digitar a senha e assinar o recibo. Blume foi ao banheiro. Kristin o aguardou na rua.

O andar afetado de policial bêbado de Blume estava um pouco mais acentuado quando desceu a alameda em direção às ruas mais barulhentas e sujas logo à frente. Ele abordaria Kristin antes que chegassem ao cruzamento.

Mas ele adiou uma fração de tempo além da conta e, quando chegaram ao final da alameda, um grande grupo de jovens e dois motociclistas que conscientemente dirigiam sobre a calçada em vez de respeitar a sinalização, fizeram com que se separassem por um instante. Quando Blume virou-se novamente, ela movera-se como se fosse seguir para a esquerda e ele para a direita.

— Vou nesta direção — disse ela em um tom que excluía qualquer possibilidade de um convite.

— Como posso retribuir pelo jantar? Posso vê-la outra vez? — Pronto, aquilo não era ambíguo.

— Vou ligar para você — disse ela com um sorriso que repentina e muito brevemente revelou onde os anos vindouros se gravariam em seu rosto.

— Você não tem meu número.

— Você está na lista, não está?

— Não, estou fora da lista telefônica. — Blume começou a caçar caneta e papel nos bolsos. Ele sempre tinha uma caneta quando estava trabalhando. Agora, não tinha. A bolsa dele estava no escritório, diabos. — Não estou na lista. — Ele repetiu, caso ela não tivesse se dado conta do perigo da situação. Ele havia entregado a Pernazzo o último cartão. Que desperdício fodido. Ele pegou lenços de papel usados, embalagens de plástico, pedaços de papel inúteis para escrever e largou-os no chão molhado.

— Pode ficar sossegado, Alec. Apenas me diga seu número. Eu vou lembrar.

Blume disse o número. Ela o repetiu.

— Certo, está memorizado. Tenho uma cabeça muito boa para números.

Sem esperar a resposta de Blume, Kristin virou-se e partiu. Ela atravessou a multidão ruidosa como um barco de velas brancas cruzando um lago escuro.

Foi somente quando tirou o paletó em casa que Blume se lembrou do rótulo de manteiga de amendoim da cozinha de Pernazzo. Com uma sensação crescente de terror, começou a revirar os bolsos. Certamente, não o jogara fora quando estava procurando por...

Já era.

22

DOMINGO, 29 DE AGOSTO, 10H30

NA MANHÃ SEGUINTE, Blume estava sentado com Paoloni em um Fiat Punto rosa metálico em frente ao supermercado PAM em Magliana. A cor era ridícula. A ideia, aparentemente, era a de que o carro não se parecesse nem um pouco com um veículo da polícia, o que seria o caso se houvesse uma mulher com compras dentro dele. Em vez disso, havia dois homens rabugentos observando o tráfego.

Blume ainda estava pensando no rótulo que jogara na rua. As argumentações de Pernazzo sobre cadeia de evidência estavam corretas, pois o rótulo provavelmente não seria aceitável no tribunal, mas se estivesse mesmo ligado ao supermercado de Clemente, o caso estaria praticamente encerrado. Por que não colocara o rótulo em um saco de provas quando retornou ao carro? Muita pressa para encontrar Kristin, e depois ele bebeu vinho demais, falou demais e, literalmente, jogou na rua uma evidência do caso.

Estava na hora de parar de beber.

O carro era apenas um entre centenas projetando-se em todos os ângulos da calçada, como se tivessem sido jogados ali por uma criança mal-humorada. Espremidos entre uma caminhonete Iveco com caçamba e um Mercedes branco característico da década de 1970 que possivelmente fora abandonado ali de vez, eles tinham uma visão desobstruída da rua, do supermercado, de um banco Ambroveneto, de uma padaria e de uma banca de jornais, além de um prédio residencial de 12 andares onde, Paoloni jurava — e Ferrucci confirmara no computador —, morava Alleva. Esperavam por Zambotto, que acompanhava um oficial subalterno, e por Ferrucci, que aparentemente tivera dificuldade em convencer o mecânico superintendente de que precisava de um carro. Ou de que tivesse idade suficiente para dirigir.

Blume perguntou-se se Pernazzo acreditou quando ele disse que o vigiariam. Muito improvável, caso Pernazzo tivesse ouvido alguma vez no rádio os sindicatos de policiais e a hierarquia reclamando sobre a carência de recursos.

Blume pegou o rádio Motorola Tetra do bolso do paletó e estudou-o. Parecia estar ligado. Ele entregou-o a Paoloni.

— Não consigo ligar esse negócio.

— Você precisa digitar novamente o código e mudar para DMO — disse Paoloni.

— Certo — disse Blume. — Você faz isso.

A porta de entrada do prédio residencial se abriu e um homem com uma camisa rosa saiu. De onde estava, Blume não conseguiu identificar a fisionomia, e não pensara em trazer binóculos. O homem caminhava rapidamente.

A voz de Ferrucci surgiu de novo no Motorola. Aparentemente, decidira falar grego:

— Tenho Alpha Um saindo de Charlie Um. Alpha Um deixou Charlie — disse ele.

Antes que Blume pudesse pedir para que falasse direito, a fala de Ferrucci começou a fazer sentido:

— Elemento não parece estar carregando nenhum objeto. Calças amarelo-claras, camisa polo rosa, pulôver azul-bebê amarrado no peito, sapatos marrom-claros. Carteira no bolso traseiro. Nenhuma arma visível. Mãos no bolso.

Ferrucci tinha visto apenas fotografias de Alleva. Portanto, sempre havia a possibilidade de que fosse a pessoa errada.

— É Alleva — disse Paoloni. — Ele gosta de tons pastel, pulôveres azul-bebê, esse tipo de coisa. É uma espécie de marca registrada dele.

Ferrucci falou de novo no rádio:

— Elemento seguiu para a direita, direita; sem hesitação, alheio; curva próxima, número um, não feita, curva número um não foi feita; elemento segue reto. Curva próxima número dois feita.

Quando Ferrucci terminava o comentário, Alleva levantou o rosto e Blume reconheceu a fisionomia suína.

— Elemento conferindo a rua. Agora, retornando na direção de seis horas — prosseguiu o comentário no rádio.

— O que acha? — perguntou Paoloni. — Ferrucci está certo?

— Deixe-o em paz. Ele sempre acaba ficando responsável pela papelada. Isso tudo é muito excitante para ele — disse Blume. — Mesmo que seja um completo desperdício de tempo.

— Qual era mesmo o nome do seu suspeito?

— Angelo Pernazzo.

— E você acha que deveríamos visitar Pernazzo depois disto?

— Sim. Antes que ele descubra que não está sendo vigiado.

A voz alegre de Ferrucci interrompeu-os.

— Atravessando a rua, comprometido a virar, agora não o vejo mais, não o vejo mais.

Blume entregou o Motorola a Paoloni.

— Por que simplesmente não saímos e agarramos o sem-vergonha agora?

— Melhor não tentar nesta vizinhança — disse Paoloni. — De todo modo, não queremos chamar muita atenção.

— Nosso homem entrou em um Toyota Land Cruiser preto — disse Ferrucci.

Blume ligou o motor.

Paoloni segurou o rádio próximo ao ouvido:

— Zambotto e seu parceiro detectaram o alvo. Zambotto concorda que seja Alleva. Estão de olho no Land Cruiser. Seguiremos como reforço e

Ferrucci pode vir no final da fila. — Colocou o rádio entre os dois assentos, prendendo uma alça no freio de mão. — Vou colocar no viva voz agora.

Blume entrou na rua, quase derrubando uma lambreta que ultrapassava uma perua Opel que ultrapassava um ônibus. Os motoristas à direita começaram a acelerar para impedi-los de completar a manobra. Os carros à esquerda começaram um concerto de buzinas.

— Isso foi sutil. — Paoloni pegou o Motorola. — Zambotto, diga-nos para onde ir.

— Via della Magliana, norte... Vá até o cruzamento e dobre à direita.

Dois minutos depois, Zambotto confirmou que o Land Cruiser de Alleva seguia para o norte na direção da Piazza Fermi e da Via Marconi.

— Algo está errado — disse Blume.

Paoloni parecia estar tentando pegar um cigarro no bolso da calça. Ele parou tempo suficiente para dizer:

— O quê? O que há de errado com este caminho?

— Sinuoso demais. Não estou gostando — disse Blume.

— Ele precisa dobrar à direita na Via Marconi, que segue para o sul apenas no cruzamento, mas é possível que pegue a primeira à esquerda, retorne e continue para o norte. É onde fica a casa da mãe dele. Está tudo certo.

Um Nissan Micra azul-claro cortou Blume, ligou o pisca-pica e acelerou.

— Aquele era Ferrucci — disse Blume.

— Tenho contato visual — disse a voz de Ferrucci. Blume podia perceber o deleite dele. — Piazza della Radio — continuou Ferrucci. — Parece que está tentando encontrar uma vaga. Vou parar. Espere. Elemento está dando outra volta na *piazza*. Talvez esteja procurando uma vaga. O que faço?

— Fique aí, Ferrucci. Não o siga quando ele deixar a *piazza*, apesar de, provavelmente, ele já tê-lo levado a fazer isso. — Voltou-se para Paoloni: — A casa da mãe de Alleva fica mais longe, na direção do rio. O que ele está fazendo contornando a *piazza*?

— É domingo de manhã. O mercado de Porta Portese está aberto — disse Paoloni. — É um dos últimos lugares disponíveis para se estacionar.

— Ainda acho que ele está circulando porque sabe que está sendo seguido — disse Blume.

A voz de Zambotto falou no rádio:

— Também chegamos à *piazza*.

— Certo — disse Paoloni. — Se Alleva seguir, você segue. Ferrucci, você fica.

Zambotto respondeu quase imediatamente.

— Ele está deixando a *piazza*, retornando na direção de onde veio. Estamos seguindo.

— Devo ficar aqui? — Ferrucci parecia decepcionado, e ninguém sequer se deu ao trabalho de responder.

Alguns segundos depois, Blume viu o Land Cruiser passar por ele em alta velocidade no lado oposto da rua. Seguindo a uma distância segura, estava Zambotto. A divisória central impedia Blume de fazer um retorno e tentar acompanhá-los.

— Certo, Zambotto, nós o perdemos. Pode segui-lo para onde quer que esteja indo agora.

— Ele parou no cruzamento. Ou dobrará à esquerda ou... Não, fez um retorno. Está vindo agora por trás de você.

Blume olhou no retrovisor. O Land Cruiser estava subindo a rua em alta velocidade, costurando em meio ao tráfego. Ele deixou o carro passar e depois acelerou atrás dele. Agora, não fazia mais sentido manter a sutileza.

— É como uma corrida de bigas no Circus Maximus — disse Blume.

— Vamos acabar com ela. Quando ele chegar de novo à *piazza*, no final da rua, intercepte-o e pare-o, Ferrucci.

Paoloni abriu uma fresta na janela e tentou passar a guimba de cigarro através dela. Blume pisou fundo no acelerador para fechar o espaço entre eles e o veículo de Alleva.

— Jesus — disse Paoloni quando o vento jogou a guimba do cigarro para dentro do carro.

Blume pressionou a palma da mão no topo do volante e virou-o para a esquerda e para a direita enquanto costurava entre um Smart e um Volvo 780.

— Diga a Ferrucci para ficar a postos.

Paoloni parou de caçar o cigarro aceso.

— A postos para o quê?

— Para desviar o alvo.

— Fique a postos, Ferrucci — disse Paoloni. — Alvo seguindo de volta na sua direção. Estamos perseguindo ele agora.

Paoloni curvou-se para a frente para ver o que acontecera com a guimba do cigarro.

Colocando as mãos sobre o volante na posição de oito horas e vinte minutos, Blume acelerou novamente e chegou em alta velocidade atrás de uma van azul. O motorista da van começou a mover o veículo para impedir a passagem deles. Blume colocou a mão na buzina, manteve-a pressionada e começou a ultrapassagem. A van azul moveu-se ainda mais para o lado.

— Babaca filho da puta — explodiu Blume. — Saia da... PORRA da minha frente.

— Entendo quase todas essas palavras — disse Paoloni. — Não está se movendo.

— Nós vamos prender esse babaca na van — disse Blume. — Anote a placa dele.

— Fechei a saída dele! — falou a voz de Ferrucci. — Parece que ele irá... Não, esperem, há uma pessoa aqui que quer... Capacete de motocicleta.

— Ferrucci. O quê...

Mas Blume jamais terminou a pergunta.

Atrás do ouvido, Blume ouviu um estalido metálico quando a trava do cinto de segurança foi ativada e sentiu-se sendo erguido para o alto. A parte mais superficial de sua mente pareceu tirar uma fotografia da traseira do veículo de Alleva, que ocupara todo o para-brisa. O para-choque do Land Cruiser era mais alto do que a frente do Punto e ocupava todo o campo de visão, elevando-se diante dele, gigantesco. Blume percebeu que Paoloni estava inclinado para a frente, com a cabeça voltada para o chão. O estepe na traseira do Toyota era como um alvo de prata. Havia um touro preto pintado nele.

Então, com uma convulsão violenta, o assento cuspiu Blume na direção de cacos de vidro que se desintegraram diante dele. O cinto de segurança fez seu trabalho e puxou-o raivosamente de volta para baixo, torcendo um ombro, quebrando a clavícula e cortando a cintura de Blume como uma corda de violino, expelindo urina da bexiga. Foi somente depois que os barulhos ensurdecedores cessaram que Blume se deu conta do quanto tinham sido altos.

Blume não se lembrava de ter fechado os olhos, mas parecia ter deixado passar o momento no qual o carro em que estava viajando transformou-se em outra coisa. Estava sentado ao ar livre e ouvia o vento zunindo nos ouvidos. Ele estava solto na parte superior do corpo mas, embaixo, o carro prendia-o com firmeza nas pernas, relutante em largá-lo. Esforçando-se, mas não tanto quanto temera, Blume conseguiu soltar a perna direita e, depois, a esquerda. Ambas ainda estavam presas ao corpo. Ele saiu completamente do carro. Olhando para dentro, viu o rosto enfurecido e reluzente de Paoloni de cabeça para baixo. O Toyota diante dele rangia. O motor ainda estava ligado, mas o vidro escurecido e a altura impediam-no de ver o interior. Ele mancou até a porta do passageiro e abriu-a. Enquanto fazia isso, percebeu o quanto estava sendo tolo e preparou-se para receber um tiro na cabeça à queima-roupa. Ele nem sacara a própria arma. Mas o assento do motorista estava vazio. Inebriado de alívio sobreposto por uma sensação enorme de frustração, Blume moveu-se com uma dor muscular indescritível até a frente do veículo, tentando obter informações sobre o fugitivo.

Foi quando ouviu três estampidos. Inicialmente, Blume pensou que fossem dentro da própria cabeça, consequência do acidente, mas os sons tinham um foco definido que ficava além da pressa e do barulho dos próprios pensamentos. Havia no som algo mecânico, poderoso e cheio de morte. Blume então os identificou como tiros de pistola e, instintivamente, agachou-se enquanto tentava se mover na direção deles. Moveu a mão direita para o outro lado do corpo para procurar sua pistola de serviço mas, ao fazer isso, sentiu o joelho esquerdo começar a ceder. Para impedir que o tropeço se transformasse em uma queda, tentou se equilibrar esticando os braços para os lados, como um equilibrista na corda bamba atingido por uma lufada de vento, e esqueceu-se de pegar a arma. Ele concentrou o olhar no chão. Movendo-se do asfalto preto para o concreto branco da calçada, Blume percebeu que aquilo que achou que fosse suor pingando da testa era na verdade uma corrente vermelha constante de sangue. Ele estendeu as mãos e manteve os olhos no chão, seguindo em frente cambaleando. Passos trovejavam atrás de Blume e várias figuras passaram por ele, gritando. Tudo em italiano, ele reparou. Lembrou-se claramente de vozes americanas gritando alegremente nas longas noites depois da escola. Agora, encontrava-se ali, naquele estado.

Blume continuou seguindo em frente, apesar de não mais saber por quê. Em um dado momento, o joelho dele cedera e, ao cair, seu corpo girou e ele viu o Fiat Punto no qual viajava esmagado como uma rosa vermelha amassada contra a traseira do Land Cruiser.

Paoloni e Zambotto surgiram do nada, passaram por ele e agora pareciam ter chegado ao destino deles, pois estavam perfeitamente de pé, lado a lado, como dois comungantes aguardando o padre chegar com a hóstia. Blume, cambaleando, com ânsias de vômito, pingando e gemendo, sentia-se como um bêbado em um batizado ao chegar atrás dos dois, que contemplavam um Nissan Micra cuja janela do lado do passageiro estava estilhaçada.

Dentro, curvado para um lado com a cabeça no assento do motorista, estava Ferrucci, uma das mãos esticada no que parecia um gesto autodepreciativo. *Não se importem comigo, apenas ficarei aqui com meu rosto branco sobre este assento cada vez mais escuro.*

A têmpora de Ferrucci fora perfurada e tinha um ferimento em forma de estrela. Ao penetrar, uma única bala de ponta mole cavara um túnel côncavo no ponto de entrada como a sépala definhada na base de uma maçã.

Blume juntou-se ao silêncio. Na calmaria, lembrou-se do som de uma motocicleta, que ouvia enquanto ela se afastava a toda velocidade. Somente agora que o som desaparecera Blume deu-se conta de que o estava ouvindo.

Paoloni virou-se para dizer algo e Blume viu fúria em seus olhos. Ele sentiu as pernas dobrarem e o chão, sentindo a oportunidade, elevou-se e deu-lhe um golpe de misericórdia atrás da cabeça.

23

TERÇA-FEIRA, 31 DE AGOSTO

Blume escutava o som dos sapatos das enfermeiras no chão duro do hospital. O volume do barulho aumentava quando a porta do quarto onde estava se abria e diminuía com uma lufada de ar que cheirava a antisséptico e bolor quando era fechada novamente.

Um suspiro escapou de alguém próximo. Astutamente, Blume abriu um olho para ver quem era, mas tudo que viu foi o teto. Tentou girar a cabeça para o lado, mas ela não se moveu. Ele arregalou os dois olhos horrorizado quando percebeu que estava imobilizado do pescoço para baixo. A porta abriu e fechou quando alguém partiu e ele se viu sozinho no quarto.

Um grito sufocado subiu de seu peito, e Blume cerrou os punhos com raiva. Manteve-os cerrados por cerca de dez segundos, depois pensou a respeito durante algum tempo. Lentamente, abriu as mãos. Cerrou novamente os punhos. Doía um pouco, especialmente o braço esquerdo. Ele balançou a mão, dobrou o joelho, moveu os dedos dos pés e flexionou os cotovelos. Depois, adormeceu.

Quando acordou novamente, era noite. Alguém ligara a televisão no canto do quarto, e ele conseguia ouvi-la, mas não a via. Uma candidata a tornar-se milionária usava o doce tempo que tinha à disposição para decidir se Beethoven escrevera três, sete, nove ou nenhuma sinfonia.

Blume recordava-se de todos os detalhes da operação frustrada por ele: desde o instante em que saíra de casa no começo da manhã, passando por quando embarcara no Fiat Punto com Paoloni, até o instante em que vira o corpo martirizado de seu colega e subordinado. O Land Cruiser parara totalmente e eles colidiram em cheio contra a traseira do veículo. O alvo conseguira fugir, provavelmente na motocicleta que Blume se lembrava de ter ouvido. Alguém atirara em Ferrucci.

Blume voltou os pensamentos para seus ferimentos. Neste caso, a memória servia-lhe melhor do que a sensação atual. Ele percebeu que o pescoço estava em um colar de imobilização. Ele se lembrava do metal quente dobrando-se em torno dos calcanhares antes de conseguir sair do carro, e de como tivera dificuldade para andar. Quando estava de pé olhando para Ferrucci morto, deu-se conta de uma constrição intensa na caixa torácica. O nariz, agora com um curativo, atingira o para-brisa, e ele ouvira o maxilar quebrando. Blume passou a língua pelos dentes e sentiu uma fissura terminando em uma ponta afiada nos molares posteriores.

Os comerciais deram lugar a um noticiário.

A dor começava a voltar nas pernas, tornozelos, cabeça, peito e braços. Com certeza, o efeito de algum tipo de medicamento estava passando, e ele queria outra dose. Blume caiu no sono e dormiu com várias interrupções durante toda a tarde, a noite e a madrugada. Ninguém o alimentou.

QUARTA-FEIRA, PRIMEIRO DE SETEMBRO

Na manhã de quarta-feira, Blume estava totalmente desperto. Certamente desperto o bastante para se preocupar se teria ficado permanentemente burro por causa do acidente. A dor reduzira seu poder de recordação, e a reconstrução detalhada dos eventos que conseguira elaborar tão facilmente no dia anterior parecia agora uma tarefa impossível. Ele ansiava profundamente por uma visita, sedento por informações em relação ao que ocorrera.

Às dez da manhã, cinco horas depois de acordar, um médico apareceu.

— Ah, você está acordado.

Uma enfermeira teria dito "estamos acordados". O médico, mais impessoal e sem fundamentalmente dar a menor importância para o fato de Blume voltar a abrir os olhos ou não disse "você". Blume não sabia dizer qual das duas expressões o incomodava mais.

— E com fome, e com sede — retrucou ele. — Acho que vou morrer de sede. Posso tomar um suco de fruta? — Ele passara horas pensando na sensação que sentiria na garganta ao beber suco fresco de maçã.

— Sim, sim — disse o médico, como que para si próprio. Ele colocou as mãos gorduchas e brancas sobre os ouvidos do paciente e olhou dentro dos olhos dele por alguns instantes. Depois, pegou uma caneta ótica do bolso da frente e iluminou diretamente as pupilas de Blume. O comissário não conseguia virar a cabeça ou pegar o médico pela lapela e dar-lhe uma cabeçada no rosto, então ficou ali olhando para os pelos nas narinas dele. Além disso, tinha uma pergunta urgente a fazer.

— Há quanto tempo estou aqui?

— Bah. — O médico deu de ombros e consultou o que Blume presumia ser uma tabela na parede atrás dele. — Admitido domingo na hora do almoço, segunda, terça, quarta. Isso totaliza três dias.

— Três dias? — Blume estava enfurecido. Ele se recordava de trechos do percurso na ambulância, de ser rolado para uma maca, das dores agudas dentro do corpo que pareciam se mover para o exterior, diminuindo em intensidade até flutuarem para fora de sua pele, e depois do sono. Com certeza aquilo ocorrera havia apenas poucas horas.

— Estou na Unidade de Tratamento Intensivo?

— Não. Como poderia ser tratamento intensivo se recebeu uma visita? O médico bateu as palmas das mãos.

— Que visita? Qual o nome dele? Ou dela?

— Como eu poderia saber? — disse o médico. — Um colega, acredito. Outro policial, que parece bastante machucado. Foi admitido pouco depois de você. Pediu para ser informado quando você despertasse adequadamente. Pedirei a uma enfermeira para chamá-lo agora. Ele deixou o nome e telefone com as enfermeiras. Diga-se de passagem, você gostou da morfina?

— Tomei morfina?

— Oxicodona. Uma dose muito baixa. Mas não mais — disse o médico em tom de deleite. — Vou lhe receitar Celebrex, e depois nada, porque, como digo, não há nada de errado com você.

— Posso tomar um pouco de suco, por favor? De maçã, caso tenha.

— Cuidarei disso quando terminar o exame. Agora, consegue mover os pés em direções opostas?

Ele conseguia e o fez. O médico franziu a testa, como se Blume estivesse fazendo algum truque bobo.

— Você está mesmo perfeitamente bem — concluiu ele. — Quando deu entrada, sua pressão já tinha caído muito, e suspeitamos de ruptura do baço, mas não era o caso. — O tom do médico sugeria que deveria ter sido. — Além disso, você sofreu traumatismo na cabeça, mas a pressão no crânio permaneceu administrável. Deixe-me ver, suspeitamos também de costelas quebradas, mas também foram apenas luxações, sorte de novo. Seu braço esquerdo, bem, está muito distendido... Mas — concluiu ele com tristeza — não quebrou.

Blume tinha uma fissura da espessura de um fio de cabelo em uma rótula e lacerações na virilha. O médico pareceu gostar do efeito de tal revelação mas, finalmente, e com certo desgosto, revelou que tais ferimentos também eram leves. Animando-se um pouco, lembrou a Blume que ele conseguira desviar o septo e, caso planejasse respirar normalmente de novo, seria necessário fazer uma septorrinoplastia.

Blume perguntou novamente sobre o suco e o médico saiu, dizendo que veria o que podia fazer. Mas deve ter sido frustrado em seus esforços, pois o suco nunca chegou.

Depois de aguardar quarenta minutos, Blume virou-se na cama para ver se encontrava um botão ou algo para chamar alguém. Na metade do movimento, as costelas pareceram se quebrar, e o corpo de Blume ficou preso em uma posição agonizante, da qual ele não ousava sair. Ele começou a gemer e a dizer palavrões. À medida que a posição ficou mais dolorosa e ele também começou a sentir cãibra nas pernas, os palavrões aumentaram em volume e obscenidade. Uma enfermeira com bochechas flácidas e olhos cansados apareceu ao lado da cama e empurrou-o de volta para a posição correta. Blume estava prestes a protestar quando percebeu que boa parte da dor passara.

— O que foi tudo aquilo? — perguntou ela.

Em tom humilde, Blume implorou por um pouco de suco de maçã e a enfermeira saiu, também para ver o que poderia ser feito.

Blume cochilou e sonhou com jarras de cristal com suco de lima sobre uma mesa de piquenique no Discovery Park e com o pai apontando para a ilha Bainbridge. A mãe bebia uma Coca Diet, uma bebida linda para pessoas lindas, e, por algum motivo, cutucava-o repetidamente no braço, o que doía. Para fazê-la parar, Blume abriu os olhos, e ali estava Paoloni, com o rosto pálido e nada saudável iluminado por uma combinação inchada de azuis, amarelos e vermelhos.

Paoloni entregou a Blume uma pequena caixa de suco de polpa de damasco em temperatura ambiente com um canudo torto.

— A enfermeira disse que você queria isto.

Os braços de Blume estavam pesados, a mão esquerda avariada e os dedos dormentes. Ele estava com muito medo de mover o braço com o soro intravenoso. Era tudo que podia fazer para segurar a caixinha de suco perto da boca e não babar demais.

— Aqui. — Paoloni balançou a carteira, as chaves e o celular de Blume. — Vou colocar aqui, na gaveta superior. Disseram-me que todas as suas roupas foram destruídas. Ele voltou a olhar para Blume. — Seu rosto não ficou tão mal assim. O nariz parece um pouco... Ferrucci está morto.

— Sim, eu sei — disse Blume. Em sua mente, formou-se uma imagem clara da cabeça explodida de Ferrucci, o gesto patético de defesa.

— O funeral será hoje, mais tarde.

— A que horas?

— Às quatro.

— Preciso que me traga algumas roupas, Beppe. Não vou faltar ao funeral.

Paoloni recebeu o pedido com tamanha indiferença que Blume não teve certeza de se ele teria escutado.

— Você ouviu o que eu disse?

Paoloni olhava através do quarto com um ar ausente.

— Claro. Pedirei a alguém para... Se é o que quer. Eu não vou.

— O que quer dizer, não vai? É claro que vai. Que tipo de policial se recusa a ir ao funeral de um colega?

— O tipo de policial que o matou — disse Paoloni.

Blume desenrolou o que pôde dos eventos dos últimos dias, separando as linhas de pensamento independentes que, provavelmente, pertenciam ao sonho opiáceo. A chegada ao hospital, ele sendo conduzido em uma maca, empurrado, injetado e colocado para dormir — tudo era vago, mas tudo que ocorreu antes parecia claro. Ele tinha certeza de que Paoloni estava no carro ao seu lado. Portanto, a declaração dele não fazia sentido.

— Você não o matou.

— Poderia muito bem ter matado, do modo que as coisas terminaram — disse Paoloni.

— Todos fizemos besteira. Especialmente eu, do jeito que dirigi.

Paoloni balançou a cabeça.

— Avisei a Alleva que iríamos até lá.

A percepção pareceu atingir Blume na base do estômago antes de ser registrada por sua mente.

— Você disse a ele? Céus, Beppe. Você avisou a eles. Você informou a Alleva, é por isso que ele estava de prontidão. Ele chamou Massoni para providenciar a fuga, e Massoni atirou em Ferrucci.

Paoloni entrelaçou os braços, cruzou as pernas e girou o corpo como que tentando se atarraxar no lugar.

— Não contei a ele propriamente. Quero dizer, não contei a ele que a operação aconteceria naquela manhã. Tudo que disse era que o pegaríamos no dia seguinte.

— Não é muito difícil deduzir que agiríamos de manhã.

— Não deveria ter acontecido daquela maneira — disse Paoloni. — Supus que Alleva pudesse se livrar de alguma mercadoria, ou algo parecido, para se assegurar de que não fosse pego com nada incriminatório. Ele não devia entrar em pânico e fugir. Não devia ter atirado. Ele não atirou. Foi Massoni.

— Você informou um criminoso sobre uma operação policial — disse Blume. — Na verdade, foi o que fez. E um colega foi morto.

Talvez fosse resultado das escoriações, mas o medo no rosto de Paoloni era mais amarelo do que branco. Os lábios dele estavam rachados, inchados e secos, e ele seguia interrompendo as falas como que para descolar a língua do céu da boca.

— Alleva deveria vir tranquilamente. Avisei-o a respeito. Foi uma dica. Ele ficaria me devendo um favor, que eu cobraria assim que fosse liberado.

— Ele deve a nós agora — disse Blume. — E, se for a julgamento, deverá a nós a própria vida.

— Vou pegar um pouco de água — disse Paoloni.

— Eu não faria isso se fosse você — disse Blume. — Porque acho que, assim que sair da minha vista, vou denunciá-lo e ordenar sua prisão. Cumplicidade no assassinato de um colega policial. É por isso que será preso.

Paoloni inclinou-se sobre ele e, por um instante, Blume sentiu-se atacado, mas os ombros de Paoloni caíram para a frente.

— Fodeu tudo.

— Sente-se, Beppe.

Paoloni afundou na cadeira, recolheu as pernas sob o assento e começou a balançar levemente para a frente e para trás.

— Eu gostava de Ferrucci. Pode ser que não parecesse. Mas ele era um colega... Quero dizer, Alleva não deveria ter reagido. Não foi Alleva quem matou Clemente. Você sabe disso. Estávamos de acordo quanto a isso antes de tudo acontecer, não estávamos?

Paoloni estava certo, mas Blume não ofereceria conforto facilmente.

— Pare de balançar e olhe para mim quando estiver falando comigo. — disse ele.

Paoloni parou de balançar para a frente e para trás, mas manteve os olhos fixos no chão enquanto falava:

— Não vi mal nenhum em me passar por um informante interno, já que, para começar, a operação não fazia sentido. Alleva nem teria sido acusado. Não tínhamos nada contra ele. O aviso devia ser um favor barato que não nos custaria nada. Apenas deu errado.

— E agora?

— Não sei, você é meu oficial superior. Diga-me o que devo fazer.

Blume sentou-se ereto, registrando a dor somente depois de concluir o movimento. Virou a cabeça lentamente, com certo tédio, para correr os olhos pelo quarto. Paoloni e ele eram as únicas pessoas presentes. A porta estava fechada.

— Quem mais sabe?

— Ninguém — disse Paoloni. — Ninguém além de você.

— Se eu lhe disser para confessar a Principe, para se entregar, você fará isso?

Paoloni olhou chocado para Blume. Depois, tocou na testa e concordou com a cabeça.

— Se for o que preciso fazer.

— É o que precisa fazer, Beppe — disse Blume

— Agora? Neste instante, no dia do funeral?

— Sim.

— Você não me ajudará?

— Estou ajudando.

— Não parece ajuda.

— Apenas prometa que fará tudo o que eu disser. Exatamente o que eu disser.

— Certo, prometo — disse Paoloni. — Quer que eu procure Principe e conte a ele?

Blume pensou a respeito enquanto Paoloni recomeçou a balançar.

— Talvez. Preciso de mais informações. Preciso saber o que aconteceu depois do acidente. Onde está Alleva?

— Sumiu. O atirador também, Massoni.

— Temos certeza de que foi Massoni quem atirou em Ferrucci? — perguntou Blume.

— Sim. A fuga foi realizada em uma moto. Uma Ducati 999, que foi abandonada nos arredores de Tor di Valle. Escondida entre arbustos e lixo.

— Quando foi encontrada?

— Na manhã seguinte, segunda-feira, às nove e trinta e cinco.
— Simples assim?
— É uma antiga área industrial, pronta para construção. Uma equipe de albaneses enviada para montar casas pré-fabricadas a encontrou, brigaram para decidir quem viu primeiro e o capataz pediu ajuda.

Blume tentou visualizar a cena e pegou-se conferindo a plausibilidade da história. Deixou a área de construção se dissolver em sua mente, imaginou os dois fugitivos.

— Eles poderiam ter ido para qualquer um dos dois aeroportos. Certo?
— Conferimos as listas de passageiros — disse Paoloni. — Todos os nomes foram checados. Nada. Precisariam de passaportes falsos.
— E quanto à moto? — perguntou Blume.
— Foi registrada como roubada um mês antes. Foi repintada e teve a placa trocada. O dono anterior não tem histórico, dois filhos, trabalha com comunicação móvel. Migali, acredito que seja o nome.
— Vestígios de evidência na moto?
— Impressões palmares albanesas em todas as partes. Também um pouco de resíduos de pólvora na marcha. Batem com os resíduos na cena, então sabemos que o atirador estava dirigindo, mas já sabíamos disso.
— Cápsulas de projéteis? — perguntou Blume.
— Sim. Duas cápsulas de 9 milímetros.

Blume tentou imaginar os acontecimentos. Alleva e Massoni fugindo para o aeroporto. A polícia parada no estacionamento como um bando de colegiais chocadas. Ele caído no chão.

— Ninguém os perseguiu?
— Não anotamos o número da placa e, a princípio, não tínhamos certeza de se havia apenas a moto ou também mais um carro. Ainda não temos. Parece que havia duas pessoas. Chamamos reforços imediatamente. Mas a moto não foi interceptada.
— Certo. E quanto ao rastreamento de sinais de telefones celulares? Quando fizeram isso?
— Imediatamente. Começaram imediatamente a rastrear o telefone de Alleva — disse Paoloni.

— Quando você diz imediatamente... — começou Blume.

— Foi isso mesmo. Em poucos minutos. Mais ou menos no mesmo momento em que pedimos reforços.

— Porque você tinha o número do celular dele — disse Blume.

— Você pode checar isso. Meu telefonema fornecendo o número de Alleva foi feito antes da chegada das ambulâncias. Telefonei assim que me ocorreu, o que foi quase imediatamente. Em menos de um minuto.

— E o resultado?

— Localizaram o telefone de Alleva em casa.

— Quando conferirem os registros da operadora, seu número estará lá — disse Blume.

— Sei disso — disse Paoloni. Ele começou a dizer outra coisa, mas parou.

— O quê? — disse Blume. — Você está pensando que seria bastante fácil justificar o telefonema para Alleva sem precisar admitir que o avisou? É claro que seria... Mas está me pedindo para não dizer nada. É um pedido grande.

— Eu sei... Mas tem mais uma coisa. — Paoloni abaixou a cabeça e murmurou algo.

— Beppe, tem alguém embaixo da minha cama?

— O quê? Não.

— Então levante a cabeça para que eu possa ouvi-lo. O que acaba de dizer?

— Que Alleva me telefonou.

— Pensei que você tivesse telefonado para ele.

— Não. Mais tarde. Depois do assassinato. Alleva telefonou para mim. Telefonou no dia seguinte.

24

BLUME MANTEVE A voz no mesmo tom.
— De onde Alleva telefonou? — perguntou.

— Não sei. Estava cauteloso. Começou dizendo que uma antena de rádio seria tudo que eu conseguiria. Não mudou de posição para dificultar o rastreamento. Além disso, ocultou o número.

— O que ele disse?

— Três coisas. Primeiro, que não puxou o gatilho. Segundo, que nunca imaginou que algo parecido aconteceria. E terceiro, que estava enviando o assassino, Massoni, diretamente para nós. Me disse para esperar Massoni chegar pela Via Casilina em um utilitário esportivo em cerca de meia hora. Também disse que voltaria a telefonar quando Massoni estivesse sob custódia. Mas surpresa, surpresa. Massoni jamais apareceu subindo a rua atrás do volante.

— O que você disse a ele?

— Que o pegaríamos de qualquer jeito. E que ele provavelmente não viveria por muito tempo.

— Depois, o que fez?

— Primeiro, emiti um alerta para capturarem Massoni. Mencionei quem era o suspeito, apenas para garantir que os carros chegassem lá a tempo. Depois, telefonei para o Espírito Santo e pedi a ele que assumisse responsabilidade por qualquer prisão que pudesse resultar da informação recebida.

— Ele perguntou quem deu a informação?

— Não, não perguntou. Nunca pergunta. Nem você pergunta sempre.

— Muitas vezes é melhor não saber — disse Blume. — Depois, o que você fez?

— Contatei imediatamente os técnicos no centro de intercepção de Pádua, forneci meu número, informei a data e a hora do telefonema e disse a eles que era de altíssima prioridade.

— E aceitaram tudo isso, vindo de um inspetor?

— Eu disse a eles que era relacionado ao assassinato de Ferrucci. Obtive retorno em duas horas. Não haviam conseguido triangular a localização de Alleva porque ele não saiu do lugar e o número do telefone desapareceu da rede imediatamente depois do telefonema, junto com o código IMEI do telefone. Portanto, ele deve ter retirado a bateria e, provavelmente, destruído o aparelho. Está sendo cauteloso.

— Não tão cauteloso a ponto de não fazer o telefonema. Eles não conseguiram nenhuma informação?

— Não, conseguiram. Eu estava para lhe contar. O telefonema foi feito ao norte de Roma, perto de Civitavecchia. A conexão foi feita com uma estação de rádio no final da Autostrada Azzurra, logo acima de Civitavecchia. O raio de alcance é enorme. Grande demais para ajudar. E foi há dois dias. Ele provavelmente fez o telefonema e destruiu o telefone ali mesmo.

— Compreendo — disse Blume. — E você agiu o mais rápido possível? Você informou a equipe técnica sobre o contato entre você e Alleva?

— Sim. Como depois do tiroteio. Não me importo com o que aconteça comigo desde que Alleva e Massoni sejam pegos.

— Mas se importa com o que acontecerá com você se não forem pegos — disse Blume.

— Não compreendo.

— Claro que compreende. Acredito em você quando diz que contará a verdade se resultar na captura de Alleva e Massoni, mas prefere que isso não aconteça, se possível.

— Apenas se for possível — disse Paoloni.

— Certo. Mas há um corolário. Se não forem capturados, então você também não quer ser.

Paoloni estava com a testa franzida em concentração, como se o raciocínio de Blume fosse novidade para ele.

— Acho que você está certo.

— Preciso acreditar que você coloca a prisão deles acima de sua carreira. Se a informação sobre o aviso vazar, não vejo como poderá continuar trabalhando com outros policiais.

— Os telefonemas que fiz. Vim aqui e lhe contei. Estou fazendo o que posso — disse Paoloni.

Blume concordou com a cabeça.

— Certo. Então você recebeu o telefonema no dia seguinte ao tiroteio. A que horas?

— De manhã, entre dez e dezessete e dez e vinte. Menos de três minutos. É o que diz o relatório técnico.

— Há um relatório?

— Sim. Prepararam um relatório. Quando me telefonaram de volta para passar a informação, queriam saber a quem deviam enviar o relatório. Precisavam da autorização de um oficial graduado ou de um juiz. Eu esperava que você pudesse cuidar disso.

Blume pensou a respeito. O relatório era a prova de que Paoloni fizera o que pudera para encontrar Alleva.

— Certo. Talvez eu possa interceptar o relatório antes que vá parar na mesa errada. Ao menos sabemos que ele ainda estava no país. Mesmo que estivesse em uma cidade portuária.

— Era apenas Civitavecchia — disse Paoloni.

— Não acha que Civitavecchia seja uma boa rota de fuga? — perguntou Blume.

— Se você estiver fugindo para a Sicília ou Sardenha sem precisar se apressar, é perfeito — disse Paoloni. — Acho que foi puro acaso ele ter telefonado de lá.

— Talvez fosse uma desorientação deliberada. Ainda assim, há navios que partem de lá para a América do Sul. Algumas balsas vão para a França, Córsega, Barcelona, ou seria possível embarcar em um navio de cruzeiro para qualquer lugar.

— Não rapidamente — disse Paoloni.

— É por isso que a polícia não vigia os portos tão atentamente quanto os aeroportos — disse Blume. — Não sei. Talvez ele tenha zarpado uma hora depois. Digamos que tenha ido para a Córsega ou para Nice. Ele poderia ter pegado um avião em um aeroporto nesses lugares, especialmente se estiver trocando de passaportes.

— Eles.

— O quê?

— Você fica dizendo "ele", mas são dois. Alleva e Massoni. E foi Massoni quem puxou o gatilho.

— Você está certo — disse Blume. — Mas aposto que o plano de fuga de Alleva é preparado para uma pessoa. Permanecer juntos os torna mais vulneráveis, de todo modo. Precisarão se separar. E, se encontrarmos Alleva, encontraremos Massoni. Alleva já demonstrou que entregará Massoni facilmente.

— Só que não foi o que fez — disse Paoloni. — Massoni não desceu a rua em seu utilitário. Estávamos vigiando outras ruas ao sul e ao leste. Nada.

— Mais uma vez, você está certo. Mas se ele pode fingir trair Massoni dessa maneira... Não sei. Acho que seria possível. Talvez tenha tentado, mas Massoni não tenha caído na armadilha. De qualquer maneira, acho que agora estão separados.

Blume puxou a tira de esparadrapo que mantinha a agulha em seu braço e começou a remover a agulha com o polegar.

— Jesus. Acho que eles conseguiriam colocar uma agulha sem deixar tantos hematomas.

— Talvez você próprio tenha feito isso — disse Paoloni.

— O quê?

— No acidente.
— Ah, certo.
— Como seu nariz.
— O que tem meu nariz?
— Está esquisito.
— Beppe, desça e compre para mim um barbeador e creme de barbear.

Quando Paoloni saiu, Blume concluiu a remoção da via intravenosa e olhou para o braço com um ar de nojo. Jogou a agulha no lado do colchão, pegou as chaves, a carteira e o telefone que Paoloni lhe trouxera.

Após um tempo Paoloni retornou e Blume entregou-lhe as chaves.

— Vá para minha casa agora. No quarto, há um armário branco com uma porta de correr. Você verá um terno embrulhado em plástico verde, talvez azul. De todo modo, pegue-o. Pegue um par de meias na cômoda e, quando estiver saindo, ao lado da porta, há uma daquelas sapateiras de plástico. Abra e pegue um par de sapatos pretos. Traga tudo para cá. Merda, uma camisa. Preciso de uma camisa... E também de uma gravata. Passe uma para mim ou compre uma nova. Branca, gola tamanho 42, e uma boa gravata azul-escuro. Sem desenhos. Há uma grande loja de roupas masculinas na Piazza Re di Roma, perto de casa. Você deve levar uns quarenta minutos para ir e voltar. Exceto se usar uma sirene. Desligue-a quando estiver comprando a camisa e a gravata.

— Você vai sair daqui?
— Vou ao funeral. Nós dois vamos — disse Blume.

25

Enquanto Paoloni estava fora, Blume fez a barba usando a pia do quarto. O colar cervical dificultou a tarefa, e ele não conseguiu se livrar de uma parte da barba por fazer no queixo. Conferiu o nariz, que lhe pareceu bem, talvez um pouco mais inchado e torto do que antes. Depois sentou-se vestido com o pijama verde fino como papel, aguardando Paoloni. Ele conferiu o telefone celular e descobriu que a bateria estava descarregada.

Quando Paoloni retornou, trouxe uma camisa com gola 38. Já seria muito apertada na melhor das hipóteses, e nem chegou perto de fechar em torno do colar cervical. Ele tampouco imaginara que o braço direito simplesmente não funcionaria. No final, precisou abrir mão da gravata, que de todo modo era larga e feia, e pediu ajuda ao colega. Quanto a Paoloni, agora vestia um paletó e uma camisa amarela aberta. Os jeans eram os mesmos de antes.

Blume precisou de Paoloni para amarrar seus sapatos, e foi justamente nesse instante que a enfermeira com bochechas flácidas entrou. Ele esperava uma cena de ultraje feminino com mãos na cintura, mas ela apenas abaixou os olhos para Paoloni e depois para Blume.

— O que está fazendo?

— Amarrando os sapatos, ou melhor, ele está.

— Então, está nos deixando. Vai precisar preencher uma papelada.

— Mande para mim.

— Não. Você mesmo precisa assinar sua saída. Não queremos que morra e depois nos processe.

Paoloni endireitou-se:

— Se ele morresse, não poderia...

— Sim, certo, Beppe. Obrigado. — Blume voltou-se para a enfermeira. — Pode trazer os formulários para que eu assine?

— É claro. A questão é se você é capaz até mesmo de mover uma caneta.

— É meu braço esquerdo que dói. O direito está bom.

— Você precisa colocar o braço em uma tipoia caso planeje dar alta a si próprio... Coisa que, nem preciso dizer, sou contra.

— É um funeral. Preciso ir.

A enfermeira balançou a cabeça.

— E suponho que depois voltará diretamente para cá?

— Para ser sincero... — disse Blume — Na verdade eu não estava planejando...

— Eu estava brincando. O que vou fazer é encaminhar você para a emergência. Eles podem colocar seu braço em uma tipoia. Depois você se cadastrar entre os pacientes externos para algumas visitas de acompanhamento. Não é?

— Hmmm...

— Você vai fazer isso. Porque o formulário de alta estará aguardando você na recepção com um bilhete meu. Sem agendamentos de retorno, nada de papéis para a alta.

— Obrigado, fico agradecido — disse Blume. — Isso poderia lhe trazer alguns problemas, não poderia? Eu desparecendo dessa maneira?

— Problema com quem? Com os médicos daqui? Ha!

Blume pensou que, caso ela não fosse uma mulher de meia-idade e enfermeira, poderia ter cuspido no chão naquele momento.

Ele precisou de mais de uma hora, com Paoloni seguindo-o como um cão silencioso, para colocar o braço em uma tipoia, fazer um agendamento para retornar em dois dias e assinar os papéis de alta. Finalmente saiu do hospital, esperando uma sensação de libertação e ar fresco, mas o calor era tão grande que se esqueceu de tudo o mais e concentrou-se em não balançar ou tropeçar. Paoloni acendeu um cigarro e começou a atravessar o estacionamento. Blume o seguiu.

Ao conduzir o carro para a saída do estacionamento, Paoloni acendeu outro cigarro.

— Jesus Cristo — disse Blume, que lutava contra ondas de náusea. — Apague isso. — Em algum lugar muito abaixo da náusea e das pontadas de dor que atacavam seu corpo, Blume sabia que estava com fome. — Feche a janela e ligue o ar-condicionado.

Paoloni jogou o cigarro novo pela janela e girou o botão do ar-condicionado para a potência máxima. Fechou a janela, soprou fumaça pela boca e disse:

— Ainda temos tempo de sobra até que comece. — Depois, reduziu tanto a velocidade que Blume pensou que fosse estacionar.

— Ninguém viu realmente Massoni matar Ferrucci — disse Paoloni. — Mas sabemos que foi ele, pois Alleva não teve tempo. Ferrucci estava saindo do carro, tinha aberto a porta. Levou três tiros na cabeça, à queima-roupa, um no lado e dois na frente. Não teve chance, pobre garoto. Provavelmente nem percebeu o que aconteceu.

— O tiro no lado da cabeça — disse Blume. — Não seria coerente com Alleva puxando uma pistola e disparando enquanto corria na direção de Ferrucci.

— É. Desculpe. Era o ponto que eu estava querendo defender. Portanto, sabemos que foi alguém que estava ali, e esse alguém era Massoni. Vamos pegá-lo por isso.

Blume ficou satisfeito ao ver que estavam prestes a entrar no túnel Giovanni XIII e sair um pouco do sol.

— Para onde estamos indo, diga-se de passagem?

— Borgata Fidene — disse Paoloni.

— Certo — disse Blume. — Então era lá que Ferrucci morava.

A área da cidade para a qual estavam indo era um aglomerado denso de prédios residenciais construídos em uma parte de uma zona sujeita a inundações cercada por uma linha férrea, o anel rodoviário e uma curva no rio. A área jamais fora apropriadamente pavimentada, muito menos limpa, e não havia calçadas, apenas fileiras e mais fileiras de carros estacionados diante das paredes dos blocos de apartamentos. O tráfego subia e descia rapidamente por faixas estreitas de asfalto no meio das ruas, onde algumas crianças brincavam. Quando dois carros se encontravam na faixa central, um dos dois precisava ir de ré até o começo da rua. Por essa razão, os moradores tendiam a respeitar os sinais de mão única, mas respeitavam menos outras leis. Para uma área pequena, aquela demandava muito trabalho policial.

Na Via Prati Fiscali, passaram por um buraco tão grande na rua que Blume bateu com o lado da cabeça na janela e torceu o braço machucado.

Paoloni reduziu novamente.

— Desculpe.

— Nós dois não deveríamos estar juntos em um carro. Esse é o problema — disse Blume.

Pela primeira vez desde que deixaram o hospital naquela manhã, Paoloni sorriu.

— Sabe de uma coisa, Beppe? Meu jeito de dirigir assustou Alleva. Fiquei esquentado e Alleva entrou em pânico. Se não tivesse entrado em pânico, talvez Massoni não achasse necessário atirar em Ferrucci.

— Massoni não estaria ali se eu não tivesse avisado Alleva.

— Tudo isso virá à tona quando a corregedoria começar a investigação.

— Não direi nada a eles sobre como estava dirigindo — disse Paoloni.

— Agradeço, mas talvez devesse.

— Merda, eu devia ter virado aqui — disse Paoloni. — Colocaram a placa para a Salaria na saída, e não antes dela...

— Pegue a próxima saída e volte — disse Blume. — Se Alleva sabia que éramos policiais, uma vez que você o avisou, as ações dele não fazem sentido.

— Não faz sentido que ele tenha fugido daquela maneira e permitido que o capanga matasse Ferrucci? — perguntou Paoloni. — Eu sei.

Massoni é burro, mas não acredito que atiraria deliberadamente em um policial. Tenho certeza de que não era a intenção de Alleva. Foi por isso que acreditei nele quando me telefonou dizendo que estava nos enviando Massoni como sacrifício.

— O que você acha que aconteceu? — perguntou Blume.

— Acho que Alleva ou Massoni pensaram que éramos outras pessoas.

— Acho que você está certo. Foram só poucos minutos, o suficiente para entrar em pânico. Alleva recebe seu aviso e faz o quê? Livra-se de algumas coisas, depois talvez chama Massoni para fazer preparativos, manda-o esconder algumas coisas, preparar-se para ser preso, obter alguns álibis, o que for. Mas não se encontraram para realizar uma fuga. Além disso, caso estivesse planejando fugir, a primeira coisa que faria seria abandonar Massoni.

Paoloni dobrou à esquerda em uma rua tranquila com árvores e menos lixo do que o habitual.

— Este caminho pode até ser mais rápido. Menos trânsito. Estamos quase lá.

Ele abaixou a janela e, em segundos, o ar fresco no interior do carro desapareceu sob o calor úmido.

— Incomoda-se se eu fumar? — perguntou Paoloni.

— Mesma resposta de 15 minutos atrás — respondeu Blume.

— Posso deixar a janela aberta, então? O ar condicionado me dá dor de cabeça. Também me deixa com um gosto ácido na garganta. Um pouco parecido com casca de tomate. Já sentiu isso?

— Não.

Blume precisou levantar a voz um pouco acima do som do motor do carro, que ecoava nas paredes dos prédios através da janela de Paoloni.

— Então Alleva marca um encontro com Massoni, percebe que está sendo seguido e pensa que são outras pessoas, apesar de ter sido avisado por você de que o prenderíamos.

— Não creio que estivesse esperando uma operação como aquela, e sim algo mais parecido com uma visita de dois policiais que lhe diriam para vir tranquilamente, como no passado — disse Paoloni.

— Então meu jeito de dirigir deixou-o em pânico, ele correu até Massoni, que reparara em Ferrucci e pensou que fosse outra pessoa... Pensaram que era uma tentativa de assassinato.

— Talvez — disse Paoloni.

— De quem estão com medo? Quem gostaria de eliminá-los? Innocenzi vem à mente.

— Também pensei nisso. Suponhamos que Innocenzi tenha pensado que Alleva matou Clemente. Clemente estava comendo a filha de Innocenzi, o que o torna uma espécie de membro bastardo da família. Portanto, é como se Alleva tivesse matado o genro de Innocenzi, se é que me entende. Se Innocenzi pensou assim, eu não gostaria de ser Alleva. Não gostaria de estar nem um pouco perto dele. Ser morto com um tiro seria melhor em comparação com ser pego, desaparecer, ser mantido vivo durante alguns dias enquanto Innocenzi o usaria como exemplo para outros pretensos rebeldes esperançosos.

— O bastante para deixar uma pessoa em pânico e fazê-la começar a atirar — disse Blume.

Eles chegaram a um muro de tijolos sobre o qual alguém havia pintado "fora romenos" e uma suástica ao fundo.

— É aqui — disse Paoloni.

— Isto é uma igreja? — perguntou Blume.

26

QUARTA-FEIRA, PRIMEIRO DE SETEMBRO, 16H

Atrás do muro havia uma igreja construída com os mesmos tijolos, cercada por um estacionamento repleto de veículos policiais, incluindo um pequeno ônibus Iveco. À primeira vista, os números pareciam impressionantes, mas as pessoas ocupavam muito menos espaço dentro dos carros. Cerca de metade dos policiais presentes estavam uniformizados. Todos usavam óculos escuros. Paoloni já colocara o dele.

— Vá e assegure-se de que seja visto — disse Blume a Paoloni. — Diga a eles que pegaremos as pessoas que fizeram isso. Relaxe. Ninguém culpará você.

— A família de Ferrucci iria me culpar se soubesse.

— Eles não sabem. Mas, mesmo que soubessem, o que importa é o que seus camaradas pensam, e não eles.

Paoloni concordou com a cabeça e afastou-se.

Blume sentiu vários olhos voltando-se em sua direção e desviando rapidamente antes que ele pudesse encará-los. Não havia problema naquilo. Ele queria ser visto. Era importante que o vissem ali, fora do hospital, presente, de volta ao comando. Alguns apreciariam aquilo.

A camisa nova de Blume estava encharcada de suor, e o sol machucava os olhos dele. Na melhor das hipóteses, ele aguentaria mais cinco minutos ali fora, esperando a chegada do carro funerário. As portas da igreja estavam abertas e a escuridão lá dentro parecia convidativa. Uma mão apertou o ombro de Blume e ele pensou que as pernas cederiam com o peso adicional.

— O Espírito Santo quer que vá até ele para que possa abençoar você em público.

Era Principe.

— Não estou com vontade — disse Blume.

— Imaginei que não estivesse, e é por isso que estou avisando agora. Ele apareceu na televisão dizendo que as ações de Alleva e seu desaparecimento subsequente são prova absoluta da culpa dele. Você viu a reportagem?

— Não. Eu estava desligado do mundo.

— Portanto, será congratulado por seu esforço corajoso — disse Principe.

— Ele quer associar meu nome, e não o dele, à morte de Ferrucci.

Blume estava caminhando para as portas entreabertas da igreja, como se elas estivessem atraindo-o para o interior.

— Achei que deveria saber. Além disso, ele está falando em promoção, o que realmente está fazendo algumas pessoas se voltarem contra você.

— Preciso entrar para sentar — disse Blume.

— Muito bem. Eu acompanharei você. Ele também vai fechar o caso Clemente.

— Ele não pode fazer isso.

— Pode. Bem, não, não pode. Mas é ele quem faz todos os anúncios das decisões tomadas pelos superiores. Veja só... Há dois dias, no rádio, estava dizendo que "ausência de evidência não é evidência de ausência". Está muito satisfeito com a frase. Tenho quase certeza de que alguém o fez decorá-la. D'Amico, provavelmente. A teoria do Espírito Santo é a de que Alleva provavelmente estava de luvas quando matou Clemente.

— Mas há evidências. Impressões digitais, fibras, resquícios de DNA em todo o lugar.

— Mas não são necessariamente do assassino.

— Isso é uma lógica deturpada.

Blume não conseguia pensar direito agora. Ele chegou à porta. A igreja parecia exalar mau hálito mas, pelo menos, era fresca. Havia muitos bancos livres para escolher. Uma mulher baixa cujo cabelo preto como azeviche exibia raízes brancas apareceu na frente dele, bloqueando a passagem.

— Sinto muito — disse ela.

Blume olhou para ela mas continuou caminhando. Quando passou, disse:

— Pelo quê?

— Seus ferimentos.

— Ah, não é nada. Agora, se me dá licença, preciso me sentar.

Ele passou pela mulher e desmoronou no último banco.

Principe disse algo para a mulher com cabelo tingido e depois se sentou ao lado de Blume.

— Sente-se bem? — perguntou ao comissário, baixando a voz para um sussurro quando alguém algumas fileiras adiante se virou para olhar para eles.

— Na verdade, não. — Blume também abaixou a voz. — Escute, enviei uma amostra de cabelo para o laboratório. Ouviu algo a respeito?

Principe concordou com a cabeça.

— Sim, o chefe do laboratório, Cantore... Conhece ele?

— Na verdade, não. Já nos encontramos, mas não posso dizer que o conheça.

— Bem, Cantore queria saber qual era a piada.

— Eu sei, eu sei. Não havia cadeia de evidência, nenhum consentimento, nenhuma cena de crime para justificar a coleta da amostra... Eu só precisava de uma confirmação mais confiável de que Manuela Innocenzi esteve no apartamento de Clemente.

— Então por que enviou a ele um pelo de cachorro?

Blume fechou os olhos. Ele conseguia ver alguma graça naquilo. Definitivamente, havia um lado engraçado. Mas não sentiu vontade de rir. Talvez, quando o funeral tivesse terminado.

— Encontraram saliva no olho da vítima — prosseguiu Principe. — O assassino cuspiu nele. A saliva continha uma quantidade alta de cortisona, o que indica que a pessoa estava excitada ou ansiosa na hora do assassinato.

— Isso é uma informação útil?

— Cantore me explicou sobre a cortisona. Mencionei só porque se adequa à sua ideia de que não foi um assassinato profissional.

— Jesus — falou Blume, esquecendo-se de manter a voz baixa. — Todos sabemos disso. Foi um ataque com faca. Não podemos avançar um pouco?

— Não — disse Principe. — É justamente isso: não podemos.

— Vai me dizer que fui afastado do caso — disse Blume.

— Do que está falando? É claro que foi afastado do caso. Você deveria estar em um leito no hospital. Um jovem foi morto e dois policiais ficaram feridos.

— Eu sei — disse Blume. — Sou um dos dois. Mas você não precisa de mim para o próximo passo. Preciso que emita um mandado de prisão para um cara chamado Angelo Pernazzo. É ele quem queremos. Pelo assassinato de Clemente.

— Quem?

— Angelo Pernazzo. Apenas pegue as impressões digitais. Será o bastante. Eu tinha um rótulo...

— Prisão sob qual acusação?

— Invente algo. É seu trabalho.

Mas Principe já estava balançando a cabeça.

— O quê... Quer dizer que não fará isso?

— Não posso — disse Principe. Ele tirou os óculos reluzentes e limpou-os na manga do paletó. — Emitiram um mandado de recurso extraordinário. O caso, ou o que resta dele, será transferido para outro gabinete.

A mulher nervosa de cabelo preto apareceu na ponta do banco e acenou levemente para ele. Blume olhou para ela até que desaparecesse de seu campo de visão.

Principe pegara um bloco de papéis do bolso interno do paletó e os folheava.

— O promotor-geral me afastou do caso. Devo escrever tudo que se sabe sobre o caso Clemente e entregar a eles. Incorporarão o material em um arquivo geral sobre possível corrupção e abuso de poder.

— Do que se trata?

— Não estou inteiramente certo quanto ao que está acontecendo. Esse mandado é a manobra que sempre usam quando querem nos impedir de investigar policiais. Se perguntar a mim, acredito que a viúva de Clemente moveu os pauzinhos para fechar o caso.

— Ela é tão poderosa assim?

— A família dela está envolvida com política há duas gerações. Ela tem tios e primos em praticamente todos os partidos.

— Ela não quer saber quem matou o marido?

— Creio que esteja satisfeita pensando que foi Alleva. Ela morava longe do marido boa parte do ano, é uma mulher bonita, com perspectivas ministeriais e, sem dúvida, prefere que sua vida privada não seja objeto de investigação policial e especulação da imprensa.

— E quanto a Angelo Pernazzo?

— Você não ouviu? Não possuo mais competência jurisdicional. E, mesmo que tivesse, seria difícil dar instruções baseadas em suas intuições.

— É mais do que intuição.

Principe hesitou.

— Supondo que eu possa fazer algo, o que seria?

— Obter as digitais dele. Seria o bastante.

— Não posso dar essa ordem. Mas talvez possa fazer uma representação para o procurador-geral. Presumo que seu suspeito não tenha álibi.

Blume hesitou.

— Alec, você não vai me dizer para arriscar uma altercação com o procurador-geral apostando em uma intuição contra alguém que possui um álibi?

— Ele tem um álibi, mas não gosto dele — respondeu Blume.

— Não gosto de muitas pessoas, mas não significa que não sejam reais, infelizmente.

— É um álibi no computador — disse Blume, e explicou sobre o pôquer online de Pernazzo, enquanto a impaciência de Principe o fazia balançar para a frente e para trás no banco da igreja ao escutar.

No final, ele disse:

— Não há nada que eu possa fazer com isso. Você não entende?

— Então mande os técnicos conferirem o álibi — disse Blume. — Temos o nome e endereço dele, podem ver se estava online em casa quando disse que estava.

— A Telecom Italia precisa de uma ordem judicial para liberar nomes de clientes... Eu poderia fazer isso, inserir o IP dele em uma investigação sobre compartilhamento de arquivos ou algo parecido. Dá muito trabalho.

— Não oficialmente. Apenas informe à divisão de crimes de informática que você e eu estamos interessados no endereço de IP dele. Eles ajudarão. Faça o seguinte: entre em contato com um cara chamado Giacomo Rosati. Ele me conhece. Explique a situação e peça a ele para telefonar diretamente para mim caso descubra algo.

Principe inflou as bochechas e balançou a cabeça, mas concordou:

— Você se incomodaria se retornarmos ao outro caso? O assassinato de Ferrucci. É onde toda a atenção está concentrada agora.

Blume tentou concordar com a cabeça, mas o colar cervical não permitiu. Na frente da igreja, um grupo de seis policiais jovens uniformizados de luvas brancas levantou-se e começou a caminhar na direção da saída.

— Os carregadores do caixão — disse Principe. — Parece que o caixão chegou.

— Podemos muito bem ficar aqui, então — disse Blume. — Onde está a família? Preciso manifestar minhas condolências depois.

Paoloni concordou com a cabeça.

— Lá na frente. Na segunda fileira. Ele tinha uma irmã.

Blume viu a parte posterior da cabeça de uma jovem com longos cabelos negros. Ao lado dela estava sentado um homem careca que escondera o rosto atrás de uma folha de papel com a letra de um hino. Os ombros dele tremiam.

— E a mãe?

— Por algum motivo, ela sente que precisa cumprimentar todos ao chegarem. Era ela na entrada. A mulher com o cabelo preto tingido — disse Principe.

Blume fechou os olhos.

— Eu não tinha me dado conta de que era ela.

— Você parece morto — disse Principe. — Vem para a frente?

— Não. Fico aqui.

Principe hesitou.

— Tem certeza de que está bem?

— Tenho certeza de que não estou bem — disse Blume. — Jamais disse que estava bem. Eu me sinto uma merda. É por isso que vou ficar aqui atrás. Vá você para a frente. Além disso, diga a Paoloni para me encontrar aqui depois.

— Certo — disse Principe.

Enquanto ele se dirigia à nave, os carregadores chegaram com o caixão sobre os ombros. Todos os policiais de óculos escuros que estavam fora da igreja os seguiram, virando para os lados para ocupar os bancos intermediários enquanto o caixão era levado até a frente da igreja. O último policial a tomar um lugar foi Gallone, que adentrou a nave com um passo lento e reverente, o rosto como uma máscara de tristeza, olhos baixos. Diante do altar, fez o sinal da cruz, abaixou a cabeça e ajoelhou-se, ficando ali com os joelhos dobrados como Jesus caindo pela terceira vez, antes de se levantar e finalmente tomar seu lugar. Um grupo menor de jovens veio em seguida e, em algum lugar entre eles, a mãe de Ferrucci. Todos pareciam conversar e houve muita movimentação nas laterais da igreja à medida que grupos se formavam, dissolviam e seguiam adiante e as pessoas decidiam se mudar para lugares mais próximos ou distantes do caixão. Ninguém sentou-se ao lado de Blume.

Diante do banco no qual estava sentado, parecia haver certo tumulto e correria, e Blume observou horrorizado quando uma criatura canina com o rosto de Pernazzo saltou casualmente no banco ao seu lado e sentou-se ali, frio como um pepino. Blume sabia que não era real, mas ainda achou que deveria avisar às pessoas na frente.

Ele sentiu que estava caindo e segurou-se no banco. A figura canina desaparecera, a igreja ficara mais silenciosa e o padre falava sobre o sacrifício supremo do oficial... Ferruzz. Ele corrigiu a si próprio, oficial Ferrucci. Ferrucci, ele repetiu, para mostrar que sabia de quem ele estava falando. Marco.

Que lhe seja concedido o descanso eterno, oh Senhor. Ele ficará para sempre em nossa memória e não temerá rumores malignos.

Blume sentiu o cheiro de formol. Sentira brevemente o odor quando o caixão passou por ele, mas não o assimilara. Agora o cheiro alcançava-o na fumaça de incenso que o padre liberava no ar. Por trás do sabor forte de cânfora e cravos, Blume detectou o cheiro adocicado e familiar da morte. Ele entrava por sua boca e se revirava no estômago.

Minha alma está privada de paz, esqueci o que é a felicidade;
Digo a mim mesmo que o futuro está perdido, tudo que eu desejava do Senhor.

Alguém se sentou no banco de Blume, mas doía demais virar a cabeça para ver quem era.

Os favores do Senhor não estão esgotados, seus perdões não acabaram;
Eles são renovados todas as manhãs, tão grande é sua fé.

Blume sentiu-se caindo novamente na escuridão. Ninguém repararia nele nos fundos da igreja. Tentou respirar pelo nariz em vez da boca, mas ouviu-se emitindo um ronco repentino e grosseiro, alto como um peido. As pessoas se viraram para olhar para ele com reprovação. Pernazzo estava de pé três fileiras adiante, gargalhando. Blume despertou com um sobressalto, pronto para agir, mas Pernazzo transformou-se em um superintendente do distrito de Corviale.

A irmã de Ferrucci, mais menina do que mulher, com lágrimas rolando pelo rosto, acabara de dizer algo sobre quando ela e o irmão eram pequenos, e agora estava sendo acompanhada de volta ao seu lugar pelo namorado ou marido. Ou haveria outro irmão? Ela cambaleou até o pai, que ainda tremia como que envolto em uma hilaridade silenciosa. A mãe de cabelos pretos curtos acariciou o rosto da filha. Os policiais de óculos escuros ficaram sentados imóveis nos bancos enquanto uma canção, que não era religiosa, começou a tocar nos alto-falantes. O que ela acabara de lhes contar sobre a música? A música que Marco tentara lhe ensinar a tocar no violão, "Everybody Hurts". Era bem verdade, pensou Blume, mas nem todos cantam a respeito disso em uma voz tão chorosa.

Blume viu o padre sentado em um canto com as vestes roxas, detestando a música profana. Ele também não gostou. Para começar, Ferrucci era novo demais para ouvir bandas como REM. Ele suspeitava de que a irmã escolhera a música por conta própria. Agora o irmão encontrava-se além da dor.

Uma mão fria na testa de Blume e uma voz feminina suave.

— Olá, comissário — disse Kristin em voz baixa. — Primeiro achei que estivesse me ignorando, mas não está muito bem, não é?

Blume virou-se rápido demais e foi recompensado com uma dor lancinante no lado do pescoço.

— Cuidado — disse Kristin, como que para um cão grande. — Vi você apagar duas vezes. Deveria estar no hospital.

— Eu sei — disse Blume. — Mas precisava estar aqui.

— Está quase acabando — sussurrou Kristin. — A comunhão será em breve.

— Quer dizer que estamos perto do final?

— Sim.

— Você é católica, então?

— Luterana. E você?

— Não tenho ideia. Meus pais se esqueceram de me contar — disse Blume. — O que está fazendo aqui?

— Vim oferecer condolências. Não é a primeira vez que compareço ao funeral de um policial, tampouco será a última. Além disso, sabia que você estaria aqui.

— Sabia? Nem eu sabia até poucas horas atrás.

— Telefonei para o hospital. Me deixaram esperando e, depois de 15 minutos, informaram que tinha ido embora. Deduzi que tivesse vindo para cá.

Por um instante, Blume não teve certeza se Kristin era mais real do que a criatura que vira sentada no banco. Na frente da igreja, pessoas arrastavam-se até o altar para receber a comunhão e afastavam-se. Muitos eram policiais.

Ele esticou a mão e Kristin tocou-a por um instante.

— Você está aqui em algum tipo de diligência oficial? — perguntou ele.

— Você parece querer distinguir entre o oficial e o autêntico — disse ela. — Estou aqui como representante da embaixada e porque me importo. Oficial e autêntico ao mesmo tempo, assim como alguns policiais superiores lá na frente. Também estou aqui por você. Acho que é alguém que se importa. Imagino que gostaria de me ajudar, manter contato.

— Contato com você, sim. Não concordei em ser um... O que eu deveria ser?

— Não é algo formal. Invente seu próprio nome. Conselheiro, consultor, oficial de ligação, colaborador técnico. Mais uma contribuição para a embaixada.

— Eu não teria que fornecer informações confidenciais?

— É claro que não. Também não receberia um centavo sequer. É uma questão de boa cidadania. Uma questão de amizade.

— Me deixe pensar a respeito — disse Blume.

Uma onda de aplausos surgiu na frente da igreja e aumentou em intensidade conforme os carregadores se dirigiram à nave transportando o caixão. O padre seguiu-os, balançando o turíbulo, enchendo o ar de novocaína católica. Blume e Kristin levantaram-se e ela também aplaudiu enquanto ele ficou parado de pé com o braço em uma tipoia.

Paoloni não foi até ele como requisitado, de modo que Blume precisou deixar Kristin para procurá-lo. Foi até um grupo de policiais com um ar duro nos olhos enquanto tragavam seus cigarros e trocavam monossílabos. Blume conhecia aquele olhar vingativo. Ele afastou Paoloni do grupo.

— Preciso que faça uma coisa.

— Relacionada ao assassino de Ferrucci?

— Não — disse Blume. — Ao de Clemente.

— Ah, certo.

Paoloni arrastou os pés e olhou para trás, para o grupo de policiais. Ele era uma pessoa diferente do homem penitente de algumas horas antes. Era como se tivesse sido imbuído de um novo propósito. Poderia ter sido o efeito emocional da missa funerária, ou... Um pensamento ocorreu a Blume.

— Você recebeu alguma dica sobre Alleva?

— Se recebi alguma dica sobre Alleva? Quando eu poderia ter recebido uma dica? Quando estávamos na igreja?

— Você poderia ter recebido uma agora mesmo. Quando estava lá fora com os outros.

— Não, não recebi nenhuma dica sobre Alleva. Era o que queria me perguntar?

Blume não sabia quanto tempo resistiria no calor. Precisava deitar-se.

— Não, Beppe, preciso que cuide de um assunto que deixei inacabado.

Ele deu a Paoloni o endereço de Pernazzo e mandou-o ir para lá.

— Caso não possa prendê-lo por alguma coisa, apenas fique perto dele. Conseguirei a autorização de que precisa.

— Não pode conseguir agora, mandar outra pessoa?

— Não, Beppe. Não posso agora, e por que você quer que eu mande outra pessoa? Tem coisas melhores para fazer? Além disso, não está se esquecendo de nada? Você, eu, a conversa desta manhã?

Paoloni olhou rapidamente para trás, depois concordou com a cabeça.

— Eu me lembro. — Depois, olhou com surpresa para Blume. — Você está bem? O que está fazendo?

— O que quer dizer?

— Está se inclinando para o lado.

Blume percebeu que apoiara todo o peso do corpo em uma perna. Tentou recuperar o equilíbrio, mas o joelho cedeu e ele viu-se pendendo para a esquerda, mas não podia esticar o braço para se equilibrar. Girou sobre o pé, moveu-se para trás e acabou caindo de bunda, observado por enlutados e policiais.

Kristin, atrás dele, falou em inglês:

— Você tem alguns movimentos bons, Alec. Ensine-os para mim alguma hora, hein?

— Claro.

Kristin e Paoloni ajudaram-no a se levantar, mas Blume sentia como se a cabeça estivesse cheia de hélio e o peito cheio de chumbo.

— Vamos embora agora mesmo — disse Kristin. — Você vem comigo.

27

QUARTA-FEIRA, PRIMEIRO DE SETEMBRO, 18H

Kristin dirigia e Blume dormia. Blume pensou que ela precisaria de orientação para chegar à casa dele, mas quando deu a Kristin o endereço, ela concordou com a cabeça e partiu. Ela conhecia a cidade.

Blume despertou quando chegaram na rua em que morava. Kristin encontrou uma vaga e disse:

— Vou subir para assegurar que não morra antes de chegar lá.

Blume ia protestar e dizer que se sentia bem, mas depois pensou melhor. Para começar, não se sentia bem. Subiram no elevador em silêncio e ele se perguntou qual deveria ser sua abordagem quando entrassem. Esperava que o apartamento estivesse arrumado.

Blume sentou-se no sofá da sala e decidiu que poderiam conversar sobre o funeral. Quinze segundos depois, estava dormindo.

Ele sentia como se tivesse dormido por apenas alguns minutos quando foi despertado pelo som do telefone de casa tocando. Ouviu Kristin atender. Ela caminhou até Blume e entregou-lhe o telefone sem fio.

Blume estava esperando um telefonema de Paoloni a respeito dos progressos com Pernazzo, mas Paoloni jamais ligava para aquele número. Foi quando lembrou que o celular estava morto.

— Que horas são? — perguntou ele ao pegar o telefone.

— Dez e vinte e cinco.

— *Pronto?* — falou ao telefone, esperando a familiar pausa cautelosa e o som de limpar a garganta com os quais Paoloni iniciava as conversas, mas era uma voz feminina.

— Comissário Blume?

— Sim, é ele que está falando. — Ele levou alguns segundos para identificar a voz.

— Aqui é Sveva Romagnolo... — Ela deixou que alguns instantes se passassem e, tarde demais, ele percebeu que deveria dizer algo. — A viúva de Arturo Clemente. Conversamos no último sábado.

— Sim, sei quem você é. — A frase saiu errada.

— Fico feliz que se lembre. Talvez pudéssemos conversar novamente sobre os progressos feitos no caso?

— Sim, poderíamos, só que...

— Só que você não fez muitos progressos, não é?

— Eu não diria isso. Essas coisas levam tempo e...

— Disseram-me que eu seria mantida a par dos progressos, mas não era verdade, ou era?

Como o tom dela era retórico, Blume não disse nada, a fim de permitir que ela dissesse o que queria. Kristin desapareceu na cozinha.

— O diretor-geral da RAI 2 é meu amigo. Hoje de manhã, ele me convidou ao escritório dele e assistimos juntos a um documentário feito por um homem que eu pensava que fosse meu amigo, ou pelo menos amigo do meu marido.

— Está falando de Di Tivoli?

— É claro que estou falando daquele verme. Quem mais poderia fazer algo como aquilo?

— Algo como o quê?

— Fazer um documentário como aquele. Mas sabe o que mais me incomoda?

— O quê?

— Se Di Tivoli sabia tudo aquilo, então a polícia também sabia, e não me contou.

— Tudo o quê?

— O que está no *documentário* — disse ela, pronunciando musicalmente a última palavra para enfatizar a burrice de Blume. — Será transmitido em cinco minutos. Tentei telefonar mais cedo, mas você não estava, e o número de celular que deixou comigo não funciona.

— Não gosta do que está no documentário?

— Nem um pouco.

— Então seu amigo na televisão não era tão amigo a ponto de poder impedir a transmissão do documentário?

— Eu não sonharia em pedir a ele. Se for a verdade, então é a verdade e deve ser visto. Não sou Berlusconi.

— Mas o homem que fez o documentário é um verme por tê-lo feito? — Blume não estava tentando ganhar pontos no debate com ela, simplesmente não queria que Sveva percebesse o quão pouco estava entendendo da conversa.

— Di Tivoli sempre foi um verme.

Blume não viu motivo para levar aquilo adiante até assistir ao programa sobre o qual ela estava falando.

— E você disse que ele começa em cinco minutos?

— Menos, agora. Eu achava que você já tinha assistido.

— Não. Não assisti.

— Bem, vai assistir agora?

— Sim, é claro que vou — disse Blume.

Finalmente, o tom de Romagnolo suavizou um pouco.

— Eu soube que foi ferido no exercício do dever e que perdeu um colega. Foi relacionado ao assassinato do meu marido, não foi?

— Na verdade, não posso lhe dizer esse tipo de coisa. Pelo menos não assim, pelo telefone.

— Bem, sei que foi, pois tenho minhas fontes, e seus colegas Gallone e D'Amico reportam-se a elas, como estou certa de que sabe. Ligou a televisão? O documentário começa depois do comercial.

Kristin apareceu novamente e Blume apontou para a TV e gesticulou como se a ligasse com um controle remoto. Ela aproximou-se, inclinou-se sobre Blume e pegou o controle que estava atrás dele. Blume levantou dois dedos e ela sintonizou na RAI 2.

— Está ligada — disse ele a Romagnolo.

— Ótimo. Eu gostaria que nos encontrássemos amanhã. Você acha que consegue?

— Talvez não amanhã.

— Bem, é melhor que seja logo. — Em seguida, ela desligou.

Os comerciais terminaram e o rosto de Taddeo Di Tivoli surgiu na tela. O nome do programa era "La TV Di Tivoli". O episódio daquela noite, Di Tivoli prometeu aos espectadores, seria uma reportagem severa sobre crueldade contra animais e os fracassos da polícia italiana. O título do episódio da semana era *"Una vita da cani"*, uma vida de cachorro.

— Vamos assistir a isso? — perguntou Kristin, sentando-se na poltrona em vez de, como Blume esperava, ao lado dele no sofá.

— Sim. Tem a ver com um caso com que estou, ou estava, envolvido. Bem, você sabe, não é?

— Mais ou menos — disse Kristin. — O que me interessa agora é a esposa e a possibilidade de consequências políticas.

— Consequências políticas?

— Se houver alguma. Então, poderei incluir isso em um relatório da equipe nacional e direcioná-lo para apreciação do CAM. Serei bem-vista por isso. Você também.

— Quem é o CAM? O cantor principal em sua banda country?

— Sim. Chefe adjunto de missão. Ele é legal.

— Bem, pode ser que eu a encontre amanhã — disse Blume. — De manhã.

Aquilo não era o bastante para fazer Kristin passar a noite na casa dele, mas valia a pena tentar.

Di Tivoli acrescentara luzes louras ao topete de cabelo ruivo e grisalho desde quando Blume o vira pela última vez. Também parecia mais magro. Ele reutilizou várias imagens do primeiro programa, ao qual Blume assistira dias antes com Ferrucci.

Mais uma vez, Blume viu as imagens de cães com orelhas rasgadas e ensanguentadas que tanto incomodaram Ferrucci. Depois, de volta ao estúdio, viu Di Tivoli abanando tristemente a cabeça antes de se animar um pouco e anunciar que havia pessoas e organizações dedicadas a combater tais horrores. A tela foi tomada por uma fotografia de uma versão mais jovem de Clemente. A imagem do rosto foi exibida durante algum tempo, enquanto Di Tivoli falava descrevendo o comprometimento inabalável de Clemente e seu senso fundamental de justiça. A reportagem descreveu a fundação da Liga Antivivissecção em 1977, quando um grupo de indivíduos que pensavam da mesma forma uniu-se para defender os indefesos. Foi também naquele ano que a infame Quadrilha Magliana embarcou em suas empreitadas movidas a sangue, disse Di Tivoli. Blume assistiu a algumas imagens de mulheres jovens de grupos de proteção animal atendendo telefones. Depois, de volta para a fotografia de Clemente e a voz de Di Tivoli: *Na sexta-feira, 27 de agosto, Arturo Clemente foi brutalmente assassinado a facadas na segurança do próprio lar.*

— Seu caso — disse Kristin.

— Até onde é possível. A cena do crime foi comprometida, muito tempo se passou e outras coisas ainda mais graves aconteceram. Mas sim, ainda é meu caso.

Um texto em vermelho imitando um carimbo estampou diagonalmente a palavra *Assassinato* sobre o rosto de Clemente, a qual, em seguida, dissolveu-se no vazio para revelar Di Tivoli com uma postura sombria de pé no estúdio, descansando uma das mãos sobre uma mesa. Ele perguntava-se quem matara Clemente, e por quê. Emocionado, passou as mãos pelo cabelo e perguntou se o assassino seria capturado algum dia. Tristemente, tinha pouca esperança na Justiça, considerando que a investigação criminal não fora conduzida com profissionalismo pela polícia de Roma, mas sim de modo incompetente, apressado, negligente e impreciso.

— Esse repórter é uma espécie de inimigo de vocês? — perguntou Kristin.

— É o que parece — disse Blume.

Na tela, Di Tivoli queria saber por que a polícia fracassara completamente em seguir a pista mais óbvia. Por que ele, um mero repórter, fora capaz de descobrir uma testemunha vital que — ele fez uma pausa, virou noventa graus à esquerda para falar para outra câmera no estúdio — poderia até mesmo ser um suspeito, uma pessoa que a polícia jamais sequer interrogara? Uma imagem de Manuela Innocenzi preencheu a tela. Estava pelo menos dez anos mais jovem na foto do que quando Blume a interrogara. Mesmo naquela época, o cabelo já era cor de cenoura.

Quem é esta mulher, e que conexão possui com o caso Clemente, perguntou Di Tivoli. A resposta, ele prometeu, era profundamente perturbadora, e seria dada em seguida, logo após o intervalo.

Di Tivoli passou três minutos descrevendo a primeira metade do programa. Depois surgiu novamente a fotografia da mulher. Quando Di Tivoli disse o nome dela, o nome apareceu com um efeito de fita adesiva sob a fotografia: *Manuela Innocenzi, 41 anos.* Contribuidora do fundo e afiliada à LAV.

Uma das últimas pessoas a ver Clemente vivo, destacou Di Tivoli, Manuela Innocenzi fora vista por ele três noites antes do assassinato. A garota de rosto pálido com óculos pretos do escritório de Clemente apareceu na tela e confirmou a informação. Ela vira os dois saindo juntos do escritório da LAV na terça-feira que antecedeu o trágico evento. Ela contara aquilo à polícia? Sim.

Quem é Manuela Innocenzi?

A cena cortou para imagens de arquivo de vítimas de tiroteios em carros, caídas na rua. *Magliana, Roma, 1986,* dizia a legenda. O crime local está se unindo aos círculos superiores da política, disse Di Tivoli, e aquelas eram apenas algumas das vítimas da espiral de violência causada pelo vácuo no poder. Mais imagens de cadáveres, cuja maioria, Blume refletiu, recebera o que merecia. O vínculo político-criminoso começou a se desenredar e a polícia atacara com determinação as estruturas do poder e figuras-chave, culminando na bem-sucedida operação Colosseo. Blume se lembrava dela.

Agora emerge um novo tipo de liderança criminosa apolítica, disse Di Tivoli, deslizando confortavelmente para o presente histórico. Eles rompem os laços políticos, limitam suas áreas de operação e reduzem a matança fechando acordos relativos a territórios e áreas de operação. O triunvirato, como passou a ser conhecido, conquistou uma reputação por sua "moderação". Di Tivoli, ainda de pé diante da mesa, atribuiu uma inflexão irônica à palavra, depois acrescentou:

— Mas é um termo peculiar para ser usado, "moderação". Alguns podem chamar de impasse, ou comprometimento, ou corrupção, ou de derrota do domínio da lei. Durante um quarto de século, a polícia não perturbou o *status quo* nos distritos de Magliana, Tufello, Ostia, Corviale, Laurentino 38, Tor Bella Monaca, Tor de' Schiavi, Pietralata, Casalbruciato e Centocelle.

De volta ao estúdio, Di Tivoli estava de pé diante de três fotos de homens idosos: dois gordos, com papadas; um magro, com cabelo branco penteado, parecido com uma águia-pescadora. Ele apresentou os homens aos espectadores: Gianfranco D'Antonio, Fabio Urbani, e o magro, conhecido como *"er falco"*, cujo nome real era Benedetto Innocenzi, pai *da mulher com quem Clemente fora visto pela última vez!*

O resto do programa era apenas repetição e enrolação. Quando os créditos finais apareceram, o telefone sem fio tocou novamente.

— Preciso recarregar meu celular — disse Blume.

— Farei isso — disse Kristin, levantando-se. — Vi o recarregador na cozinha.

Blume atendeu o telefone.

— Você viu o esforço de Di Tivoli em fazer jornalismo investigativo? Era Principe.

— Ele decidiu forçar a reabertura do caso — disse Blume.

— Você e eu ainda estamos afastados, e devemos ser gratos — disse Principe. — A viúva me telefonou mais cedo para reclamar sobre o programa e o produtor. Di Tivoli teve a audácia de macular a imagem do marido heroico revelando o envolvimento amoroso dele com a filha de Innocenzi. Agora, quando ela voltar ao parlamento, será a esposa do cara que estava comendo a filha de um chefão do crime. Isso é ruim para as relações públicas. Faz com que ela pareça burra, ou até mesmo cúmplice. Di Tivoli tampouco nos fez qualquer favor. Ele também me telefonou hoje.

— O que queria? — perguntou Blume.

— Estava mais interessado no caso Nicotra. O escândalo sexual. Fez o papel de jornalista, fingindo que, na verdade, não tinha nada a ver com ele. Mas quando não lhe dei nenhuma informação, começou a ficar nervoso, depois perguntou como eu me sentia sendo um promotor incompetente dirigindo policiais incompetentes — disse Principe.

— Imagino que Innocenzi não ficará satisfeito com os últimos acontecimentos.

— Di Tivoli praticamente colocou a culpa pelo assassinato de Clemente nele — concordou Principe. — Quero dizer... não sei. Inconsequente, suicida, até mesmo corajoso, de uma maneira assustadora ao estilo Di Tivoli. Não se sai por aí acusando Innocenzi de coisas desse tipo.

— Especialmente quando, provavelmente, não é verdade — disse Blume.

— Eu estava para perguntar. Você ainda está convencido de que foi aquele tal... esqueci o nome.

— Angelo Pernazzo — disse Blume. — Estou aguardando notícias dele através de Paoloni. Quando souber de algo, retornarei a você para que faça algo uma coisa.

— Já disse, não estou mais dirigindo a investigação — disse Principe. — Isso significa, além do final da minha carreira caso eu ignore uma ordem, que qualquer prova que obtivermos será inadmissível e que qualquer atitude que tomarmos será ilegal.

Blume ignorou aquilo. Principe tinha razão até certo ponto, mas havia maneiras de contornar ordens, especialmente para um juiz capaz de citar qualquer uma das centenas de seções conflitantes do Código de Procedimento Criminal. Principe não precisava de uma justificativa legal, precisava ser convencido — e precisava estar interessado. Mantendo o tom casual, Blume decidiu recorrer a um pouco de especulação.

— Você já pensou que Di Tivoli poderia ter algo a ver com o crime?

— Di Tivoli? Não. Como seria isso?

Kristin, que retornara e estava apoiada nas costas da poltrona com a mão no queixo, parecia interessada.

— Bem — disse Blume, organizando os pensamentos —, Di Tivoli, obviamente, execrava Clemente. Você viu o programa. Era como se estivesse dançando na sepultura dele. Di Tivoli sabia a respeito do caso de Clemente com Manuela. Por que não usou isso antes? Parece-me que Clemente tinha algo contra ele. Talvez soubesse a respeito do escândalo sexual de Nicotra?

— Se está perguntando por que Di Tivoli não usou antes o conhecimento a respeito de Manuela, posso pensar em muitas razões. Talvez porque fossem amigos. Talvez ele só tenha conseguido agora transformar essa informação em um programa escandaloso. Talvez não soubesse a respeito, ou tivesse coisas melhores a fazer, ou não se importasse, ou porque o amigo dele, Clemente, ainda não estava morto — disse Principe. — Se você está tentando me fazer seguir uma nova linha de investigação, precisará fazer melhor do que isso.

— Para um amigo, Di Tivoli enlameou demais a reputação de Clemente.

— Ele é um jornalista, Alec. É o que eles fazem. E Clemente está muito além de poder se importar. A única que se importa é a esposa. Talvez Di Tivoli esteja fazendo o contrário, atacando a esposa em nome de Clemente. Seja qual for o caso, não vejo nenhuma ligação com o escândalo sexual de Nicotra, e você tampouco. Você só quer que eu retome o caso, mas já lhe disse, não posso.

— Certo. E quanto a Innocenzi? — perguntou Blume.

Principe suspirou.

— O que tem ele?

— Não sei — disse Blume. — É apenas um pensamento.

— Então você está abandonando a ideia de que foi o tal Pernazzo?

— Não — disse Blume. — Talvez Innocenzi tenha usado Pernazzo para matar Clemente.

— Innocenzi decide não usar ninguém de seu exército de assassinos e envia um novato, um esfaqueador, alguém que deixaria rastros de evidências em todas as partes e provavelmente não saberia fazer nada melhor do que confessar tudo e acusar Innocenzi quando fosse pego? É o que está tentando dizer, Alec?

— Certo, e quanto a Alleva? Talvez ele tenha contratado Pernazzo. Alleva deixa as pessoas em dívida com ele e as obriga a fazerem coisas.

— Mulheres. Ele obriga mulheres a fazerem coisas. Mulheres jovens. Esposas, namoradas e filhas de homens fracos. E o que falei sobre Innocenzi também se aplica a Alleva. Por que um criminoso usaria um amador? Innocenzi possui um exército, Alleva tem Massoni. Ninguém precisa de Pernazzo.

— Di Tivoli? — sugeriu Blume.

— Di Tivoli contratou Pernazzo? — Principe fez uma pausa. — Suponho que isso funcionaria. Exceto pelo fato de que não vejo nenhuma motivação. Você possui algum ponto de convergência entre eles?

— Ambos foram a brigas de cães realizadas por Alleva.

— Mas isso não é muito, não é verdade? — disse Principe.

— Não, não é. — Blume sentia-se exausto. — Vou desligar, caso Paoloni esteja tentando telefonar.

28

QUINTA-FEIRA, 2 DE SETEMBRO, 11H

Um bipe despertou Blume. Quando ele chegou à cozinha, percebeu que o celular estava recarregado e tocando, e que Kristin fora embora. Ele sentia como se tivesse passado uma semana bebendo grapa barata. O braço com a atadura latejava e, quando o esticou para pegar o telefone, sentiu que o movimento partiria seu pescoço como um graveto seco. Quando tocou no telefone, o aparelho parou de vibrar e de tocar.

Blume cambaleou até a geladeira, abriu a porta e olhou para a desolação no interior. Pegou uma lima azulada e uma cebola preta e jogou-as na sacola plástica sob a pia. Carregou a caixa de leite que estava pela metade até o banheiro, derramou na privada a gosma verde que havia dentro da caixa e depois mijou sobre a mistura que girava na água. Ficou ali fascinado por alguns instantes antes de dar a descarga, lavar a mão que funcionava e voltar para a cozinha para um café da manhã de cereal de arroz. Ele jamais percebera o quanto o cereal era salgado sem o leite.

O número da última pessoa que telefonara era restrito. Blume procurou no menu, mas não encontrou nenhum vestígio de Paoloni. Ele pousou a colher de cereal e discou o número de Paoloni, o qual sabia de cor, mas obteve uma mensagem dizendo que o número estava indisponível e oferecendo-se para enviar a Blume uma mensagem de texto quando estivesse novamente disponível. Pela experiência de Blume, tal serviço jamais funcionara, mas ele apertou o número cinco, como fora instruído. A Telecom Italia agradeceu a ele.

O cereal salgado forneceu energia suficiente para encontrar mais comida na casa. Depois de vários ovos cozidos, duas cafeteiras cheias e quatro *friselle* mergulhadas em azeite, ele sentiu-se melhor. Ainda nada da mensagem informando que Paoloni estava disponível.

Blume telefonou para o escritório, pediu para ser transferido para onde quer que Paoloni estivesse, mas foi informado de que ele estava de licença. Tentaram ligar para o mesmo número que Blume usara, com o mesmo resultado.

Apesar de não gostar de ter que perguntar, Blume disse:

— Suponho que não tenham ouvido nada a respeito de um sujeito chamado Pernazzo ter sido preso, ou ouviram?

O superintendente na recepção pediu a Blume que repetisse o nome. Blume podia imaginar o superintendente balançando a cabeça cabeluda e grande e piscando os dois olhos minúsculos enquanto tentava pensar.

— Não. — Ele acabou respondendo. — Nenhum Pernazzo foi trazido para cá. Não ouvi nada a respeito. Talvez tenha sido levado a outro *commissariato*?

Blume agradeceu e estava prestes a desligar quando o superintendente pareceu ter sido acometido por um pensamento inteligente.

— Quer falar com o *vicequestore*?

— Ele está no escritório dele?

— Não. Mas posso transferir para o celular dele se quiser.

— Não, tudo bem. Obrigado — disse Blume.

— Sem problema.

Blume desligou, abriu a lavadora de louças para guardar o prato e descobriu que já estava cheia. Em vez de esvaziar a lavadora, ele lavou o prato e a tigela de cereal na pia com uma mão só e acabou se molhando. De todo modo, precisava de um banho.

Ele esperou até a água esquentar e depois ficou sob o fio de água que saía da ducha coberta de limo e passou xampu na cabeça. O telefone tocou outra vez.

Ao chegar na cozinha, pelado e pingando, o telefone parou. Novamente, o número de quem telefonara era restrito. Provavelmente, Paoloni estava telefonando de um telefone não registrado. Ou talvez fosse uma ligação feita através de uma central telefônica. Nesse caso, poderia ser Kristin, telefonando do escritório na embaixada. Ele sentou-se à mesa da cozinha para se secar e aguardar o próximo telefonema.

Dez minutos depois, o telefone começou a tocar, assustando-o um pouco, já que estava naquele instante olhando para o aparelho, esperando que ele fizesse justamente aquilo.

Era Sveva Romagnolo. Queria ver Blume imediatamente.

— Seu número é restrito — disse Blume.

— Eu sei. Não sei bem como mudar a configuração. Por quê? Algum problema?

— Suponho que não.

Ela perguntou onde deveriam se encontrar.

— Não sei — disse Blume, irritado. — É você que quer me encontrar. Eu nem mesmo disse que estaria disponível hoje. Você decide.

— Preciso de um lugar onde não seja vista.

— Então será um encontro secreto?

— Não secreto. Apenas não quero ser vista por ninguém que eu conheço. Prefiro assim.

— Conhece alguém na Via Appia Nuova?

Não que ela se lembrasse, de modo que Blume marcou de encontrá-la dentro de uma hora em um bar a cinco minutos de casa. Se ela queria ir a algum lugar onde não seria reconhecida, poderia muito bem ir até a área da cidade onde ele morava, onde gostava de tomar café da manhã, comendo alguns doces deliciosos com recheio de pistache. Blume conferiu sua aparência no espelho e removeu o colar cervical, jogando-o sobre a mesa na entrada do apartamento. Deixava-o com aparência de idiota.

Quando Blume chegou, o barman estava trazendo bandejas com sanduíches para o almoço. Os doces de pistache tinham acabado havia muito tempo. Blume comeu duas rosquinhas e um sanduíche enquanto aguardava. Ele esperava que Sveva aparecesse antes da multidão que viria almoçar.

Ela entrou pela porta com um grupo de funcionários da Banca di Agricoltora, que ficava ao lado, mas sem sombra de dúvida não era um deles. Blume achava difícil entender como certas mulheres faziam isso. Destacavam-se dos outros sem vestir roupas particularmente diferentes, no caso dela uma blusa amarela de seda com gola chinesa, uma saia castanho-amarelada, sandálias estranhas da mesma cor que pareciam poder ser usadas por uma criança e uma bolsa com alça. Pouca maquiagem. Limpa, tranquila, simples e, de alguma maneira, visivelmente rica. Talvez fosse o jeito como ela se movia.

Sveva sentou-se em uma cadeira diante de Blume, a qual ele já precisara defender duas vezes enquanto o bar ficava lotado. O volume do barulho aumentou quando os funcionários do banco tomaram seus lugares, zombando uns dos outros.

— Posso pedir algo para você?

— Não.

— Bettino poderá mandar o barman vir anotar seu pedido. Você está ocupando um lugar na hora do almoço.

— Eu pretendia chegar mais cedo. Demorei um pouco para encontrar o lugar. Bem, o motorista idiota do táxi demorou um pouco — disse ela.

— O que aconteceu com seu nariz?

— Quer dizer meu braço?

— Bem, também. Sinto muito. Foi uma pergunta estúpida. Sei que foi ferido naquele ataque terrível.

— Você queria conversar.

— Sim.

Como Blume previra, o barman chegou e ficou parado aguardando ao lado de Sveva. Ela pediu um suco de toranja e virou-se para Blume.

O barman anotou oficiosamente um suco de toranja e depois perguntou o que ela queria para o almoço.

Sveva olhou para ele com irritação.

— Não quero *comer*.

— Sim, você quer — disse Blume.

— Não, não quero.

— Veja, venho aqui três ou quatro vezes por semana. Mantenho uma boa relação com eles. Escolha algo.

— Escolha você — disse Sveva.

— Ela quer *panino com la coltellata*.

— *Scusi?* — disse o barman.

Blume repetiu:

— *Panino con la cotoletta. Cotolleta alla Milanese.*

O barman concordou com a cabeça e partiu. Blume percebeu que Sveva o olhava com um ar estranho.

— Não vou fazer o pedido apenas para manter as aparências — disse ele. — Quando a comida chegar, vou comer. Um bom pedaço de carne frita cairá bem.

— Não foi o que... Apenas pensei que tinha dito... Deixe para lá. Conte sobre a investigação.

— Não posso. Quero dizer, não contaria de qualquer maneira, mesmo que ainda fosse meu caso. Mas, como aparentemente não é mais, não posso.

— Por que acha que tiraram o juiz investigador do caso? — perguntou ela.

— Não tenho ideia — disse Blume. — Você é a senadora.

— Não considero "senadora" um insulto tão grande quanto seu tom insinua, comissário.

— Minha frase foi neutra — disse Blume.

O suco de toranja de Sveva chegou e ela empurrou o copo o mais longe possível, até que ficasse equilibrado na beirada da mesa.

— Às vezes, tudo se mostra errado — começou ela. Blume esperou que continuasse, mas ela pareceu mudar a linha de pensamento. — Assistiu ao documentário?

— Sim — disse Blume. — O que foi tudo aquilo?

— É o que eu quero perguntar a você.

A *cotoletta* chegou e Blume indicou para que o barman a colocasse no meio da mesa.

Sveva pareceu horrorizada quando ele cortou a carne. Talvez também não comesse carne, como o marido morto. Blume percebeu que não estava sendo educado, mas sentia fome.

— Di Tivoli fez o documentário por maldade — disse ela. — Ele sente atração por mim. Sente atração por muitas outras coisas além de mim, mas sempre sentiu algo especial quanto a mim. Pelo menos é o que diz. Desde a universidade. Mas não tenho o mínimo interesse por ele, também porque é, bem, sexualmente ambíguo. Costumava me cortejar e depois aparecia com algum garoto que pegara na colina Oppio. Não era ruim, na época, porque Di Tivoli também era um garoto. Agora está mais velho. Ele me contou anos atrás sobre as infidelidades de Arturo. Na verdade, me contou a respeito antes que pudessem ser consideradas propriamente infidelidades. Di Tivoli parecia pensar que delatar amigos atrairia as mulheres.

— Você não se importava que seu marido tivesse casos?

— Sim e não. Não é realmente sobre isso que quero conversar.

— Muito bem — disse Blume. — Mas me diga uma coisa. Você sabia a respeito de Manuela Innocenzi?

— Não. — Ela foi enfática. — Disso eu não sabia. Eu sabia que ele estava vendo uma mulher, e sabia que ela não era muito jovem, mas não tinha ideia de que era assim.

— Assim como?

— Bem, feia, para começar. Mas a ligação criminosa. Quero dizer, é demais.

O final soou como um apelo ao marido morto.

— Bem, como disse, Di Tivoli está tentando me constranger e está fazendo um bom trabalho. Primeiro, joga meu nome na lama, depois me faz parecer uma tola por não saber e, para finalizar, parece insinuar de alguma maneira que quero encobrir o caso, que não estou interessada na verdade.

— Foi bom você não ter tentado impedir a transmissão do programa — disse Blume. — Teria dado crédito a ele.

— Eu sei. — Ela fez uma pausa para permitir que Blume terminasse a refeição. — E quanto a essa mulher, Innocenzi?

Blume balançou a cabeça.

— Sei que a comunicação na polícia é como um jogo de telefone sem fio, e quanto mais longe uma mensagem precisa ser transmitida dos escalões inferiores até alguém como eu, mais embaralhada ela fica. E sei que ninguém nunca sabe realmente o que está acontecendo... — Blume decidiu interromper o resto do prefácio diplomático e foi direto ao cerne da abordagem da questão. — Mas eu achava que você estivesse feliz com a ideia de que seu marido tinha sido morto por ou a mando de Alleva.

— Feliz? Achou que eu estava feliz?

— Você sabe... Satisfeita. Convencida disso. O que importa é que recebi uma mensagem muito clara... Prenda Alleva... Porque foi a ordem que veio do alto.

— Convencida é a palavra certa. Eles me convenceram. Gallone, as pessoas no Ministério, alguns colegas do partido. Meu tio também. Ele é subsecretário da corregedoria. Quanto a mim, jamais disse isso nem nada parecido.

— Você manifestou alguma vez qualquer desejo de ver o caso encerrado com Alleva como culpado?

— Exijo que quem quer que tenha feito isso seja preso. Não importa quem seja.

— E quanto a sua carreira política?

Sveva fez uma pausa, não para pensar, mas para se assegurar de que Blume estivesse olhando atentamente para o rosto dela enquanto falava.

— Ela é importante. Não vou dizer que não é. Mas não quero nenhuma espécie de encobrimento do caso. Se essa Manuela Innocenzi estiver por trás do crime, prenda-a. Posso lidar com o constrangimento. Mais cedo ou mais tarde, todos acabam ligados a uma família criminosa neste país. Todos no Parlamento, afinal.

— A mensagem que recebi foi clara — disse Blume. — Prender Alleva. E, porque apressamos as coisas, um jovem policial foi morto.

— Meu marido também foi!

Ela levantou a voz o bastante para gerar um breve instante de silêncio no burburinho ao redor. Um dos caixas do banco ainda olhava para eles.

— Mas vocês meio que levavam vidas separadas, não é?

Sveva afastou-se da mesa com um empurrão, balançando o copo de suco. Blume pegou-o bem a tempo com um rápido movimento em diagonal do braço bom.

— Percebo que não tenho a sua simpatia. Talvez seja minha vida política, minha origem, não sei. É verdade que eu e Arturo levávamos vidas separadas na maior parte do tempo. Ele começou com as traições bobas, e eu permiti. Talvez você ache que eu deveria ter gastado mais energia tentando segurá-lo? Fazê-lo sentir-se melhor em relação a si próprio? É esse meu pecado?

— Não estou pensando em pecado.

— Sim. Está. Você tem o mesmo olhar raivoso e frustrado que ele. Homens como vocês...

— O que há conosco?

— Jamais encontram a mulher pela qual procuram e odeiam o resto de nós por não estarmos à altura.

— Isso pode se aplicar ao seu marido, mas quanto a mim...

— Você vive sozinho, não vive?

Blume disse:

— Você conferiu isso. Tem acesso aos arquivos. Não é difícil descobrir essas coisas.

— "Sim" era tudo que precisava dizer, comissário. E não conferi nada.

Blume bebeu o suco e fez uma careta. Não gostava de toranja.

— A cena do crime foi comprometida — disse ela com um tom mais conciliatório. — A culpa foi principalmente de Gallone e D'Amico, não foi? Telefonei para o juiz investigador, Principe, e ele me disse que a primeira fase foi malconduzida. Muitos caciques para poucos índios, foi o que disse.

— Boa maneira de se expressar.

— Admito que tenha sido principalmente culpa minha ter telefonado para Gallone em vez de fazer uma chamada normal de emergência. Mal conheço Gallone. Confundi extensão com profundidade. Só porque costumávamos andar juntos de vez em quando na universidade, há muito tempo. Mesmo naquela época, ele já era um pouco distante, sempre calmo, sacerdotal.

— Nós o chamamos de Espírito Santo.

— Eu soube Adequa-se a ele. Ele e as pessoas no Ministério... Jamais se importaram com evidências forenses. Só queriam mostrar aos chefes que estavam diretamente no controle e que poderiam conduzir o rumo de investigações. E você pensa que sou um desses manipuladores, mas não sou. Meu tio pode ser, mas não eu. Meu partido não quer um escândalo, a chamada centro-esquerda não quer um escândalo e o governo não quer um escândalo. Portanto, enviaram D'Amico e Gallone para contemporizar. Estou apenas presa no meio de tudo.

— E agora quer a verdade — disse Blume.

— Você ainda não acredita em mim.

— Você telefonou imediatamente para Gallone. Você quis primeiro os contemporizadores, e os especialistas depois. Obteve seu desejo. Incluindo uma cena de crime parcialmente arruinada.

— Cometi um erro. Eu estava em pânico. Você pensa que, caso eu estivesse realmente em pânico, chamaria a polícia no número de emergência, mas fiz o que um político faz: tentei retomar o controle. Telefonei para Gallone, para um amigo na Comissão de Justiça, para o líder do meu partido e para meu tio. Eu queria estar de volta no comando. Mas não ao custo da verdade.

Blume balançou a cabeça, mas parou de repente quando sentiu uma dor lancinante no pescoço e na parte superior da espinha. Ele expirou pesadamente.

— Ainda não acredita em mim? Meu filho estava comigo. Lembra-se disso? Lembra-se de que foi ele quem encontrou o corpo do pai?

— Sim — disse Blume. — Eu lembro. Lamento que ele tenha visto aquilo.

— Lamenta mesmo? Tem alguma ideia de como ele deve se sentir?

— Talvez um pouco — disse Blume, massageando a nuca.

— Você sabe como ele se sente?

Blume tentou encontrar um apoio na mesa para o braço dolorido.

— Bem, ele deve sentir terrivelmente a falta do pai...

— Não. Na verdade, não é como ele está. Ainda não. Você sabe que forma o trauma está tomando? Sabe como ele está vivendo a situação?

— Não — disse Blume. — Não sei.

— Ele acha que o pai ainda sente dor. Não consegue parar de ver os talhos e os cortes. Ele diz que os ferimentos estão machucando o pai. Digo a ele seca e brutalmente que o pai está morto e não pode sentir mais nada, mas Tommaso está convencido de que Arturo, de alguma maneira, ainda sente os cortes da faca. É tão insistente e seguro que, às vezes, eu mesma começo a pensar que possa estar certo. Ele acorda todas as noites e diz para mim: "Papai ainda está sangrando", como se fosse um repórter retornando de algum lugar com fatos inegáveis. Digo a ele que é apenas um sonho. Então, outro dia... Quando foi? Segunda-feira. Segunda à tarde, Tommaso entrou na cozinha de minha mãe... É onde estamos agora, na casa em EUR que você viu... Ele pegou uma faca de carne na gaveta e cortou a palma da mão. O corte foi profundo. Eu não estava em casa e meus pais precisaram levá-lo ao Bambino Gesù. Disseram que não atingiu um tendão por muito pouco. Tommaso disse que queria saber qual seria a sensação de um único corte. Ele disse aos médicos que o pai tinha muitos cortes como aquele, quase como que se vangloriando. Mas quer saber o número exato. Fica perguntando quantas vezes cortaram o pai.

Dezessete, pensou Blume.

O lábio inferior de Sveva tremia. Ela parou para retomar o controle dos músculos faciais.

— A melhor coisa que posso dizer ao meu filho é que o pai está se transformando em pó e que não sangra mais. Minha mãe é religiosa, mas não ajuda porra nenhuma com aqueles corações sagrados que pingam sangue e imagens de Jesus sangrando. Não consigo pensar em mais nada que eu possa dizer a Tommaso. Onde está o conforto? Onde pode ser encontrado?

— Não há conforto — disse Blume.

— Bem, onde está a justiça, então?

— Em nossas mentes — disse Blume. — É o único lugar onde a encontrará.

Ela concordou.

— Tudo que quero que saiba é que se essa tal Innocenzi estiver por trás disso, espero que seja punida. Talvez eu acabe agindo politicamente para ligar meu nome o mínimo possível a isso, mas quero que seja pega. Está claro? Se foi Alleva, muito bem. Melhor, pelo menos para minha imagem, mas não deixe que ela se livre disso.

— Duvido que ela tenha qualquer relação com o crime — disse Blume.

— Então, afinal de contas, foram Alleva e o capanga?

Blume ficou em silêncio.

— Bem, me diga. Preciso de algum tipo de conclusão. Preciso poder dizer algo definitivo ao meu filho um dia, fazer o pai dele parar de sangrar.

— Serei franco com você — disse Blume. — Não existe conclusão. No final, não importa se a pessoa é presa. Ainda estou para conhecer alguém que realmente tenha se sentido melhor ao ver o que se chama de justiça sendo feita. Nem mesmo a vingança funciona.

— Isso é nitidamente mentira — disse Sveva.

— Não fale comigo como se estivéssemos em um debate televisionado — disse Blume. — Sei do que estou falando. Sei que você já viu e ouviu na televisão, nos livros, nos noticiários, todas aquelas pessoas que se regozijam porque a pessoa que matou o filho foi presa ou até mesmo morta. Contudo, depois de alguns meses, tudo volta outra vez, tão ruim quanto no começo. Elas não se sentem melhor. O que é perdido para sempre está perdido para sempre, não importa o que você faça depois. Se o criminoso estiver morto, muitas vezes é até pior. Os sobreviventes não têm mais ninguém para odiar, então começam a odiar a si mesmos.

— Você é um policial e diz que não faz diferença quem é preso. Mas que ótimo.

— Ninguém gosta de ouvir isso — disse Blume. — Muitos tiras sabem disso, mas não podem dizer em voz alta, porque significa que quase tudo que fazemos é muito pouco e tarde demais. A menos que capturemos um criminoso antes do crime. Isso proporciona uma sensação boa. Só faz diferença quando impede que haja outra vítima.

Blume olhou para o telefone sobre a mesa. Ainda nenhum sinal de Paoloni.

— Está esperando um telefonema? — perguntou Sveva.

— Eu estava. Agora, começo a duvidar.

— Tem a ver com meu caso?

Blume hesitou.

— Tem, não é? Apesar de ter sido afastado da investigação, ainda está esperando alguma coisa. O que é?

— Não posso dizer.

— Por que não?

— Você sabe quantos níveis na hierarquia estou pulando ao conversar assim com você? Suponhamos que eu tivesse uma ideia, contasse a você e, depois, você a tentasse impor... Tem alguma ideia de que tipo de confusão isso criaria na minha carreira já comprometida? Você está meio que fora da hierarquia, mas também está acima dela.

— Você tem alguma ideia de quem matou Arturo?

— Sim — disse Blume. — Tenho, mas posso estar errado.

— Não pode me dizer o nome?

— Não.

— E foi afastado do caso.

— Certo.

— E não tenho como colocar você de volta no caso sem que todos pensem que agiu pelas costas deles, o que ferraria sua boa reputação e sua carreira.

— Boa reputação e carreira são inversamente relacionadas. Digamos apenas minha reputação.

— E você defende que não fará a menor diferença para mim quem matou meu marido.

— Não. A longo prazo, não. A dor será a mesma.

— Ainda não estou certa quanto a essa última parte. Talvez esteja falando de alguém específico. Alguém que não se sente melhor por saber.

Blume deu de ombros e descobriu que aquele gesto também doía.

— Ainda assim, apesar de tudo que diz acreditar, ainda tentará pegar o verdadeiro criminoso, não é?

— Sim. E não há nada que você possa fazer para me ajudar — disse ele. — Exceto, talvez, ficar longe de mim, apenas para que não haja nenhum mal-entendido.

Sveva Romagnolo levantou-se e esticou a mão. Blume levantou-se parcialmente e apertou-a.

— Obrigada, comissário — disse ela. — Boa sorte em sua investigação extraoficial.

— Obrigado, senadora — retribuiu Blume.

Ela deixou-o sentado à mesa, perguntando-se se ele acabara de fazer uma promessa. Dez minutos depois, Blume foi pagar a conta e Bettino entregou-lhe 54 euros.

— O que é isso?

— Seu troco. A senhora com quem estava deixou uma nota de cem euros para pagar o almoço. Será que já a vi na televisão?

Quando Blume não respondeu, Bettino disse:

— Não quer o troco? Posso lançar no livro como crédito, se quiser.

— Não tenho uma conta aqui, Bettino.

— Posso abrir uma agora, comissário. Vamos anotar 55 euros, é um número melhor. Certo, agora você tem crédito comigo e está em débito com ela.

29

QUINTA-FEIRA, 2 DE SETEMBRO, 17H

B LUME TELEFONOU E esperou o dia inteiro, mas não teve notícias de Paoloni. Principe estava no tribunal e indisponível para atender telefonemas.

De volta à cozinha de casa, Blume começou a telefonar para as delegacias de Roma, conferindo se um homem chamado Pernazzo fora detido. Começou pela delegacia mais próxima da casa de Pernazzo e continuou traçando uma espiral. Permaneceu dentro dos limites da cidade. Manteve um tom casual. Ninguém ouvira nada.

Depois de passar várias horas fazendo isso, Blume deduziu que as perguntas casuais teriam sido notadas àquela altura, então telefonou para o gabinete de *questura*. Depois de repetir seu número e qualificações para um desconfiado *superintedenti* de atendimento, Blume foi finalmente transferido para um comissário no comando disposto a compartilhar um pouco de informação. Nenhuma das delegacias em toda a Província de Roma reportara uma prisão com aquele nome, ele disse. Não que aquilo necessariamente significasse algo. As informações nem sempre eram atualizadas, como Blume, sem dúvida, sabia.

Ele aguardou ansiosamente. O comissário no comando dera-lhe informações, agora era de se esperar que ele retribuísse.

— Então, em qual investigação está trabalhando, comissário Blume?

Ele tinha uma opção. Poderia dizer a verdade, o que tornaria mais difícil para Gallone e o Ministério ignorarem o ângulo sobre Pernazzo.

Mas citar nomes de suspeitos por aí daquela maneira, telefonando fora da esfera oficial, era algo que poderia virar-se contra ele.

— É uma investigação secreta — disse Blume. Sentia-se como um garoto de 12 anos inventando mentiras.

O interlocutor não se abalou.

— Todas as investigações são secretas, comissário. Tem algo a ver com a esposa daquele político? O caso estava originalmente em seu distrito, não estava?

— Estava — disse Blume.

— Não a esposa, o marido. Foi o marido quem foi assassinado. E você não me corrigiu. Esse Pernazzo está envolvido de algum modo? Ele tem alguma relação com as pessoas que atiraram no policial?

— Não, não. É um caso completamente diferente — disse Blume.

— É mesmo?

— Sim. Confira os relatórios de nosso escritório. Meu nome nem consta mais neles.

— Então, esse tal Pernazzo não tem nenhuma ligação com nada daquilo. Quer dizer que colocaram você em um novo caso?

— Sim.

— Pensei que estivesse de licença. Você foi ferido.

— Nada grave. Estamos completamente carentes de pessoal aqui. Estou apenas fazendo alguns trabalhos leves, sendo útil.

— Seria bom se tivéssemos mais pessoas com esse tipo de ética profissional — disse o comissário no comando.

— Obrigado — disse Blume, e desligou.

O cansaço dominou-o outra vez. Não fazia sentido ir agora para a delegacia, e Paoloni desaparecera. Ele fazia aquilo ocasionalmente, mas sempre avisava a Blume de antemão. Talvez Paoloni estivesse vigiando Pernazzo. Mas Blume duvidava daquilo.

Ele não conseguiu pensar em uma desculpa adequada para telefonar para Kristin, então assistiu a um filme de Hitchcock na televisão e adormeceu diante dela.

SEXTA-FEIRA, 3 DE SETEMBRO, 9H

Desta vez o telefonema que despertou Blume era de Kristin, o que o agradou, apesar de preferir que fosse Paoloni.

Ela queria saber se Blume encontrara Sveva Romagnolo e se achava que poderia haver repercussões políticas.

— Nada grande. Mar tranquilo, pessoas mudando de lugar, redes se fortificando e afrouxando. É apenas para um relatório.

— Se você vier aqui, talvez possamos conversar a respeito — disse Blume, sentindo-se bastante esperto.

— Certo — disse ela. — Agora?

Blume sentiu como se tivesse acabado de perder uma partida de pôquer.

— Na verdade, não tenho nada para lhe contar, Kristin.

— Então talvez mais tarde. Tenho certeza de que tem algo que me possa ser útil.

Kristin desligou antes que ele pudesse decifrar se ela tivera a intenção de ser minimamente ambígua.

O agente na recepção cumprimentou-o com um aceno da cabeça e pareceu um pouco constrangido quando Blume entrou com passos rígidos na delegacia.

— Bem-vindo de volta, comissário.

— Obrigado. Vou para meu escritório, caso alguém esteja me procurando.

Blume chegou ao segundo andar sem encontrar ninguém. Realmente, a carência de pessoal ali era ridícula.

A porta do corredor levava à antecâmara sem janelas, com a mesa e o computador no qual Ferrucci trabalhara, e uma segunda porta dava para o escritório de Blume. Ele foi até a mesa de Ferrucci e ficou de pé atrás da cadeira, olhando para o próprio reflexo escuro no monitor apagado. Depois foi para o escritório e sentou-se atrás da mesa, escutou os sons da delegacia e olhou pela janela para os telhados e a parte posterior da Igreja de Santa Maria sopra Minerva. Ele passou a mão sobre a pátina de poeira. Parecia que haviam se passado anos desde a última vez que estivera ali.

Blume pegou o fone do aparelho sobre a mesa e colocou-o sobre ela enquanto discava o número do centro de Tuscolana. Ele mesmo se conectara com o departamento de TI e chamara Giacomo Rosati, mais uma das muitas pessoas que pareciam estar evitando-o.

— Jack, é Alec. — Blume estremeceu ao usar o nome cafona anglicizado de Rosati. Ele mal conhecia o homem. Era um cara pequeno, parecido com um elfo, com uma barba pontiaguda. Ele esperou um instante, depois acrescentou:

— Blume.

— Comissário, não me pegou em um bom momento. Muito a fazer aqui hoje. Posso telefonar para você mais tarde?

— É só um segundo — disse Blume. — O juiz investigador chegou a entrar em contato com você a respeito de rastrear um endereço de IP?

Rosati pareceu ter dificuldade em lembrar. Afinal, disse:

— Sim, sim. Eu lembro. Era uma pista não oficial.

— Certo. A questão é que eu estava esperando que você me desse um retorno.

Quem aquele cara pensava que era, não telefonando de volta como deveria para depois agir com prepotência? O tipo de anão de TI em quem era mais fácil pisar do que contornar.

— Pensei que deveria informá-lo apenas se o resultado fosse negativo, comissário. Ou seja, se descobríssemos que o número do assinante não estivesse designado a um IP no horário em questão. Mas havia um IP designado, portanto sim, o sujeito estava conectado.

— Compreendo — disse Blume. — Bem, obrigado de todo modo.

Mais tempo desperdiçado. Pernazzo tinha uma espécie de álibi.

— De nada. Uh... — disse Rosati.

Blume ouviu o monossílabo.

— O quê? Queria dizer algo?

— Não. Bem, sim, acho que sim, mas é tão óbvio que não preciso dizer.

— Vamos fingir que eu seja realmente burro — disse Blume.

— Todos sabem disso, mas ter um número de IP relacionado à sua linha não prova nada. Quero dizer, ele poderia simplesmente ter deixado o computador conectado. Às vezes deixo o meu ligado por dias.

— Certo — disse Blume. — Mas o cara diz que estava jogando online. Você conferiu isso?

— Não, não me pediram para conferir quais sites estava visitando, apenas se estava conectado. Quero dizer, bem, você precisa de um juiz para intimar os donos do site que o sujeito estava visitando para conferir se ele estava realmente lá — disse Rosati. — Ou você poderia simplesmente tentar convencer os donos do site a liberarem tranquilamente os IPs de usuários relativos ao horário no qual estiver interessado. Mesmo assim, ainda precisaria do apoio de um juiz.

— O que dificulta as coisas — disse Blume. — Mas digamos que tenhamos checado alguém e ele estivesse online e jogando naquele horário, isso seria um álibi bastante sólido, não seria?

— Definitivamente — disse Rosati. — É claro que poderia ser qualquer um jogando naquele endereço, mas se o IP bater com a linha do assinante, pelo menos saberemos que alguém estava lá naquele horário jogando seja lá qual for o jogo.

— Pôquer — disse Blume. — Obrigado pela ajuda.

— Pôquer?

— Hold 'em Vegas, ou algo parecido — disse Blume. Pernazzo estava começando a ter um bom álibi, caso a informação fosse confirmada. Agora, Blume precisaria de uma intimação para o site, o que significaria procurar Principe outra vez, ou outro juiz. Significaria muita papelada e o resultado final provavelmente fortaleceria o álibi de Pernazzo. Também, haveria uma espécie de registro financeiro se estivesse ganhando ou perdendo.

— Se era o que estava jogando, então ele poderia estar usando um *bot* — disse Rosati.

— Um *bot?*

— Um programa que joga para você. Chama-se *bot*, como em *robot*. *Robot... Bot.* Entende? É como uma abreviação...

— Sim, entendi essa parte. Vamos fingir que deixei de ser burro.

— Sim, certo. Ele simula um jogador real. Você conecta, inicia o programa e depois vai fazer outra coisa. Assim, é possível jogar a noite toda sem ficar acordado. Pode-se jogar em muitas mesas de pôquer, e um programa decente ganhará dos iniciantes e obterá um pequeno lucro. Os cassinos tentam punir usuários que possuem *bots*, mas como eles próprios os utilizam, é impossível imunizar os sistemas.

— Então é possível usar um *bot* que continue jogando sem que a pessoa sequer esteja presente. Onde se pode obter um programa desses?

— É possível comprá-los prontos, não são ilegais nem nada do gênero. Ou você poderia usar programação C++ e construir um por conta própria. Mas seria necessário entender um pouco de computadores para fazer isso. O sujeito tem conhecimento de computadores?

— Sim — disse Blume. — Ele tem.

— Isso é interessante — disse Rosati, que parecia ter se esquecido de que estava ocupado demais para falar. — Usar um *bot* como álibi. Estou certo de que já foi feito, mas jamais me deparei com isso. Seria difícil provar. Estou interessado em saber como isso terminará. Me mantenha informado, por favor?

— É claro — disse Blume. Ele sentiu uma descarga de adrenalina. Estava chegando a algum lugar.

Desligou o telefone e ligou o computador. Durante os quarenta minutos seguintes, investigou o banco de dados de registros públicos, vendo o que conseguiria descobrir sobre Pernazzo. A mãe chamava-se Serena e morrera havia três meses.

Pernazzo tinha uma carteira de motorista, na qual perdera dois pontos, uma carteira de identidade, residência no endereço no qual morava. A renda declarada era pateticamente baixa. O código dele na receita correspondia ao seu nome. Possuía uma breve entrada nos registros do tribunal como resultado da prisão na briga de cachorros. Jamais fora condenado. A certidão de nascimento dele era datada de 1978. A mãe estava registrada como solteira, o nome do pai constava como "não fornecido" e a paternidade como "não reconhecida".

Blume pensou na plaqueta com o nome na porta. Pernazzo e T. Vercetti. Procurou por Vercetti no banco de dados dos registros públicos e ficou surpreso ao obter zero resultados. Conferiu outra vez, digitando com cuidado com a mão boa.

Nenhum resultado encontrado. Zero. Vercetti era um nome inexistente.

Blume tentou "Vercelli" e encontrou 33 entradas para o município de Roma. Mas o nome que vira não fora Vercelli. Tentou Vercetti outra vez e, novamente, não obteve resultados.

Blume desconectou da intranet da polícia e foi para a página inicial do Google. Com o dedo médio, digitou lentamente o nome "Vercetti" na caixa de busca e apertou *enter*. Inclinou-se tão rapidamente para ver o que apareceu no monitor que sentiu uma pontada de dor no pescoço. *Exibindo 1-10 de 765.000 resultados*, dizia a página. O primeiro resultado na lista mostrava o nome Tommy Vercetti. T. Vercetti. O nome que Pernazzo tinha na plaqueta na porta. Blume clicou no link e leu:

Thomas "Tommy" Vercetti (dublado por Ray Liotta) é um personagem fictício na série de videogame Grand Theft Auto. *Ele serve de protagonista, anti-herói e personagem jogável em* Grand Theft Auto*: Vice City, onde emerge como o senhor do crime da própria quadrilha...*

Então não eram apenas elfos e feiticeiros. Pernazzo gostava de jogar outros jogos. Blume leu sobre *Grand Theft Auto*, ou GTA, como todos pareciam se referir ao jogo. No final do artigo, ele teve a sensação de que oderia ser a única pessoa no mundo que jamais ouvira nada a respeito.

A ideia era matar o maior número possível de pessoas e ascender no submundo do crime.

Blume desligou o computador. Mesmo que não pudesse pedir a ninguém ou não conseguisse que um juiz investigador lhe desse um mandado, Blume retornaria à casa de Pernazzo. Mas, quando se levantou, a porta do escritório foi aberta e D'Amico entrou.

30

Uma semana totalmente à frente das relações públicas em torno do caso estagnado de Clemente deixara D'Amico mais elegante do que nunca. A brancura da camisa de punho francês despontando sob o cinza cintilante de um paletó bem-cortado de botões altos com lapelas pontudas era, francamente, um triunfo. De repente, Blume sentiu que tudo que possuía era sujo e velho. Ele sentou-se novamente.

— Aí está você! — disse D'Amico com a voz de um adulto que brinca de esconde-esconde com uma criança. Ele atravessou a sala até ficar atrás de onde Blume estava sentado e cruzou os braços sobre a cadeira giratória, de modo que ficou olhando para o topo da cabeça do comissário.

— Maria Grazia é a juíza investigadora responsável pelo caso Clemente-Ferrucci. Estamos lidando com ele como uma coisa só agora. — disse D'Amico olhando para a parte posterior da cabeça de Blume.

Blume começou a virar-se para D'Amico, mas seu pescoço doeu.

— Saia daí. Está me deixando nervoso aí atrás.

D'Amico contornou a mesa e sentou-se na cadeira diante de Blume.

— Você também está deixando as pessoas nervosas, Alec.

— Estou?

— Você entra aqui em estado de risco, começa a trabalhar novamente no caso do qual não participa mais. Isso faz com que as pessoas que carecem de seu comprometimento pareçam mal. Apenas digo a elas que é sua ética de trabalho americana. Mas então você vai e dá a elas um motivo real para que fiquem nervosas ao encontrar Sveva Romagnolo. Além disso, pareceu um encontro secreto.

— Você estava observando?

— É claro que não. Ainda sou seu antigo parceiro, Alec. Não espiono. Mas ela estava sendo vigiada.

— Vigiada ou apenas observada?

D'Amico fez um gesto com as mãos como se soltasse um pássaro invisível no ar.

— Dá no mesmo. Não sei. É verdade, não sei. Nem mesmo acho que eram policiais. Espiões domésticos, provavelmente. Agentes da SISDE enviados pelo tio. O ministro de rosto laranja na Forza Italia. Mesmo sobrenome.

— Sei de quem está falando. Mas, de alguma maneira, os caras da SISDE reportaram-se a você.

— Não. Foram apenas coisas que ouvi. Eu realmente tinha algumas dúvidas a respeito do encontro de vocês. Agora não tenho. Essa investigação não está fazendo nenhum bem à sua carreira, Alec. Deixe para lá. Você costumava saber quando não deveria se intrometer.

— Preciso apenas pegar uma única pessoa, depois caio fora. Você pode lidar com isso da maneira que quiser, dar o crédito a quem quiser — disse Blume.

— Por que se importa tanto, Alec? Você tinha ideias bastante cínicas em relação à justiça quando éramos parceiros. Foi um dos motivos pelos quais abandonei a brigada móvel.

— O suspeito que tenho em mente... Acho que esse cara matará de novo — disse Blume. — Eu deveria tê-lo detido no instante em que bati os olhos nele.

— Por que não fez isso? Teria sido mais fácil do que agora.

— Não sei. Eu não tinha provas suficientes. Estava sozinho. Tinham me dito para ir atrás de Alleva, em vez de fazer isso.

E, ele pensou, iria a um encontro com a primeira mulher depois de 18 meses, e não estava pensando direito.

— Ah — disse D'Amico. — Isso não é bom. Bem, suponho que precisaremos descobrir uma maneira de pegar esse cara. Você tem provas agora?

— Não propriamente. Mas as impressões digitais, o DNA, tudo será igual.

D'Amico franziu a testa.

— Precisamos falar com os juízes para conseguirmos isso.

— Eu sei. Nesse meio-tempo, mandei Paoloni atrás do cara.

— Paoloni está de licença. Foi o que o Espírito Santo me disse. Quando enviou Paoloni?

Blume fez uma pausa como se estivesse pensando. De repente, percebeu que D'Amico nem se dera ao trabalho de perguntar o nome de Pernazzo.

— Há pouco tempo.

— Paoloni já lhe deu algum retorno?

— Sim — disse Blume. Ele também sabia jogar o jogo da desinformação.

— Verdade? Isso é bom, porque Paoloni parece ter sumido de vista. O Espírito Santo tem evocado o retorno seguro dele para a congregação. Ele tirou a licença e depois desapareceu. Estou feliz que estejam em contato. Onde ele está?

— Não tenho ideia — disse Blume.

— Bem, ele encontrou o cara... Qual é o nome dele, diga-se de passagem?

— Vercetti.

— Paoloni conseguiu encontrá-lo?

— Sim — disse Blume. Até onde sabia, talvez Paoloni o tivesse encontrado.

— Novamente sem efetuar a prisão? Parece-me que pegar o suspeito pode ser mais difícil do que você supôs. Você precisa de um juiz para dirigir os inquéritos, Alec.

— Eu sei.

— E não conseguirá um se for algo ligado ao caso Clemente. Portanto, é melhor desistir completamente, ou deixar aos meus cuidados. Verei o que posso fazer. Me entregue a evidência e garantirei que será encaminhada para as pessoas certas. Também peça a Paoloni para entrar em contato comigo, certo? Organizaremos algo.

— Certo. Enviarei a evidência hoje à noite.

— Ótimo. — D'Amico levantou-se. — Você deveria descansar, Alec, e não vir aqui em busca de trabalho.

— Qual o sentido de ficar em casa, diabos?

— Você precisa de uma família, Alec. Todos têm algum tipo de família. Você jamais visitou a minha quando éramos parceiros. Até Paoloni tem um filho.

A porta abriu e o *vicequestore* Gallone apareceu, segurando um fichário amarelo. Ele não cumprimentou Blume, simplesmente fechou os olhos e assentiu delicadamente com a cabeça, como se recebesse uma confissão, e disse "sim, sim" em resposta a uma pergunta que ninguém fizera. Então, com um ar de homem ansioso para não molhar os sapatos em uma poça suja, entrou na sala, esticou o braço, colocou o arquivo sobre a mesa de Blume e anunciou:

— Incidente de violência no trânsito. Um homem de família chamado Enrico Brocca, morto a tiros diante de uma pizzaria depois de uma discussão sobre um pequeno acidente de carro. Vejo que está muito ansioso por não deixar suas excelentes habilidades policiais enferrujarem e posso designar os dois homens que coloquei no caso para outras tarefas e entregá-lo a você. Quando precisar de homens para progredir com a investigação, deverá me procurar com a papelada preenchida.

Ele virou-se para D'Amico.

— Bom dia, comissário.

D'Amico alisou uma sobrancelha com o polegar.

— Bom dia, *vicequestore* — respondeu ele.

Olhando para os dois lado a lado, Blume pensou em um alfaiate velho dando atenção exagerada a um modelo. Virando-se para Gallone, disse:

— Esse caso de violência no trânsito. Quem é o juiz responsável?

— Seu amigo Principe — disse Gallone. — Você passará o resto do dia lendo os relatórios. Não há testemunhas no caso. Ainda estamos procurando. Talvez você possa encontrar algumas testemunhas para nós. Contate o juiz, informe a ele que está no comando e aguarde instruções. Imagino que ele vai querer que você saia amanhã e entreviste a esposa do homem assassinado.

Blume abriu o arquivo, sem querer olhar para nenhum dos dois.

— Certo — disse.

Gallone olhou para o relógio.

— Então vou telefonar para o gabinete do promotor público e informar que o caso foi designado a um detetive, certo?

Ele saiu sem aguardar uma resposta. D'Amico ficou.

— O quê? — perguntou Blume. — O que você quer?

— Nada. Não tenho mais nenhuma razão para estar neste *commissariato*. Vou voltar para meu escritório no Ministério.

— Até logo, então — disse Blume, abrindo a pasta e começando a ler. Não levantou os olhos quando ouviu a porta fechar.

O relatório era um exercício de minimalismo. Os essenciais básicos de hora e local, uma conjectura balística, o nome da testemunha. Havia uma pizzaria lotada, grupos de pessoas na rua e, ainda assim, somente uma testemunha, uma jovem. Multidões são feitas exclusivamente de covardes.

Não houve um acompanhamento real. Blume olhou para o desenho que a polícia fizera do atirador. Parecia feito por um artista abstrato. A imagem não ajudava em absolutamente nada. Era possível projetar quase qualquer rosto no esboço praticamente em branco. O queixo afilava-se um pouco, talvez indicando um rosto magro. Os olhos eram pequenos, assim como o nariz, como se o desenhista não quisesse se comprometer com afirmações grandiosas. A boca era pequena e parecia desenhada para parecer levemente franzida, ou então para indicar a presença de pelos incipientes no lábio superior. De forma alguma estava claro. As notas anexadas explicavam que os filhos e a viúva não foram capazes de descrever o assassino com o mínimo de detalhe. Tinham desviado os olhos. Mas o relatório também dizia que tiveram duas oportunidades de ver o assassino. Certamente poderiam ter feito um trabalho melhor do que aquele.

O telefone celular tocou e o nome de Paoloni surgiu no visor.

— Beppe. Onde diabos esteve? — perguntou Blume. Ele foi até a porta do escritório, conferiu se não havia ninguém por perto e voltou enquanto Paoloni dava uma de suas respostas tipicamente lacônicas.

— Negócios inacabados. Depois, precisei sumir um pouco. Conto a você quando nos encontrarmos.

— E quanto a Pernazzo?

O segundo de silêncio que seguiu a pergunta foi o bastante para Blume perceber que Paoloni não o investigara.

— Consegui uma pista mais importante. Estava investigando. Mas não deu em nada.

— Eu disse para pegar Pernazzo — disse Blume. — Você garantiu que o faria. Você ainda é a mesma pessoa que estava batendo no peito e culpando a si próprio pela morte de um colega, ou está de volta à sua personalidade truculenta?

— Sou definitivamente a pessoa que se importa com a morte do colega mais do que com qualquer outra coisa — disse Paoloni. — Foi por isso que não atribuí grande prioridade a Pernazzo.

— Você me procurou e pediu ajuda, dei-lhe algo para fazer e você não fez. E que história é essa de licença?

— Fui ferido, lembra-se? Assim como você.

— Ainda está de licença?

— O prognóstico foi de 15 dias. O primeiro foi ontem. Se quiser, posso pegar agora seu suspeito.

— Você está de licença. Não enviarei um tira de folga para a casa de um suspeito.

— Não precisa ser de acordo com as regras — disse Paoloni.

— Tampouco precisa ser absolutamente contra todas as regras que existem — disse Blume. — Que história é essa de licença por doença, o telefone desligado e, agora, esta atitude?

— Preciso de um tempo, Alè. Simplesmente preciso me afastar por duas semanas deste mundo de assassinos, policiais e assassinos de policiais. Sinto muito se não fiz o que pediu.

— O que ordenei — corrigiu Blume. Mas não fora uma ordem, pois ele não tinha autoridade para ordenar a prisão de um suspeito daquela maneira. Paoloni estava certo; havia sido um pedido, o que tornava sua recusa a atendê-lo ainda pior.

— Ainda estamos bem? — perguntou Paoloni. Ele parecia mais resignado do que esperançoso.

— Não sei — disse Blume. — Volte à ativa. Abra mão da licença por doença e reporte-se diretamente a mim. Em caráter oficial. Demonstre contrição quando a gente se vir de novo.

Blume desligou. Paoloni soara diferente. Mais seco, menos zombeteiro, menos explosivo do que de costume. Alguma coisa estava acontecendo.

Blume olhou para a foto do homem assassinado. Morto por causa de uma vaga, segundo o relatório. Jesus Cristo. Ele colocou a fotografia de lado, ligou para o tribunal e pediu para falar com Principe.

— Vejo que fomos descartados com um incidente de violência no trânsito — começou ele.

— O que quer dizer com "descartados"? — perguntou Principe. — Este é um entre muitos casos importantes nos quais estou trabalhando, agora que o caso Clemente está em mãos mais capazes.

— E você quer que eu o investigue?

— Não é chamativo o bastante para você, comissário?

— Que tom é esse, Filippo?

— Que tom? É só que, às vezes, fico de saco cheio do modo como alguns casos são tratados com um tapete vermelho e outros são chutados para a grama alta. Esse homem era um pai de família, foi assassinado na frente dos filhos no aniversário da esposa. Você não acha que é digno de sua atenção?

Blume hesitou, incerto quanto ao que achar da atitude de Principe.

— É claro que acho — disse.

— Quero que se concentre nesse caso, e somente nele. Entendido?

Blume estava perplexo. Primeiro, Paoloni ficando quieto e, agora, Principe vociferando daquela maneira. Principe prosseguiu:

— Porque é o único que receberá, comissário. Esqueça o caso Clemente.

Blume começou a suspeitar que Principe estivesse falando diante de uma plateia. O tom dele era retórico demais.

— Você leu o relatório, comissário?

Chamá-lo três vezes de comissário daquela maneira era uma espécie de código. Principe não estava sozinho no escritório. Poderiam até mesmo estar conversando em viva voz.

— Sim — disse Blume. — Não há muita coisa. Um agressor desconhecido, possível relação com uma briga por causa de uma vaga. Sem testemunhas.

— Vá em frente, então — disse Principe.

Blume desligou o telefone e esfregou a orelha como se um pequeno verme branco tivesse se arrastado pela linha e entrado em sua cabeça, depois deixou o escritório perguntando-se que diabos acontecera com o juiz investigador. Mesmo com uma plateia apreciativa, havia algo maníaco demais no tom do juiz. Um caso de violência no trânsito. Que missão patética.

31

SÁBADO, 4 DE SETEMBRO, 11H

GIULIA ESTAVA SENTADA no meio da cama. Blume sentia-se enorme no quarto da criança.

Ele passara o resto do dia anterior lendo o relatório e conversando com os dois policiais que o assinaram. O envolvimento da equipe forense fora mínimo. Até Principe, que soara tão pomposo ao telefone, parecia ter perdido o interesse. Na noite anterior, Blume marcara uma entrevista com a viúva da vítima e, agora, encontrava-se conversando com a filha em vez de com ela.

No andar de baixo, uma policial, inspetora Mattiola, recém-chegada ao departamento, estava fazendo o melhor possível de acordo com seu posto para convencer a mulher a dizer algo. Blume também a trouxera para conversar com a criança, mas logo percebeu que era impossível obter da mãe qualquer coisa que fizesse sentido. Assim, deixou-a com a nova policial. Ele deduziu que ela precisava aprender da maneira mais difícil como a maioria dos entrevistados, na verdade, não ajudava em nada.

Com a criança, contudo, foi diferente.

— Você não prefere ir para o andar de baixo, Giulia? — perguntou Blume a ela.

A menina balançou a cabeça.

— Certo.

O quarto tinha uma poltrona, coberta de roupas da menina. Blume ficou de pé tentando decidir o que fazer.

— Pode colocar as roupas no chão — disse ela.

Sem ver alternativa, Blume usou o braço bom para pegar uma pilha de jeans, calcinhas, pequenos sutiãs e camisas e colocou as roupas cuidadosamente no chão ao lado da poltrona, depois sentou-se.

— Vou me mudar em breve para a sala de estudos dele — disse Giulia. — Há alguns meses, ele me prometeu que se eu começasse a ajudar um pouco nas tarefas de casa, ele transformava a sala de estudos num quarto para mim. Até comprou um computador portátil e começou a trabalhar na cozinha para se acostumar com a ideia. Agora vou ficar com o quarto dele.

Blume fingiu examinar o quarto com os olhos. Finalmente, precisou voltá-los novamente para a pequena adulta sentada de pernas cruzadas em uma cama de criança.

— Giacomo podia ficar com este quarto — prosseguiu Giulia. — É maior do que o dele, mas ele não quer mudar. É igual à minha mãe.

— Sinto muito — disse Blume.

Giulia lançou um olhar cético na direção dele.

— Vocês não parecem fazer muita coisa. Esta é, bem, a terceira visita.

— Esta é diferente.

— Quer dizer que vai pegar quem quer que tenha sido?

Blume desejou não ter falado.

— Não posso dizer isso.

— Então, na verdade, não é um tipo diferente de visita, não é?

— Não.

Giulia puxou um travesseiro que estava na cabeceira e ajeitou-o atrás das costas.

— Pelo menos você parece triste. Os outros pareciam não se importar. Tanto que trataram minha mãe como se tivesse sido ela.

— É o jeito da polícia.

Giulia deu de ombros.

— Não é de espantar que ninguém goste muito da polícia.

— Quantos anos você tem?

— Doze. O que aconteceu com seu braço... E seu nariz?

— Bati com um carro. Está apenas estirado, não quebrado. Não há nada de errado com meu nariz.

— Se você diz...

Blume ergueu a mão escondeu o nariz atrás dela.

— Quando eu tinha 17 anos, perdi meus pais. Foram mortos em um assalto a banco.

— Isso é triste. Você prendeu a pessoa que fez isso?

— Eu não era policial na época.

— Outros policiais prenderam?

— Não.

— Então ele ainda está solto?

— Não, ele morreu.

— Como sabe que ele morreu se não o prendeu?

— Alguém me contou depois.

— Alguém da polícia?

— Não tenho certeza. Suponho que sim. Mas o que quero dizer é que na época, e na verdade não foi há tanto tempo assim, os policiais que conheci me ajudaram.

— Talvez a polícia fosse melhor na sua época.

— Tentarei ajudar — disse Blume.

Ele poderia ter interpretado mal Principe, mas Principe escolhera Blume a dedo ao colocá-lo naquele caso. Depois de cinco minutos de entrevista, ele entregara a própria alma à garota, cuja mãe repentinamente enviuvada estava sentada muda, desamparada e fechada no andar de baixo.

O passeio para a pizzaria, Giulia contou a Blume, era para comemorar o quadragésimo aniversário da mãe. O pai, que era dois anos mais novo, ficou provocando a mãe dizendo que estava velha. Giulia percebeu que a mãe, na verdade, não gostava que o pai contasse piadas, assim como ele não apreciava ser chamado de "Senhor Liso" em referência a sua calvície. A mãe dissera algo a respeito de como só tinham dinheiro para comer pizza e o pai parecera magoado.

— Ela fazia muito isso — disse Giulia.

— Eles discutiam muito?

— Na verdade, não — disse ela. — Mas agora minha mãe se arrepende por causa de todas as coisas que disse. Ela fica mencionando essas coisas.

— Conte-me mais sobre aquela noite — disse Blume.

Estavam indo para uma pizzaria. Giulia não sabia o endereço, mas ficava perto de um hospital. Blume conhecia o lugar. Ele conferira o endereço nos arquivos e dirigira lentamente pelo local do assassinato antes de seguir para a casa.

Naquela noite, disse Giulia, saíram de casa justamente quando houve uma grande trovoada e, quando chegaram ao carro, estacionado a cinco minutos a pé porque nunca havia vagas na rua, estava chovendo muito e todos estavam encharcados.

A pizzaria tinha um estacionamento, mas estava lotado. Aquilo gerou outro tipo de discussão, se o pai deveria deixá-los na porta da pizzaria ou não. Ele não queria dar nenhum dinheiro aos guardadores de carros que trabalhavam para uma quadrilha, a mãe disse que ele estava se afastando demais do restaurante. Ela disse que ficariam encharcados novamente, apesar de a chuva ter diminuído.

De repente, o pai freou e encostou o carro porque vira uma vaga, mas no outro lado da pista. O trânsito demorou muito para possibilitar a manobra. Finalmente, com um grito ágil para que Giulia conferisse pela janela lateral, o pai fez um retorno rápido. A rua era larga o bastante apenas para acomodar o contorno da curva do pequeno carro. Acelerando um pouco, o pai de Giulia endireitou-se e virou no sentido contrário. O estacionamento em ângulo fechado tornava a vaga invisível daquele lado da rua, e já estavam praticamente diante dela quando a viram novamente.

— Ha! — gritou o pai, afastando um pouco o carro para obter um ângulo melhor para estacionar e parando.

O ruído agudo, o zunido de pneus que não aderiam muito bem ao asfalto molhado, o barulho repentino da buzina atrás deles e a luz cheia de água dos faróis que se aproximava através da janela traseira e enchia o carro com uma claridade azulada fizeram Giulia pensar que iria morrer, de modo que, quando o impacto traseiro realmente ocorreu, ela não pôde acreditar no quanto fora suave. Houve apenas uma leve batida que a empurrou delicadamente para a frente no assento e o som das lanternas do carro estilhaçando.

Externamente, o pai permaneceu calmo. Ela sabia que estava fingindo, mas ele prosseguiu com a manobra e parou o carro na vaga.

As rodas do veículo atrás pareciam estar à mesma altura das maçanetas do carro da família. Enquanto Giulia, o irmão e a mãe desembarcavam, a menina viu o motorista do outro carro abrir a porta e simplesmente saltar para a rua, sem nem mesmo olhar, apesar de estar praticamente no meio da pista. O pai jamais permitia que saltassem do carro no lado do trânsito. O homem teve sorte que ninguém vinha por trás. Além disso, deixou a porta do motorista escancarada, bloqueando toda a faixa.

A porta do carona abriu-se e outro homem, muito menor, saltou no lado seguro, cobrindo a cabeça por causa da chuva.

O pai havia se curvado e estava olhando, ela imaginou, para as lanternas quebradas, balançando a cabeça. A mãe chamou-o, meio que para avisá-lo e meio que implorando. Ela temia que houvesse uma briga. Giulia lembrava-se do pai ter dito: "Estamos na direita. Ele nos acertou por trás."

Giulia observou os dois homens. Eles não avançaram para olhar para o carro da família, tampouco se importaram em olhar o próprio carro. Simplesmente ficaram ali diante da luz dos próprios faróis. Quando o pai aproximou-se deles, o homem grande inclinou-se um pouco e olhou para a lateral de seu carro.

Eles assustaram Giulia. Também assustaram a mãe. Giulia pôde sentir isso pela maneira como a mãe puxou-a para a calçada e empurrou-a junto com o irmão na direção das janelas iluminadas, das mesas lotadas e dos sons altos e alegres da pizzaria. Ela olhou para trás e viu o pai de pé diante do homem grande, que abriu as mãos no que ela pensou que fosse um gesto conciliatório. E tudo parecia bem porque, dez minutos depois, o pai, tenso porém sorrindo, estava sentado ao lado dela, ajudando-a a escolher uma pizza.

Ela pediu uma Coca-Cola *Diet* não porque queria tomar uma, mas porque sabia que ele reprovava bebidas com muito açúcar e daria uma de suas pequenas palestras sobre como as multinacionais tinham as crianças como alvo. E, quando terminasse, permitiria que Giulia tomasse um refrigerante, riria da própria fraqueza e não se sentiria tão mal.

A mãe disse que ele tinha errado em não ter chamado a polícia. Ela disse que os dois homens provavelmente furariam os pneus do carro. O pai bebeu quatro copos grandes de cerveja. Geralmente não bebia tanta cerveja, mas a mãe não pareceu se importar naquela noite.

— Apenas lembre-se de que sou eu quem vai dirigir.

Deixaram a pizzaria cerca de uma hora depois, talvez antes. Houve uma pequena cena quando o pai pagou a refeição com seu cartão Bancomat. A mãe perguntou se ele não teria dinheiro, e ele disse que o deixara em casa. Quando saíram, Giacomo balançava como um macaco pendurado na mão direita da mãe e, excepcionalmente, os pais estavam de braços dados. Giulia foi segurar o braço esquerdo do pai, mas percebeu que a calçada não era larga o bastante e que se chocaria com as pessoas que viessem na direção contrária.

Portanto, ela estava três passos atrás deles quando viu o pai e a mãe pararem e soltarem os braços. A mãe começou lenta e delicadamente a empurrar o rosto de Giacomo para o lado com a palma da mão livre, como se já tivesse ocorrido algo que ele jamais devesse ver. Em seguida, o pai deu um passo à frente sozinho e Giulia viu novamente os dois homens. O grandão tinha uma marca azul no pescoço. O menor estava com o braço esticado. Na extremidade do braço esticado, segurava uma arma com cano cinzento do tipo que Giulia só vira, ou pensara que vira, na caixa de brinquedos do irmão.

O homem grande parecia surpreso. Ela se lembrava disso. Depois, o pequeno atirou em seu pai.

— Que tipo de marca no pescoço? — perguntou Blume, principalmente para distrair a mente dela das imagens que estava reproduzindo.

— Como três triângulos apontando uns para os outros. Azuis, da mesma cor das veias — disse Giulia.

— Um homem muito grande?

— Maior até mesmo do que você — disse Giulia.

— A polícia não fez um retrato falado dele?

— Não pediram. Demorou tanto tempo para terminar o do homem que atirou no meu pai... E não pareceram gostar do resultado.

— Não estou muito satisfeito com eles.

— Eles estão certos, mais ou menos — disse Giulia. — Não consegui descrever o homem direito. É difícil lembrar dele. Era pequeno e horrível e eu o vejo nos meus sonhos, mas não consigo ver o rosto. É como se estivesse borrado. Como se a chuva tivesse removido o rosto dele.

— Feche os olhos. Escute somente a minha voz. Sei que é um lugar horrível para você ir, mas sei que você vai lá de qualquer maneira, e sei que fica revivendo o que aconteceu. Só que, desta vez, estou acompanhando você. Talvez isso possa ajudar um pouco. Agora também posso ver tudo que você vê em sua mente. Como se estivéssemos juntos lá. Relaxe um pouco os ombros, assim. Agora, não se preocupe com o rosto. Apenas me conte outros detalhes. Consegue ver os pés dele, por exemplo?

Passou-se um minuto, o qual Blume usou para fazê-la relaxar os braços as pernas e as mãos. Finalmente, ela disse:

— Não.

— Tudo bem — disse Blume. — Consigo vê-los. Pés feios. Agora, pense nos braços dele. Especialmente no braço que ele usou para matar seu pai

— Estou vendo — disse ela. — É magro. Mais parecido com meu braço do que com o seu. Espere, ele também usava um pulseira. De prata com uma corrente.

— A manga era de que cor?

— Branca.

— Uma camisa?

— Não, um agasalho esportivo. Por baixo, usava uma camisa com gola em V e nada sob ela.

— Suba um pouco. E o queixo dele?

— Fino. Boca pequena. Não, também é um pouco larga. Ele sorriu depois.

— Havia pelos no rosto, um cavanhaque, uma barba, um bigode, costeletas?

— Não me lembro. Vejo a boca com um pequeno bigode, e também vejo sem. As duas coisas parecem certas.

— Qual era a cor do cabelo dele?

— Não me lembro. Não era escuro nem louro. Castanho-claro. A pele dele era branca. Tão branca quanto o agasalho.

— A cruz azul... — disse Blume.

— Não, ela estava no outro homem, o grandão.

— Sim, eu sei. É só que... Deixe para lá. Eles tocaram no carro?

— Acho que não. Mamãe nos levou embora rapidamente. Depois, estavam esperando fora do restaurante. A polícia levou o carro. Não sei onde está, e minha mãe não parece interessada em descobrir. Mas vamos precisar dele de volta semana que vem, quando começarem as aulas.

Nada de útil fora encontrado no carro. Blume havia lido o relatório. Sendo assim, por que não o devolveram? Algum burocrata devia estar dificultando a entrega.

Blume desprendeu Giulia da memória e contou a ela um pouco de uma lembrança que tinha de si próprio, arrastando-se em uma longa praia cinzenta no Pacífico. Uma memória de quando tinha 3 anos, o que diziam ser impossível, mas ele a tinha mesmo assim. Giulia parecia se lembrar de um dia que passara na Villa Borghese, quando não poderia ter mais de 3 anos. O pai empurrara-a desde casa no carrinho. Horas de caminhada. Ele trouxera massa em uma embalagem térmica, eles comeram enquanto observaram alguns cavalos. Ela estava quase dormindo quando Blume saiu furtivamente do quarto.

Ele deixou a casa tomado de raiva pelo que ocorrera, e com raiva da maneira como a própria polícia tratara a família. A policial seguiu humildemente atrás dele. Ela não conseguira obter nada da mãe. Portanto, agora tinham duas entrevistas de acompanhamento e nenhum relatório sobre o andamento, mesmo que apenas para dizer que não houvera nenhum progresso e jamais haveria.

— Este é um de seus casos sem esperança, comissário?

Blume olhou para ela. Jovem, desalinhada e um pouco triste no uniforme. Antes, trabalhara no departamento de imigração. Ele sabia que ela pedira para ser transferida.

— Todos os casos de homicídio são sem esperança — disse ele.

— Eu quis dizer quanto à solução.

Ele ficou surpreso por ela ter tido a audácia de retrucar.

— Inspetora...

— Mattiola — informou ela.

— Eu sabia. Escute, faremos o máximo que pudermos. Você não viu como era a garota. Uma força vital. Está mantendo a família unida.

Ele asseguraria que os técnicos fariam o trabalho deles apropriadamente. Solicitaria recursos. Poderia até procurar a imprensa. Mostraria a Principe uma ou duas coisas a respeito de se importar com pessoas comuns. Dedicaria todo seu esforço para solucionar aquele caso de violência no trânsito. Ele devia aquilo à criança.

O telefone de Blume tocou e ele acenou para que a inspetora se afastasse, mandando-a escrever um relatório sobre a não entrevista. O telefonema era de Sveva Romagnolo.

— Alô. Comissário Blume? — Ela parecia nervosa. — Eu não ficaria surpresa se alguém estivesse escutando esta conversa, mas não temos nada a esconder, não é verdade?

— Considerando que não temos nada, sim, concordo — retrucou ele.

— Fui informada de que estou sendo seguida. Para minha própria segurança.

— Foi o que ouvi. Mas não tenho nada a ver com isso. Eu adoraria ter recursos para fazer essas coisas — disse Blume.

— Sei que não são seus homens. Seria melhor que fossem. Gostaria que soubesse que, há menos de uma hora, recebi o telefonema mais vil e abusivo que você possa imaginar.

Blume, esquecendo-se de que estava com o braço engessado, tentou instintivamente levar o dedo até o outro ouvido para bloquear os sons da rua.

— Quem? — perguntou, procurando um lugar silencioso.

— Fui chamada de cachorra, puta, vadia... Lésbica, também. Disseram que eu merecia ter morrido no lugar de meu marido. Que eu ia morrer, que precisava tomar cuidado.

Blume encostou-se a uma parede para ouvir melhor.

— Foi uma mulher que disse essas coisas, não foi?

— Então você sabe quem era. Ela disse que sabia quem matou Arturo. Disse que mandaria castrá-los. Disse que tinha um policial no bolso e usou seu nome.

— Ela chegou a dizer realmente quem era?

— Não. Não compreendi durante o primeiro minuto, mais ou menos, depois ficou óbvio. Ela foi direto ao assunto. Disse que Di Tivoli era um homem morto por insultá-la daquela maneira. Depois, quando perguntei se era Manuela Innocenzi, ela começou outra vez. Não use meu nome, cachorra. Meu nome em seus lábios de chupadora de pica... Esse tipo de coisa. Então, sabe de uma coisa? Estou feliz que os idiotas do SISDE estejam supostamente me observando, e também espero que estejam gravando esta conversa. Manuela Innocenzi, repetirei o nome para o caso de ser perdido na transmissão. Alguém precisa fazê-la parar.

— Não creio que ela realmente vá fazer algo — disse Blume. — Não contra você. Não é assim que funciona.

— O pai dela é... — começou Sveva. Blume percebeu o medo na voz dela.

— Organizado. O pai dela é organizado. Cuidadoso, discreto. Você não está em perigo. Ela não o convencerá a fazer nada assim.

— Tem certeza?

— Sim — disse Blume. Ele esperava estar certo.

— Será que você poderia conversar com ela?
— Bem...
— Quero dizer, o mais rápido que puder. Ou seja, agora mesmo. Já é difícil demais. Você precisa afastá-la de mim. É tudo que me importa agora.
— Certo — disse Blume. — Cuidarei disso.
— Obrigada — disse Sveva. — Não me esquecerei disso.

Quando Blume chegou ao carro, um Alfa Romeo, a inspetora Mattiola estava lá, de pé.
— Pensei que eu tinha mandado você voltar... Ah, certo, viemos no mesmo carro.

Blume até tinha permitido que ela dirigisse, mas tirou o braço da tipoia e disse:
— Posso me virar sozinho. Chame um carro para vir pegar você.

A inspetora Mattiola concordou com lentidão, como se, finalmente, tivesse entendido algo. Ela tinha traços bonitos. E era tranquila, o que era bom.

Blume sentou-se no assento do motorista, ligou o motor, estremeceu ao usar o braço machucado para virar o volante e partiu, deixando Mattiola de pé no meio-fio.

32

SÁBADO, 4 DE SETEMBRO, 15H

MANUELA INNOCENZI DEIXOU Blume subir assim que ele se identificou pelo interfone. Quando o comissário entrou no apartamento, ela estava esticando o cabelo com as duas mãos. Ela largou o cabelo e, enquanto ele caía em madeixas até os ombros, disse:

— Olá, Alex.

— Alec — corrigiu Blume.

— Prefiro Alex — disse ela.

— A quem? — perguntou Blume.

Ele entrou na sala de estar e olhou ao redor para se assegurar de que estavam a sós antes de se acomodar entre as grandes almofadas da poltrona Roche Bobois favorita de Manuela, ao lado de seu segundo cão favorito, um golden retriever chamado Mischa.

Ela convidou Blume a dizer olá para Mischa, mas ele recusou.

— O que aconteceu com seu braço e seu nariz? Deve ter sido o acidente — disse Manuela.

— Meu nariz está bem — disse Blume. — Que diabos foi essa história de telefonar para Sveva Romagnolo? Você acha que pode se safar de ameaçar pessoas dessa maneira?

— Sim. E também cumprimos as ameaças. É de onde vem o poder delas.

— Ela é uma senadora da República. Provavelmente estão monitorando os telefonemas dela. Não se deixe enganar pelo partido a que ela pertence.

Caso seja necessário, ela pode usar mais recursos do que você. Especialmente considerando que você não é nada mais do que a filha mimada de seu pai. Portanto, pode esquecer essa merda de "nós" e "nosso poder".

— Ela é uma vadia. E uma covarde. Eu apenas a assustei. E acho que não dormirá bem à noite.

— Ela já não dorme muito bem, visto que o filho tem pesadelos por causa do pai.

— Ela jamais cuidou da criança. Era Arturo quem fazia isso.

— Bem, está cuidando dele agora. Deixe-me perguntar uma coisa: sente-se bem com o que acaba de fazer? Quero dizer, deixando de lado o fato de que comprometeu a posição de seu pai, fez ameaças a um membro do Parlamento e revelou a vagabunda feia e agressiva que realmente é... Sente-se bem agora?

— Sim, eu me sinto. Fora pelo pequeno Tommaso. Eu não estava pensando nele. De todo modo, fiz você vir aqui, não fiz?

— Você e Clemente juntos... — disse Blume. — Simplesmente não consigo ver isso. Pesquisei sobre ele. Vi a casa dele, a esposa bela e bem-sucedida, com um gosto peculiar para roupas. Clemente era um cara bom: educado, polido, importava-se com as pessoas e com os animais. Você... vejo-a como sendo mais adequada a chefões sem importância, atiradores, agiotas, especuladores do ramo de construção, traficantes, ao tipo de homem cujas mulheres também usam botox, água oxigenada, fazem aulas de ginástica e tomam purgantes para manter a aparência que jamais tiveram, para início de conversa. Pessoas como você. Sabe do que estou falando?

Manuela estava concentrada em acariciar o cachorro, repetindo tranquilamente o nome dele, não mais olhando para Blume. Até que, com os olhos ainda no animal, ela disse:

— Sou a verdadeira viúva neste caso. E você sabe disso. Aquela puta estará casada em menos de um ano com um político rico ou algo do gênero. E você é um safado, frio. Aposto que não tem ninguém esperando por você em casa. E, caso tenha, eu não gostaria de ser ela.

— Eu também não gostaria que você fosse ela — disse Blume.

— Sabe de uma coisa? Você tem uma ideia totalmente errada a meu respeito. — Ela finalmente olhou para Blume e ele reparou que os olhos dela eram mais esverdeados do que azuis. — Os homens que tive eram como você.

— Policiais?

— Muito engraçado. Quis dizer ingleses, americanos, australianos.

— Não somos todos a mesma coisa — disse Blume. O que ela acabara de dizer a respeito de fazê-lo ir até lá?

— Alguma coisa relacionada ao inglês torna vocês um pouco parecidos — disse Manuela.

— Clemente era italiano. Você deveria estar se misturando com gente inferior.

— Arturo era um bom homem.

— Como eu disse, não era seu tipo. Como o conheceu?

— Antes dele, eu estava com um cara chamado Valerio.

— Outro italiano — disse Blume.

— Era meu tipo de homem, de acordo com você. Gostava de dizer que seu trabalho era "maximização de danos". Era como ele o chamava. Achava que isso era algo inteligente de se dizer. Falava muito sobre futebol, jogava em times de cinco com os amigos e sempre acabava brigando com alguém do próprio time. De todo modo, certa noite, ele me pegou, disse que íamos para um lugar diferente, o que, para mim, significava que não íamos comer pizza em um clube noturno em Testaccio. Eu não estava muito curiosa quanto à surpresa, mesmo quando ele saiu de Roma comigo no carro. Só comecei a fazer perguntas quando ele saiu da estrada e atravessou um campo, mas àquela altura já tínhamos praticamente chegado. Era uma briga de cachorros.

Um telefone celular começou a tremer sobre uma mesa laqueada ao lado de Manuela. Ela pegou-o, escutou por um momento e disse:

— Sim. Não. Sem problema. Certo. — E desligou.

— Quem era?

— Apenas uma pessoa — disse Manuela. — Nada relacionado conosco.

— Onde era a briga de cachorros?

— Perto da Ponte Galleria, em um armazém abandonado. Portanto, quando percebi o tipo de lugar para onde ele havia me levado, recusei sair do carro. Ele me deixou ali e levou as chaves. Depois de mais ou menos meia hora, decidi entrar, pedir que me levasse de volta e terminar tudo. Quando entrei, um par de filas brasileiros estava se atracando. Devia haver umas cem pessoas lá. Não o encontrei. E não consegui me forçar a não assistir à briga.

Manuela fez uma pausa. Ela empalidecera.

— Afinal acabei vomitando e alguém deve ter dito a ele para me pegar, pois logo em seguida ele apareceu e me levou de volta ao carro. Ele falava o tempo todo sobre uma aposta que fizera em um dogo argentino. Depois... Veja só... Perguntou que droga eu tomara para ficar tão enjoada. Até quis me levar ao hospital... Enfim, terminamos naquela noite.

— Então você se afiliou à LAV como resultado da experiência?

— Sim. No dia seguinte.

— Você telefonou para eles? Como isso funciona?

— Vi onde ficava o escritório, fui diretamente até lá e pedi para falar com o responsável.

— Que era Clemente.

— Sim. Não queriam me deixar falar com ele, então eu disse que tinha informações muito importantes sobre um ringue de brigas de cachorros.

— Você contou a ele sobre os encontros?

— Ele já sabia de tudo. Descobri que estava sempre em campanha e, todos os meses, informava a vocês, sem-vergonhas inúteis, sobre as brigas. O melhor que ele conseguiu foi uma batida e cerca de três mudanças de locação.

— Foram os Carabinieri, não nós — especificou Blume. — Provavelmente, não tinham homens suficientes, por causa do crime organizado e tudo mais. Quais informações adicionais você deu?

— Nenhuma. Só falei aquilo para entrar e ver Clemente. O idiota me perguntou se eu entregaria panfletos. Disse que a campanha era para mudar a atitude das pessoas, ou mesmo mudar a lei, instituir uma divisão especial na polícia, a *polizia veterinaria*. Ofereci uma doação de 7 mil euros.

— Seu pai tem algum envolvimento com o negócio das brigas de cachorros?

Manuela fez uma pausa, como se estivesse tentando ouvir algum som lá fora. Até que disse:

— Ele está envolvido, mas em um nível muito pequeno. Quando soube que eu estava me relacionando com antiviviseccionistas, me pediu para parar porque estava incomodando algumas pessoas com quem faz negócios.

— O que você disse?

— Eu disse não. Ele ameaçou cortar minha mesada. Ainda assim, eu disse não. Era uma questão de princípios.

Ela cruzou os braços e o encarou desafiadoramente.

— As pessoas que ficaram incomodadas incluíam o dono do negócio, Alleva?

— Claro. Alleva, o cara à frente do negócio, ameaçara Clemente no passado... Ou mandara um de seus capangas fazer isso. Ele definitivamente não ficou feliz ao me ver com Clemente. Também foi um pouco desconfortável para mim.

— Como?

— Você sabe, estar com um homem que sempre informava a polícia, ou os Carabinieri, dá no mesmo. E a imprensa. Ainda assim, não foi nada demais.

— Seu pai ameaçou Clemente?

— Creio que não.

— Clemente teria dito a você se tivesse sido ameaçado?

— Teria.

— Seria possível que Clemente tivesse contado a você e você não queria contar para mim?

— Meu pai não teve nada a ver com a assassinato de Clemente.

— Seu pai poderia ter avisado Clemente para que não dissesse nada a você?

— Meu pai não teve nada a ver com o assassinato de Clemente.

— Seu pai poderia, talvez, ter ajudado Alleva a planejar o assassinato?

— Meu pai não teve nada a ver com o assassinato de Clemente. E é algo que ele quer que eu lhe comunique. É uma mensagem dele.

— Entendo. Certo, mensagem recebida. Clemente... Você gostava dele.

— Sim, gostava muito dele. De verdade.

— Ele gostava de você?

— Sim.

— Ele não sentia vergonha de você?

— Você não precisa ficar me insultando.

— Não me interessa se você se sente insultada. Quero saber: Clemente apresentou você a todos os amigos dele?

Manuela curvou-se para acariciar novamente o cachorro, permitindo que um pouco do cabelo laranja caísse e ocultasse seu rosto.

— Não. Não me apresentou a ninguém.

A campainha tocou.

— Atenda, por favor? — disse Manuela, o tom melancólico que Blume detectara evaporando-se quando o som da campainha esmoreceu. — Devem ser as pessoas da imobiliária. Mostre seu distintivo a eles e faça com que vão embora. Vou preparar um drinque para nós.

Manuela levantou-se e desapareceu em uma porta no outro lado da sala, a qual, Blume imaginou, dava para a cozinha. Com o braço na tipoia, Blume demorou um pouco para se desvencilhar das almofadas fofas da poltrona macia, de modo que a campainha tocou outra vez antes que chegasse à porta. Irritado, ele a escancarou.

Um velho sem orelhas vestindo um paletó branco de linho sobre uma camiseta rosa estava de pé ao lado de um jovem em um agasalho esportivo com o zíper parcialmente aberto. Ele acabara de começar a perceber algo estranho no rosto do velho quando o jovem entrou e empurrou com força o cano de uma pistola de baixo calibre sob o queixo de Blume.

33

O HOMEM COM A pistola manteve a cabeça de Blume desconfortavelmente inclinada para trás, impedindo-o de olhar para ele. O homem mais velho, que cheirava a loção pós-barba, passou as mãos pela barriga e cintura do comissário, pelos lados do corpo, na frente e atrás, depois deu tapinhas delicados nele como se fosse um bebê grande com gases. Depois, acocorou-se em um só joelho ao redor das panturrilhas de Blume antes de se levantar para extrair a carteira e o celular do bolso da frente das calças com facilidade e velocidade consideravelmente maiores do que o próprio Blume jamais conseguira, mesmo com as duas mãos disponíveis. Depois, ergueu delicadamente a tipoia que segurava o braço engessado de Blume e deslizou a mão através da parte suada logo abaixo, na camisa polo. Blume estava fascinado com a cabeça sem orelhas do homem.

— Limpo — finalmente disse.

— Não gosto disso — disse o parceiro mais novo, aliviando um pouco da pressão contra o queixo de Blume.

— O quê?

— *Limpo*. Não diga *limpo*. É o que policiais dizem.

— É? O que dizemos, então?

O jovem retirou totalmente a pistola minúscula do rosto de Blume para organizar os pensamentos e refletir a respeito.

Livre para se mover, Blume voltou o olhar para o homem mais velho. Onde deveriam estar as orelhas, havia dois pedaços enrugados de carne rosada que lembravam o @ de um endereço de e-mail. Pareciam infantis e deslocadas, empoleiradas atrás do rosto envelhecido. Ele usava dois pingentes finos ao redor do pescoço. Um deles, um amuleto em forma de um chifre de ouro, escapara de baixo da camiseta. Tufos de cabelo subiam por baixo do pescoço.

— Está olhando o quê, porra? — disse o jovem.

Blume ignorou a pergunta.

— Eu disse...

— Cale a boca, Fà — disse o homem mais velho. Seu rosto, bronzeado em excesso, era fissurado em inúmeras linhas e rugas enquanto ele se concentrava em um cartão plastificado que tinha na mão.

— É seu distintivo?

— Não sabe ler? — perguntou Blume.

— Sei ler muito bem.

— Porque pensei que talvez, com sua idade, precisasse de óculos de leitura, apesar de perceber como seria difícil usá-los.

Blume parou de falar quando o jovem, cheirando escárnio no ar, enfiou a pistola outra vez em seu rosto.

O homem sem orelhas permaneceu calmo. Era velho. Provavelmente, já ouvira de tudo àquela altura e, se permanecia vivo naquele negócio, naquela idade, deveria ter um pouco de autocontrole. Ao menos Blume esperava que sim.

— Fà. Livre-se disso — disse ele ao parceiro.

O jovem abaixou novamente a pistola.

— Comissário Alexsei Blum-eh?

— Mais ou menos.

Ele colocou o cartão de volta na carteira.

O jovem fez a pistola desparecer dentro do casaco de lã. O outro devolveu a Blume a carteira e o telefone.

Blume pegou-os sem dizer nada e olhou para trás. Nenhum sinal de Manuela. O cão continuava adormecido.

— Quer sair?

A frase foi colocada como um pedido, mas o jovem moveu-se levemente para trás de Blume. O comissário decidiu sair porta afora e os dois o seguiram. Nenhum deles tinha uma arma à vista. Blume pensou em correr e sentiu os músculos da perna latejarem. Pensou em saltar escada abaixo, apoiando-se nos corrimãos com o braço estirado.

O jovem apertou o botão do elevador. Os três entraram.

— Suponho que "limpo" seja bom — disse ele enquanto as portas fechavam-se. — Não consigo pensar em outra maneira de se falar isso.

O homem mais velho cutucou as costas de Blume.

— Você é realmente o comissário Blume?

— Sou bem famoso, sim.

— Não é jornalista?

— Não.

— Ótimo. Há algo que eu quero que saiba.

— Diga.

— Isto não é um sequestro.

Blume virou-se e perguntou:

— Não?

O elevador parou e as portas se abriram. Uma mulher com um garoto pequeno e algumas sacolas de compras esperava para entrar. Blume foi ajudá-la, depois lembrou-se do braço. O jovem abriu passagem entre eles e depois parou fora do elevador. Blume o achava parecido com um jogador de futebol compridão do Juventus. Quase bonito, exceto pela boca.

Blume, sentindo-se inútil, saiu do caminho e observou. Apesar de a mãe estar agradecendo, ele pôde ver pelo rosto da mulher que ela se sentia desconfortável com a permanência deles.

Blume sorriu para o garoto, que segurava um punhado de bonequinhos japoneses. As portas fecharam-se quando ele começou a sorrir de volta.

Brilhando de suor devido ao esforço de ajudar a mulher com as compras, o homem mais velho foi até Blume.

— Isto não é um sequestro. Quero deixar isto claro. Lá em cima, no apartamento...

— Sim, do que chamamos aquilo? — perguntou Blume.
— Uma revista por precaução.
— Sou um policial.
— Sim, sabemos disso. Precisamos conferir. A partir de agora, tudo que fizer será por sua livre e espontânea vontade.
— E se eu for embora?
— Até isso. Poderíamos seguir você.
— E se eu pegar um telefone, chamar uma viatura para prender vocês por atacar um policial com uma arma mortal, agravado por... — Blume parou. Ele podia perceber um ar de tédio genuíno nos olhos cinzentos do velho. — Então, querem que eu vá com vocês?
— De longe, seria a melhor solução. Mas quero enfatizar que é algo que fará de...
— Livre e espontânea vontade. Foi o que disse.
O agasalho de corrida atrás dele moveu-se com impaciência.
— Podemos sair daqui? As pessoas podem ouvir.
— Boa observação, Fà. — Para Blume, ele disse: — Se você viesse conosco, facilitaria as coisas. Você vem em seu carro, não podemos saber quem poderá chamar. Talvez faça uma curva errada, passe a hora seguinte tentando nos encontrar de novo, especialmente porque estaria dirigindo com apenas um braço.
— O carro tem câmbio automático. Mas você me convenceu. Para onde eu vou voluntariamente com vocês?
— Para a casa do Sr. Innocenzi.
Blume pensou a respeito.
— Certo. Quero falar com ele, de todo modo.
— Que coincidência feliz.
Os três caminharam sob o sol do meio-dia e entraram em um Land Cruiser estacionado em fila dupla. O homem mais velho sentou-se atrás com Blume. Seguiram para o norte ao longo da margem do Tibre, depois dobraram à direita, rumo ao centro. Um guarda de trânsito começou a balançar para eles um bastão vermelho e branco com formato de pirulito

quando entraram na zona azul. Eles reduziram para que ele visse a permissão no para-brisa. O guarda sinalizou para que prosseguissem.

Eles atravessaram o centro. Enquanto subiam a Via Venetto, o sequestrador relutante de Blume pegou um telefone celular e disse a alguém que estavam quase chegando.

Chegaram ao destino final, na Via Po, no distrito de embaixadas da cidade. O motorista encostou o carro no meio-fio.

— Ali. A casa com a porta verde. Só há uma campainha. Toque-a.

Ele abriu a porta do carro e Blume saltou.

34

SÁBADO, 4 DE SETEMBRO, 17H

Paciência, pensou Blume. Ele sofreria uma pequena perda de moral por causa da maneira como fora trazido. Outro jovem em outro agasalho esportivo de lã, zíper aberto para revelar um tórax brilhante e sem pelos, abriu a porta antes que Blume tocasse a campainha ou batesse. O jovem ficou ao lado da porta quando Blume entrou em um corredor decorado com fotogramas enquadrados de filmes de Alberto Sordi, um quadro estilizado de Mussolini e um cartaz futurista com carros vermelhos velozes.

Da outra extremidade do corredor, alguém disse:

— Ele era ótimo, não era?

Blume abaixou os olhos, ajustando-os à luz mais fraca, e viu Innocenzi. Ele já o vira em muitas fotos e até mesmo na televisão. Innocenzi vestia uma camisa verde de seda, calças brancas de algodão e um par de sandálias chinesas de kung fu.

— Não. Odeio Sordi. Odeio os filmes dele, odeio a voz dele. Toda aquela merda de *Romanaccio*.

Innocenzi pareceu surpreso.

— Uau. Você é a primeira pessoa que conheço a assumir tal atitude. Talvez seja necessário ser um romano de sangue em vez de um americano para apreciar o homem. Mas ele se foi agora, que sua grande alma descanse em paz. Além disso, eu estava falando de Mussolini.

Blume alcançou Innocenzi, que estendeu a mão para cumprimentá-lo. Blume pensou a respeito e aceitou a mão que era dura como uma concha.

— Ótimo — disse Innocenzi. — Por aqui.

Ele deixou a porta entreaberta ao seguir Blume para a sala, mobiliada como se um adolescente hippie da década de 1970 tivesse entrado na sala de visitas de uma solteirona da década de 1920 e simplesmente acrescentado coisas sem remover absolutamente nada.

Um abajur de bronze se destacava sobre um pano rendado em uma cômoda de mogno, um aparelho de som enorme e antiquado com luzes amarelas piscava sobre um baú de madeira polida com tampa chata. Um pequeno altar com a imagem do Sagrado Coração estava afixado à parede oposta. Havia alguns LPs espalhados pelo chão: Led Zeppelin, Bob Dylan, Cream, Lucio Battisti. Castiçais de prata, papéis para cigarros, um relógio de plástico verde e uma máquina de enrolar cigarros estavam refletidos no grande espelho oval de uma penteadeira à esquerda de Blume. Pendurado na parede atrás dele, havia um antigo pôster com um símbolo estilizado de uma pomba.

Um pouco descentralizada, havia uma mesa quadrada de carteado revestida de feltro verde, marcada com queimaduras e manchas de copos. Innocenzi indicou uma cadeira para Blume, puxou uma para si, sentou-se do lado oposto da mesa e disse:

— Você tem visitado minha filha.

— Sim.

— Mesmo não estando no caso?

— Sim.

— Você é diferente, sabia disso?

Blume não achava que precisasse explicar nada, por isso ficou sentado em silêncio. Innocenzi, que parecia perdido em contemplação, fez o mesmo. O hálito de Innocenzi cheirava a alho e menta. A barba por fazer em seu rosto parecia grãos de areia preta molhada. A idade dele era mais visível devido a dois vincos que corriam diagonalmente pelos ossos malares e desciam pelos lados do rosto, conferindo um formato triangular e símio à área entre o lábio superior e o nariz. Ainda tinha muito cabelo, mas o mantinha longo demais atrás da cabeça e preto demais para seus 68 anos. Já passara da hora, Blume sentia, de os italianos inventarem sua própria palavra para *mullet*.

Um lustre com lâmpadas faltando pendurava-se do teto. A luz da janela era suavizada por persianas de madeira parcialmente cerradas. Um sofá de alumínio e estofamento de plástico duro ficava no meio da sala. Em que diabos o chefão gastava seus milhões?

Depois de algum tempo, Blume disse:

— Se não vamos chegar a lugar nenhum com isso, talvez seja melhor eu ir embora.

Innocenzi fez um movimento lento e cortante com a mão.

— Não, não, não. Fique aqui. Eu estava apenas começando a conhecer você pessoalmente, e talvez tenha algo a dizer sobre seus assassinos de policiais, Alleva e Massoni.

— Como você disse, não é meu caso.

— Quer que eu dê a informação a outra pessoa? — Innocenzi soou decepcionado.

— Não foi o que eu disse.

— Bem, na verdade, já fiz isso. Contei ao inspetor Paoloni onde encontrar Alleva e Massoni. Contei-lhe... deixe-me ver... na quarta-feira, não foi? Seja lá qual tenha sido o dia do funeral. Posso dizer apenas olhando para seu rosto que isto é novidade para você. Também posso dizer que foi traído. Sabe o que as pessoas fazem quando são traídas? Franzem a parte superior do nariz. E com seu nariz, é muito fácil perceber. Então Paoloni não lhe contou?

— O que Paoloni fez com eles?

— Você está realmente por fora, não está? Ótimo. Gosto de transmitir novidades. Bem, Paoloni foi ao endereço que dei a ele, em um carro sem identificação. Ele esperou um pouco e outros quatro policiais, dois de sua delegacia, dois de Tor Vergata, pelo menos foi o que ouvi dizer, encontraram-se no final da rua em torno de uma da manhã.

— Você tem os nomes dos policiais? — perguntou Blume.

— Serenidade e paciência, comissário. Tenho mais do que isso, como descobrirá se me deixar terminar a história.

Ele esperou para ver se Blume queria interromper outra vez, depois prosseguiu:

— Temos algumas pessoas observando. Estavam lá porque confio nelas e quero recompensá-las com um pouco de entretenimento leve. O policial de Tor Vergata tinha um aríete. Os outros portavam armas que não creio que sejam de uso padrão do seu pessoal. Um deles tinha um revólver Colt. Com medo de deixar cápsulas, suponho. Sem máscaras nem balaclavas, apenas golas levantadas. Então, entram em um apartamento e quase matam de susto um barman tolo que achou que poderia sonegar a renda das máquinas de pôquer que instalamos em seu estabelecimento. Meu pessoal disse que o barman e a esposa guincharam como dois porcos quando invadiram o lugar.

— O que fizeram com eles?

— Seus colegas? Nada. Eles queriam Alleva e Massoni, não é? Apenas saíram o mais rápido possível. Você devia ter visto a expressão nos rostos deles.

— Você estava lá?

— Não, não. Assisti ao vídeo. Meus homens estavam lá por divertimento, mas também com um propósito. Todos os quatro rostos. Está claro que Paoloni é o líder. Também temos uma gravação de quando dei a ele o endereço falso.

Blume olhou para trás. A porta da sala estava levemente entreaberta, e ele podia perceber apenas a figura imóvel de alguém de pé do lado de fora.

— Não. Não estamos filmando agora — disse Innocenzi. — Não que você tenha qualquer motivo para acreditar em mim. — Ele fez um movimento de tesoura com dois dedos e tirou algo do bolso da frente da camisa. — Aqui. Fique com isto. Ainda fico impressionado com o quanto essas coisas são pequenas. A tecnologia nunca para e, sinceramente, não consigo acompanhá-la. Aparentemente, toda a filmagem está contida aqui.

Era um pequeno cartão de memória. Blume pegou-o. Não fazia o menor sentido perguntar se era o original.

— Aliás, Alec, por que estava com minha filha?

— Apenas alguns assuntos pendentes. Não use meu primeiro nome.

— Chamarei você do que eu quiser. Já encerrou os assuntos em aberto?

— Bem, eu estava chegando lá. Mas fui interrompido por um homem sem orelhas e um jovem drogado que poderia facilmente ter atirado em mim por engano.

— Lamento quanto ao jovem. É um aprendiz. Eles precisam ser iniciados, entende? Você acha que é ético ir à casa da minha filha sem mais nem menos, apenas para satisfazer sua curiosidade?

— Ela precisa ser mais cuidadosa. Poderia arrumar problemas para ela e para você. De todo modo, foi uma armação. Ela me forçou a visitá-la e seus homens estavam lá esperando.

— *O la Madonna*, escute a si próprio e sua mente desconfiada. Não foi assim. Minha filha pode ser impulsiva, mas é bem-intencionada. Fico de olho nela. Você foi visto chegando, e as decisões tomadas posteriormente foram minhas. Ela gosta de você, Alec. Telefonou-me para ter garantias de que nada de ruim aconteceria com você. Ela explicou que tinha um bom motivo para estar com ela. Ela me contou sobre o telefonema que fez para aquela senadora.

Ele pegou um maço de Chesterfields, acendeu um cigarro, largou o maço sobre a mesa e apontou para Blume.

— Não, obrigado.

Innocenzi soltou uma nuvem de fumaça pelo nariz. Blume percebeu que a fumaça saía apenas pela narina esquerda. Um crucifixo de prata pendia em uma corrente em torno do pescoço dele.

Innocenzi apontou o cigarro na direção de Blume.

— Certo, faremos o seguinte. Primeiro, você é livre para sair daqui quando quiser e não será incomodado por mim agora nem depois. Segundo, vou lhe dizer algumas coisas e observar seu rosto para ver que efeitos vão causar.

— Rostos não dizem tanto quanto você imagina — disse Blume.

— Sabe, acredito que esteja errado quanto a isso, Alec. Ou talvez eu esteja errado. Ei, satisfaça a curiosidade deste velho. O que aconteceu com seu nariz, diga-se de passagem?

— Meu nariz está perfeita e fodidamente bem.

— Uau, acalme-se. Está pronto ou não?

— O quê? Agora devo adotar uma expressão vazia? — Mesmo a contragosto, Blume deixou o rosto inexpressivo.

— Perfeito. Esse é o tipo de rosto que eu quero. Agora, acredito que se Alleva e Massoni aparecessem mortos, você seguiria outra pista antes de vir atrás de mim.

— É o que acha?

— Ótimo. Ainda não está demonstrando muita expressão. Então, isso é o que acho, e é por isso que vou lhe contar onde fica o esconderijo deles.

Blume sentiu que estava ficando um pouco tenso.

— Fantástico! — disse Innocenzi. — Não pode negar que houve um lampejo de interesse em seus olhos. Rostos não mentem. Sempre estive certo quanto a isso.

— Você acabou de me dar um filme de Paoloni caindo na mesma armadilha.

— Só que ali era Paoloni e você é você. Eu precisava de um pouco mais de influência sobre ele, um pouco de poder de comprometimento. Evidentemente Alleva sabe coisas comprometedoras sobre Paoloni e, provavelmente, sobre os outros quatro policiais, ou talvez eles apenas estivessem presentes para vingarem um colega. E agora Paoloni está ainda mais comprometido do que antes. É justiça divina, e eu amo isso. De todo modo, aqui está. O esconderijo verdadeiro de Alleva. Levou muito mais tempo do que eu imaginava que fosse possível para descobrir. Alleva é um sacana escorregadio.

Innocenzi pegou um pedaço imundo de papel do mesmo bolso que continha o cartão de memória e colocou-o sobre o feltro da mesa entre ele e Blume, que olhou para o papel e viu um endereço.

— Não fica em Roma — disse Innocenzi. — É perto de Civitavecchia. Agora, tudo que precisa fazer é ir até lá e depois obter um mandado de extradição, porque, a esta altura, ele não terá ido embora há muito tempo. Na Argentina, tentando construir vida nova, abençoado seja. Será mais fácil para nós encontrá-lo lá do que aqui. Não é paradoxal?

— Por que eu deveria acreditar que este é o endereço?

— Tenha um pouco de fé, Alec. Por que não seria o endereço real? Confio que você não vai até lá com um esquadrão da morte.

— E por que eu deveria pensar que você já não fez uma visita?

— Se eu ou alguém representando meus interesses tivesse visitado Alleva e Massoni, as consequências poderiam ter sido ruins para eles e, nesse caso, eu estaria dando a você o endereço da cena de um crime que apontaria para mim, algo que eu jamais deveria fazer. Quero que confirme que Alleva realmente partiu, que não tenho nenhum envolvimento com as ações dele, especialmente em relação ao assassinato do jovem policial, que Deus conceda paz eterna à sua alma.

Blume não tocou no pedaço de papel.

— Estou me colocando bem distante disto, Alec. Policial morto. Amante de cães morto. Não carrego esses incidentes em meu currículo, e também não quero na minha mente. Estou passando para você. Quer o endereço, ou não?

— Apenas me diga. Consigo memorizar um endereço.

— Pegue o pedaço de papel; é mais simbólico desta forma.

— Certo. — Blume pegou o papel e colocou-o no bolso da frente. — Não creio que Alleva tenha tido qualquer relação com o assassinato de Clemente. Mas vamos pegá-lo pelo que fez com Ferrucci.

— Pobre garoto — disse Innocenzi, tocando o crucifixo no pescoço. — Está fazendo um bom trabalho, Alec. Diferentemente de seus superiores. Mesmo a esposa sem fé do homem parece aceitar que tenha sido Alleva. É o que o suposto amigo dela na *questura* vem lhe dizendo.

— Essa é a linha que estão adotando — disse Blume.

— Sim. O cara na *questura*, a pessoa de quem a viúva recebe conselhos?

— O que tem ele?

— É o mesmo cara para quem seu ex-parceiro D'Amico trabalha. Esqueço o nome dele. Posso procurar se quiser. — Innocenzi esperou para avaliar o efeito de suas palavras. — Posso ver que não é grande novidade para você.

— Mais de sua leitura de rostos. Não preciso do nome do chefe de D'Amico — disse Blume.

— Sim. É totalmente irrelevante. O que ele é para nós? Mas agora, esse Di Tivoli. O que pensar dele? Ele aparece nas telas de nossas televisões e joga tudo no ventilador. Odeio julgar outro homem... Mas o que se pode esperar de uma bicha como Di Tivoli?

— É tudo que sabe sobre ele? Que é gay?

— É uma grande abominação e um ato detestável — disse Innocenzi.

— Não consigo pensar a respeito — disse Blume. — Mas isso é tudo?

— Travestis, transexuais, meninos que se vestem de mulher. Além disso, no que diz respeito à maioridade de seus parceiros, ele está numa saia justa. Dentro da legalidade, mas por muito pouco.

— Mas dentro da legalidade? — perguntou Blume.

— O que você é, advogado dele?

— Di Tivoli sempre seguiu Sveva Romagnolo por aí como um cão perdido. Parece que joga nos dois times.

— Jesus misericordioso. — Innocenzi levou as mãos aos ouvidos. — Isso é ainda pior.

— Que tal esta teoria? — disse Blume. — Você ordenou a morte de Clemente por... Ultrajar sua filha ou interferir nas brigas de cachorros. É o que Di Tivoli está insinuando.

— Andei conversando com pessoas que ficaram incomodadas com aquele documentário escandaloso. Di Tivoli não inventará mais histórias como aquela.

— Você sabia que Manuela foi com Clemente para a casa de Di Tivoli no campo?

Innocenzi fechou os olhos e concordou lentamente, como um estoico recebendo a pena de morte.

— Eu soube a respeito. Ela é tão vulnerável que parte meu coração. E seus olhos também estão cheios de consternação. Você é um homem bom, Alec. Fico feliz de poder fazer este pequeno favor com o endereço.

— Não quero ficar em dívida com você.

— Maravilha! Esse é o espírito — disse Innocenzi. — Esse é o tipo de relacionamento que devemos manter. Gosto de uma distinção clara de papéis. Dei-lhe o endereço porque não quero ter nada a ver com tudo isso. Se checar o lugar, não encontrará nenhuma conexão que aponte para mim.

— Conte-me sobre Alleva e como ele trabalhava com você — disse Blume.

— O truque de Alleva era criar novas maneiras de fazer coisas que não eram muito importantes. Não tão grandes a ponto de deixar as pessoas com inveja. Ele não pisava no terreno dos outros. Evitava construir o próprio grupo, mas poderia ter se saído melhor na escolha de pessoal.

— Você está falando no pretérito — disse Blume.

— Alleva não pode mais agir agora. Isto deve ficar claro. Ele saiu de cena. Uma pena. Ele não era santo. Poucos de nós somos. Mas tinha alguma integridade.

— O que há de errado com o pessoal dele? — perguntou Blume.

— Ele nunca encontrava homens bons. Aquele cara, Massoni, que ele mantinha por perto? Sempre envolveria Alleva em algo estúpido. Só fico surpreso que tenha demorado tanto.

— Há quanto tempo eles estão juntos?

— Dez anos. Talvez mais. Algum tempo. Antes dos cães, Alleva costumava vender pílulas de emagrecimento na TeleCapri, depois começou a vender aquelas pílulas anticâncer inventadas por aquele médico do norte. O que morreu por causa de um tumor.

— Lembro-me disso — disse Blume.

— O negócio dos cachorros... Na verdade, não tinha nada a ver comigo. Pessoalmente, não ligo para cachorros. Todos estávamos felizes em deixá-lo organizar tudo, ser recompensado pelo trabalho, dividir os lucros, fazer vista grossa para alguns de seus truques, porque nem sempre era totalmente honesto. Você sabe como é, um homem que trabalha com mel lambe os dedos. Mas depois que Clemente foi morto noutro dia, tive uma conversa séria com Alleva. Olhei profundamente no rosto dele. Ele disse que não teve nada a ver com o assassinato de Clemente, e acreditei. Mas nem sempre mantém Massoni sob controle, de modo que não podia ter certeza.

— Você não conversou com o próprio Massoni?

— Não. Eu estava planejando ter uma conversa quando, bangue, do nada, Massoni inicia um tiroteio com a polícia e os dois desaparecem. Dá para ficar em dúvida.

— Portanto, você quer que eu encontre Massoni porque ele talvez tenha matado Clemente. Ele não estará também na Argentina?

— Não acredito que Alleva tenha permitido que Massoni fosse com ele. Alec, meu amigo...

— Não me chame assim.

— Considero-o um amigo, ainda assim. Alec, talvez Massoni tenha matado Clemente, mas talvez não. Veja bem, Massoni sabia quem era Manuela e, sejamos justos com o homem, não creio que teria sido tão criminosamente negligente. Você consegue imaginar, matar o companheiro da minha filha, oficial ou não? Quase fico com medo de pensar nas consequências. Mas digamos que Massoni tenha pensado em mandar outra pessoa fazer o trabalho. Pois bem. Eu não o consideraria o tipo de pessoa que contrata terceiros, mas nunca podemos ter certeza.

— Por que você mesmo não o encontra?

— Conflito de interesses. Não posso me envolver nem mesmo remotamente nisso, agora que um policial foi morto. Eu gostaria que Massoni fosse mantido vivo, no entanto. Sua integridade moral me oferece melhores garantias nesse aspecto do que Paoloni. E talvez você compartilhe qualquer ideia que possa ter a respeito da pessoa que fez isso com o homem que minha filha... Não sei do que devo chamá-lo.

— Amante dela — disse Blume.

— Por favor — disse Innocenzi. — É de minha filha que estamos falando. De todo modo, sua cooperação seria verdadeiramente apreciada.

— Não conte com isso — disse Blume.

— Manuela diz que agora você deve ser tratado como um amigo, então perdoo sua atitude. Infelizmente, quando conversa com os amigos, Manuela confessa todo tipo de coisas que deveria guardar para si mesma. É muito aberta. Talvez tenha contado a você sobre como perdeu um cão quando era criança?

Quando Blume concordou, ele prosseguiu:

— Ela sempre conta essa história para as pessoas. Pobre criança. Também contou-lhe sobre a perda da mãe?

— Sim.

— Está vendo? — disse Innocenzi, abrindo os braços como que para defender o que dizia para um círculo silencioso de espectadores. — Foi um período ruim em nossas vidas. Havia pessoas nada caridosas na época. Perder minha esposa não foi o bastante para elas. Também queriam me crucificar, me responsabilizar pelo assassinato.

— Pessoas?

— Um juiz investigador em particular. Um velho demônio amargo, perto da aposentadoria. Jamais fez nada em sua vida inútil, queria um pouco de fama passageira antes de encontrar o Criador. Depois disso, ouvi que sucumbiu a um ataque cardíaco em um acidente na estrada. — Innocenzi sorriu, revelando dois longos caninos. — Por sorte, o promotor-assistente de Foggia era um jovem inteligente com um futuro brilhante à sua frente, sabia como conduzir uma investigação, sabia o que constituía um caso verdadeiro e, mais importante, o que não constituía. Graças à intervenção dele, a investigação finalmente seguiu na direção correta.

— O criminoso jamais foi capturado — disse Blume. — Não se pode dizer que a investigação tenha seguido na direção correta.

— Era o caminho certo. Mas o caminho certo nem sempre leva ao resultado esperado — afirmou Innocenzi. — Ninguém foi acusado pelo assassinato. Acontece, às vezes.

— Acontece muitas vezes — disse Blume.

— Sim. Talvez seja frustrante para você — disse Innocenzi. — O jovem juiz está mais velho hoje, é claro. Soube que trabalha aqui em Roma. Talvez você até já tenha trabalhado com ele. Chama-se Filippo Principe.

35

Quando Innocenzi pronunciou o nome de Principe, Blume sentiu como se tivesse sido contaminado por um gás venenoso invisível.

— Principe? Talvez fosse outro... — parou.

Innocenzi circulou o dedo sobre o feltro verde da mesa de pôquer.

— Você sabe o que significa *kompromat*?

Blume estava pensando em como Principe o designara para o caso de violência no trânsito e não respondeu.

— *Kompromat* — repetiu Innocenzi.

— Soa como uma espécie de cartão de débito ou um lugar para lavar roupas ou algo parecido — disse Blume. — Talvez seja uma palavra russa?

— É russo. Como adivinhou?

— Sou bom em línguas.

— Você é muito talentoso. Os russos estão usurpando espaço. Muitos russos. Albaneses também, é claro. Consegue imaginar? Nos meus tempos da Fronte Gioventù, eu costumava pensar que os russos eram naturalmente comunistas. Mas, no final das contas, estava errado. Os russos são muito hierárquicos, organizados.

Blume começou a retomar o foco.

— Você também.

— Não tanto quanto as pessoas pensam. As décadas de 1970 e 1980. Aqueles anos foram um retrocesso. A política interferiu e grupos começaram a se organizar em células, como terroristas. Também começaram a agir como terroristas. Manifestos, programas políticos e... — Ele abanou a mão, exasperado. — Não havia uma autoridade central, ninguém a quem recorrer, nenhum respeito, nenhuma forma de resolver diferenças. Um desastre. Depois as coisas começaram a melhorar, retomamos os métodos antigos, expulsamos os políticos, abandonamos as ideologias. Bem a tempo, inclusive. Alguns anos mais tarde, chegaram os russos.

— Quer dizer que agora vocês estão organizados?

— As coisas estão muito melhores do que eram, Alec. Todos apreciam isso. Mais hierárquico, como deveria ser. Há uma divisão de papéis. Agora, políticos e ideólogos são mantidos à distância.

— Fico aliviado.

— Deveria. É por isso que podemos conversar desta maneira. *Kompromat*.

— Ainda não sei o que significa.

— Suponha que eu confesse a você um segredo que lhe permita destruir, o que faria?

— Destruiria você.

— Não tente ser engraçado.

— Quem disse que eu estava brincando?

— Eu digo que estava. É como interpretarei o que disse.

— Certo. O que eu deveria fazer, então?

— Se eu sei que pode me destruir, destruirei você — disse Innocenzi. — Você acha que é bom obter conhecimento mas, quando o tem, percebe que estava muito melhor sem ele. Mas não há volta. Sendo assim, o que faz agora? O que faz é minimizar os riscos. Você conta a mim um segredo que me permitiria destruir você. Dessa maneira, tenho menos motivos para temer o que você pode fazer. Medo intenso leva à violência intensa. Se você compartilha o risco, reduz a violência.

— As pessoas têm muitos segredos — disse Blume.

— Quanto mais segredos sei das pessoas, menos me preocupo com o que farão, e fico menos inclinado a tratá-los como inimigos. Considerando que vivemos em tempos decadentes, tenho muito material. Até sobre pessoas que pensam não ter nada a esconder. Pessoas como Paoloni ou Di Tivoli, digamos. Os russos também têm uma palavra para isso: *poshlost*.

— Você fala bem russo?

— Atualmente, tenho amigos russos. Como os tempos mudam... — disse Innocenzi. — Às vezes, apenas para lembrar aos políticos, administradores, repórteres, juízes, à polícia e a todos os outros de que estou observando, deixo escapar algo pequeno. Uma história aparece em uma revista sensacionalista sobre um certo político na companhia de uma puta, os interesses no ramo de desenvolvimento de imóveis por parte de alguém que combata a corrupção. Lembra-se de Di Pietro e daquela Mercedes que ganhou de presente, como ela o fez parar de perseguir Berlusconi? Isso é *kompromat* em ação.

— E as pessoas sabem coisas a seu respeito?

— Claro que sabem. Até você sabe.

— Como? — perguntou Blume.

— Você sabe que sou vulnerável através da minha filha.

— A maioria dos pais é.

— Você sabe que minha filha é uma mulher fofoqueira e vaidosa que está envelhecendo e teve um caso ilícito com o marido de uma senadora.

— Isso não é muito — disse Blume

— Ainda assim, é alguma coisa. Proporciona a você certa influência, um pouco de poder de *kompromat*. Talvez você devesse equilibrar as coisas, contando-me algo a seu respeito.

— Você precisará descobrir por conta própria.

— Alec, talvez eu já saiba algumas coisas. Mas a situação é a seguinte: você foi retirado do caso, mas foi interrogar minha filha na casa dela. Dei a você o endereço dos criminosos. Convido você a vir aqui e trato-o bem. Da maneira que vejo as coisas, está na hora de você retribuir.

Blume cruzou os braços.

— Não é corrupção. Quero que retribua fazendo o que faria de qualquer maneira — disse Innocenzi.

— Que é?

— Continue trabalhando no caso. Coloque-o de volta no caminho certo.

— Para afastar as investigações de você. Você tem a situação essencialmente sob controle. De todo modo, não estou convencido de que não esteja por trás do que ocorreu.

— Sim, está — disse Innocenzi.

— Não entendo. Quer que eu pare de falar com sua filha, tudo bem. Pelo que vejo, você tem muitos modos de me fazer parar, de qualquer maneira.

— É claro que tenho, Alec. Mas quero que aja de livre e espontânea vontade quanto a essa questão. Minha filha, que possui um forte senso de justiça recompensadora, começou a gostar muito do defensor de cães, Clemente. Eu não aprovava mas, ora, paz e amor, não é?

Blume esperou.

— Portanto, quando ele causou o próprio assassinato, ela ficou muito nervosa, me procurou, perguntou o que acontecera, quem era responsável e se eu poderia fazer algo a respeito. Fizemos perguntas por aí. Conversei pessoalmente com Alleva, como lhe contei. O homem não tinha a mínima ideia do que eu estava falando. Ele não teve nada a ver com o assassinato. Pedi alguns favores, conferi o modo de pensar das autoridades... Nada, exceto pela informação de que você e seu amigo Paoloni haviam chegado à mesma conclusão que eu, ou seja, de que o assassinato fora aleatório e não poderia ser solucionado através dos canais normais. Ah... Paoloni avisou Alleva, sabia disso?

— Sim.

— Não estou convencendo você, posso notar. Às vezes, não consigo convencer minha própria filha. Manuela. Ela não acredita em mim. Ela acha que tive algo a ver com o crime.

— Da mesma forma que ainda tem dúvidas quanto a como a mãe morreu — disse Blume.

Apesar de Innocenzi não ter mudado de posição, a postura confortável que adotara desapareceu de repente. As marcas em seu rosto pareceram sumir enquanto encarava Blume. Ele tinha olhos azuis esverdeados, como a filha. Manteve o olhar fixo em Blume por tempo suficiente para que ele compreendesse que não tinha a menor chance de fazê-lo desviar os olhos.

— Não entendo, Alec. Por que você diria algo assim? Minha falecida esposa. Eu não sei. Deve ser algo cultural, por você ser americano. Não pode ter pensado a respeito antes de falar. Uau, mas que coisa!

— Certo, foi... Irrelevante — disse Blume.

— E você nem mesmo pede desculpas. Impressionante. O que é relevante para você é capturar quem quer que tenha matado Clemente.

Blume sentiu seu dedo mexer e a testa franzir antes que tivesse a oportunidade de se controlar, e Innocenzi percebeu os gestos.

— Vejo que está surpreso. Acredito também que eu saiba por quê.

— Não. Está interpretando coisas demais — disse Blume.

— Não. Não estou. Você está surpreso que eu ainda não saiba quem é a pessoa que procura. Sei que tem uma espécie de teoria que não é compartilhada por mais ninguém mas, mesmo que eu tente, não consigo fazer com que Paoloni ou qualquer outra pessoa diga o nome de seu suspeito. É assunto seu, ele diz. Nada a ver com ele. Está vendo? Paoloni é fiel e também desleal. Nós, humanos, somos uma massa de contradições. Agora, direi a você que seria realmente fantástico se pegasse a pessoa que matou o protetor de cães da minha filha.

36

SÁBADO, 4 DE SETEMBRO, 17H30

INNOCENZI ACOMPANHOU BLUME de volta ao Land Cruiser, disse algo para os dois homens dentro do carro, tocou no ombro do comissário e apertou a mão dele.

— Meus homens dizem que anda desarmado — disse Innocenzi. — Isso é inteligente?

— Às vezes ando, às vezes não.

— Creio que deveria ter uma arma. Especialmente com esse braço assim. Você está muito vulnerável, Alec.

— Ficarei bem.

— Ah, é? *Ma 'ndo vai se la banana nun ce l'hai?* — disse Innocenzi.

Os homens que raptaram Blume levaram-no de volta para onde seu carro estava estacionado, diante do prédio onde Manuela morava. De lá, ele dirigiu de volta para o escritório.

Sozinho em sua mesa, Blume conferiu o endereço que Innocenzi lhe dera. Estava aflito por não poder confiar sequer em Principe. Sentou-se à mesa e fez o primeiro de muitos telefonemas.

Dez minutos depois, a porta do escritório foi aberta com muita força, bateu contra a parede e voltou até quase se fechar novamente. Os fios de arame no vidro ondulado impediram que a vidraça se estilhaçasse.

— Desculpe, estava um pouco emperrada — disse Paoloni. — Voltei à ativa, como pediu. O que quer de mim?

— É bastante simples — disse Blume. — Você vai atrás dos dois que mataram Ferrucci. Só que, desta vez, não quero que vá com um esquadrão da morte secreto. Ah... E, desta vez, não acredito que Innocenzi filmará você. Ele tem mais imagens do que ideias sobre o que fazer com elas. Até me deu uma cópia, mas ainda não assisti. Não tenho certeza se quero.

Paoloni bateu na lateral da porta com a base da mão.

— Sim, você foi filmado, Beppe. Quando eu disse para você voltar, ainda não sabia disso — prosseguiu Blume. — Tudo que sabia era que não estava sendo honesto comigo. Certo, posso aceitar isso porque aprendi ao longo dos anos a não confiar muito em você. Pensei que fosse me ajudar a ficar de olho em Pernazzo. Depois, quando percebi que não ajudaria, descobri que não fiquei tão chocado afinal de contas. Mas não considerei que fosse um assassino.

— Eles mataram nosso colega. Íamos ensinar uma lição a eles.

— Não, Beppe. Vocês iam matá-los. De folga, à noite, com armas impossíveis de rastrear. Alleva sabia demais. Você avisou a ele e, além do mais, estava na lista de pagamentos dele, e agora tenho certeza de que havia mais do que isso. Quanto ele pagava a você?

— Não apenas a mim. A todos. Pessoas como ele pagam a todos. Eu não estava agindo somente para me salvar. E eles mataram um policial. Quase tudo que recebia dele eu reciclava para pagar por mais informação. É assim que funciona.

— Você terá bastante tempo para explicar tudo isso. Talvez o próprio Alleva explicará por você se este endereço estiver correto, e se ainda estiver lá.

— Está me mandando pegá-lo agora? Isso não faz sentido.

— Você não irá sozinho, Beppe — disse Blume.

— Entendo. Você irá comigo?

— Eu não. Uma pequena equipe de policiais está sendo selecionada neste momento.

O rosto de Paoloni ainda era uma estranha mistura de amarelos dos hematomas. Ele parecia esgotado, derrotado.

— Quem vai efetuar a prisão? — perguntou ele.

— O próprio Espírito Santo. Diga-se de passagem, eu disse que foi você quem recebeu a pista. Prefiro assim. Não creio que esteja em posição para me desafiar.

— Quer que eu acompanhe Gallone ao esconderijo de Alleva?

— Gallone e sua equipe. Creio que ele tenha chamado a imprensa e a equipe forense, nessa ordem. Acho que será uma grande *scampagnata*.

Gallone apareceu na porta. Estava de uniforme completo e cheirava a loção pós-barba.

— *Questore*, senhor — disse Blume. — O inspetor-chefe Paoloni estará pronto quando o senhor estiver.

— Estou pronto desde o instante em que recebi seu telefonema — disse Gallone. — Já resolvi problemas jurisdicionais com o prefeito local e a *questura* de Civitavecchia. Mas preciso saber de onde vem a informação.

— Paoloni pode explicar tudo no caminho — disse Blume. — Quanto a mim, preciso retornar ao caso ao qual fui designado.

Paoloni olhou interrogativamente para Blume, que compreendeu seu dilema. Ele precisava saber se ainda lhe restava algum espaço para manobra, se poderia tecer mais mentiras, encontrar uma saída da armadilha. Blume poderia simplesmente tê-lo denunciado, ou ordenado que confessasse, mas não queria usar provas fornecidas por Innocenzi contra um colega, não importa o quanto ele fosse podre. E Blume meio que já sabia a respeito de Paoloni, de todo modo, apenas não tinha admitido para si mesmo. Assim, Blume retribuiu o olhar com uma expressão vazia. Ele ainda não decidira o que queria que acontecesse com seu segundo homem no comando.

Depois que partiram, Blume foi pegar o telefone da mesa para pedir os arquivos sobre o incidente de violência no trânsito quando percebeu que a luz da secretária eletrônica estava piscando. Pegou o fone, teclou o número da caixa postal e ouviu a mensagem. A voz de um jovem desconhecido disse-lhe para telefonar para o diretor técnico chefe Dr. Alessandro Cantore nos laboratórios criminais na Via Tuscolana. Blume anotou o número, telefonou e aguardou pacientemente enquanto a chamada era atendida e o transferiam de uma pessoa para outra.

Ele vira como a unidade científica lidava com telefonemas. Alguns telefones sem fio ficavam sobre mesas de fórmica e, sempre que recebiam um telefonema, quem quer que não estivesse ocupado e se encontrasse perto dele pegava o fone e depois vagava pelo laboratório em busca da pessoa certa.

Depois de cinco minutos enfurecedores, alguém entregou o telefone ao diretor-técnico chefe.

— Sim? — O importante *dottore* não fez a menor tentativa de ocultar a irritação por ter sido interrompido.

— Blume — disse o comissário, reproduzindo o tom inamistoso e peremptório.

— Não, número errado — declarou Cantore, e desligou.

Blume recolocou o fone no gancho com um cuidado exagerado. Colocou a palma da mão esquerda aberta sobre a mesa, fechou os olhos e respirou fundo.

Blume estava começando a se acalmar quando o telefone tocou.

— Sim?

A mesma voz jovem explicou que o diretor-técnico chefe Cantore acabara de lembrar que Blume estava retornando um telefonema. Ele queria saber se poderiam se encontrar em meia hora. Blume disse que não, pois levaria pelo menos quarenta minutos para chegar ao laboratório. Ele não colocaria um farol giratório no carro nem dirigiria em alta velocidade com um braço só, e não tinha certeza se queria solicitar uma viatura. Se fosse sobre Clemente, preferiria não chamar atenção. O jovem pareceu preocupado, deixou Blume aguardando, voltou e perguntou se Blume poderia encontrar Cantore em uma hora.

— Falar ao telefone é indigno do grande homem, hein? É para ajudar no caso Clemente ou no de Enrico Brocca?

O jovem não entendeu.

— Coloque-o na linha.

O telefone fez um baque quando foi colocado outra vez sobre uma mesa. Eventualmente, a voz retornou para dizer a Blume que Cantore não queria falar ao telefone porque era um assunto confidencial.

Mas que diabos. Ele prometera a Giulia que encontraria o assassino do pai. Aquilo era parte do preço que precisaria pagar.

37

SÁBADO, 4 DE SETEMBRO, 19H30

Alessandro Cantore estava na parte mais distante, inacessível e escura do laboratório, como se tentasse se esconder de Blume. Era de constituição forte, seu tamanho exagerado pela proximidade de uma garota esguia que olhava em um microscópio. Com as mãos pesadas entrelaçadas atrás das costas, estava levemente inclinado para a frente e parecia olhar as ondas do cabelo fino dela com a mesma intensidade e interesse com que ela observava o que quer que estivesse se contorcendo sob a lente. Cantore endireitou-se levemente quando Blume entrou. Apesar do rosto grande de Cantore e dos óculos quadrados, que pareciam um par de televisores antigos, estarem fixos nele, Blume não estava inteiramente certo de que sua presença fora notada. Todos os policiais científicos tinham um ar palidamente assombrado e levemente ausente enquanto olhavam com atenção as amostras de sangue, poeira, sêmen, pele, cabelo, solo, saliva e veneno.

Blume recostou-se em uma mesa coberta de produtos químicos, papel de tornassol e um nó górdio de fios elétricos ligados a diversas luzes azuis e infravermelhas e aguardou até que reconhecessem sua presença.

O diretor tinha um sotaque veneziano retumbante:
— Você é *Bellun*?
— Blume — corrigiu ele em um tom neutro. Eles já haviam se encontrado três vezes.

— Ah, certo. — Cantore titubeou à beira de uma desculpa, mas conteve-se. — Entre no meu escritório, não podemos conversar aqui.

Ele indicou com a cabeça a garota magra que olhava no microscópio. Ela não parecia ter ouvido uma palavra sequer. Na verdade, nem mesmo se movera.

Cantore passou cambaleando por Blume e conduziu-o pelo laboratório intermediário, ignorando os olhares assustados de dois estagiários com rostos leitosos que misturavam um líquido em uma bandeja de reagente.

— Aqui dentro — instruiu ele, apontando para uma porta verde-claro que parecia uma despensa, e abriu-a com o ombro.

Blume seguiu, esperando se ver em um buraco claustrofóbico. Em vez disso, o escritório era amplo. Havia espaço para duas estantes de livros e a mesa de Cantore tinha o tamanho e a forma de uma mesa de pingue-pongue. Estava coberta de papéis e livros, e alguém, presumivelmente o próprio Cantore, andara usando placas de Petri plásticas como cinzeiros.

Blume sentou-se em uma cadeira tão baixa que seus olhos ficaram bem à altura da superfície da mesa abarrotada de Cantore. Este se ocupou empilhando os montes de papéis, copos e livros em montanhas ainda mais altas. Com um grunhido final de satisfação, posicionou-se cuidadosamente no centro da estrutura, sentou-se e olhou fixamente para Blume através do cânion de papel.

— O caso Clemente — disse Cantore. — Soube que está fora dele. Uma pena. Eu estava ansioso por analisar mais pelos de cachorro.

— É isso que deve ser tão bom a respeito do seu trabalho, professor — disse Blume. — Um pelo de cachorro nesta semana, quem sabe quais tesouros a próxima semana trará.

Cantore bateu as mãos duas vezes, ou celebrando o sarcasmo de Blume ou marcando o final das formalidades iniciais.

— Acho que me lembro agora de você. Safado estrangeiro e inconveniente — disse ele.

— Estou investigando um novo caso — disse Blume.

— Havia toneladas de evidências! — gritou Cantore. — Não no novo caso. Estou falando do caso Clemente. Toneladas. Ou o assassino era um idiota...

Blume esperou.

— Ou? — disse ele, finalmente.

— Ou nada. O assassino era apenas um idiota — disse Cantore e caiu na gargalhada. — Bem, o que temos aqui — ele bateu com o dedo na mesa, como que indicando uma fotografia, mas Blume não viu nada —, é uma barra de sabão com uma impressão digital grande e perfeita, três impressões digitais. As mesmas impressões foram encontradas no corpo, na parede, no espelho do banheiro, no armário, na porta da frente, em uma caixa de compras, em todos os lugares que examinamos.

— E pertencem ao assassino de Clemente?

— Nem todos os amigos da vítima cooperaram fornecendo impressões digitais, e ainda temos algumas não identificadas mas, sim, digamos que pertençam ao assassino.

— Mas você não obteve nenhum resultado no banco de dados do AFIS — disse Blume.

— Enviei-os para Guendalina... Conhece Guendalina?

— Não.

— Boa garota, Guendalina. Gerencia o banco de dados do AFIS. Sempre solícita. Mulher adorável. Realmente muito...

Cantore abaixou o tom de voz tão repentinamente que Blume perdeu o resto da frase. Depois, retornando a pleno volume, ele continuou:

— Bem, de qualquer modo, contei a Wendy... ou melhor, Guendalina... qual era o caso, e ela me disse que tinha ouvido que era muito importante e que estava sendo muito comentado lá no alto, nos corredores da corrupção.

— E? — perguntou Blume.

— Ela não encontrou nada. Mas você sabe disso.

— Por que me chamou? — perguntou Blume.

Cantore levantou duas sacolas plásticas com um ar de triunfo. Uma continha um livrinho rosa rasgado, o qual Blume reconheceu como uma licença de motorista antiga, a outra continha um cartão de crédito verde e vermelho.

— A carteira de motorista de Enrico Brocca. — Ele olhou para a outra mão. — E o cartão de crédito dele — acrescentou. — Seu novo caso.

Blume olhou para ele sem compreender.

— Temos impressões nelas — explicou Cantore.

— Só está vendo isso agora?

— Não. Obtivemos as impressões há muito tempo. Identificação de fricção de rugas de nível dois, mas a impressão na carteira é excelente.

— Ótimo — disse Blume. — E checou-as no banco de dados do AFIS?

— Sim. Mas não encontramos nada — disse Cantore, acomodando-se na cadeira e desaparecendo por um instante atrás dos papéis.

Blume inclinou-se para a frente para poder vê-lo novamente. Não entendia o que Cantore estava dizendo, e perguntou:

— Nada? Eu já sabia que não havia nada no AFIS. Caso houvesse, já teríamos prendido alguém.

— Bem, caso interesse, a ausência de identificação irá se tornar uma identificação definitiva quando o banco de dados do AFIS for atualizado. — Cantore sorriu, revelando uma fileira de dentes quadrados cor de chá.

— Não estou mais acompanhando — disse Blume.

Blume ouviu um estalo, um som de algo arrastando-se atrás dele, e virou-se para ver Principe entrando na sala.

— As impressões da cena do crime do caso Brocca entrarão no banco de dados, obviamente, apesar de não podermos associá-las a um nome — continuou Cantore. — Filippo, pedirei para alguém lhe trazer uma cadeira.

— Tudo bem, Alessandro, posso ficar de pé — disse Principe atrás de Blume. — Vejo que quase terminou de explicar a ele.

— Já terminei — disse Cantore.

— Não, não terminou — disse Blume. — A não identificação na carteira de motorista...

— E no cartão de crédito — interrompeu Cantore.

— E no cartão de crédito — disse Blume. — São impressões sem identificação. O que diabos há de bom nisso?

— Eu não disse que não foram identificadas — rebateu Cantore. — Por que eu chamaria você até aqui? O que eu disse foi que não foram identificadas pelo AFIS, porque o AFIS não foi atualizado para tê-las incluídas.

Principe avançou por detrás de Blume até ficar do lado esquerdo dele. O comissário olhou através da mesa para Cantore, que parara de falar e encarava Principe com um olhar do tipo "explique-você-a-ele".

Principe explicou:

— O que ele quer dizer, Alec, é que haverá uma identificação assim que o banco de dados do AFIS for atualizado com as impressões digitais da cena do crime de Clemente. O motivo é que as impressões não identificadas da casa de Clemente e as impressões não identificadas no cartão de crédito de Enrico Brocca são uma só, e a mesma. A mesma pessoa cometeu os dois assassinatos.

Blume virou-se lentamente para olhar para Principe:

— Você sabia disso?

— A ligação entre os dois casos, sim. Agora você precisa utilizá-la.

Cantore acrescentou mais um pouco de esclarecimento por trás da mesa:

— Depende de qual linha do tempo decida usar, inspetor *Bellum*. É evidente que Principe e eu soubemos da ligação antes de você. Mas não soubemos há muito tempo.

— Alessandro, é comissário, não inspetor, e Blume, com um *M*. Vamos usar aqui primeiros nomes e "*tu*".

— Se você diz — disse Cantore.

— *Dottor* Cantore informou-me da identificação há duas noites. — disse Principe a Blume. — Me designaram para o caso de violência no trânsito, depois coloquei você nele. Não pude ser específico ao telefone.

Cantore levantou-se repentinamente da cadeira.

— Não estou interessado em ouvir esses detalhes — disse ele. — Apenas achei que deveriam saber sobre a identificação das impressões digitais.

— Fico agradecido. Você se importaria em não dizer nada a ninguém por um ou dois dias? — perguntou Principe.

— Por que eu mencionaria isso novamente? — disse Cantore. — Na verdade, nem vejo por que eu deveria estar aqui. Já tenho muito a fazer. Mas fiquem à vontade para usar o escritório.

Cantore passou por Principe e deu-lhe um tapinha amigável nas costas, depois parou diante de Blume, uma forma enorme ocupando todo o campo de visão dele. Uma mão imensa, gorda e branca emergiu em sua direção:

— Comissário *Bellum*...

Eles apertaram as mãos e Cantore saiu.

Assim que Cantore bateu a porta, Principe disse:

— Não pude ser direto ao telefone. Havia pessoas no meu escritório.

Ele olhou para Blume com um olhar avaliador.

— Pensei ter detectado algo em seu tom de voz — disse Blume.

— Foi para manter as aparências.

— Compreendo agora... É um lugar movimentado, o gabinete do promotor, especialmente em Roma. Onde estava antes de ser transferido para cá? Foggia?

— Foggia, isso mesmo — disse Principe. Ele pegou um bloco de papéis do bolso interno do paletó e preparou-se para ler.

— Algum caso interessante quando estava lá? — perguntou Blume.

Principe abaixou os papéis que tinha na mão e olhou sobre a armação dos óculos para Blume.

— Alec, parece-me que está tentando dizer algo.

— Hoje, mais cedo, conversei com Innocenzi — disse Blume, observando atentamente o rosto de Principe.

— Conseguiu conversar com ele? — Principe parecia surpreso. Depois, Blume viu a boca do juiz investigador abrir-se em um minúsculo "o" de reconhecimento para, em seguida, formar um sorriso estampado.

— O assassinato da esposa de Innocenzi. É disso que se trata.

— Sim, isso.

— Innocenzi trabalha assim, Alec. Dividir e governar, plantar sementes de desconfiança, saber mais do que todo mundo ou fingir que você sabe.

— Ele explicou essa estratégia. Chama isso de *kompromat*.

— O que isso significa? — perguntou Principe.

— Significa que ele sabe de algo comprometedor a seu respeito.

— Ele não sabe nada a meu respeito — disse Principe. — Não havia provas contra Innocenzi na época. Muitas pessoas achavam que ele tinha planejado o assassinato da esposa, mas não havia nada que provasse isso.

— O que ela fez? Traiu ele?

— Não sei, Alec. Talvez não tenha feito nada. Motivação era uma das muitas coisas que faltavam.

— Pessoas matam com pouca motivação.

— Claro — disse Principe. — Sei disso. Mas não havia provas, nenhum motivo claro, somente suspeitas. O caso jamais se sustentaria no tribunal. E, caso se sustentasse, exigiria uma dose enorme de invenção de nossa parte. Era o que o promotor-chefe queria. Eu não.

— Você conseguiu convencê-lo.

— Não foi tão difícil. O juiz responsável era velho, ignorante e corrupto. O caso jamais daria em nada. Foi fácil encerrar a linha de investigação adotada por ele. Muitas pessoas ficaram felizes ao me ver forçar uma mudança de direção.

— E você ficou feliz ao fazer o que pediram?

— Às vezes, as pessoas erradas querem a coisa certa por razões erradas. Foi um desses casos. — Principe abaixou os olhos e encarou Blume diretamente. — Você me conhece há 11 anos. Foi preciso... O quê? Meia hora na companhia de Innocenzi para minar isso? Decida o que acha, depois me diga.

Blume permaneceu em silêncio por vinte segundos. Principe recostou-se na mesa e aguardou.

Finalmente, Blume disse:

— Desculpe. Eu deveria ter pensado a respeito.

Principe concordou com a cabeça, parecendo satisfeito.

Mas Blume não conseguia saber como realmente se sentia. Estava com raiva de si mesmo. Se tivesse detido Pernazzo, ficado de olho nele em vez de ter ido encontrar Kristin, o pai daquela criança poderia estar vivo. Por pior que fosse o pensamento, Blume manteve-o em primeiro plano: ele, de alguma maneira, incitara Pernazzo a matar. Chamara-o de perdedor, fracassado, então Pernazzo saíra para matar enquanto Blume tentava fazer Kristin sentir pena dele contando-lhe sobre os pais.

— Pernazzo tem um álibi que não acredito que seja real — disse Blume, e informou a Principe sobre a conversa que tivera com Rosati.

Principe desdobrou as folhas de papel que tirara do bolso e começou a ler.

— Odeio quando há coisas de computador envolvidas. Fogem à minha compreensão. Mas o ponto principal é que agora temos outro caminho para entrar no caso Clemente, através desse azarado Enrico Brocca. Ou você tem. Mas é possível que precisemos usar a criança como testemunha-chave.

— Não foi violência de trânsito, era parte de um jogo — disse Blume.

— Um jogo psicótico, quer dizer?

— Sim. Mas não só isso. Já ouviu falar em *World of Warcraft*, *Grand Theft Auto*, *EverQuest*... — Blume percebeu pelos olhos de Principe que ele não ouvira. — Farei Pernazzo explicar quando estiver sob custódia — disse Blume. — E agora é minha vez de surpreender você: Innocenzi forneceu-me a localização do esconderijo de Alleva perto de Civitavecchia. O Espírito Santo está voando para lá neste momento. Com Paoloni. E Deus sabe com mais quantos homens.

Principe colocou os papéis de lado.

— Você mandou-os para lá... Bom movimento, creio. Eu gostaria de ter sido avisado antes, é claro. O que acha que encontrarão?

— Uma casa vazia, provas residuais. Não sei. Muito pouco e tarde demais, com certeza. Nada que nos permita voltar no tempo e impedir qualquer assassinato.

— Se pudéssemos voltar no tempo para evitar assassinatos, nós dois estaríamos desempregados. E até quando gostaria de voltar? Até Caim e Abel?

— Eu ficaria satisfeito com semana passada — disse Blume. O celular dele começou a tocar. — Ou talvez até algum período antes de inventarem essas coisas.

38

SEXTA-FEIRA, 27 DE AGOSTO, 12H30

Tendo permanecido distante e eficiente enquanto matava Clemente e contido com sucesso uma onda de náusea na cena do crime, Angelo Pernazzo ficou decepcionado ao vomitar assim que chegou em casa. Consequência da tensão, especialmente enquanto dirigia de volta, concluiu. Ele limpou a borda da privada com um pedaço de lenço de papel, encheu a banheira com água tépida e ficou imerso durante uma hora, até a água ficar fria e cinzenta. Depois, colocou todas as roupas na máquina de lavar, pôs água sanitária e sabão em pó e ajustou a lavagem para a temperatura máxima. Ele jogaria fora o que não sobrevivesse. Vestiu calças esportivas com elástico, um par de *espadrilles* e uma camisa vermelha com gola em V do AS Roma. Comeu um pouco de chocolate Ringo e cookies de creme, bebeu uma Coca Diet e sentiu-se melhor.

Pernazzo limpou a faca com um trapo encharcado de álcool desnaturado rosa, deleitando-se com o perfume e o brilho. Depois a colocou sobre a mesa, ao lado do computador. Era ali que sempre a mantivera desde quando a comprara em uma loja de artes marciais ao lado da estação de trens em Ostia, nove meses antes. Ele impressionara-os, ao entrar na loja, ignorando toda a porcaria nos mostruários pedindo uma Ka-Bar Tanto, que sabia que precisariam encomendar do Japão.

Exatamente na hora programada, tirou a soneca de vinte minutos. Quando despertou, saiu do sofá com o mesmo tipo de sensação com a qual acordava no dia de seu aniversário, quando sabia que a mãe o estaria esperando na cozinha exatamente com o presente que ele pedira. O último presente que ela lhe dera fora uma pulseira de prata com o nome dele gravado. Aquele era o primeiro aniversário sem a mãe, mas se Massoni cumprisse a promessa que havia feito, hoje Pernazzo finalmente conseguiria uma pistola.

Ele pedira um Colt Python, mas Massoni rira dele. Finalmente, Massoni concordara em obter uma Glock, pela qual queria, em troca, que Pernazzo lhe fizesse um pequeno favor, que consistia em ir até Clemente e dizer que ele voltasse atrás e parasse de interromper os eventos.

— Quer que eu transmita a ele um recado de Alleva? — perguntara Pernazzo.

— Não. Diga apenas para voltar atrás. Não diga de quem é o recado.

— Eu poderia dizer que é meu.

— E como isso funcionaria, Angelo? Vai ameaçar o homem? Apenas transmita o recado. Nenhuma fonte, apenas um aviso. Acha que consegue fazer isso?

Massoni prometeu que daria a pistola a Pernazzo quando ele fizesse o favor. Por 1.500 euros. Angelo sabia que era cinco vezes o valor real da pistola, e Massoni sabia que ele sabia.

O primeiro contato real de Pernazzo com Massoni tinha sido um soco no estômago. O incidente ocorrera havia 18 meses.

A mãe de Pernazzo ainda estava morrendo no quarto quando a campainha tocou. Ele abriu a porta para um homem enorme com uma tatuagem azul no pescoço. Massoni pediu que Pernazzo se identificasse e, quando ele obedeceu, socou-o diretamente no plexo solar.

Pernazzo jamais levara um soco como aquele. Enquanto estava caído no chão, tudo em que podia pensar era que precisava respirar, mas não conseguia. O soco embaralhara seus pensamentos, os quais se refizeram em um único imperativo: respirar. O cérebro começou a gritar o comando, os membros começaram a se sacudir enquanto ele tentava obedecer. Talvez o pior tenha sido o fato de não conseguir emitir um único som. Ficou ali deitado e se sacudindo, boca aberta como a de um peixe, agonizando em total silêncio. Ninguém jamais o machucara fisicamente. Então, finalmente, o ar entrou com um silvo, fazendo-o chiar, engasgar e chiar novamente. Quando terminou de chiar, Pernazzo ouviu a voz ansiosa da mãe no quarto perguntando se era ele fazendo o barulho.

Massoni revirara a sala, o quarto, a cozinha. Tudo com profissionalismo e em silêncio. Pernazzo reparou que ele procurava em vários lugares onde escondera dinheiro no passado.

— Onde está? — perguntou Massoni sem nem mesmo se virar enquanto Pernazzo cambaleava atrás dele.

— Não tenho. Você disse para deixar para hoje à tarde. Ainda é de manhã.

— Se não tem agora, não terá à tarde.

— Sim, terei. Recebi por um site. A transferência foi feita outro dia. O dinheiro está no banco.

Massoni caminhou até a porta do quarto da mãe de Pernazzo. Quando chegou, parou e virou-se para olhar para ele.

— O que há lá dentro?

— Minha mãe.

— E talvez os 5 mil que deve a Alleva? Cinco mil e oitocentos, agora.

— Não, não está lá dentro. Ela é muito velha. Está morrendo.

Massoni recuou um pouco da porta.

— Ela pode ter ouvido — disse.

— Está dopada demais para saber, sentindo dor demais para se importar.

Massoni inclinou-se e praticamente ergueu Pernazzo do chão.

— Vamos juntos ao banco. Espero, pelo seu bem, que esteja dizendo a verdade.

Pernazzo tinha dito a verdade. Ele recebera 5 mil por um projeto para a Web, outros 5 mil por um pouco de JavaScript que nem era tão bom e algumas centenas de outro cliente por alguns modelos de CSS. O saldo bancário dele era de 11 mil euros, dos quais devia imediatamente 2.200 de VAT e cerca de mais 4 mil em impostos, pagáveis em alguns meses.

Depois de pagar os 5.800 que devia a Alleva pelas apostas, não conseguiria pagar os impostos. A menos que a mãe morresse antes.

Pernazzo saiu do banco naquele dia com 63 notas de cem euros. Massoni o aguardava. Ele entregou 58 notas a Massoni, que as contou três vezes. Pernazzo deixou-o afastar-se um pouco, depois o chamou. Massoni parou e caminhou de volta com os punhos cerrados. Quando o alcançou, Pernazzo colocou habilmente mais cinco notas na mão de Massoni.

— Isso é por não ter entrado no quarto da minha mãe. Fico agradecido.

Massoni olhou para ele, fechou o punho em torno do dinheiro e sorriu desdenhosamente.

Pernazzo sorriu de volta. Massoni poderia ser comprado. Levou mais tempo do que ele esperara, e foi preciso pagar Massoni algumas vezes mas, finalmente, Massoni contou-lhe a respeito do truque do cão inferior e, juntos, elaboraram um plano para fazer uma aposta alta contra Alleva. Massoni disse que chamaria alguns amigos para participar.

Depois do banho, Pernazzo sentou-se ao lado do telefone e aguardou. Uma hora e dez minutos depois, ele tocou.

— Deu o recado? — perguntou Massoni sem perder tempo com preliminares.

— Dei — disse Pernazzo. Ele sentiu um nó na garganta e perguntou-se se vomitaria outra vez. Mas logo percebeu que era felicidade inflando seu peito. Não queria vomitar: queria cantar, rugir, gargalhar. Pernazzo abraçou-se de alegria.

— Ele falou alguma coisa?

Pernazzo refletiu. Teria Clemente dito algo? Ele só se lembrava de grunhidos, engasgos e dos sons agonizantes.

— Não.

— Merda. Se ele trouxer jornalistas de novo, precisaremos cancelar por alguns meses.

— Não creio que ele levará nenhum jornalista para a briga de cães amanhã — disse Pernazzo.

— Ele disse isso?

— Não exatamente. É o tipo de coisa que não dá para explicar ao telefone.

Ele deixou a frase no ar, mas Massoni ignorou-a.

— Está com o dinheiro?

— Sim.

— Certo. Chego aí em uma hora.

Pernazzo ficou sentado, esperando. Escutando o rádio. Não houve nenhuma notícia sobre o assassinato de Clemente. Ele estava com medo do que Massoni pudesse fazer caso descobrisse, mas também estava morrendo de vontade de contar a ele.

39

SEXTA-FEIRA, 27 DE AGOSTO, 17H

Massoni sentou-se em uma cadeira de madeira perto da mesa de Pernazzo. A cadeira emitiu um rangido agudo. Massoni levantou-se, olhou para ela e sentou-se mais lentamente. A cadeira resistiu. Ele colocou uma sacola plástica no chão e tirou dela uma caixa de tênis Puma prestes a arrebentar nos lados.

Ele deslizou a caixa pelo chão na direção de Pernazzo, que se acomodara no sofá. A caixa bateu em algo grudento no chão, virou e a tampa caiu. Dentro, parcialmente envolvida em um pano de algodão, havia uma Glock 22 desbotada, a qual parecia feita de sabão de prisão. Pernazzo inclinou-se para pegá-la. Massoni não moveu um músculo sequer.

Basicamente, Pernazzo ficou decepcionado. A arma não impressionava muito. Nem parecia real. Ele realmente não queria se despedir de 15 notas verdes brilhantes de cem euros por aquela coisa.

Ele pegou a arma. Era ainda mais leve do que imaginara. Com uma sensação repentina de pânico, perguntou-se se não poderia ser uma falsificação e se Massoni estaria transbordando com gargalhadas silenciosas naquele instante, morrendo de vontade de contar aos amigos como vendera uma arma de brinquedo por 1.500 euros. Casualmente, Pernazzo conferiu a pistola. Parecia bastante verdadeira. Ele lera que tudo que se precisava fazer com uma Glock era puxar o estranho gatilho duplo.

— O dinheiro está aí, na mesa — disse Pernazzo. Ele observou enquanto Massoni olhava para a mesa. Viu o envelope e, ao lado dele, a magnífica faca. Ali sim estava uma arma de verdade.

— Volto em um instante.

Pernazzo pegou a pistola, foi até a cozinha e examinou-a com mais cuidado. Era verdadeira. Ele pressionou levemente a trava de segurança e o mecanismo do gatilho e sentiu-o começar a recuar. Bastaria fazer aquilo. Depois, abriu a geladeira, voltou com dois copos e uma garrafa plástica de um litro e meio de Fanta, sua bebida favorita.

— Quer um pouco?

— Não — disse Massoni.

Pernazzo girou a tampa para abrir a garrafa, apreciou o chiado do gás e o cheiro ácido de laranja, encheu um copo e colocou o outro na mesa. O dinheiro havia sumido, a faca estava em outra posição.

Pernazzo bebeu tudo de uma vez, segurando a Glock ao lado do corpo com naturalidade. Colocou o copo na mesa, pegou a garrafa plástica e carregou-a até o sofá, enfiando-a no canto de modo que metade dela despontasse debaixo da almofada de veludo marrom. Inclinou-se, colocou o cano da pistola contra o plástico e, como lera que deveria fazer, apertou em vez de puxar o gatilho.

A arma emitiu um estalido.

— Não gostou da Fanta? — perguntou Massoni.

Pernazzo permaneceu de costas. Sentiu que começava a tremer. Tentou modular a voz, mas as palavras saíram vibrando de emoção.

— A arma que me vendeu nem funciona!

— Não está carregada — disse Massoni. — Veja.

Agora, Pernazzo precisou se virar. Ele adotou uma expressão de indiferença ao fazê-lo, mas o sorriso no rosto de Massoni quase o fez perdê-la.

Massoni estava com as duas mãos estendidas. Em uma, havia um pente para as balas e, na outra, uma caixa vermelha e cinza.

— Balas — disse Massoni. — Aqui.

A mão enorme de Massoni acenou para que Pernazzo devolvesse a pistola. Pernazzo pensou a respeito e entregou a arma.

Massoni tirou o pente da arma, inseriu o outro e balançou a caixa.

— São cartuchos de calibre quarenta. — Ele abriu a caixa, pegou as balas de ponta curta e começou a pressioná-las para dentro do pente vazio com o polegar gordo. — Assim. É fácil, viu?

— Apenas coloque as balas na mesa.

Massoni fez o que Pernazzo pediu, depois disse:

— Você precisa me dizer o que foi o lance com a Fanta.

— Devolva a arma primeiro.

Massoni esticou a mão com a arma e Pernazzo agarrou-a. Ele manteve a mão no ar por alguns segundos, o cano quadrado apontando casualmente para a virilha e os joelhos de Massoni.

Finalmente, Massoni percebeu e disse:

— Cuidado.

Pernazzo voltou para o sofá. A arma em sua mão parecia mais bem-balanceada.

— Por que quer atirar na garrafa? — insistiu Massoni.

— Quero testá-la.

Massoni coçou a tatuagem no pescoço com o dedo indicador.

— Testar o quê?

— A Glock!

— Contra a Fanta, ela vai vencer.

— A garrafa é um silenciador. Você coloca o cano contra uma garrafa plástica cheia e atira, isso abafa o som.

Massoni ergueu a cabeça em descrença.

— Quem lhe disse isso?

— Não é da sua conta.

— Quer tentar com essa garrafa no sofá?

Pernazzo começou a erguer levemente a arma para que ela apontasse para o sapato parecido com uma balsa que Massoni calçava.

— Sim.

— Você vai encharcar este lugar com laranja espumante.

— Isso é óbvio — disse Pernazzo.

— É, mas também vai fazer um buraco no sofá.

— E daí?

— Não entendo. São cartuchos de calibre quarenta. Provavelmente também vai abrir um buraco na parede ou no chão, e o som é muito alto.

— Não, não é. A garrafa silencia o disparo.

— De jeito nenhum. Não uma bala de calibre quarenta em uma sala fechada. Já usou uma pistola em um espaço fechado?

Pernazzo olhou para a figura grande de Massoni, descolorida contra a janela iluminada. A mão de Pernazzo doía acompanhando sua imaginação, que antecipava a Glock em sua mão e ele de pé diante do corpo de Massoni estirado no chão enquanto recuperasse o dinheiro.

Massoni deu de ombros.

— Pense o que quiser. Conte sobre Clemente. Você disse a ele que estávamos observando ele, a esposa e o filho?

— Sim.

— Ele disse algo?

— Não.

— Não acredito que tenha nem ido à casa dele — disse Massoni. — Ele provavelmente nem estava em casa. Ou talvez você tenha ficado com medo quando ele abriu a porta. Não importa. Vamos encontrar uma maneira apropriada de persuadi-lo.

— Matei ele — disse Pernazzo. — Entrei e matei o safado. Com esta faca da mesa que você acaba de tocar.

Massoni afastou-se da janela e a luz do sol incidiu entre os olhos de Pernazzo, desorientando-o e atribuindo um efeito estroboscópico aos movimentos de Massoni. Em um instante, ele estava ao lado da janela e, no seguinte, parecia ter atravessado a sala em um único movimento súbito e estava de pé diante de Pernazzo. Massoni enrolou a camisa de Pernazzo em um punho, aproximou o rosto do dele, depois relaxou e disse:

— Não. Você está brincando. Só nos seus sonhos você matou um homem.

— Ali está a bolsa dele — disse Pernazzo apontando para uma mochila cinza perto da mesa.

— O que tem nela?

— Nada. Usei para guardar minhas roupas.

— Não, não fez isso. Isso não é um jogo de fantasia.

— Eu matei ele. Você vai ouvir a respeito. Na televisão e no rádio.

— De jeito nenhum — disse Massoni. — Eu estava apenas perturbando sua cabeça mandando você ir lá. Acha que precisamos de um mensageiro?

— Você não podia se dar ao luxo de ir lá. Era arriscado demais, então me enviou.

— Se quiséssemos machucar o cara, teríamos enviado uma pessoa de verdade. Jesus, está falando sério? Como entrou?

— A porta de entrada do prédio estava aberta, depois só bati na porta do apartamento. Ele abriu.

— E você... O quê? Entrou e esfaqueou ele?

— Tinha um cara entregando compras. Ele havia subido e deixado duas caixas lá. Quando o amante de cães abriu a porta, pensou que eu fosse o entregador, o que facilitou as coisas. Só que tive que esperar até ter certeza de que o entregador verdadeiro não ia bater na porta.

— Ele estava sozinho?

— Sim.

— Obrigado, Cristo, por pequenas graças. Sabe com a filha de quem ele está fodendo? É por isso que eu não podia fazer aquilo... Você tem a mínima ideia do que acaba de fazer? O que havia de tão difícil em transmitir um recado, como eu disse? Eu devia... Eu devia matar você agora mesmo.

Mas Massoni não fez nenhum movimento para sacar uma arma. Talvez não estivesse armado. Pernazzo apertou a própria arma com mais força.

— Preciso telefonar para Alleva — disse Massoni. — Isso é inacreditável.

— Então telefone para ele. Já está na hora de vocês começarem a me levar a sério.

Massoni pegou um pequeno celular dobrável e olhou para ele, em dúvida. Pernazzo perguntou-se como ele conseguia apertar menos do que dez botões de cada vez com aqueles dedos de salsicha.

Intranquilo, Massoni telefonou.

— É, eu sei, inacreditável. — Pernazzo ouvi-o dizer. Ele usou a palavra três vezes.

Quando terminou, Massoni olhou para Pernazzo e balançou lentamente a cabeça. Pernazzo sentiu que era um gesto de descrença e admiração.

— Vamos ver Alleva?

— Não. Primeiro, vamos conferir se é verdade. Fique aqui. Não saia de casa.

— E quanto a nossa aposta amanhã à noite... A briga do cão inferior?

Massoni passou a mão por seu cabelo de porco-espinho.

— Você acha mesmo que vai ter briga? Depois que Clemente foi morto? Agora, toda a operação vai ser interrompida por meses.

— Merda, eu não tinha pensado nisso — disse Pernazzo.

— Alleva vai responsabilizar você pela renda perdida. Mas agora essa é a menor das preocupações dele.

— Bem, podemos fazer a aposta no cão inferior em outro momento — disse Pernazzo.

— Claro que podemos, Angelo. Mais cedo ou mais tarde, você vai ser um grande vencedor.

— Seremos. Você fica com trinta por cento.

— Como eu poderia esquecer? — disse Massoni. — Fica em casa. Atenda a porta para visitantes. Pode ser Alleva ou eu.

Massoni partiu.

Pernazzo passou o resto do dia assistindo aos noticiários. Às oito horas, tirou uma soneca programada de vinte minutos e sonhou com a mãe, como sonhara todas as noites desde quando a ajudara a morrer. Sonhou com Clemente e também com a garota de cabelo liso correndo descalça. Conhecera-a no *Second Life*, ou quando estava no primário. Não conseguia se lembrar.

Quando Pernazzo acordou, seus olhos não abriram e seu corpo não se moveu quando ele ordenou. Mas não que ele quisesse. Sentia como se seu corpo fosse feito de metal pesado e a cama fosse magnética, mas macia. Desejou poder permanecer para sempre imóvel e relaxado daquela maneira.

Pernazzo pensou que estava acordado porque o rádio estava tocando, mas depois percebeu que falavam sobre Clemente e Alleva, o que o levou a deduzir que, provavelmente, ainda dormia. Depois, o rádio falou sobre o clima e uma tempestade que seguia para o sul. Pernazzo sentou-se e percebeu que estava de volta à vida real.

Ele deixou o rádio ligado enquanto trabalhava em um novo CSS para o site dos escritórios do governo local de Genzano. Era patético. Ele sabia a linguagem de programação Perl e era capaz de transformar o site mais morto de todos em algo interativo em poucos dias, mas ninguém se importava com qualidade. Iam pagar 200 euros. A placa na porta custara 150. Ela teria sido uma piadinha secreta em um encontro planejado na vida real com dois Elfos de Sangue, mas eles nunca apareceram. Ambos deram desculpas patéticas naquela noite, quando Pernazzo encontrou-os online.

O rádio não mencionou Clemente outra vez. Portanto, deveria ter sido um sonho.

Sexta-feira tornara-se sábado, o sábado desenrolara-se como uma hora tediosa após a outra e nada acontecera para celebrar a nova posição de Pernazzo. Enquanto isso, a agenda de sono Uberman estava indo para o inferno. Era a tensão de esperar e não ouvir nada. Finalmente, às cinco da tarde, o rádio noticiou o assassinato de Clemente, marido de uma respeitada senadora do Partido Verde. Ele desconhecia aquele detalhe sobre a esposa e ficou satisfeito. Aquilo aumentava o prestígio.

Às oito e cinquenta, o interfone tocou e ele foi atender.

— Pernazzo?

Não era Massoni. Ele não reconheceu a voz.

— Sim?

— Angelo Pernazzo?

— Sim. O que você quer?

— Polícia.

40

SÁBADO, 28 DE AGOSTO, 20H50

Angelo Pernazzo sentiu o estômago apertar quando a voz pronunciou a palavra "polícia". Ele correu até a mesa na sala de estar, sobre a qual colocara a Glock, pegou-a e correu de volta. Mas caso houvesse mais do que um policial, não faria sentido tentar fugir atirando. O interfone tocou outra vez, alto e demoradamente. O efeito foi transformar o medo de Pernazzo em raiva.

— Ainda estou aqui, porra! — falou para o policial impaciente.

— Você me ouviu? Eu disse polícia.

— Certo — retrucou Pernazzo. Ele apertou o botão para abrir a porta, entrou em seu quarto e escondeu a Glock e a Ka-Bar sob o colchão.

O interfone tocou de novo. Ele respondeu pela terceira vez:

— O quê?

— Qual andar?

— Terceiro.

— Certo. Estou subindo — disse a voz. Continuava soando como um único homem.

Quando Pernazzo abriu a porta, o tira estava sozinho.

— *Permesso?*

Pernazzo parou de recuar pelo corredor. Um policial prestes a efetuar uma prisão por assassinato não vem sozinho e depois pede permissão para entrar. Ele virou-se e avaliou o visitante, procurando seus pontos fracos.

O policial era um homem alto, cerca de 40 anos, de constituição forte. Parecido com Clemente, mas não tão flácido. Parecia estar mais preparado para um ataque inesperado. Ele inclinou o rosto levemente para a frente ao examinar Pernazzo.

Ao longo da hora seguinte, o policial invadiu a vida dele, zombou dele, tomou conta do apartamento, inspecionou coisas, tocou objetos, manifestou nojo, suspeitou de tudo e insultou-o, chamando-o de perdedor. Pernazzo ficou enjoado de nervosismo e raiva. Depois, o policial pegou o rótulo de manteiga de amendoim.

Pernazzo poderia ter ido ao quarto, voltado com a faca e furado o babaca ali mesmo, e era o que queria fazer, mas lembrou-se de algumas palavras de sabedoria escritas em um quadro de mensagens por um jogador campeão em um encontro da liga: você nunca pode encurralar e matar um policial. Como alpinistas cautelosos, eles sempre dizem a outras pessoas para onde estão indo.

Agora Pernazzo precisava se juntar a Alleva o mais rápido possível. Ele precisava fazer parte de uma quadrilha. Precisaria agir rápido.

Antes de partir, o visitante entregou-lhe um cartão. Comissário Alec Blume, estava escrito. O comissário gargalhara ao ouvir a história do cão inferior, chamara-o de perdedor. Alleva tinha fama de vigarista, disse ele. Pernazzo não tinha considerado tal possibilidade.

Mas, se fosse uma armação... Massoni... sabia que sua mãe havia morrido e deixara algum dinheiro para ele. A aposta alta no cão inferior. Talvez tal coisa não existisse. Talvez cães inferiores apenas perdessem.

Dez minutos depois que o comissário de polícia partiu, Massoni tocou o interfone e mandou Pernazzo descer. Iriam para o outro lado da cidade porque Alleva queria conversar.

— Estou sendo vigiado. — Pernazzo sussurrou ao interfone.

— O quê? Não consigo ouvir.

— Estou sendo vigiado — repetiu Pernazzo. — A polícia está aí fora me vigiando.

— Desça logo, seu merdinha paranoico — disse Massoni. — Ninguém está vigiando você. Acha que não sei detectar vigilância policial?

Antes de deixar a casa, Angelo enfiou a Glock atrás das calças. Vestiu um cinto para mantê-la no lugar. Era desconfortável, a arma não estava facilmente acessível e ele tinha uma sensação de total vulnerabilidade na base das costas e no ânus por medo de que a arma pudesse disparar. Mas ele não era um perdedor. Ele demonstrara isso ontem. E provaria novamente, assim que surgisse a oportunidade.

41

SÁBADO, 28 DE AGOSTO, 21H45

Massoni dirigia um BMW X5. Todos dirigiam utilitários esportivos hoje em dia, exceto Pernazzo. Mais uma coisa que mudaria. Outra tempestade aproximava-se vindo de Palestrina e chegou quando entraram no carro. Massoni dirigia rápido em ruas molhadas, com apenas uma das mãos no volante. Parecia tentar enviar uma mensagem pelo telefone. Na altura do hospital San Camilo, fez algo que deve ter cancelado todo o trabalho duro dos últimos poucos quilômetros, porque freou, disse um palavrão e atirou o telefone no chão diante de Pernazzo.

Quando o telefone atingiu o chão, começou a vibrar e Antonello Venditti começou a cantar "Quanto sei bella Roma".

Massoni esticou a mão direita.

— Devolva o telefone.

Pernazzo olhou furtivamente para o visor antes de colocar o telefone na palma da mão de Massoni, mas tudo que viu foi um número.

Massoni abriu o telefone, interrompendo o hino de Venditti.

— Sim? — disse ele.

Massoni sabia como não revelar muita coisa em um telefone celular. Depois de uma série de monossílabos, desligou e anunciou:

— Não vamos encontrar Alleva.

— O quê?

— Não vamos. Ele diz que nem quer me ver, não até que as coisas se acalmem. Mandou levar você para casa.

Pernazzo reuniu toda a autoridade que conseguiu e disse:

— Continue a dirigir na direção em que estava seguindo.

Massoni ignorou-o.

— Ele está nos fodendo, é o que está fazendo — disse Pernazzo.

— Que história é essa de "nós"? Ele não vai ver você, isso é tudo.

— Pense a respeito, Massoni. Ele quer que você fique comigo enquanto foge. Você precisa aprender a pensar por conta própria. Faça ele precisar... Freie!

Massoni já pisara no freio meio segundo antes de Pernazzo conseguir gritar. Pernazzo sentiu um tremor sob os pés enquanto o sistema antitravas dos freios prendia e soltava as rodas em ciclos rápidos e pôde ouvir o som da água da chuva levantada pelos pneus.

Massoni socou a buzina para alertar o carro parado logo à frente. Eles iam conseguir.

Quase.

A caminhonete parou ao bater na traseira de um pequeno carro familiar que parara completamente no meio da rua. A colisão foi insignificante.

— Veja só esse cara! — disse Massoni quando o carro que acabara de atingir sumiu de vista e manobrou para estacionar em uma vaga à direita.

— Causa uma batida, depois termina de estacionar.

Ele abriu a porta e saltou do carro. Pernazzo aguardou um segundo, depois o seguiu.

Massoni contornou a frente do próprio carro, inclinou a cabeça e avaliou o estrago. Talvez houvesse um pequeno amassado no para-choque, era difícil dizer. O outro motorista aproximava-se, pálido. Gotículas de água dos plátanos de folhas largas sobre a rua pingavam em sua cabeça careca. Massoni executou um elegante movimento largo com a mão na direção do para-choque, como se estivesse vendendo o carro. Uma mulher, presumivelmente a esposa, afastou-se apressadamente com duas crianças. Ela tinha uma bunda gorda. A garota tinha cabelos pretos e lisos que brilhavam na chuva. Bonita. Pernazzo observou-as enquanto seguiam para uma *pizzeria*. O marido virou-se um pouco, acompanhou-as com os olhos e disse alguma coisa. Depois, virou-se para Massoni e falou alto:

— Se quiser, podemos chamar a polícia.

Massoni disse algo que Pernazzo não entendeu. Ele aproximou-se e ouviu o homem careca dizer:

— Isso é uma ameaça?

Evidentemente, era. Massoni agarrou a lapela do homem, puxou-o para a frente do carro e empurrou a cabeça dele para baixo, fazendo-o olhar para um arranhão que Pernazzo não conseguia ver.

O careca disse:

— Meu carro sofreu danos piores. A culpa é sua. O motorista que está atrás é sempre o culpado.

Massoni olhou para Pernazzo e abriu para ele um sorriso do tipo "dá-para-acreditar-nesse-cara?".

— Preciso que me dê 200 euros.

— Não tenho 200 euros.

— Que pena — disse Massoni. — Porque é quanto vai custar o estrago no meu carro. Você tem sorte que conheço um lanterneiro que oferece descontos.

— Não tenho tanto dinheiro.

— Escuta só o que ele diz. Tanto dinheiro. É exatamente quanto tem na carteira.

— Não tenho tanto assim.

— Como ia pagar pelas pizzas?

— Elas não custariam 200 euros.

Massoni esticou o braço e puxou o cara para perto de si.

— Apenas me dê a carteira, vejamos o que tem dentro dela.

O homem sacudiu a cabeça reluzente, mas quando Massoni virou-o e arrancou a carteira do bolso de trás, não ofereceu muita resistência. Massoni pegou duas notas de cinquenta e uma de vinte, esfregou-as entre o polegar e o indicador, dobrou-as dentro do bolso e jogou a carteira para o alto, entre Pernazzo e o careca. Pernazzo foi mais rápido e saltou com agilidade para pegá-la.

— Me dê isso — disse o homem, encontrando a voz enquanto Pernazzo abria a carteira.

Pernazzo pegou um cartão de fidelidade de um supermercado e largou-o no chão.

— Aí está — disse ele.

Ele tirou um cartão Visa, um cartão do banco San Paolo, olhou para eles e depois os jogou no chão, um a um. Pernazzo pegou uma carteira de motorista rosa e leu o nome.

— Enrico Brocca. Prazer em conhecê-lo, Enrico.

Ele rasgou a carteira ao meio e jogou uma metade para a esquerda e a outra para a direita. Depois, jogou todo o conteúdo da carteira no chão. Moedas, cartões espalhados na rua. O homem moveu-se para a frente e para trás, quase de joelhos, enquanto recolhia seus pertences.

Massoni recuou a perna como se fosse dar um chute. O homem cobriu a cabeça com os braços e Pernazzo gargalhou.

— Sorte sua que temos que ir a outro lugar, Enrico — disse ele.

O homem afastou-se, caminhando lentamente na direção da pizzaria. Logo antes de chegar à porta da frente, Pernazzo viu-o curvar-se, remover das calças a água da chuva, respirar fundo, erguer a cabeça e aprumar o passo.

Pernazzo e Massoni entraram no carro e ficaram sentados ali.

— Você lidou muito bem com a situação — disse Pernazzo. — Mas tem algo faltando no seu método. Você é apenas reativo. Precisa agir mais como um protagonista.

Massoni girou o volante e manobrou, sacudindo um punho para os motoristas que vinham de ambas as direções.

— Não vi você sendo muito um protagonista agora há pouco, de pé como uma ratazana molhada me olhando.

— Para onde estamos indo?

— Vou levar você de volta para casa.

Viajaram em silêncio durante dez minutos. Então, Pernazzo disse:

— Onde acha que Alleva está agora?

Massoni deu de ombros. Pernazzo prosseguiu:

— Deixe eu perguntar uma coisa.

Massoni batucou no volante enquanto esperava o sinal abrir.

— Sabe algo a respeito de Alleva?

Massoni ligou o rádio na Radio DeeJay e, depois de escutar a música por alguns momentos, disse:

— Conheço essa música. Robert alguma coisa. Ele cantou no Festivalbar. Boa música.

Pernazzo esticou o braço e desligou o rádio.

— Você não está me escutando.

Massoni ligou o rádio de novo.

— Quer que eu quebre seus dedos?

Pernazzo deixou o rádio ligado e falou por cima da música.

— É assim que vejo as coisas: você quebra dedos, incomoda um pouco as pessoas, mas não fez nada realmente importante para Alleva. Não estou dizendo que nunca matou um homem, mas nunca fez isso para Alleva, ou fez? Estou certo, não estou?

— E daí?

— Ele tampouco deixou que você o visse sendo realmente mau. Certo? Isso significa que você não pode comprometê-lo.

— É. Ainda estamos trabalhando juntos. Então é bom.

— Não é bom. É ruim.

— Não me torno inimigo dele, também não ofereço perigo.

— Você é alguém que ele sempre pode abandonar. Você não tem poder de influência. No meu caso, acabo de conquistar isso contra ele por matar Clemente. Neste instante, está tentando decifrar quem eu sou. É por isso que está adiando.

Massoni ligou os limpadores de para-brisa para remover algumas gotas de chuva.

— Eu estava pensando... ele pode nos excluir do circuito — disse Pernazzo.

— Lá vem você de novo com essa história de "nós".

— Ele também está excluindo você. Você não é indispensável para ele. Você precisa forjar um elo que ele não possa quebrar, mesmo que queira.

Massoni pressionou os ombros contra o assento, preparando-se para voltar a dirigir.

— Não sei do que está falando.

— Posso mostrar a você. Agora mesmo.

— Mostrar o quê?

— Como fazer Alleva respeitar e precisar de você.

— Ele disse que não vai encontrar você.

— Não precisamos encontrá-lo. Apenas volte para a pizzaria onde aquele cara amassou seu carro.

— Por que lá?

— Quer que lhe mostre ou não?

— Não.

Massoni aumentou a música e acelerou na direção da casa de Pernazzo.

— Tem certeza de que não vai havia policiais vigiando minha casa? — perguntou Pernazzo, depois de ouvir duas músicas inteiras de Carmen Consoli, uma logo depois da outra.

— Essas músicas são ótimas, ótimas — disse Massoni. — Ela é um gênio. Linda. A polícia não tem pessoal suficiente para vigiar pessoas importantes. Você nem está fora do radar deles. Está... Mais fora do radar deles do que um... Você é como um inseto para eles. Entende o que estou dizendo? Ei, é Ligabue, escuta essa música.

Massoni aumentou ainda mais o volume.

— Comissário Blume — disse Pernazzo. — Ele disse que vai voltar. Encontrou coisas na minha casa. Acho que pode me ligar ao assassinato.

Massoni diminuiu o volume.

— Há um comissário que já visitou você? Ele sabe sobre Clemente?

— Ele sabe algo. O cartão dele está na minha carteira.

— Dê para mim.

Pernazzo deu o cartão de Blume a Massoni.

— O que esse cara tem contra você? Como chegou a você tão rapidamente?

— Não sei. Mas não tem nada contra mim. Nada, a menos que eu conte a ele.

— Se mencionar meu nome, ou o de Alleva, você está morto, entendeu?

— Entendi.

Eles chegaram à casa de Pernazzo. Massoni desligou o motor.

— Desligue o rádio, Pernazzo.

Pernazzo desligou. Quando se virou, Massoni estava apontando uma pistola preta diretamente para sua testa.

— Há uma maneira de ter certeza de que você não vai falar.

— Há outra maneira — disse Pernazzo, sua voz ficando cada vez mais aguda, até se tornar um guincho.

— Esta é a melhor maneira que consigo imaginar — disse Massoni.

— Não se eu tiver escrito uma confissão completa, incluindo seu nome.

— Está blefando.

— Não. Imaginei que isso pudesse acontecer.

— Vamos revirar sua casa antes da polícia chegar. Vamos encontrar antes — disse Massoni.

— É um blog na web. Até agora, é um blog inativo sem acesso público. Vão demorar um pouco mas, caso eu seja morto, mais cedo ou mais tarde a polícia vai checar minha atividade na internet e encontrar. Isso é algo que você não pode fazer, não importa quantas pessoas intimide.

Pernazzo fechou os olhos com força e contou até três. Nada aconteceu. Continuou a contagem. Quando chegou a 17, Massoni disse:

— Então, qual é sua ideia?

Pernazzo abriu os olhos.

— Não é realmente uma ideia. É uma questão de confiança. Somos guerreiros, certo? Precisamos ficar unidos. Dirija de volta à pizzaria e mostro a você como.

— Se eu dirigir de volta para lá, o que vai fazer?

— Confie em mim. Você vai fazer.

— E quanto ao policial e à confissão que você colocou na internet?

— Depois lidaremos com isso. É tudo parte do pacto que precisamos fazer.

Massoni deu de ombros.

— Não sei do que está falando.

Mas deu meia-volta com o carro.

22H45

Quinze minutos depois, estavam de volta ao local do acidente.

— Certo. Estacione em fila dupla, de lado, na rua, mas não de um jeito que bloqueie o trânsito.

— Há uma vaga livre ali — disse Massoni.

— Não, estacione em fila dupla: é melhor.

Finalmente, Massoni fez o que Pernazzo mandou.

— Agora — disse Pernazzo —, espere aqui. Volto em um segundo.

Ele saltou do carro, atravessou a rua correndo e desapareceu na pizzaria. Dois minutos depois, estava de volta. Bateu no lado do motorista e Massoni abaixou a janela.

— Certo. Vamos ficar cinco minutos aqui.

— O que está fazendo?

— Você vai ver.

Massoni fechou a janela, aumentou o volume da música no rádio e deixou Pernazzo de pé na rua, ao lado do carro.

Pernazzo deixou que um pouco mais de cinco minutos passassem, depois acenou para Massoni sair.

— Venha.

Massoni seguiu Pernazzo para o outro lado da rua, até a calçada. Pernazzo parou e aproximou-se da parede. Massoni também parou e ficou no meio da calçada.

— Você está um pouco visível — sussurrou Pernazzo. — Vá para o lado.

— Visível para quê?

Um grupo de sete pessoas saiu da pizzaria e passou diretamente pelos dois, conversando. Ninguém sequer olhou para eles.

— Você está certo — disse Pernazzo, afastando-se da parede. — Parece que estamos só esperando uma mesa. Ah!

Uma mulher e um homem estavam saindo, de braços dados. Massoni reconheceu o homem como aquele com quem haviam se divertido um pouco mais cedo. Um garoto tentava se balançar pendurado no braço livre da mulher. A garota de cabelo sedoso seguia logo atrás. Os quatro viraram para a esquerda, na direção deles, e Pernazzo caminhou na direção da família.

Enrico Broca e a esposa separaram os braços. Ela já estava de costas, colocando a mão sobre o rosto da criança, deixando o marido sozinho.

Pernazzo ergueu o braço e disparou a Glock nova à queima-roupa contra o coração do homem.

Enquanto o homem caía para trás, Pernazzo atirou no meio do rosto com formato de ovo. A bala saiu pela parte de trás do crânio como um aerossol explodindo, de modo que, quando a cabeça atingiu o concreto, o som foi quase igual ao de um esguicho. Pernazzo aproximou-se da forma inerte na calçada e disparou na parte inferior do abdômen, liberando um leve cheiro de cerveja.

Depois, em vez de recuar na direção de onde vieram, Pernazzo seguiu na mesma direção, passando pela esposa, que protegia os olhos do filho, que estava em silêncio.

— É assim que se faz. — Pernazzo falou sobre o ombro. — Agora, você e eu temos um laço de confiança que não podemos quebrar.

Massoni enfiou as mãos nos bolsos, abaixou a cabeça e afastou-se da cena caminhando rapidamente.

Pernazzo não teve tempo para saborear o momento. Havia pessoas chegando. Alguém perto dele emitiu um som sufocado. Pernazzo virou-se e viu a mulher, ainda apertando os filhos, resolutamente não olhando para ele.

Pernazzo pensou no policial, depois cuspiu no cano da Glock para assegurar-se de que não estaria quente demais para voltar para a cintura. Ele avançou costurando entre o tráfego sibilante sobre o asfalto escorregadio. Com os olhos radiantes, fugiu apressadamente por uma viela e logo sumiu de vista.

42

DOMINGO, 29 DE AGOSTO, 05H55

VESTINDO UMA CAMISETA nova com mangas curtas, jeans de cintura baixa e óculos escuros, Pernazzo estava sentado à mesa de jantar, desfazendo os pontos do guardanapo de crochê da mãe. Perguntou-se se o comissário Blume retornaria como havia ameaçado fazer. Graças ao método de hipersono, a polícia jamais o pegaria adormecido.

Às oito da manhã, foi ao banheiro e aparou os lados do cabelo até que ficassem bem curtos, depois raspou o restante com uma navalha. Pernazzo olhou para si mesmo de perfil, que seria provavelmente o ângulo que os fotógrafos pegariam quando o fotografassem.

De oito a meio-dia, ele jogou online. Às onze, cozinhou duas salsichas de cachorro-quente e um ovo em uma panela e, enquanto os comia com catchup, começou a se perguntar se não estaria sendo excessivamente pessimista. Operações policiais eram realizadas de manhã. O comissário talvez estivesse blefando.

Ao meio-dia, saiu de casa, pegou um ônibus para algum lugar em Porta Portese e informou-se a respeito de fazer uma tatuagem na parte superior do braço. Custaria 120 euros. Pouco depois de voltar para casa, tirou uma soneca programada de vinte minutos, mas despertou depois de apenas dez.

Pernazzo passou duas horas escrevendo a confissão que mencionara no blefe contra Massoni e postou-a, limitando o acesso de leitores a si próprio.

Às duas da tarde, pegou o cartão de Blume e pensou em telefonar para ele e dizer *"Bem, babaca, você vem me pegar ou não?"*, ou *"Ei, policial... achei que tinha dito que ia...".* Ou, talvez, pudesse ser irônico, formal. *"Estou falando com o comissário que fez uma visita invasiva...?"*

Às três horas, Pernazzo reavaliou as evidências contra ele e decidiu que, desde que não obtivessem amostras de DNA, não significavam muita coisa. Ele não tinha ideia de quais eram seus direitos em relação ao fornecimento de impressões digitais. Tampouco conseguia decifrar como o tira o procurara tão rapidamente. Talvez precisasse de um advogado. Poderia telefonar para o tabelião que cuidara da transferência dos títulos de propriedade da mãe para ele. Talvez o tabelião conhecesse um advogado.

Às quatro horas, estava escutando a Radio DeeJay e ouviu sobre um incidente no qual um policial fora morto e dois outros ficaram feridos. Disseram o nome do policial morto, mas não dos feridos.

No boletim das seis horas, informaram que os nomes dos suspeitos eram Alleva e Massoni. Avisaram que ambos estavam armados e eram perigosos e pediram ao público que permanecesse vigilante. Não voltaram a mencionar Clemente, que já era notícia do dia anterior. Mais tarde, no noticiário das oito na RAI 1, os dois casos foram ligados. Os fugitivos que mataram o policial eram procurados para interrogatório a respeito do assassinato de um ativista de direitos dos animais. Um juiz de pé em uma escadaria recusou-se a comentar qualquer um dos casos. Pernazzo cozinhou mais duas salsichas, abriu uma lata de atum e bebeu um pouco de leite longa vida. Parecia que não era um suspeito, afinal de contas. Parte dele ficou um pouco decepcionada.

Pernazzo deixou de lado a ansiedade e desfrutou de uma boa noite de jogos, facção contra facção. Derrotou e venceu a todos, e alguns jogadores elogiaram sua resistência e técnica de jogo, fenomenais. O único momento ruim foi quando um de seus supostos companheiros discordou dele quanto ao valor de um Elixir de Foco.

"Você tem ódio demais, morre além da conta e seu reservatório de mana é o menor de todos", avisou Pernazzo.

"Não bata soh pq vc eh burro d+ p entender."

Pernazzo permaneceu calmo e ofereceu um conselho sábio ao garoto:

"Nivele com equipamentos de *stat* e equilibre seu *pve*. Você precisa MUITO de *HP* por ser um *lock* +*dmg* que jogou fora quase todo o equipamento *stm* +200 que valia a pena. Tds sabem como visão limitada para +*dmg* em relação aos *stats* eh incorreta se vc estiver planejando ataques de alto nível."

Mas o viciado em *crack* não lhe dava ouvidos. Pernazzo quase desconectou de tanta frustração. O policial não veio naquele dia.

43

SEGUNDA-FEIRA, 30 DE AGOSTO, 08H55

Logo antes das nove horas da manhã de segunda-feira, Pernazzo estava sentado na privada jogando *White-Water Rafting* no celular quando recebeu uma mensagem de texto de um número desconhecido.
Mude o cartão SIM retorne agora.
Pernazzo ficou tão agitado que se esqueceu de dar a descarga.
Ele foi diretamente ao centro local da Vodafone e comprou um novo cartão SIM. Pegou a identidade, mostrou-a ao adolescente de paletó vermelho atrás do balcão e depois preencheu os formulários usando um nome e um endereço que inventara. O jovem nem olhou para o que ele havia escrito, apenas entregou-lhe o SIM. Pernazzo colocou-o no telefone e ligou de volta para o número misterioso.
Era Massoni. Pernazzo sentiu uma onda de excitação que desceu do fundo da garganta até os testículos. Um homem procurado telefonando para ele. Um matador de policiais de verdade. Mas tão logo a excitação o tomou, também começou a dissipar-se e a decepção que estivera acomodada na base do estômago de Pernazzo começou a subir e inundou sua mente. Ele estava decepcionado com a absoluta inevitabilidade daquilo. Quem mais poderia ser?
Massoni começou a conversa com uma longa enxurrada de obscenidades. Finalmente, Pernazzo procurava identificar outras palavras, mas não as entendia. Massoni estava falando sobre ficar sob o sol, morrer de sede e ser devorado até a morte por insetos.

Por fim, disse algo que fazia sentido:

— Preciso de você aqui o mais rápido possível. Mas precisa garantir que não está sendo seguido. Vá para onde fizemos a última apresentação com os cães. Passe pelos barracos pré-fabricados e atravesse um terreno até onde tem jaulas com cães. Você só poderá vê-las no último instante. Se estiverem seguindo você, vão ter de atravessar o terreno e você vai notar. Tem um Renault Kangoo branco lá, as chaves estão escondidas debaixo da roda traseira esquerda. Pode ir até lá de táxi, depois pegue o Renault e venha para cá.

— Por que eu iria fazer isso para você?

Massoni fez uma pausa e depois disse no tom de voz mais calmo que havia usado até o momento:

— Tem muito dinheiro envolvido. Alleva está fazendo transferências bancárias. Preciso de alguém que entenda de computadores. Além do mais, ele me mandou para pegar você.

— Me pegar?

— Levar você até Innocenzi, fazer com que se explique.

— Quem é Innocenzi?

Massoni não conseguia acreditar naquela merda, e foi o que disse. Pernazzo não somente matara o homem com quem a filha de Innocenzi estava dormindo e jogara merda para todos os lados como tampouco sequer sabia que o fizera.

Quando Pernazzo finalmente compreendeu, sentiu-se mais poderoso.

— Então por que não faz o que Alleva mandou e me leva até esse tal de Innocenzi?

— Entrar dirigindo em Roma com todos os policiais e Carabinieri me procurando? Eu nunca chegaria até sua casa. Foi uma armação. Alleva deve pensar que sou muito burro. O que ele precisa é ganhar tempo até poder fugir, e ia ganhar tempo através de mim.

— Quer dizer que ele avisou a polícia que você vinha?

— É claro.

— Uau. Isso é tão ardiloso.

Massoni disse a Pernazzo como chegar às jaulas dos cães. Demorou um pouco até que explicasse de modo que ele próprio e Pernazzo ficassem satisfeitos.

Pernazzo foi para casa, pegou seu computador portátil, dois *pen drives* e a Glock. Colocou tudo na mochila de Clemente e chamou um táxi pelo celular enquanto descia as escadas para a rua. O táxi pegou-o em poucos minutos.

Pernazzo disse ao motorista para descer a Via della Magliana. O motorista, diferentemente dos que Pernazzo vira em filmes, não ficou feliz em apenas dirigir: queria saber o destino exato.

— Vou saber quando vir o lugar — disse Pernazzo, o que era verdade. O motorista murmurou algo sobre pessoas que desperdiçavam tempo, mas dirigiu. Quando, nos limites da cidade, Pernazzo disse ao taxista que parasse onde não havia edificações, placas ou cruzamentos, o homem seguiu por mais 200 metros até que Pernazzo precisasse levantar a voz:

— Pare aqui!

Sim, no meio do nada, falou para o taxista incrédulo. Sim, ele sabia o que estava fazendo. Sim, sim. Pensou em sacar a Glock e atirar no rosto do motorista. Em vez disso, não deu gorjeta e o taxista cantou os pneus ao partir, dizendo palavrões.

Pernazzo estava agora de pé em um campo aberto, telefone na mão. Massoni estava na linha.

— Há insetos em todas as partes aqui — disse Massoni. — Grandes monstros pretos e amarelos. E estou com sede.

Pernazzo esticou o braço, arrancou um punhado de folhas de louro de um arbusto e as esmagou. Estava quase na hora do almoço e a fragrância lembrou-o de que estava com fome. Ele suou ao atravessar o campo. À distância, viu um veículo branco.

— Você disse que a van era branca?

— Sim. Já chegou? — perguntou Massoni.

— Não. Ainda não. Quer dizer que Alleva está tentando trair você... — disse Pernazzo. — Eu disse a você que ele ia fazer isso. A que distância está da casa?

— Cerca de meio quilômetro.

— Ele não está vendo você, ou está?

— Não, acha que estou indo para Roma buscá-lo.

Pernazzo tentou visualizar a cena.

— Alleva está na casa agora, sem transporte?

— Estou com o único carro — confirmou Massoni.

— Disseram no noticiário que você fugiu em uma moto.

— Trocamos por um carro. Abandonamos a moto.

— Mas ele tem um telefone? — perguntou Pernazzo.

— Tem muitos telefones. Esse é um deles.

— É melhor que você pare qualquer veículo. Táxis. É assim que ele vai escapar.

— Deduzi isso por conta própria, obrigado — disse Massoni.

— Só por curiosidade, Massoni, por que atirou naquele policial?

— Não quero falar sobre isso ao telefone.

— Nós dois trocamos de número.

— Mesmo assim. O cara não parecia um policial. Podia ter sido alguém enviado por Innocenzi.

— O quê? Você pensou que ele era um dos capangas de Innocenzi ou algo parecido?

— Não pensei muito. Ele parecia querer me impedir de seguir, então eu o removi. Já chegou nas jaulas dos cachorros?

— Quase — disse Pernazzo. — Por que Innocenzi faria isso?

Diante de Pernazzo havia um campo iluminado, suficientemente plano e bem-cuidado para uma partida profissional de futebol americano. Para ele, parecia a Inglaterra, a Irlanda ou algum daqueles lugares perfeitos com cavalos e torres de igrejas. Na extremidade oposta do campo, a miséria italiana reafirmou-se na forma de banheiros externos feitos essencialmente de folhas corrugadas de alumínio que podiam ser vistos através de uma fina cortina de juncos altos e ciperáceas. Estava ficando difícil caminhar e falar no calor sem resfolegar. Pernazzo parou à margem do campo perfeito.

— Estou perto de Civitavecchia — informou Massoni. — Siga a autoestrada até o final e telefone quando sair dela. Alleva tem passaportes, dinheiro, contas. Uma máquina para imprimir ou coisa parecida. Vi o negócio. Ele está fingindo que nós dois fugiremos juntos para a Argentina, mas não tem foto minha em nenhum dos passaportes.

— Então você estacionou fora da vista da casa?

— Sim, e estou morrendo de calor aqui.

— Entre no carro e ligue o ar-condicionado — disse Pernazzo.

— Não posso. Não vejo bem o terreno de dentro do carro e preciso conseguir ouvir qualquer veículo que se aproxime.

Pernazzo desligou e entrou no campo. Na metade do caminho, sentiu repentinamente como se tivesse entrado em uma câmara de gás repleta do fedor poderoso e repelente dos cachorros. Parou para acostumar-se e agachou um pouco para restaurar os sentidos.

Ele chegou ao final do campo, que era um declive para uma vala contendo um pequeno canal que deveria levar para o mar a água repugnante. Mas o canal fora represado pelo plástico e lixo jogado nele e permanecia estagnado, alimentando a vegetação que protegia os banheiros externos e as jaulas que continham os cães.

O cheiro dos cachorros ficara cada vez mais forte, mas Pernazzo estava se acostumando. Ele desceu o aterro rapidamente, saltou sobre o depósito de água e subiu correndo do outro lado para espiar entre um aglomerado de juncos.

Diante dele, a 50 metros de distância, havia uma fileira com cerca de trinta jaulas de ferro, marrons de tanta ferrugem. A cada duas jaulas havia um cachorro, ou pelo menos nunca havia dois cachorros em jaulas adjacentes. A longa fileira era protegida do sol por um telhado de amianto sustentado nas duas extremidades por paredes de concreto e apoiados intermitentemente por pilares de metal. Parecia a empena de uma antiga fábrica ou armazém.

Sob a sombra dos juncos, Pernazzo não conseguia enxergar o que havia nas sombras das jaulas, mas os cães pareciam na maioria prostrados. À esquerda dele, a carcaça laranja de um ônibus depenado afundava na terra. Alguém fechara duas das janelas com tábuas de compensado, e a terceira estava cortinada com um cobertor xadrez escuro que balançava de modo suave. Aparentemente, algum mendigo fizera do ônibus seu lar. Banheiros externos construídos com madeira, folhas plásticas e ferro corrugado estavam desmoronando uns sobre os outros à direita de Pernazzo.

Olhando para os dois lados, Pernazzo emergiu da cerca viva e começou a atravessar o terreno abandonado na direção dos cachorros enjaulados. Um deles estava prestes a latir. Pernazzo apalpou a Glock, ainda presa ao cinto, correndo o risco de escorregar. Quando tudo aquilo terminasse, ele compraria um belo coldre.

De repente, um tosa inu levantou majestosamente em sua jaula e, superando a exaustão da fome e do calor, rugiu em reprovação da figura furtiva que se aproximava. Era o comando pelo qual os outros cães estavam esperando. De uma só vez, todos começaram a latir e a rosnar, apesar de um buldogue americano ter decidido uivar e ganir. Pernazzo ficou paralisado. Sentia o cheiro do hálito dos cachorros e eles sentiam o cheiro de seu medo, que Pernazzo estava transformando rapidamente em agressividade. A sensação era a de que a terra tremia. Ele podia perceber a vibração subir até suas coxas.

Chocado pelo alvoroço repentino dos cachorros, Pernazzo levou alguns segundos para se dar conta de que a vibração vinha de seu telefone. Ele arrancou o aparelho do bolso. O sol estava forte demais para que conseguisse ler o visor. Enfiou um dedo no ouvido para abafar o som dos cachorros.

Massoni estava gritando.

— Já está na van? Mandei um táxi voltar. Estou de pé, morrendo em um campo debaixo do sol. Se não fizer isso, simplesmente volto e eu mesmo mato Alleva. Vou matá-lo duas vezes.

— Espere, Massoni, podemos fazer melhor. Você vai ver. Pare os táxis. Táxis são bons. Muito melhores do que cúmplices. Pague a eles se quiser. Eles gostam de receber quando o passageiro não aparece. Não os faça ir até a polícia nem nada parecido. Finja que foi você quem chamou. O carro quebrou mas já está tudo bem. Se matar Alleva agora, não pega o dinheiro dele e nem nada que ele tiver no computador. Se eu fosse ele, tinha hotéis, passagens aéreas, casas no exterior... Tudo organizado e pronto, gravado em um espaço virtual.

— Apressa aí. Estou ficando louco aqui. Insetos.

Massoni desligou.

Pernazzo encontrou um pedaço de pau, segurou-o na mão esquerda e caminhou por todas as jaulas, batendo nas grades e rugindo para os animais. A melhor reação que obteve foi de um dobermann pinscher.

Ele segurou a pistola na mão direita para o caso de algum cadeado estar com defeito. Os animais ficaram enfurecidos, exceto por um vira-lata preto e branco com muitos genes de pastor alemão, que apenas ficou ali latindo e mostrando os dentes finos e afiados. Ele tentou atiçar o cachorro enfiando o pedaço de pau entre as barras. O animal não reagiu.

— É você o cão inferior no qual eu deveria apostar? — perguntou Pernazzo ao animal. Ele caminhou de volta em direção às jaulas. Alguns cachorros já estavam se habituando com a presença dele e pararam de latir na esperança de receberem comida.

Dentro do que parecia um banheiro coletivo militar a muitos metros das jaulas, havia três congeladores ligados a um gerador externo que emanava fumaça de óleo diesel. Uma cobertura nova de alumínio e o uso generoso de fita adesiva protegiam a fiação e o gerador da chuva e do sol.

Pernazzo abriu o primeiro congelador e olhou fascinado para a volumosa massa rosada de carne de cavalo empacotada em sacolas plásticas espremidas em todos os cantos. O cheiro adocicado de carne, gordura e sangue era tão forte que, por um instante, ele pensou que o congelador estivesse quebrado, mas logo se deu conta de que, caso estivesse, teria percebido a diferença. O segundo continha a mesma coisa, mas a carne era mais esbranquiçada, menos pungente, e estava embrulhada em papel. O terceiro continha pedaços de carne presas a ossos e três garrafas de cerveja Peroni com tampas de rosca.

No chão, ao lado da geladeira, havia uma vara branca com um pedaço de cabo retorcido em uma extremidade e um aro na outra. Ele puxou o cabo e observou o aro na outra extremidade apertar.

Pernazzo bebeu uma cerveja, cujo sabor era um pouco oleoso. Jogou a garrafa contra um trailer abandonado, mirando nas janelas e errando. Ele imaginou ter visto algo mover-se sob o trailer. Uma ratazana, provavelmente. E das grandes, pela sombra que projetou.

Ele pegou um punhado de carne, foi diretamente para a jaula do vira-lata e jogou-a contra as barras. Cerca de um terço caiu dentro da jaula, o resto grudou nas barras e caiu do lado de fora. O cão pegou o que estava ao seu alcance e comeu calmamente. Outros cães rosnaram e alguns latiram, mas houve muito mais ganidos desta vez. Pernazzo arriscou aproximar a mão da jaula e pegar os pedaços de carne caídos, que colocou entre as barras. O cão comeu-os imediatamente. Pernazzo jogou muito mais carne para o cão, que continuava a comer com serenidade.

Depois, Pernazzo pegou a vara comprida com o laço de arame e segurou-a à sua frente, incerto quanto ao que fazer. Um pequeno sistema de roldanas permitia que as barras frontais da jaula deslizassem para cima, como uma porta levadiça. Pernazzo raciocinou que o vira-lata era suficientemente pequeno e arriscou abrir a portinhola até um terço da abertura total. O animal colocou humildemente a cabeça para fora. Pernazzo deslizou a corda de aço sobre seu pescoço e depois puxou a alavanca na vara. Arrastou o animal de lado sobre o cascalho, mantendo uma boa distância com a vara, depois abriu a portinhola e o jogou na mesma jaula que continha o tosa inu. Sua coragem e habilidade haviam aumentado e ele realizou a mesma operação com o dobermann, alimentando-o, contendo-o com a vara de controle e manobrando-o para dentro da mesma jaula, de modo que os três cães ficaram espremidos em um espaço tão apertado que o fez lembrar um desenho animado. O cão inferior ganiu e tentou sair espremendo-se entre as barras. Os outros dois tentaram levantar, mas não havia espaço suficiente. Eles agacharam, patas dobradas e afastadas, e mostraram os dentes um para o outro. Pernazzo esperou cinco minutos na esperança de ver os dois cães maiores se atracarem ou atacarem o cão inferior, mas os animais pareciam determinados a apenas rosnar. Pernazzo resolveu retornar depois de três dias para ver qual seria o resultado.

Uma calha de zinco corria ao longo de todas as jaulas. Ela entrava através de uma abertura estreita em um lado de cada jaula e saía pelo outro, entrando na jaula seguinte, até o final da fileira. A calha era levemente inclinada para que a água corresse até a última jaula. Era feita de modo que o cão mais próximo da torneira bebesse primeiro a água. A água corria rápido o bastante para que ao menos um pouco alcançasse o último animal. Pernazzo desligou o mecanismo, interrompendo o fluxo de água.

Ele fez várias viagens de ida e volta para a geladeira, pegando os pedaços e nacos de carne, que deixou diante das jaulas, um pouco além do alcance dos cachorros.

44

Pernazzo estava passando pela entrada para Santa Severa quando o telefone começou a tocar Black Eyed Peas.

— Onde você está? — perguntou Massoni.

— A caminho. Depois de Santa Severa. Quinze minutos, no máximo.

— Mandei três táxis voltarem. O mesmo cara veio duas vezes, acredita? Diz que Alleva fez o maior estardalhaço no telefone.

Pernazzo sintonizou na RAI Radio 2. Francesco de Gregori e Fiorella Mannoia cantavam "L'Uccisione di Babbo Natale". Ele ouviu tudo, mas não entendeu nada. Dois DJs voltaram ao ar, contaram um monte de piadas um para o outro e uivaram de tanto gargalhar. Ele telefonou para Massoni.

— Certo. Estou perto de Civitavecchia. E agora?

— Espere até o final da estrada dividida... Tem alguma água com você?

— Não. A estrada acaba. Imagino onde seja. Sei de que lugar está falando.

Massoni disse:

— Estive pensando em Ferrarelle, cataratas, rios gelados, água de degelo, Sprite.

— O caminho, Massoni.

— Calcule exatamente 5,3 quilômetros e dobre à direita. Siga 30 metros. Se encontrar um portão verde de uma casa abandonada à esquerda, está no caminho certo. Do contrário, retorne à estrada principal, pegue a saída seguinte para a direita... Poeira... Outro maldito táxi!

Pernazzo desligou. Estava a menos de dez minutos do local. Ele encontrou a estrada, como Massoni instruíra, e não precisou procurar pelo portão pois, assim que dobrou à direita, um táxi estava saindo. Dirigiu por 4 quilômetros em uma estrada de terra vermelha.

De repente, uma figura grande e empoeirada surgiu como que do nada, fazendo sinal diante do carro. O táxi parou e Massoni bateu na janela do motorista com dedos peludos.

— Tem certeza de que não tem nenhuma água? Um pouco de Sprite, talvez? Uma cerveja seria bom — disse Massoni quando Pernazzo abaixou o vidro da janela.

— Não. Vamos logo. Vai beber água quando chegarmos à casa. Qual a distância?

— O quê?

— Está ouvindo, Massoni?

— Claro. É o calor. Pode repetir o que acabou de dizer?

— Certo, mas escute. Dirigimos de volta até a casa, devagar para que ele não ouça os carros chegando. O quanto podemos nos aproximar sem que vejam a gente de lá?

Massoni esbofeteou-se para se livrar dos insetos. Sua boca estava aberta e a língua pendia um pouco para fora.

— Imagine que está na casa. Você está dentro dela, olhando para fora — disse Pernazzo. — A que distância ficamos visíveis?

— A cerca de 30 metros. Se ele estiver dentro, olhando para fora. Mas se estiver fora, na porta da frente, pode nos ver a uma boa distância.

— Ele provavelmente não vai estar fora da casa neste calor. A menos que esteja ficando nervoso, e provavelmente está — concluiu Pernazzo. — Afinal, vamos em frente

Ele explicou novamente o plano.

Massoni entrou em seu utilitário, manobrou o veículo esportivo com certa dificuldade e dirigiu lentamente de volta para a casa. Um minuto depois, dobrou sobre o canteiro no meio da estrada e Pernazzo fez o mesmo.

Massoni saiu e, agachando um pouco, entrou nos campos à esquerda, contornando a casa até os fundos. Um pequeno pomar de oliveiras protegia-o por trás mas, ainda assim, levou dez minutos para chegar à frente da casa. Massoni ficou de quatro para passar diante da janela da frente e depois se levantou bem ao lado da porta de entrada. Depois, acenou para Pernazzo, que deu três toques curtos na buzina de seu carro e, em seguida, saiu para observar.

Ao longe, Pernazzo viu Massoni retesar-se quando a porta da casa abriu. Viu Massoni dar um passo à frente da figura que aparecera e golpeá-la com força usando a palma da mão, derrubando o homem de quatro na terra endurecida pelo calor. Em seguida, Massoni deu uma série de chutes precisos na cabeça da figura prostrada. Pernazzo entrou na van e dirigiu na direção deles.

Massoni carregou o chefe para dentro da casa, puxou uma cadeira que ficava abaixo da pequena mesa diante da copa, sentou-o com um empurrão, ergueu-o, puxando-o pelo cabelo, e disse a ele para se sentar direito e colocar as mãos na mesa, onde pudesse vê-las. Alleva obedeceu, colocando as palmas das mãos estiradas sobre a toalha amarela de poliéster sem esboçar nenhuma reação.

Até mesmo os poucos segundos que a porta ficou aberta foram suficientes para permitir que um grupo de moscas entrasse diretamente para o meio da sala e começasse a circular. Uma varejeira azul disparou através do cômodo e bateu em um armário, uma abelha-operária enorme flutuava do outro lado da janela de vidro, como se planejasse arrombá-la.

Massoni sentou-se na cadeira diante de Alleva. Pernazzo apareceu na porta.

— Aposto que você é Angelo Pernazzo — disse Alleva com a voz um pouco arrastada. Eram as primeiras palavras que dizia desde que fora derrubado diante da porta da casa.

— Nada impressionante, agora que estou aqui — retrucou Pernazzo.

— Talvez devesse ter chutado um pouco mais — disse ele para Massoni.

O lado esquerdo do rosto de Alleva estava inchado. Sangue rosado pingava do canto da boca, sangue vermelho do supercílio, e ele estava coberto de terra cor de páprica.

Pernazzo caminhou até a cabeceira da pequena mesa e baixou os olhos para os dois homens sentados frente a frente.

— Sou o único que acha o barulho dos insetos difícil de aturar? — perguntou.

— É o calor — respondeu Massoni. — Vou só pegar um copo d'água.

Massoni ameaçou levantar-se e ergueu uma mão enorme para revelar um pequeno revólver de aço inoxidável com um cano pouco mais longo do que o protetor do gatilho.

— Ele estava com isso. Mas agora já não está mais armado.

Pernazzo levantou uma das mãos.

— Fique aí mesmo, Massoni. Vou pegar a água.

Ele contornou a mesa, passando por trás de Massoni, e foi para trás do balcão que separava a sala de estar de uma copa. Abriu a geladeira e olhou dentro dela.

— *Levissima* — disse ele. — Água derretida das geleiras. Não tem gosto de nada, mas é ótima para matar a sede. — Ele pegou uma garrafa de plástico transparente com um rótulo azul. — Onde você guarda os copos? Ah, aqui estão. Lugarzinho agradável, este aqui. Bem-equipado. Muito pequeno. O que era antes, um viveiro ou algo parecido?

Pernazzo pegou dois copos de vidro, que tiniram quando os segurou entre o polegar e o indicador. Ele carregou a garrafa e os copos até a mesa, passando desta vez por trás de Alleva, e colocou-os sobre a mesa. Depois, colocou a mão atrás da calça, puxou a Glock e inclinou-a levemente na direção da têmpora de Alleva. Alleva retraiu-se, começou a dizer algo, mas Pernazzo bateu em sua orelha com a arma e ele ficou em silêncio.

Pernazzo disse:

— Me dá um copo também, Massoni. O sabor fica ainda melhor com a espera.

Massoni já abrira a tampa de rosca da garrafa plástica e estava prestes a levar a garrafa diretamente à boca. Demonstrando uma educação inesperada, conteve-se a tempo e colocou a água primeiro no copo mais distante de si, depois no próprio.

Massoni pegou o copo com a mão desajeitada, levou-o aos lábios abertos e Pernazzo atirou em seu rosto.

A cabeça de Massoni moveu-se para trás com um estalo. O copo bateu em seu peito, rolou sobre a barriga e caiu no chão sem quebrar. Pernazzo deslizou a mão sobre a mesa e pegou a pequena pistola.

— Jesus! — gritou Alleva, levando a mão ao ouvido.

— Como acha que isso aconteceu? — perguntou Pernazzo. — O vidro não ter quebrado?

O braço esquerdo de Massoni se contraiu.

Pernazzo disse:

— Parece que ainda está vivo, o que me diz? — Ele contornou a mesa e olhou para a parte posterior do crânio. — Eca. Parece bem ruim daqui.

— Jesus — repetiu Alleva, cobrindo o ouvido direito com as duas mãos. — Você rompeu meu tímpano.

— Deve ter sido um espasmo. Como pernas de sapos se contraindo quando se passa uma corrente elétrica por eles.

Ele caminhou ao redor da mesa e parou um pouco à esquerda de Alleva.

— Consegue ouvir bem com este ouvido, não é?

Alleva concordou com a cabeça.

— Então, como estou me saindo para um novato?

Ele cutucou o ouvido bom de Alleva com o cano quente da arma.

Alleva curvou os ombros e inclinou-se para a frente. Pernazzo pressionou com mais força e, usando a pistola como eixo, percorreu um semicírculo até ficar ao lado do corpo curvado de Massoni. Ele abriu o zíper da jaqueta de Massoni, depois recuou por alguns segundos para conferir novamente. Massoni parecia quente demais para estar morto, e tampouco havia muito sangue. Cuidadosamente, Pernazzo deslizou a mão para dentro da jaqueta e tirou uma pistola, com ferrolho prateado e estrutura preta.

— Bonita. Qual é o modelo?

— Não estou vendo — disse Alleva.

Pernazzo diminuiu um pouco a pressão e Alleva ergueu a cabeça.

— Uma Sig Sauer, acredito.

— E esta pequena que estava com você?

— Uma Davis P-32.

— Ainda estou aprendendo — disse Pernazzo, colocando a pistola de Alleva no bolso. Coube perfeitamente. Ele enfiou a Sig Sauer de Massoni na parte de trás das calças. Muito desconfortável. — Para onde estava planejando fugir?

— Argentina.

— Hoje à noite?

— O quê?

Pernazzo falou mais alto.

— Hoje à noite?

— Hoje à noite.

— Há mais algum táxi a caminho?

Alleva hesitou por um segundo, o que bastou para Pernazzo.

— Entendo. Telefone para o pessoal do táxi e diga que não precisa mais deles.

— Preciso levantar para tirar o telefone do bolso.

— Desde que se sente de novo e não se vire.

Alleva levantou e pegou o telefone.

— Me dá o telefone. — Alleva entregou-o cruzando o corpo com o braço. — O último número que você ligou?

Alleva concordou com a cabeça demonstrando cansaço. Pernazzo apertou duas vezes o botão verde, escutou para ver quem atenderia e depois colocou o telefone no ouvido bom de Alleva. O homem no outro lado da linha não parecia feliz.

Alleva terminou dizendo:

— Pode mandar quem quiser, mas não vai ter ninguém aqui.

Pernazzo desligou.

— Não estou certo se gosto disso. Ainda podem mandar alguém — observou.

— O que disse? Não consigo ouvir.

Pernazzo afastou o telefone, aproximou a boca da orelha direita de Alleva.

— Melhor? — perguntou ele, soprando um pouco de saliva dentro do ouvido de Alleva.

— Consigo ouvir você, se é o que está dizendo — replicou Alleva.

— Eu disse que ainda podem mandar alguém.

— Quer falar com eles?

— Não. Quero que você fale comigo, Renato. É seu nome de batismo, Renato, não é? Deixa eu ver... Suponho que possamos começar por onde guarda seu dinheiro e como vai transferir para mim. Massoni pensava que precisava de meu conhecimento de informática para isso. Até trouxe meu computador portátil, só por garantia. Mas por que Massoni não conseguiu a informação batendo em você eu não entendo.

— Massoni era incapaz de ligar um computador. Achava que era necessário ser bom em matemática para isso.

— Quer dizer que ele ia me mandar fazer as transferências e depois matar nós dois.

— Provavelmente não ia matar você — disse Alleva. — Precisaria da sua ajuda de novo. Teria me matado sem problema.

Uma mosca pousou na testa salpicada de sangue de Massoni e começou a descer.

— Me diga, o negócio do cão inferior... Você estava a par, ou foi ideia de Massoni?

— Cão inferior? O que é isso?

— Você sabe o que é — disse Pernazzo.

— Qual era a ideia? Que algum cão improvável venceria um combate?

— Sim, de maneira geral.

— Eu nem sabia que ele estava armando contra você — disse Alleva.

— Não creio que tivesse criatividade para isso, mas o cão inferior parece uma variação de uma velha trapaça. Dar a uma pessoa informações privilegiadas falsas e deixar que a ganância delas faça o resto.

— Ele pensou que eu apostaria toda a herança de minha mãe.

— Qual era o valor? Apostas acima de 10 mil euros precisavam ser aprovadas por Innocenzi, que recebe vinte por cento. Massoni precisaria me informar a respeito.

— Eram 8 mil. Foi o que eu disse a ele. Na verdade, estava apenas enganando-o.

Alleva afastou a mão da orelha e colocou delicadamente o dedo no ouvido, avaliando os danos. Pernazzo sentiu um estalido na própria mão e olhou para baixo. Um inseto marrom e branco de carcaça dura estava parado na pele macia entre o polegar e o indicador.

— O quão estúpido esse defunto pensava que eu era?

Pernazzo apontou para um computador portátil sobre o balcão que separava a copa da mesa na qual Alleva estava sentado.

— Presumo que aquele notebook Compaq funcione.

— Funciona — disse Alleva.

— Mas você não podia ter banda larga aqui. Muito longe de uma central.

— Não, apenas um modem GSM da TIM. É lento.

— Sem banda larga, sem vizinhos, nada lá fora exceto mato e poeira. — disse Pernazzo.

Ele foi até o balcão e abriu o computador.

— Senha?

— Sirius69.

Pernazzo digitou a senha.

— Ah... Veja só. Nada no histórico do *browser*, todo o cache apagado. Você é um homem cauteloso. Isso significa que preciso confiar em você para que abra todas as suas contas online. Agora, como posso ter certeza de que vai fazer isso?

— Só me permitem transferir para outra conta que esteja em meu nome e que eu já tenha ativado — disse Alleva. — Se eu fizer a transferência para a minha conta, levará alguns dias até que possa transferir dela para a sua.

— Você acha que eu ia deixar você ter todo o trabalho? Só preciso dos números, dos códigos, de todas as senhas eletrônicas que lhe deram. Faço todo o trabalho duro de transferir o dinheiro.

Ele colocou o notebook diante de Alleva, depois entregou a ele uma caneta e um pedaço de papel.

— Comece a escrever suas senhas e mostre para mim que elas funcionam.

Depois de meia hora, Alleva abrira três contas. Elas eram tudo que ele tinha, disse.

— Seus saldos totalizam menos de 300 mil? Não é tão bom para uma vida de crime.

— Eu tinha despesas indiretas. E trata-se de uma fuga de emergência. Não tive muito tempo para planejar.

Pernazzo colocou a Glock contra a parte de trás da cabeça de Alleva e pressionou com força, muita força, como se a pistola fosse uma faca prestes a penetrar no crânio. Ele acenou com a cabeça na direção de uma porta fechada. A julgar pelo que vira por fora, deveria ser o único quarto da casa.

— O que há ali?

— O quarto.

— E?

— Um cofre no chão.

— Vamos lá.

Os joelhos de Alleva vacilaram um pouco enquanto andava, e Pernazzo aliviou levemente a pressão. Alleva empurrou uma cama de campanha para o lado, ajoelhou-se e abriu um cofre no chão. Pegou um maço de notas de cem euros, o que fez o coração de Pernazzo disparar. Três passaportes e...

— Pare! Largue o grampeador, lentamente.

Alleva obedeceu. Pernazzo pegou e ergueu um objeto metálico brilhante que tinha uma alavanca.

— Pesa uma tonelada.

— É um gravador em relevo. Para os passaportes — disse Alleva. Ele enfiou novamente a mão dentro do cofre, e Pernazzo ficou diretamente atrás, como se estivesse mijando nas costas dele. Alleva pegou cinco círculos metálicos brilhantes guardados em discos de plástico transparente. Pernazzo inclinou-se, pegou os círculos e os chacoalhou.

— E isso?

— São as fôrmas. Para o gravador em relevo. Para os passaportes. Depois da foto, você grava o relevo, coloca o selo do país, o nome do oficial, o relevo... — Alleva, incapaz de colocar saliva suficiente nas palavras, parou totalmente de falar.

— Vi cartões de crédito no balcão da cozinha. São clones ou cópias originais?

— Nenhuma das duas coisas. São legítimos.

— Certo. Me dê o nome e os números de sua conta principal na Argentina. Não diga que não tem uma. Tem algo onde possa escrever?

— Não preciso. Banco Galícia e de Janeiro — disse ele. — O número e os códigos da conta estão dentro daquele livro sobre cogumelos.

Alleva balançou o dedo debilmente na direção do fundo do quarto.

Pernazzo caminhou até a única prateleira no cômodo, pegou um livro grande com páginas úmidas e empoeiradas. Abriu-o na primeira página e leu o que estava escrito nela.

— Se eu conferir estes números agora e descobrir que não são válidos...

— São válidos — disse Alleva.

— Tudo termina aqui, até onde posso ver. — falou Pernazzo enquanto lia os números e movia a cabeça em aprovação, como se já soubesse que iriam funcionar. — Acabo de passar por momentos terríveis nos últimos dias. Talvez eu deixe o país e vá para a Argentina no seu lugar. Vejo minha vida como uma vasta pradaria sob um céu carregado. Me sinto bem. Então, como vai ser?

— Como vai ser o quê?

— Sua morte, Renato. Como quer morrer? — Pernazzo colocou a mão nas costas e sacou a P220 de Massoni.

— Não quero morrer — disse Alleva em voz baixa.

Pernazzo passou a P220 para a mão direita e a Glock para a esquerda. Depois, colocou-a na cintura.

— Tenho certeza de que eu também não vou ter vontade quando minha hora chegar — disse Pernazzo. — Mas estou lhe oferecendo uma escolha. Um tiro na cabeça como o que dei em Massoni, ou... Não sei... Um tiro no coração? Mas, se quiser, podemos lutar até a morte, só você e eu. Combate homem a homem.

Alleva começou a dizer algo.

— Mas você tem muito mais experiência do que eu. Apenas para que ficasse justo, eu ia precisar incapacitar você um pouco mais. Uma bala em cada joelho, tornozelo, também nos cotovelos. Isso tornaria a briga justa. Mas eu ia precisar fazer mais para garantir que venceria.

— Que tipo de escolha é essa?

— Estou oferecendo a você a oportunidade de lutar e ter consciência da vida e de sua luz nos momentos finais. Acho que eu gostaria disso.

— Quer trocar de lugar?

— Lamento, é contra as regras. — Pernazzo sorriu.

— Você disse que se asseguraria de que eu não podia vencer. — A voz de Alleva ficou mais clara à medida que aumentou de volume com a raiva.

— Está certo. Vou deixar que tenha uma chance de lutar, e não que lute por uma chance.

— Isso não é uma escolha — disse Alleva.

— Claro que é. De qualquer forma, não se pode vencer a morte. Estou lhe oferecendo uma escolha. De certo modo, você é mais afortunado do que a maioria.

— Não me sinto muito afortunado.

— Entendo. Mas está na hora de decidir.

— Não quero decidir.

— O que decidiu?

— Não decidi — disse Alleva. — Não faça isso. Por favor.

— Vou fazer, sabe disso. Você não receberá favores especiais.

— Espere — disse Alleva, os olhos fixos no buraco negro do cano da pistola. — Não me decidi.

— Confie em mim.

Pernazzo segurou a P220 com as duas mãos, esfregando os polegares para cima e para baixo no punho, tentando encontrar e desarmar a trava de segurança.

— Não. Eu confio. Prefiro lutar. Fiz a escolha.

— Acaba de me ocorrer que uma luta complicará a cena do crime que estou prestes a construir. Eu devia ter pensado nisso antes. Foi mal.

Pernazzo desistiu de procurar a trava e começou a puxar o gatilho, esperando que fosse um movimento de dois estágios, como na Glock. Mas o gatilho parecia feito especialmente para os dedos pesados de Massoni e ele precisou apertar com muita força, de modo que, quando o projétil explodiu com um estampido áspero, a arma foi impulsionada para o alto, na direção do teto. Ele xingou e abaixou a arma, pronto para disparar corretamente, mas Alleva desaparecera. Pernazzo olhou surpreso para o espaço vazio, depois se deu conta de que acabara de ouvir Alleva emitir um som parecido com o de uma coruja e um baque suave quando caiu para trás na cadeira.

Alleva jazia no chão, braços para cima, o que não era o que Pernazzo queria. Ele vislumbrara Alleva e Massoni caídos mortos nas cadeiras, um de cada lado da mesma mesa. Mas aquilo serviria.

Trabalhando lenta e metodicamente, Pernazzo esfregou a Glock na própria camisa e colocou-a nas mãos de Alleva. Pegou o braço direito flácido da vítima e efetuou outro disparo na direção de Massoni. Ótimo. Depois, devolveu a P220 a Massoni, mirou onde Alleva estava sentado e começou a puxar o gatilho com o dedo morto e gordo do cadáver. Desta vez, contudo, o movimento foi suave e rápido, e a arma disparou imediatamente, fazendo Pernazzo dar um salto. Ele preferia a Glock, e lamentou deixá-la na mão de Alleva.

Depois, Pernazzo removeu todos os livros, revistas e pedaços de papel da casa e colocou-os na van; os passaportes, o gravador em relevo, o livro sobre cogumelos e o laptop de Alleva foram para dentro da mochila. Ele folheou um ou dois livros antes de pegá-los, mas não encontrou nada. Foi para o quarto, fechou o cofre no chão, girou o botão e esfregou-o com um lençol.

Agora, Pernazzo precisava cochilar. Havia uma poltrona de estrutura preta no quarto, estofada com um tecido sintético laranja. Ele programou o relógio digital, recostou-se, tentando relaxar ao máximo e adormeceu.

Quando o alarme do relógio o acordou, vinte minutos depois, Pernazzo foi beber da garrafa plástica que dera a Massoni, mas a água esquentara. Ele foi até a copa, abriu a torneira e bebeu. Depois partiu, conferindo duas vezes se fechara a porta da frente.

45

SÁBADO, 4 DE SETEMBRO, 20H15

O QUE MAIS PARECIA incomodar Paoloni eram as moscas.
— As moscas, os vermes, o calor, o cheiro. Você não faz ideia. — Paoloni fez uma pausa e depois enfatizou cada palavra como se estivesse tentando se fazer entender por um tolo. — Você. Não. Faz. Ideia.

Alleva estava morto, Massoni estava morto, e Blume percebia a felicidade no tom de Paoloni. Vingança e perdão ao mesmo tempo.

— Telefonou para a equipe forense?
— Claro.
— Há quanto tempo os corpos estão aí? — perguntou Blume.
— Não sei. Não sou legista, graças a Deus. Com esse calor. Talvez quatro, cinco dias, uma semana.
— Espere, vou colocar você no viva voz. — Paoloni não tinha o menor direito de sentir-se exonerado, mas Blume considerou justo avisá-lo. — O promotor Principe está aqui comigo.

Blume colocou o telefone sobre a mesa e ligou o alto-falante.
— ... agradecido — dizia Paoloni.
— Aqui é o juiz Filippo Principe. Você fez uma identificação positiva?
— Sim, *giudice* — disse Paoloni. — Alleva e Massoni. Não que estivessem em condições de ser identificados, mas estavam com suas carteiras.
— O que os matou?

— Parecem tiros. Ambos têm ferimentos à bala na cabeça. Não reparei em ferimentos em nenhuma outra parte do corpo. — Paoloni fez uma pausa. — Podem ter atirado um no outro. É o que deve parecer. Cada um tem uma pistola na mão.

— Mas você não acha que atiraram um no outro, não é?

— Não, não acho. Os técnicos forenses dirão com certeza.

— O que tem de errado na cena?

— Duas pessoas matando uma a outra exatamente ao mesmo tempo com tiros na cabeça? Dois disparos fatais simultâneos? Eles apertaram os gatilhos exatamente no mesmo instante? Creio que não.

Principe acenou com a cabeça para Blume, que concordou de volta como que para dizer que sim, Paoloni era um bom investigador.

— O que mais? — perguntou Principe.

— Um cadáver... Alleva... Tem um pequeno coldre no cinto, mas a arma na mão dele, uma Glock, é grande demais para caber nele. O lugar foi limpo. Não há nada aqui, como se outra pessoa tivesse roubado tudo. Além disso, uma das cápsulas estava no lugar errado na sala. Vi duas perto da mesa, o que é normal, mas Zambotto encontrou outra perto da parede. Poderia ter ricocheteado ou algo parecido, mas é um lugar estranho para ser encontrada. O número de disparos também parece errado. Você tinha que estar aqui para ver. Diga-se de passagem, tem um quarto com um cofre no chão, trancado. Talvez tenha alguma coisa dentro. Mas precisamos sair para não contaminar a cena.

Blume perguntou a Paoloni em que tipo de lugar estava, se havia vizinhos.

— A última casa por onde passamos foi há cerca de 3 quilômetros daqui, mas talvez tenha uma casa do outro lado. Mas o lugar é isolado. Não pode ser visto da estrada. Além disso, tem um carro na entrada. Um BMW grande. Modelo X5. Belo carro. Não olhamos dentro, achamos melhor deixá-lo para os técnicos.

— Ótimo — disse Blume. — Algum sinal de outros carros, de que tenha havido outra movimentação de veículos?

— Quer dizer marcas no chão e coisas do gênero? A equipe forense está chegando, junto com patrulhas. Parece que vai ficar bastante movimentado. Carabinieri, também, pelo que parece.

Principe disse:

— Inspetor Paoloni, se o assassino quer que pareça um assassinato ou um assassinato recíproco, vamos garantir que sejamos vistos pensando dessa maneira. Assegure-se de que ninguém mencione a possibilidade de uma terceira pessoa.

— O *vicequestore* Gallone poderia mencionar — disse Paoloni.

— Você precisará impedi-lo de fazer isso — retrucou Principe. — Falarei com ele mais tarde.

— Certo. — Paoloni hesitou, como se quisesse ouvir algo de Blume. Depois, desligou.

Principe olhou para Blume.

— O que acha? — perguntou.

— A primeira coisa a ser dita é que não faz sentido para Innocenzi matá-los e depois me passar a informação.

— De acordo.

— E caso ele tivesse mandado alguém fazer com que parecesse um pacto suicida ou um assassinato simultâneo, enviaria alguém que soubesse fazê-lo direito — disse Blume.

— De acordo.

— E se a armação foi feita com amadorismo, bem, você sabe aonde quero chegar.

— Você pode chegar lá, mas não tenho certeza de que vou acompanhá-lo — disse Principe. — Quer me fazer acreditar que Pernazzo também seja responsável por isso?

— Sim — disse Blume. — Sabemos que Pernazzo matou Brocca e Clemente. Certo?

— Saber é uma palavra forte — disse Principe. — Mas supomos.

— Portanto, sabemos que Pernazzo é capaz de matar. Clemente fazia campanha contra Alleva e Massoni, e Pernazzo comparecia às brigas de cachorros. Depois, temos uma testemunha que viu Massoni e Pernazzo juntos quando Brocca foi morto.

— Temos?

— Teremos — disse Blume. — Assim que eu falar de novo com Giulia. E, se começarmos a procurar com mais cuidado, tenho certeza de que encontraremos mais ligações.

— Mas você não está acusando Pernazzo pelo assassinato de Ferrucci?

— Não.

— Isso não faz sentido. Por que Alleva e Massoni revelariam o esconderijo deles para alguém como Pernazzo?

— Talvez ele fizesse trabalhos de informática para eles. Descobriremos. Pernazzo não é fichado. É o bastante. Nenhum registro. Se todos fossem identificados pelo DNA ao nascer, seria outra história.

Principe pareceu em dúvida.

— Identificação por DNA? Isso é um pouco... Você sabe. Infringe a liberdade pessoal.

— Isso não existe — disse Blume, seguindo rapidamente para a porta. — Vamos prender um assassino.

Blume virou-se e viu Principe ainda encostado na mesa.

— Não vai ajudar?

— Lembra-se do artigo 55 do Código de Procedimento Criminal, Alec? Como policial, você pode agir preventivamente. Não tenho o mesmo alcance, especialmente neste caso. Correndo o risco de soar como um advogado, prefiro não saber de antemão exatamente o que vai fazer. Você confia em seu próprio julgamento?

— Nem sempre.

Principe estalou a língua como um professor que acaba de ouvir uma resposta errada.

— Quero dizer neste caso, confia realmente no próprio julgamento?

— Sim. Angelo Pernazzo é nosso homem. Tenho certeza. Está na hora de prendê-lo. Já passou da hora.

Principe endireitou-se, caminhou até Blume e deu-lhe um tapinha amigo na bochecha.

— Então confie em seu julgamento quanto a isso.

Ele abriu a porta e, antes que Blume pudesse responder, foi embora.

46

SÁBADO, 4 DE SETEMBRO, 21H15

Blume voltou para a delegacia. Depois de uma certa insistência, finalmente conseguiu fazer com que uma viatura e dois policiais fossem chamados de volta para levá-lo à casa decrépita na Via di Bravetta.

A soma das idades dos dois policiais que chegaram na viatura não se equiparava à de Blume. Um deles não conseguia tirar os olhos do braço engessado do comissário, como se jamais tivesse visto nada tão estranho ou exótico na vida, o que era possível.

Eles trocaram olhares enquanto Blume sentou-se com dificuldade no assento traseiro do carro. Oficiais superiores nunca faziam aquilo. O banco de trás era para oficiais subalternos e criminosos. Mas Blume já tivera o suficiente de bancos da frente por enquanto e o braço dele doía.

As lojas estavam fechadas naquela hora e o tráfego nas ruas começava a fluir novamente quando partiram. Levaram apenas vinte minutos para chegar ao destino.

Deixando o motorista no carro, Blume e o outro jovem policial, cujo nome nem ao menos perguntara, foram admitidos ao prédio miserável por uma velha, a quem simplesmente disseram "polícia" quando ela perguntou quem tocara o interfone. Não era de surpreender que os criminosos tivessem tanta facilidade.

O mecanismo do elevador cheirava a óleo velho e graxa, e o carro levou uma eternidade para chegar. Os dois entraram na cabine estreita e subiram em silêncio até o terceiro andar, tentando não respirar um em cima do outro, antes de saírem em um pequeno corredor com três portas. A de Angelo Pernazzo, com a plaqueta dedicada a um assassino virtual, era a do meio. Blume caminhou até a porta, ergueu o punho para bater mas logo o abaixou.

— Espere — disse ele.

O jovem policial, que não estava prestes a fazer coisa alguma, pareceu confuso.

Uma imagem de Ferrucci sentado à mesa, os olhos movendo-se para um lado e para o outro enquanto aguardava ansiosamente um comando ou simplesmente algum outro pensamento, tomava sua mente. Uma sensação de cansaço dominou Blume e ele sentiu a autoconfiança desaparecer quando percebeu o que estivera prestes a fazer. Tinha certeza quanto a Pernazzo, alguém que matara ao menos quatro pessoas. E estava prestes a confrontar um assassino tendo somente um novato despreparado como reforço.

Precisaria chamar mais reforços. Confiar em si mesmo não significava fazê-lo por conta própria. Pelo contrário: significava estar suficientemente confiante para arriscar o que restava de sua reputação ordenando uma batida em grande escala. Se Pernazzo, no final das contas, fosse a pessoa errada, Blume poderia muito bem se candidatar a um emprego como segurança de banco.

— Toque a campainha naquele lado — ordenou Blume, indicando o apartamento à direita do de Pernazzo. — Mostre o distintivo, fale baixo. Pergunte se acham que Pernazzo está em casa. Faço o mesmo aqui.

Blume apertou o botão e ouviu um zumbido agudo imediatamente atrás da porta, mas ninguém atendeu. No outro lado, enquanto isso, o jovem policial falava calmamente com um velho vestindo bermudas largas, uma camiseta amarela e meias brancas finas esticadas até os joelhos. O velho abrira totalmente a porta: mais uma vítima fácil.

Blume bateu e aguardou. Ninguém por enquanto. Apertou outra vez a campainha. Nada. O jovem policial terminou a conversa com o velho. Blume acenou para que se aproximasse e fez um rápido gesto de adeus para o velho enquanto gesticulava para baixo com a mão, avisando-lhe que falasse baixo.

— Ele diz que não sabe — disse o jovem policial. — Disse que o filho é reservado, jamais foi de ter amigos. Conhecia a mãe, mas ela morreu há pouco tempo. Ninguém nesse apartamento?

Blume deu um tapa na porta do vizinho com a palma da mão.

— Parece que não.

— Vamos tentar a porta do meio?

Blume olhou para o rosto liso e descomplicado do jovem diante dele e pensou em Ferrucci.

— Não. Mudei de ideia. Vamos chamar reforços e obter um mandado para entrar.

O garoto pareceu irritado, como se tivessem dito a ele que era novo demais para algum brinquedo no parque de diversões.

— Mas nem tentamos.

— E nem tentaremos. Vamos voltar ao carro e passar um rádio — disse Blume.

Mas ele não conseguiu evitar uma espiada através do olho mágico na porta. O assassino poderia muito facilmente estar bem ali. Poderia tê-los ouvido tocando a campainha da porta ao lado e estar vigiando, olhando diretamente no olho de Blume. Blume considerou mandar o jovem policial apontar sua Beretta diretamente para o olho mágico e ver se tal gesto produziria passos rápidos de pânico atrás da porta.

Blume deu um passo ao lado para sair do campo de visão da porta e posicionou-se diante da porta do velho. Depois, agachou-se e testou para ver se conseguiria manter o equilíbrio com o braço na tipoia. Conseguiu, mas por pouco. Voltou acocorado, abaixo do alcance do olho mágico, ou pelo menos era o que esperava, e encostou a orelha na porta. Atrás dela, imaginou ouvir o som de passos apressados. Também ouviu um comercial de Mulino Bianco passando em uma televisão, aconselhando as pessoas a manterem uma alimentação saudável. Poderia estar vindo de outro apartamento, mas ele duvidava disso. O apartamento ao lado estava vazio e ele não se lembrava do som de uma televisão quando o velho abrira a porta.

Então, ele ouviu. Uma fungada. Foi tudo. O som de alguém fungando do outro lado da porta. Ainda acocorado, Blume deu cinco passos dolorosos para o lado até ficar fora do campo de visão, mas o esforço foi demais e, lentamente, tombou no chão em cima do braço estirado, os joelhos travados de dor. Ele mordeu os lábios para não gritar. Recuperou-se, com esforço, retomando uma posição ereta. O jovem policial, incapaz de elaborar uma estratégia para lidar com superiores insanos, olhava para baixo da escadaria.

Blume estava fisicamente exausto dos esforços. As costelas pareciam ter perfurado os pulmões, o braço latejava. Até os dentes doíam. Ele apertou o botão para chamar o elevador.

O elevador demorou muito e pareceu ainda mais lento ao descer do que quando subira. Mas à medida que desciam vagarosamente, a dor de Blume dissipou-se e sua autoconfiança aumentou.

Saíram para o pátio. Blume vislumbrou uma figura passando pelo portão com a cabeça baixa. Havia algo levemente estranho no jeito como caminhava. O mundo estava cheio de pessoas que temiam a polícia.

Blume parou e disse ao jovem policial:

— Ficarei aqui diante da porta principal para assegurar que nosso homem não saia do prédio. Procure seu parceiro, chame reforços e espere até que cheguem. Apenas diga que está agindo sob minhas ordens e, caso alguém queira saber de algo, que falem comigo. Providenciarei os mandados.

Ele estava confiante.

47

SÁBADO, 4 DE SETEMBRO, 21H35

ANGELO PERNAZZO REDUZIU o passo e começou a caminhar assim que saiu do prédio, não sendo tão burro a ponto de chamar atenção. Conseguiu dar apenas alguns passos antes de precisar agachar e ajustar as *espadrilles* de algodão e os cadarços, que ameaçavam fazê-lo tropeçar. Ele quase as perdera completamente na corrida escada abaixo para chegar no térreo antes dos dois policiais idiotas no elevador. Levantou o pé, dobrou o polegar e cobriu de novo os calcanhares com o tecido. Pendurou a mochila cinza de Clemente no ombro e virou-se astutamente ao ouvir a porta de entrada do prédio fechando-se outra vez. Viu um policial no carro do outro lado da rua olhando diretamente para ele, mas sem o ver realmente.

Pernazzo ouviu passos atrás de si. Estava sendo seguido. Arriscou uma espiadela para trás. Um policial uniformizado o seguia. Caminhando, não correndo. Agora, o policial atravessava a rua diagonalmente na direção do parceiro no carro, ignorando Pernazzo. Nenhum sinal do comissário que tentara olhar na direção errada pelo olho mágico.

Pernazzo preparara a mochila depois de assistir ao documentário de Di Tivoli na noite de quarta-feira. Colocou nela a faca, o gravador em relevo, os passaportes, a pequena pistola de Alleva e a carteira de Clemente, que ainda continha os documentos de identidade e cartões de crédito. O livro sobre cogumelos de Alleva, com as senhas bancárias. Um kit de fuga perfeito e compacto. O conteúdo da mochila era suficiente para levá-lo da

Itália para qualquer lugar que quisesse. Na quinta-feira, fora a uma cabine fotográfica, tirara fotografias para os passaportes e as acrescentara ao kit. Passou a tarde estudando imagens da Argentina no Google Earth, depois telefonou para a Tecnocasa e anunciou que desejava colocar sua casa à venda. Disseram que poderiam enviar alguém no dia seguinte.

Não era de surpreender que o comissário Blume não tivesse retornado. Provavelmente estava ocupado reunindo provas contra Innocenzi. Contudo, assim que os créditos do documentário rolaram pela tela, Pernazzo começou a sentir frustração diante da continuidade da falta de reconhecimento. Precisaria conversar com Di Tivoli sobre aquilo. Fornecer a história completa a Di Tivoli e depois, talvez, realizar uma boa fuga.

Ou poderia matar Di Tivoli. Seria interessante, porque todos ficariam convencidos de que se tratava de Innocenzi se vingando pela exposição da filha.

Ele improvisaria.

Através do site Virgilio, Pernazzo procurou na lista telefônica pelo nome Taddeo Di Tivoli, e lá estava ele. Jornalistas gostavam de ser contatados.

Na noite de sexta-feira, pela primeira vez na vida, Pernazzo ficou entediado com os jogos online. De repente, não pareciam reais. Desconectou-se do *World of Warcraft* e jogou um pouco de *EverQuest*, com o mesmo resultado. Mais tarde, descobriu que não conseguia dormir quando queria e, quando conseguiu, foi por muito mais do que os vinte minutos permitidos por Uberman.

Quando a campainha tocou no sábado, Pernazzo quase vomitou o jantar de tanto nervosismo. Hora de fugir. Aproximou-se sorrateiramente da porta, espiou pelo olho mágico e viu um policial uniformizado apoiado no corrimão.

Pernazzo ficou paralisado, olhando pelo olho mágico, incapaz de mover-se, pois Blume poderia perceber uma oscilação na luz. Depois, os policiais, que poderiam muito facilmente ser assassinos enviados por Innocenzi, desceram pelo elevador. Pernazzo aproveitou sua única e última chance, pegou a mochila e desceu impetuosamente a escada, só percebendo que estava usando calçados e cadarço quando escorregou no primeiro patamar. Ao levantar-se, o elevador que descia lentamente o alcançou. Pendurou a mochila nos ombros e desceu quatro degraus de cada vez, alcançando, ultrapassando e deixando para trás o velho elevador, Blume e os policiais.

O Opel Tigra de Pernazzo estava estacionado a duas ruas de distância. Pernazzo esperava que o trânsito não estivesse contra ele. Dirigiu o mais rápido que pôde, descarregando um pouco da tensão. Cogitou seguir cautelosamente, parando quando os sinais ficassem amarelos, tocando no pedal do freio a cada poucos segundos, como a mãe costumava fazer — ela até sinalizava quando contornava carros parados em fila dupla —, mas não havia motivo para aquilo. Nenhum policial em Roma jamais parava alguém por imprudência ao volante. Consideravam aquilo degradante.

Pernazzo levou 35 minutos para chegar à casa de Di Tivoli. Encontrou um estacionamento a menos de cinco minutos de distância e caminhou o mais rápido que as sandálias permitiam.

Eram dez da noite e estava muito escuro. Pernazzo tinha 15 minutos antes da hora do hipersono. Tirou a Davis P-32 de Alleva da mochila e colocou-a no bolso traseiro da calça.

A porta de entrada do prédio de Di Tivoli estava fechada. Pernazzo apertou o botão do interfone abaixo do de Di Tivoli. Uma mulher atendeu.

— Quem é?

— *Signora*, tenho aqui alguns materiais da RAI para entregar ao *Dottor* Di Tivoli, mas parece que ele saiu ou o interfone não está funcionando. Acontece que tenho outras entregas urgentes de fitas de noticiários a fazer e eu gostaria apenas de deixá-las na...

A mulher cansou-se de escutar e abriu a porta sem dizer nada.

Pernazzo chamou o elevador. Com apenas três andares no prédio, a escada teria sido mais rápida, mas ele preferiu não passar pela porta da mulher no segundo andar caso ela estivesse observando. O mármore dentro do prédio reluzia sob as luzes. O elevador era velho, de madeira, grande o bastante para acomodar uma cama, inundado por uma luz amarelada produzida por lâmpadas fracas e cheirava a cera de abelhas.

Pernazzo saiu do elevador, fechou as grades de cobre e bateu delicadamente com o punho na porta espessa de Di Tivoli.

— Di Tivoli! Venha logo, abra. Rápido! — falou Pernazzo em um sussurro urgente. Seguiu batendo na porta, delicada mas incessantemente. Pouco depois, ouviu passos.

— Quem é? — disse Di Tivoli, mas abriu a porta antes de esperar a resposta. Assim que uma fresta foi aberta, Pernazzo largou a mochila na abertura. O gravador em relevo de metal emitiu um baque mais alto do que ele esperara. Ele precisaria ser cuidadoso com o barulho, devido à presença da mulher no apartamento do andar de baixo. Depois, com a mochila impedindo que a porta se fechasse, espremeu-se através da fresta e entrou tão rapidamente que Di Tivoli precisou dar meia-volta antes de perceber quem acabara de entrar.

— O quê? — disse Di Tivoli. — Quem é você?

Pernazzo percebeu um olhar de repugnância e desdém no rosto de Di Tivoli, mas logo em seguida captou a gratificante tensão do medo.

— Está sozinho? — perguntou Pernazzo.

— Sim... Quero dizer, não. Estou esperando alguém...

Di Tivoli não conseguia pensar em quem estava esperando. Pernazzo aproximou-se de uma estante de livros, apoiou-se nela e aguardou enquanto os olhos do jornalista o examinavam. A pistola estava guardada de um jeito incômodo e seguro no bolso. Nenhuma necessidade de brandi-la.

Do saguão, Di Tivoli disse:

— Quero que saia. Não sei o que pensa que está fazendo. Acabo de chegar em casa... Estou muito cansado.

Pernazzo pegou a mochila e foi para a sala de estar.

— A polícia está me procurando.

Di Tivoli seguiu-o. Vestia um robe de seda estampado com um padrão de curvas douradas.

— Não é culpa minha... Já não o vi antes?

Ele colocou a mão em um bolso quadrado, tentando ser o mestre da situação, senhor do próprio lar.

— Só consigo pensar em uma razão para que a polícia esteja atrás de mim — continuou Pernazzo. Ele colocou a mão atrás das costas e desfrutou do espetáculo de Di Tivoli tentando monitorar cada micromovimento enquanto mantinha uma atitude casual.

— Que é?

— Você colocou-os no meu encalço — disse Pernazzo.

— Não sei do que está falando, nem quem você é.

— Eu sei. Veja, sou Angelo Pernazzo. Sou a pessoa que matou Clemente.

Di Tivoli empalideceu, depois se sentou lentamente em uma poltrona. Ainda mais lentamente, pegou um controle remoto.

— O que está fazendo?

— Aumentando o ar-condicionado — disse Di Tivoli. — Você matou Clemente?

Pernazzo observou atentamente enquanto Di Tivoli apontava o controle para um condicionador de ar com uma luz verde piscante acima da janela.

— Está bom assim. Largue isso — disse Pernazzo. Ele não gostava da ideia de Di Tivoli segurando coisa alguma.

Di Tivoli largou o controle remoto nas almofadas atrás dele, na poltrona, apontou os dedos para o alto e curvou as sobrancelhas. Estava com a testa molhada.

— Não precisa me dizer mais do que quiser, mas como deduziu que coloquei a polícia em seu encalço? Nem sei quem você é.

— Liguei os fatos. A polícia encontrou meu nome porque fui detido quando os Carabinieri fizeram uma batida em uma briga de cachorros, e o único motivo por que fizeram a batida foi porque havia câmeras de TV filmando tudo. Suas câmeras.

— A operação foi ideia de Clemente — disse Di Tivoli. — Eu só filmei a briga, nada de polícia ou Carabinieri.

— E, como disse, cuidei de Clemente.

— Arturo era... Ele era todo tipo de coisa, mas também era meu amigo — disse Di Tivoli.

— Você fez um excelente trabalho para a reputação dele ao revelar o caso que ele mantinha. Para um amigo.

— Ele está morto agora. Não faz diferença.

— A viúva dele provavelmente não gostou.

— Não, não gostou, e disse a mim. Além disso, arrisquei a vida com o programa. Revelei uma ligação com a família criminosa mais poderosa de Roma.

— Foi corajoso.

— Sou um jornalista — declarou Di Tivoli. Ele uniu as mãos, como que considerando uma proposta. — É meu trabalho dizer a verdade, dizer a verdade aos poderosos.

A voz de Di Tivoli tornara-se mais alta e clara. Pernazzo considerou que o homem estaria ficando mais confiante, então sacou a pistola do bolso traseiro e apontou-a diretamente para a barriga do jornalista.

Os dedos esticados de Di Tivoli entrelaçaram-se e ele abaixou as mãos, colocando-as entre as pernas.

— Poderia não apontar a arma para mim, por favor?

Pernazzo abaixou a pistola. Não a usaria, de todo modo. Enfiou-a novamente na calça.

Di Tivoli adotou uma postura um pouco menos curvada na poltrona e disse:

— Você deveria ir embora agora, Angelo. Esse é seu nome, não é? Tente fugir. A polícia ainda pensa que Alleva mandou matar Clemente. Não estarão procurando você.

— Acabei de dizer que estão.

— Provavelmente não pelo assassinato... Não se incomoda que eu use esta palavra?

— É a palavra certa. E se não estão me procurando, por que aquele comissário foi hoje à noite à minha casa? Ele chamou toda uma equipe para fazer a batida.

— Que comissário?

— O nome dele é Blume — perguntou Di Tivoli. Ele realmente não gostou de mim desde o instante em que nos conhecemos.

— Blume? — A voz de Di Tivoli aumentou levemente. — Ele não está mais no caso Clemente.

— Você sabe muito sobre o que está acontecendo.

— Tenho minhas fontes. — Di Tivoli fez a primeira tentativa de abrir um sorriso, mas não foi bem-sucedido.

— Bem, suas fontes estão erradas. Porque o comissário acabou de ir à minha casa.

— Estou dizendo a você: Blume não está trabalhando no caso. A polícia não sabe nada a seu respeito.

— É claro que sabe. E, agora, você também sabe.

— Não entendo. Encontraram Alleva e Massoni. O organizador das brigas de cachorros e...

— Sei quem são.

— Desculpe — disse Di Tivoli. — Soube que foram encontrados mortos. Portanto, talvez o caso seja fechado agora.

— É o que acha?

— Assassinato entre criminosos. Esses caras com certeza não brincam em serviço, não é? — A voz de Di Tivoli assumia um pouco do ritmo sincopado de um forte sotaque romano. — Talvez Alleva estivesse roubando dos patrões e tenha sido morto por eles. O que acha?

Pernazzo bateu no próprio ombro e sorriu.

— Eu fiz aquilo com eles. Fui eu. É algo... Não sei. Fiquei mais forte, aprendi com meus erros, mas ainda não tenho meu próprio estilo. E não sei para onde ir.

Di Tivoli abriu a boca como se fosse dizer algo, mas só conseguiu tragar uma corrente de ar que ficou presa no fundo da garganta.

Pernazzo imaginou Di Tivoli morto na poltrona. O que pareceria? Alguns dias depois de expor Innocenzi, apresentador de programa televisivo é encontrado morto em casa... Ele resolveria os detalhes em um instante. Causas não naturais. Precisariam investigar Innocenzi, esquecer-se dele. Talvez todos os assassinatos pudessem ser atribuídos a Innocenzi.

Pernazzo virou-se para olhar para a estante de livros atrás dele.

— Sabe de uma coisa? Desde quando entrei, aquilo está olhando para minha nuca. O que é?

— Uma cabeça etrusca — disse Di Tivoli.

Pernazzo esticou o braço, pegou a escultura nas mãos e, segurando-a, caminhou até Di Tivoli.

— É de madeira? Parece aço. É tão pesado. Essa cabeça é maior do que a minha.

Ele levantou a cabeça e Di Tivoli começou a mover-se para a frente na poltrona. Pernazzo abaixou-a e ameaçou jogá-la contra Di Tivoli, que se encolheu e levantou os braços para se proteger.

Pernazzo gargalhou.

— Então isso é como um daqueles santinhos domésticos? Um protetor?

Ele caminhou para trás da poltrona na qual Di Tivoli estava sentado.

— Você acredita nessas coisas?

— Na verdade, não... Escute... — Di Tivoli começou a virar a cabeça.

— Não, continue olhando para a frente. Então, quer dizer que esse safado com cara de mau tem protegido você?

— Sim. Até agora — disse Di Tivoli.

— Certo. Até agora.

Pernazzo ergueu o busto com os dois braços, como um troféu. Impulsionou a peça para baixo com tanta força que seus pés escorregaram sob o corpo e ele quase caiu por cima do encosto da poltrona. O impacto quando o rosto de madeira atingiu a parte posterior do crânio de Di Tivoli fez o busto escapar das mãos de Pernazzo. A escultura quicou no encosto, bateu nos braços da poltrona e caiu no tapete persa no chão, rolando um pouco sobre ele com um ruído abafado.

O ruído e o estalo do impacto foram praticamente os únicos barulhos.

Di Tivoli mal emitira um som. Apenas uma espécie de som flatulento saiu de sua boca.

Pernazzo levantou-se. A parte posterior da cabeça de Di Tivoli estava visivelmente esmagada. Ele estava curvado para a frente, como que examinando o próprio umbigo, e uma corrente constante de sangue brilhoso corria pelo lado do rosto, pingando nas almofadas da poltrona e escurecendo o tecido.

Fora muito mais fácil do que ele imaginara. E muito mais silencioso do que uma pistola. Pernazzo foi até o sofá bege que combinava com a poltrona diante dele, deitou-se e adormeceu.

Quando acordou, vinte minutos depois, a cabeça etrusca o observava do chão. O nariz estava lascado, e Pernazzo perguntou-se se teria sido ele quem fizera aquilo. Di Tivoli estava exatamente na mesma posição de antes.

As chaves do carro de Di Tivoli foram fáceis de encontrar, mas Pernazzo não encontrava a carteira do homem em lugar nenhum. Quando se viu abrindo aleatoriamente armários na cozinha, parou. Voltou para o quarto, o qual já revistara, conferiu novamente na mesa de cabeceira, correu a mão sob o colchão, abriu o armário de porta espelhada e procurou roupas que pudessem ter sido usadas recentemente. Ainda nada da carteira. Di Tivoli tinha um pequeno quarto dedicado inteiramente a sapatos, mas o homem tinha pés grandes como balsas. Pernazzo experimentou alguns pares, mas os pés simplesmente entravam e saíam dos sapatos. Ele continuou a busca, arremessando os sapatos do closet para o quarto. Pernazzo deparou-se com alguns pares de sapatos femininos. Serviam nele, mas tinham saltos altos.

Foi quando teve uma ideia e foi até o corpo curvado de Di Tivoli. Colocou a mão no bolso do robe e encontrou a carteira. Não só isso, também estava cheia de dinheiro. Pernazzo contou 950 euros, incluindo uma nota de quinhentos. Ele jamais vira uma. Colocou a carteira no próprio bolso e foi ao escritório de Di Tivoli. O esquema de cores era o mesmo da sala de estar: bege, branco, cinza. Pernazzo apreciou o estilo. Era como um hotel caro para executivos. Havia três monitores *widescreen* lado a lado em uma mesa de aço polido com acabamento fosco preto. Pernazzo perguntou-se por um instante se Di Tivoli fora um jogador inveterado, depois se lembrou de que trabalhava na televisão. Não se deu ao trabalho de ligar a máquina. Ela estaria protegida por uma senha e não havia tempo para descobri-la.

No saguão, Pernazzo encontrou as chaves do apartamento e outro molho em um chaveiro. Entre elas, havia duas pequenas chaves de cadeado e duas chaves longas, antiquadas e enferrujadas, que poderiam servir para o portão de algum jardim. Se Di Tivoli tivesse um lugar fora de Roma, poderia ir para lá e esconder-se por um dia enquanto os investigadores estivessem concentrados em interrogar Innocenzi.

Pernazzo voltou para a sala de estar. Mais uma bancada impressionante de aparatos tecnológicos. Ele ligou a televisão gigantesca e percorreu os canais, familiarizando-se com o grande controle remoto.

— Você tem Sky via satélite — falou para a figura curvada na poltrona. — Isso não conta como ajuda à concorrência? Mas, ei, hoje em dia não tem nada que preste na RAI.

Bons efeitos de som *surround*, também. Caixas de som em toda a sala. Não muito óbvias, além do mais. Ótima televisão de plasma. Pernazzo achou uma pena que não pudesse simplesmente levar tudo para casa. Ele conferiu os cabos na parte posterior e viu que a tela estava conectada a um pequeno computador.

O computador parecia ligado. Quando apertou o botão AV no controle remoto, surgiu uma tela do Windows XP Media Center. Ele jamais vira o logotipo do Windows tão grande. Bonito. Mesmo sendo Mickeyware. Um sistema operacional Red Hat seria o ideal ali. Havia o menu de gravações da TV. Ele não conseguia encontrar o controle remoto. Procurando, encontrou um controle remoto Daikin para o ar-condicionado.

Espere um minuto. Ele foi até a poltrona e empurrou para o lado o corpo inerte de Di Tivoli. A cabeça de Di Tivoli pendeu sobre a lateral da poltrona e o sangue correu para o lado, de modo que, agora, parecia pingar do ouvido para o chão. Pernazzo tateou em busca do controle que Di Tivoli enfiara entre as almofadas e puxou-o. Ele olhou para o controle.

— Seu filho da puta ardiloso — disse Pernazzo. Ele apertou um botão e olhou para o menu na tela.

Di Tivoli estava gravando. O microfone estava bem diante dele. Tão óbvio que era invisível.

Pernazzo parou a gravação, salvou-a como um arquivo, o qual nomeou como "deleteme". Ele rejeitou a sugestão de extensão .wav e, no lugar dela, inseriu uma extensão .xls. Depois, deletou o arquivo de áudio nomeado erroneamente e esvaziou a lixeira. Aquilo não impediria ninguém que soubesse o que estava procurando, mas esconderia o arquivo por tempo suficiente. Em dois dias ele estaria na Argentina.

Ele navegou pelo menu do gravador, e o nome de um dos arquivos chamou sua atenção: "08_28_Blume.wav." Pernazzo abriu o arquivo.

Por trás dele, Di Tivoli disse:

— O calor está me matando.

Pernazzo leu os menus e correu para trás ao mesmo tempo, quase se chocando contra a televisão. Di Tivoli permanecia curvado na poltrona, o sangue agora pingando no chão.

— Você tem um apartamento agradável — disse uma voz que ele reconheceu. Comissário Blume. — Sabe, somos praticamente vizinhos. Moro na Via La Spezia. Conhece? Na esquina da Via Orvieto, onde fica o mercado de peixes?

O canalha esperto gravara os policiais enquanto o interrogavam. Havia outra pessoa, um napolitano. Presumivelmente, outro policial.

Pernazzo sentou-se no sofá e ouviu todo o interrogatório. Depois, voltou para o começo. Blume estava dizendo:

— Sabe, somos praticamente vizinhos...

48

Pernazzo não saiu do apartamento até as três e meia da manhã.

Ele guardou suas coisas na mochila, inclusive a pistola que não fora usada. Fechou a porta delicadamente ao sair e, para minimizar o barulho que fazia, desceu silenciosamente a escada, sem chamar o elevador. O carro dele estava estacionado perto e ele refletiu se deveria mudá-lo de lugar. A polícia estaria procurando por ele àquela altura. Ele decidiu que não. Um carro estacionado legalmente era praticamente invisível. A polícia provavelmente levaria meses até encontrá-lo.

Ele estava com a chave do carro de Di Tivoli, um Range Rover, e estava ansioso para dirigir o veículo. Uma segunda chave, com a marca registrada da FAAC gravada nela, estava presa ao chaveiro. Uma rampa íngreme à esquerda do prédio descia para o porão e as garagens e era fechada por um portão automático. Pernazzo inseriu a chave e virou-a. Ficou parado de nervosismo nas sombras quando duas luzes cor de abóbora começaram a piscar, mas as portas se abriram silenciosamente. Ele desceu a rampa até a garagem. Apertando a chave eletrônica, o Range Rover de Di Tivoli bipou e piscou.

Pernazzo entrou no carro e dirigiu rampa acima, ligando os faróis no máximo para iluminar a escuridão. Sentia-se alto, pesado e importante no veículo. Havia um dispositivo GPS TomTom SatNav no painel, e ele o ligou. A tela mapeou uma rota para Pádua. Ele apertou um botão e outra rota foi exibida, de Roma para Amatrice. O endereço era o mesmo que encontrara em um pedaço de papel na carteira de Clemente. Primeira parada, Amatrice. Segunda parada, Bari. Terceira parada, Patros. Ou, talvez, seguisse para o norte, deixando a Itália pela Eslovênia ou pela Áustria.

Pernazzo achou difícil conduzir o carro grande. Concentrando-se em dirigir o veículo, ficou confuso nas ruas que jaziam nas sombras da Tangenziale, a estrada elevada que levava ao anel rodoviário da cidade. Ele parou no acostamento e fez o GPS mostrar-lhe onde estava.

O navegador orientou-o até uma rampa de acesso que estava bloqueada com barreiras vermelhas e amarelas. Uma placa que parecia estar pendurada ali desde o começo da década de 1980 informava que o fechamento era temporário. Aquele aparelho parecia não saber nada a respeito.

Pernazzo precisou retornar diversas vezes. Havia poucos carros nas ruas àquela hora, portanto, não teve problemas. Mas ele não conseguia encontrar uma rota alternativa para pegar a Tangenziale, e decidiu dirigir até o GPS ter outra ideia. O relógio do painel indicava que eram quinze para as cinco. Ele precisaria adiar o próximo cochilo de vinte minutos.

Ele entrou na Via La Spezia e percebeu que o GPS o deixara ir longe demais. Ainda não havia praticamente nenhum trânsito, mas viu luzes à esquerda. Ele sentia o cheiro de água salgada e peixes da feira de domingo. Estava com fome. Poderia tomar um cappuccino e engolir um *cornetto* com geleia de damasco. As regras do sono polifásico proibiam o consumo de café, mas Pernazzo estava começando a achar o planejamento de sono de Uberman cansativo. Desistiria de segui-lo quando chegasse à Argentina. Não, iria abandoná-lo assim que deixasse o solo italiano.

Pernazzo entrou em uma rua paralela e encontrou uma vaga suficientemente grande para o carro enorme que conduzia. Hesitou por um instante, depois decidiu deixar a mochila com as armas e o dinheiro sob o assento do motorista. Pegou um pouco de dinheiro da carteira de Di Tivoli e colocou-o na própria carteira.

O bar ficava aberto a noite inteira para servir a motoristas de ônibus, bondes e trens. Era excessivamente iluminado, e o balcão, desconfortavelmente alto, mas o cappuccino era tão bom quanto imaginara, talvez melhor. O *cornetto* também.

Estava na hora de outro cochilo de vinte minutos, mas Pernazzo estava estimulado demais pela cafeína, pelo açúcar e por um novo propósito. Com certeza, não tinha sido por acaso que acabara naquela rua.

Ele embarcou novamente no Range Rover. Em um dos prédios do outro lado da rua, o comissário da polícia dormia profundamente. Pernazzo não sabia em qual, mas havia apenas dois portões do lado oposto do mercado de peixes, como o próprio comissário dissera.

Pernazzo sabia que precisava dormir naquele instante, ou ficaria incapaz de agir mais tarde. O café fora um erro terrível. Algo acontecera em seu subconsciente. Ele pensaria a respeito depois. Reprogramou a rota para Amatrice no GPS. Finalmente, o dispositivo apresentou outra rota. Pernazzo relaxou; o erro do satélite estava deixando-o nervoso. Agora, sentia-se capaz de recostar no assento de couro bege e deixar-se levar.

Dormiu uma hora inteira a mais do que o programado e acordou com um sobressalto de um sonho sobre tumbas de guerreiros etruscos. A saliva embranquecera o canto do lábio de Pernazzo, e sua boca estava seca como um cardo. O dia clareara e a Via La Spezia ficara movimentada com o tráfego. Não havia ar dentro do carro. Pernazzo abriu a janela e conferiu as horas. Eram seis e meia da manhã de domingo. Ele decidiu esperar até as oito e meia. Dormira mal e sentia-se como se tivessem estapeado sua cabeça, mas uma questão essencial fora resolvida. Em algum momento, no decorrer da noite, ele decidira aguardar até que o policial zombeteiro saísse de casa.

49

Blume sentia que jamais dormira tão bem. Quando despertou, de manhã, estava com a mente limpa, o corpo perfeitamente relaxado, o braço dolorido não doía mais. Kristin dormia silenciosamente e sem se mover. Ele tocou a depressão na coluna dela com as costas da mão. Os músculos das costas retesaram-se, a espinha arqueou-se um pouco para dentro e as pernas esticaram-se. Ela também tinha sono leve.

Blume decidira chamar Kristin na noite anterior, assim que percebeu que a operação fracassaria. Se não pudesse capturar Pernazzo, faria algo dar certo naquela noite.

O fracasso foi largamente devido a "questões corrente acima", como Gallone poderia ter colocado. Isso acontecia quando as pessoas corrente acima mijavam na água e as pessoas corrente abaixo, como Blume, precisavam bebê-la. As pessoas corrente acima decidiram que nenhuma equipe técnica e nem mesmo um único detetive estavam disponíveis. Blume ficou parado na frente da casa de Pernazzo, dizendo palavrões.

Um promotor de olho na glória política para quando estivesse na casa dos 40 anos emitira um mandado para evacuar um conjunto habitacional de todos os habitantes senegaleses. Dezenas de policiais estavam passando a noite como carcereiros temporários. O melhor que Blume conseguiu obter foi uma promessa muito relutante da delegacia de Arvalia de que vigiariam o apartamento de Angello Pernazzo. Até para aquilo, o comissário de Arvalia queria uma ordem dada por um juiz dentro de uma hora ou retiraria seus homens, foi o que disse a Blume.

Quando o *agente scelto* chegou carregando um aríete em uma bolsa de lona, Blume ordenou que arrombasse a porta. O processo levou mais tempo do que o esperado. Finalmente, a madeira estilhaçou-se, o vizinho idoso com as pernas espigadas abriu novamente a porta e perguntou se precisavam de ajuda. O policial com o aríete gritou para que o velho voltasse para a porra da sua casa e foi obedecido.

Depois entraram no apartamento, mas o suspeito não estava. Blume percebeu que acabara de pisar em um território legal muito dúbio. Olhou curiosamente o apartamento fedorento, ignorando os olhares dos outros policiais, sentindo-os arderem de cima a baixo em suas costas como três aquecedores elétricos.

Ele colocou um guarda na porta e desceu para o térreo. Foi quando decidiu telefonar para Kristin. Quanto ao resto deles, incluindo Principe, ele arrastaria todos pessoalmente até ali pela manhã. Enfiaria o rosto deles nas evidências. De repente, todos os ferimentos sofridos no acidente começaram a doer.

Blume telefonou para Kristin sem saber exatamente o que iria dizer. Quando ela atendeu, perguntou se ela se incomodaria em dar-lhe uma carona para casa. Ele informou o endereço.

— Claro — disse ela, e desligou.

Sentindo-se novamente energizado, Blume subiu pela escada até o terceiro andar e disse ao *agente scelto* de Arvalia que não deixasse ninguém entrar, não importava o motivo. Desceu novamente e ficou na frente do prédio, tentando interpretar o tom com o qual Kristin dissera "claro".

Enquanto Blume estava ali, de pé, ocorreu-lhe que deveria ter posicionado alguém na porta de entrada antes de subir ao apartamento. Era parte do treinamento básico, mas Blume nem sequer se lembrava da clareza dos primeiros princípios e das regras rígidas que pensava que fossem observadas em todos os lugares quando ingressou na polícia. No fundo da mente, mas movendo-se para o primeiro plano como uma verdade inegável, estava a ideia de que não era habilidoso no aspecto tático das coisas.

Kristin pegou-o meia hora depois em um Alfa Romeo 159 rubi com uma grade de radiador que parecia rir para ele. Ela piscou os faróis e Blume entrou no carro, imaginando corretamente que ela não perguntaria o que ele estava fazendo ou por que telefonara.

O jeito dela dirigir não fazia concessões ao fato de que Blume sofrera um acidente recentemente. Ela acelerou em um sinal amarelo para entrar na Via Silvestri, espremeu-se ao contornar um ônibus que decidira mudar de faixa de qualquer maneira, e disse:

— Vou voltar para os Estados Unidos.

Blume parou de brigar com o cinto de segurança.

— Quando?

— Em umas duas semanas.

— Quando diz umas duas...

— Quero dizer duas.

— Porque a maioria das pessoas não quer dizer duas quando diz umas duas — disse Blume. — A menos que esteja se referindo a pessoas.

— Sei disso, mas eu sim.

Kristin conseguiu fazer uma curva em ângulo reto sem tocar no freio. Blume ficou surpreso com a declaração que fez em seguida:

— Eu poderia ir com você. Consertar meus dentes quebrados. Americanos são bons em ortodontia. Dentes são importantes lá.

Ela virou-se e sorriu.

— Você poderia.

— Tenho muito tempo acumulado de férias. E licença por doença, também, se eu quiser. Só preciso terminar esse caso.

— Como está o andamento?

Blume finalmente afivelou o cinto de segurança.

— Quase lá. Tudo que precisamos fazer é prender a pessoa responsável.

— Isso é tudo?

— É tudo. Mas creio que todos estejam mais interessados em fechar o caso como ele está. Não acho que queiram acreditar no meu assassino.

— Seu assassino. Que maneira infeliz de se expressar. — Kristin acelerou quando um sinal ficou amarelo, depois pensou melhor e freou com força. — Então, o que acha da esposa? É quase como se deixar de capturar o assassino do marido fosse um favor.

— É complicado. Bem, a coisa em si não é tão complicada. As pessoas é que são. Pessoas são complicadas.

— Você quer dizer corruptas.

— Isso também — concordou ele. — Para onde, nos Estados Unidos?

— Nova York, depois Washington, depois Vermont.

— Eu era de Seattle — disse Blume.

— Era. Não se sente americano?

— Às vezes.

— Consegue entender quando digo que sou feliz por ser americana?

Kristin enfatizou a felicidade disparando a buzina para dois jovens que atravessavam a rua desatentamente.

— Feliz? Pensei que deveríamos ter orgulho de ser americanos. Felicidade é algo que tentamos alcançar. Como criminosos.

— O tipo de pessoa que anda por aí dizendo que tem orgulho de ser americano está constrangendo aqueles entre nós que têm razões para sentir orgulho.

— Uma ideia não é responsável pelas pessoas que acreditam nela — citou Blume. O braço engessado impedia-o de se segurar na alça acima da porta, de modo que precisou agarrar o painel quando Kristin dobrou novamente à esquerda.

— Muito bem. Don Marquis. Os Estados Unidos costumavam ter muito mais gente como ele.

— Eu não sabia quem era o autor da frase — admitiu Blume.

— Agora você sabe.

— Na verdade, não. Não sei quem foi Don Marquis.

— Era do centro-oeste.

— Oh. Don como em... Don. Não era um padre, então.

Vinte minutos depois, Kristin estacionou. Saiu do carro com ele e acompanhou-o através do pátio. Quando chegaram à porta de entrada do prédio de Blume, ela comentou:

— Você parece o Napoleão de Jacques-Louis Davis com o braço desse jeito. O nariz também ajuda. Talvez queira tratar dele.

Quando chegaram ao apartamento, Blume apressou-se até o estúdio dos pais e passou os olhos pelos LPs deles. Colocou uma cópia arranhada de *Wavelenght* na velha vitrola Ferguson, Van Morrison cantou "Hungry for Your Love" e Kristin apareceu no umbral da porta.

Ela sorriu:

— Você deve seduzir e depois abandonar, não o contrário.

Ela entrou e sentou-se ao lado de Blume no velho sofá de couro que a mãe dele gostava. *Somente palavras são um bem certo*, ele pensou, mas não conseguia pensar em nenhuma. Ele e Kristin ficaram sentados no estúdio, estudando um ao outro. Os olhares dela pareciam tingidos com hostilidade, mas os joelhos estavam a centímetros dos dele. Blume queria enterrar o pescoço, o peito e os braços no cabelo brilhante de Kristin.

— Não gosto deste relicário — disse Kristin.

— Que relicário?

— Este lugar. O estúdio dos seus pais, intocado. Não gosto.

— Ah.

Kristin cruzou as pernas, roçando o lado da coxa de Blume. Ela usava uma saia simples de algodão preto, e Blume sentiu uma pontada e um pulsar na virilha, no estômago e no peito quando vislumbrou a parte interna da coxa dela. Podia ver a parte inferior da panturrilha de Kristin contrair e relaxar enquanto ela movia o pé em círculos.

— Você tem um rosto grande, perdido, solitário e raivoso.

Ela disse aquilo delicadamente, sem desdém.

— Não. Estou bem. Estou aqui há muito tempo. Não estou mais perdido. — Blume mudou para o italiano, despertando plenamente seu sotaque romano: — *Pure tu, però, non c'hai nemmanco l'ombra di un'accento se non vuoi.*

Ela tocou o lado do rosto dele com as costas da mão.

— Achei que você preferiria que meu italiano soasse um pouco mais como o de um iniciante, para despertar seu lado protetor. Mas, sim, sou muito boa. Tenho visto muitos italianos que pensam que sabem falar inglês. É impressionante quantos acreditam nisso.

— Você também traduz para o italiano? Consegue fazer isso?

Kristin respondeu em um dialeto romano perfeito:

— *Er mestier mio è a fa' capi' fra loro du' persone che parleno lingue differenti; e così ripeto a tutt'e due quello che je farebble comodo d' ave' detto.* Sou diplomata.

— *Ammazza* — disse Blume. — Mas ainda parece americana. — Ele baixou o olhar para os calcanhares dela e a área desbotada no carpete desgastado da mãe. — Você disse que era uma legada. Anda por aí com um distintivo do FBI?

— O que acha?

— Aposto que não.

Kristin levantou-se, abriu o botão inferior da camisa de seda verde e colocou a mão dentro do cós da saia, revelando por um instante o umbigo. Depois, puxou o que Blume, inicialmente, presumiu que fosse o forro interno da saia, mas acabou revelando-se uma bolsa de seda preta.

— Não é algo de uso exclusivo do FBI — disse ela em resposta ao olhar dele. — É uma cinta para dinheiro perfeitamente comum da Eagle Creek.

— Eu não estava olhando para a cinta.

Ela abriu o zíper da bolsa, tirou uma carteira de identidade plastificada e jogou-a para ele. Blume podia sentir o calor do corpo dela na carteira. Segurando-a com as duas mãos, examinou o emblema dourado e azul.

— Fidelidade, Bravura, Integridade — leu em voz alta. — O brasão do FBI é igual ao da bandeira da União Europeia.

— Aqui. — Ela estendeu a mão e Blume entregou a carteira.

A blusa verde ainda pendia solta e a cinta de seda estava entre os dois no sofá, como uma peça íntima abandonada. Blume sentiu-se repentinamente inebriado.

— Vou pegar um copo d'água. Posso lhe oferecer algo? — Ele foi até a porta.

— Não, obrigada.

Quando ele voltou ao estúdio segurando um copo, Kristin havia levantado e estava de pé na porta. A leve brisa que vinha da janela da cozinha ondulava a camisa dela.

— Está abafado aqui.

— Meu relicário, como você disse.

Ele pousou o copo e beijou-a. Um pensamento ou frase passou pela cabeça de Blume, algo relacionado a lábios sugando sua alma, mas desapareceu por completo quando sentiu os lábios dela abrirem-se sob a pressão. Todos os pensamentos sumiram da mente dele para que fossem substituídos por uma única sensação plenamente envolvente de feliz descrença. Com o braço bom, tentou abrir a blusa dela. As alças do sutiã pareciam ásperas e apertadas contra a pele de Kristin. Blume a empurrou de leve e ela caminhou para trás, entrando no estúdio. Ele guiou os pés dela sobre as rugas e sulcos do tapete persa sem deixá-la cair até alcançarem o sofá. Trabalhosamente, abriu a blusa dela, depois puxou o sutiã até que ficasse abaixo dos seios, erguendo-os. Kristin levantou um dedo de advertência, sentou-se e abriu habilmente a fivela nas costas enquanto Blume observava transfigurado um redemoinho de leves sardas que descia do ombro direito dela. Ele começou a puxar a saia, que se enrolou, dobrou e subiu pelas pernas de Kristin, mas ele parecia não conseguir alcançar o final. Frustrado, retirou o braço da tipoia e tentou acomodar-se melhor no sofá.

— Espere. — Ela levantou-se e tirou a saia como se fosse três números acima do ideal. Depois, esticou a mão para ele. — Não aqui — disse ela. — Vamos para seu quarto.

Blume conferiu o relógio. Já eram sete e quarenta e cinco. Deveria ter começado a se arrumar mais cedo. Ele levantou, tomou uma ducha e vestiu-se, depois entrou na cozinha, perguntando-se o que poderia oferecer para o café da manhã.

Ele estava de pé diante da janela aberta da cozinha, olhando para a rua abaixo, quando Kristin tocou-o nas costas.

— É barulhento aqui — disse ela, elevando a voz acima do barulho do trânsito. Depois, cruzou os braços sobre os seios.

— Eu sei — rugiu Blume quando uma ambulância passou ruidosamente.

— Então por que está com todas as janelas abertas?

— Por causa de um pouco de cozinha estragada que estava na geladeira da galinha.

— O quê?

— O contrário. Galinha estragada na geladeira da cozinha. — Ele fechou a janela. — Abri a geladeira para pegar um pouco de leite para o café. O cheiro é muito ruim. Além do mais, não há leite.

— Alguma outra comida na geladeira?

— Não que pudesse ser reconhecida como tal.

Kristin franziu o nariz.

— Que tal sairmos para tomar café da manhã?

— Boa ideia — disse Blume. — Vista-se, preciso fazer alguns telefonemas.

Kristin saiu para tomar banho e se vestir, e Blume telefonou para Principe. Desta vez o juiz atendeu, apesar de soar como se ainda estivesse na cama. Blume disse que precisava de uma equipe no apartamento de Pernazzo. As circunstâncias haviam mudado, ele disse, apesar de nada de novo ter acontecido. Antes que Principe pudesse fazer qualquer objeção, Blume deu-lhe o endereço e disse que o encontraria lá em noventa minutos. Assim, Principe teria tempo para preparar os mandados ou as desculpas, e Blume teria tempo para tomar café da manhã com Kristin.

Assim, às oito e vinte, os dois saíram juntos de casa.

50

DOMINGO, 5 DE SETEMBRO, 08H22

PERNAZZO ESTAVA PRESTES a ligar o motor e partir quando seu alvo, com um braço em uma tipoia, apareceu diante do prédio. Pernazzo tirou a P-32 de Alleva da mochila de Clemente e saiu do carro, mas parou para calcular a linha de visão, a distância e o passo. A porta da frente do prédio abriu-se novamente e uma mulher saiu. Ela posicionou-se ao lado do alvo e entrelaçou o braço no braço bom dele. A mulher era um elemento imprevisto, mas como estava bloqueando o único meio de defesa do comissário, a presença dela era certamente uma vantagem.

Pernazzo simplesmente caminharia atrás deles e colocaria duas balas atrás da cabeça do comissário, e também uma terceira no rosto se ele caísse para trás — ou no topo da espinha, se caísse para a frente. A mulher gritaria. Talvez a melhor combinação fosse duas-duas, uma-uma.

Claque-claque, depois as pessoas olhariam em volta um pouco surpresas e ouviriam um estampido suave, seguido por outro. Ele veria o olhar idiota de confusão nos pedestres, como quando matara aquele imbecil na frente da pizzaria. Eles franziriam a testa em reprovação para as duas pessoas caindo repentinamente na calçada e depois, lentamente, reavaliariam a situação e ficariam alarmadas. Algumas até sorririam, como se reconhecessem algo.

Pernazzo ficou no outro lado da rua e deixou que Blume e a mulher permanecessem trinta passos à frente. Na rua, diante de lojas de telefones celulares e pizzarias *delivery*, comitês inteiros de matadores de tempo que acordavam cedo domingo de manhã e passeavam sem destino na calçada.

Ele olhou para os dois lados da rua e fez uma rápida contagem de quantas pessoas conseguia ver. Além dos alvos, via um par de garotas caminhando na direção dos dois e também na sua, cinco pessoas de pé na frente dos prédios ou prestes a entrar neles, quatro ou talvez cinco pessoas atrás dele.

As estátuas de mármore lustroso de Jesus e João Batista equilibradas na fachada de San Giovanni eram visíveis do final da rua, braços erguidos como em um apelo gentil para que o tráfego abaixo parasse com a porra do barulho pelo menos uma vez.

Pernazzo atravessou para o mesmo lado da rua no qual estavam os dois alvos e acelerou o passo. Um pequeno grupo de motoristas de ônibus e de bondes vestidos de azul estava na calçada, sem motivo aparente, e ele passou rapidamente pelos homens. Um senhor gordo com um pequeno cão olhou para Pernazzo quando ele passou apressadamente. Pernazzo olhou para o cachorro, que estava cagando bem no meio da calçada. Quatro pessoas — agora cinco, pois um homem com uma caixa de plástico saíra de um prédio — viraram e caminharam até sumir de seu campo de visão. Vinte passos de distância agora. Havia quatro pessoas entre Pernazzo e os alvos.

Pernazzo saltitou levemente ao acelerar o passo, reduzindo a distância para dez passos, quando puxou a camisa e deslizou a mão sob ela. Sentiu o cabo de polímero texturizado, na temperatura do corpo. Estava perto o bastante agora para ouvi-los e percebeu que falavam em inglês.

O comissário de braço quebrado estava à direita, mais perto da rua. Ele encostara levemente o braço bom na base das costas da mulher, como que conduzindo-a para um quarto.

Tentando manter os movimentos fluidos e naturais, Pernazzo puxou a pistola, agarrou o cabo com a mão esquerda e levantou os braços, o dedo já envolvendo o gatilho com firmeza. Seria um tiro na cabeça a três passos de distância. Blume cairia, a mulher começaria a dar meia-volta e ele faria um buraco no lobo temporal dela.

No instante em que sentiu o golpe abaixo do punho, Pernazzo soube que fora a mulher quem o atingira. Ele soube porque foi um golpe extremamente suave, não mais do que uma pancada, mas, de alguma forma ela conseguira empurrar para o alto o braço com o qual atiraria. Ao abaixar novamente o braço, ajustando a mira para atirar primeiro nela, o braço da mulher esticou-se outra vez e fez contato com o pulso, desta vez com mais força. Não doeu mais do que o golpe anterior mas, para sua intensa surpresa e raiva, Pernazzo sentiu os dedos abrirem com um espasmo e soltarem a pistola. Tentou pegá-la antes que atingisse o chão mas, quando mal começara a curvar o corpo, ouviu o baque agudo do metal atingindo a calçada. Na fração de segundo que ficou parado de pé com o braço esquerdo posicionado estupidamente entre os joelhos na tentativa de agarrar a pistola, a mulher golpeou-o duas vezes. Mesmo agora, não infligiu nenhuma dor. Era como se tivesse acariciado o rosto dele com as costas da mão. Ficando totalmente ereto outra vez, Pernazzo viu que o policial pesadão finalmente dera meia-volta e, agora, olhava para ele com uma expressão de surpresa. A mulher enfiou os dedos nos olhos de Pernazzo e o rosto do comissário foi substituído por triângulos de dor cegante. Com um rugido, Pernazzo atirou-se contra ela, pronto para mordê-la se necessário, mas parou totalmente quando a mulher o socou na garganta e depois golpeou o nariz com a palma da mão.

A pistola estava no chão e ela provavelmente a pegaria antes. Era uma luta perdida. Pernazzo recuou bem a tempo de evitar a força total de outro cotovelo branco contra sua garganta. O cabelo da mulher refletiu a luz quando ela deu um passo na direção de Pernazzo e desferiu-lhe um soco no lado da cabeça, o qual ele conseguiu bloquear com a mão esquerda, o que o fez estapear a lateral do próprio rosto.

Um clarão vermelho no lado esquerdo avisou-o sobre outro ataque, e Pernazzo percebeu que ela estava se preparando para usar a perna agora, enquanto o policial avançava diretamente contra ele, lutando para tirar o braço da tipoia.

Pernazzo percebeu a oportunidade. Abaixando o ombro direito, girou a perna esquerda e chutou com toda a força o calcanhar direito do policial.

O impacto fez a sandália de algodão de Pernazzo sair voado. Enquanto o comissário cambaleava para recobrar o equilíbrio, balançando o braço quebrado em um círculo pequeno e inútil, Pernazzo ergueu-se rapidamente da posição agachada e acertou o rosto do policial com o cotovelo, arremessando-o de lado sobre a mulher. Depois, correu diretamente da calçada para a rua, atravessando-a diagonalmente, perdendo a segunda sandália. Um carro passou por ele em alta velocidade, a centímetros de seus pés e da barriga. Uma buzina soou em seus ouvidos e, atrás dela, Pernazzo ouviu um som abafado e os pneus de algum carro não conseguiram aderir ao asfalto. Quando estava perto do outro lado da rua, a buzina de uma lambreta soou e o motorista pareceu manobrar com a intenção de atropelá-lo.

Kristin conteve a queda de Blume no chão mas, ainda assim, permitiu que ele atingisse o concreto. Ela saltou sobre ele e agachou-se sem perder de vista a pistola, que estava ao lado de um pedaço de chiclete cor-de-rosa. Pegou a pistola do chão, jogou-a para a outra mão e mirou na pequena cabeça branca do agressor antes que ela sumisse em meio ao tráfego.

Blume exclamou algo e ela virou o corpo, temendo que ele pudesse estar sendo atacado por outra direção, mas percebeu que Blume estava referindo-se de alguma maneira a como ela estava usando a arma. Kristin ajeitou novamente a cabeça e os ombros para mirar, mas perdera segundos vitais. Não poderia atirar na direção do trânsito. Ela manteve a mira, observando enquanto o agressor correu quase diretamente contra um carro em alta velocidade. Se tivesse disparado, a bala poderia facilmente ter atingido o veículo. Seria bem-feito para o babaca por dirigir daquela maneira em uma área urbana. O agressor estava agora no outro lado da rua, correndo paralelamente à velha muralha romana. Um tiro que não atingisse o alvo iria enterrar-se na história da Roma antiga em vez de derrubar algum pedestre, ela refletiu. Kristin ergueu levemente a pistola. Se o tráfego permitisse, poderia atirar sem obstruções, e não erraria. Se o tráfego permitisse. O agressor estava agora a 35 metros de distância. Ela viu o espaço entre as paredes para onde ele seguia. Agora, estava a 75 ou 80 metros de distância e exigia um disparo perfeito contra um alvo em movimento. Estava além do alcance de uma pistola daquele tipo. Mesmo assim, ela ajustou a mira. Enquanto fazia isso, um ônibus número 85 vermelho e cinza apareceu no campo de visão e parou na outra extremidade da rua.

— Kristin! — Blume estava agora de pé ao lado dela. Ela abaixou a arma e virou-se para ele. Um semicírculo de pedestres chocados parara a vários metros deles e aglomerara-se em um grupo, com medo de aproximar-se do casal anglófono de pé no meio da rua brandindo uma arma.

Casualmente, à vista de todos, Kristin esfregou o metal cinzento em sua blusa branca, deixando uma mancha escura. Ela colocou a arma no chão.

— As impressões digitais dele — protestou Blume.

— Sabemos quem era — respondeu ela.

Blume colocou o pé sobre a pistola e disse:

— *Polizia. Siamo della polizia.*

— *Polizia!* — Kristin gritou com a voz clara. — Diabos, que país de curiosos — disse a Blume.

Blume gritou outra vez, virando enquanto isso para traçar um arco de exclusão ao redor dele e de Kristin à medida que mais pessoas eram atraídas pela comoção.

— Kristin, escute — disse ele. — Você pode querer se afastar de tudo isso. Apenas vá embora. Faça como quiser. Mas decida agora, porque uma viatura está chegando atrás de você. Quer ser uma personagem na história que estou prestes a contar aos policiais?

— Não. Seria mais fácil se eu não fosse.

— Concordo. Quer me encontrar à noite?

— Sim.

— É possível que eu não consiga. Depende de como isso se desenrolar. Avisarei quando puder. Além disso, pode evitar ir para casa?

— Preciso trocar de roupa.

— Pernazzo pode saber onde você mora — disse Blume.

— Não vejo por quê. E azar dele caso saiba.

Quando Kristin virou-se para partir, um dos policiais gritou: "*Signorina! Non si muova!*", mas não tinha autoridade verdadeira na voz. Ela ouviu a voz de Blume mandando os dois policiais afastarem-se, dizendo que não entrassem na cena do crime, que chamassem reforços e dispersassem a multidão. As fileiras de pessoas que olhavam estupidamente abriram caminho para que ela passasse. Kristin estava calma. Estava sorrindo.

51

DOMINGO, 5 DE SETEMBRO, 13H05

Principe olhou sobre os óculos de meia-lua para Blume. Ocorreu a Blume que os óculos eram uma espécie de recurso cênico. Da mesma forma que as pilhas de pastas, mal fechadas por elásticos, formavam uma parte necessária mas também teatral da parafernália do promotor público.

Os dois homens estavam sentados no escritório de Principe em poltronas exclusivas do governo, joelhos para o alto, quase se tocando. Já passava da hora do almoço e, até onde Blume conseguia ver, nada fora feito para capturar Pernazzo.

— Alec, sei o que está pensando — disse Principe, franzindo a testa sobre a armação de aço dos óculos.

— Você lê mentes? Talvez devesse alugar uma sala, deixar o negócio de dirigir investigações de assassinato, porque...

— Basta. Está pensando que deveria estar lá fora caçando o homem que tentou matar você e sua mulher.

— E que mulher seria essa?

— Podemos retornar depois à questão dos dois policiais e das diversas testemunhas que viram uma mulher imaginária com você, mas só porque não está lá fora não quer dizer que toda a atividade investigativa foi interrompida. Há um mandado emitido contra Pernazzo... Além disso, houve outros progressos.

— Que progressos?

— Di Tivoli.

— O que tem ele?

— Foi encontrado de manhã pela faxineira. Com a cabeça esmagada por um objeto pesado... Espere! — Principe bateu a mão enquanto Blume praguejava. — Eu só soube pouco antes de você chegar no banco traseiro de uma viatura. Uma equipe já está no local.

— Também preciso ir para lá — disse Blume.

— A chamada não foi designada para nós e eles já têm um juiz investigador na cena. De todo modo, você já sabe quem foi.

— Pareço ser o único.

— Não. Foi Pernazzo. Pelo menos, foi o que Di Tivoli disse.

— Espere, pensei que tivesse dito que Di Tivoli teve a cabeça...

— Di Tivoli não está morto, mas ouvi que está muito mal. Fica repetindo o nome Pernazzo, ou foi o que fez até perder a consciência outra vez. É possível que não resista.

— Quando foi o ataque?

— Aparentemente, ontem à noite — respondeu Principe. — Parece que Pernazzo tentou matar Di Tivoli e, depois, você. O juiz no caso é um cara legal, trabalhava comigo como assistente. Está com uma equipe revistando a casa do jornalista.

— Cheque o computador de Di Tivoli para gravações.

— O quê?

— Ele faz gravações. É um jornalista e um socialista da era de Craxi. Não se pode ser mais ardiloso do que isso.

— Certo — disse Principe. — Se você diz.

Blume não gostou do tom.

— Estou dizendo.

— Vou passar a informação ao juiz investigador responsável pelo caso.

— E vou contar aos meus colegas — disse Blume.

— E vá contar aos seus colegas. Mas transmitirei a informação, e o magistrado é confiável. Já ordenou uma busca pela vizinhança e encontraram o carro de Pernazzo.

— Olharam dentro dele também?

— Sim. Nada importante ainda. Me deixe terminar, por favor? — Principe esperou por um sinal de Blume. — Portanto, o que o juiz fez em seguida foi começar a procurar o carro de Di Tivoli e... Acabo de saber disso... Não está na garagem subterrânea onde fica estacionado.

— Então Pernazzo está dirigindo o carro de Di Tivoli. Agora, temos o modelo e a placa. Talvez tenhamos sorte, apesar disso não ter ajudado em nada quando Pernazzo estava dirigindo pela cidade no próprio carro.

— É possível — disse Principe. — Di Tivoli possui um aparelho de passe livre no veículo. Veja bem, a RAI paga todas as despesas de viagens. Inclusive tarifas de pedágio.

— Bom saber que a taxa que pago pela minha licença contribui para as viagens gratuitas nos pedágios — disse Blume.

— Talvez considere dinheiro bem gasto em um minuto — disse Principe. — Sempre que um veículo entra ou sai de uma estrada, é registrado eletronicamente. Isso significa que saberemos quando Pernazzo pegar uma estrada para deixar a cidade, e também saberemos em qual estrada estará. A unidade TIC em Tuscolana está monitorando os números agora.

— Imediatamente? Um veículo passa por um pedágio, eles veem a identidade piscar nos monitores e telefonam para você?

— Não. Leva quase uma hora para processar os números. Não somos nós que somos lentos, é o computador central ao qual os pedágios eletrônicos estão conectados. Mas também alertei a polícia rodoviária.

— Eu não sabia que era possível obter a identidade de um veículo com um aparelho de passe livre nos pedágios — disse Blume.

— Não é — disse Principe. — Mas o aparelho precisa estar associado a um cartão de crédito ou número de conta bancária. Neste caso, é uma conta em nome da RAI. Nós checamos com a RAI e conseguiram associar a identidade do aparelho com a conta de despesas de Di Tivoli.

— Nós?

— Eu, então. Foi minha ideia.

— Isso foi bom. Mas suponha que ele não pegue nenhuma estrada?

— Então não funcionará — disse Principe. — Mas ele precisará pegar uma estrada, mais cedo ou mais tarde. Seria mais fácil se soubéssemos para onde estava indo. Tem alguma ideia?

Blume deu de ombros.

— Deveria estar tentando sair do país. Se eu fosse ele, estaria dirigindo rumo ao mar.

— Checamos para ver se há alguma outra propriedade que possa tentar usar como esconderijo. Nada no nome dele, tampouco no da mãe. Nenhum irmão ou irmã. Alguns primos na Austrália. Revistamos o apartamento dele, mas os melhores amigos do sujeito parecem ser avatares de computador, sites de apostas, Helen Duval...

— Quem?

— Uma musa pornô. Eu estava certo de que você teria ouvido falar nela. Além disso, já checamos a casa de Alleva em Roma, também a de Massoni, caso ele pensasse em se esconder lá.

— Já ligou Pernazzo à cena do crime?

— Não — disse Principe.

— Mas você acha que foi ele?

Principe hesitou.

— Há meia hora recebi um telefonema de Innocenzi.

Blume ficou em silêncio. Havia algo de inevitável em ouvir novamente aquele nome.

— O que ele contou a você?

Principe passou a palma da mão pelo rosto, finalmente tirando os óculos, e disse:

— Não me contou nada. Fez perguntas. Perguntou se a polícia sabia o provável paradeiro do homem que matou Clemente.

— Um cidadão preocupado? — perguntou Blume. — Você acha que alguém o informou?

— De que estamos procurando Pernazzo? Talvez. Onde ele está, não. Nem nós sabemos ainda — disse Principe.

— Não, não sabemos — disse Blume, enquanto uma ideia começava a tomar forma em sua cabeça. — Então quer dizer que todos parecem convencidos da minha ideia de que Pernazzo é a pessoa que queremos?

— Às vezes, você age como se Alec Blume fosse o único homem na cidade que sabe onde os vilões estão — disse Principe. — Eu talvez possa encontrar um bom argumento legal para ter entrado pela janela depois de ser expulso pela porta da frente no caso Clemente, mas o melhor dos argumentos não fará bem nenhum a mim nem a ninguém se a coisa toda desmoronar em um punhado de recriminações.

— Mas você acha que vai desmoronar? Com tantas provas?

Principe suspirou.

— É delicado. Mas se não pisarmos nos dedos dos pés de ninguém, pegaremos Pernazzo pelo assassinato de Brocca na pizzaria. Não precisamos do caso Clemente para incriminar Pernazzo.

— Você me deixou confuso.

— O caso Clemente ainda está além dos limites para nós. No final, precisarão condenar Pernazzo, mas isso cabe a eles. Talvez precisem reconhecer a responsabilidade dele pelos assassinatos de Alleva e Massoni, mas vamos prendê-lo pelo assassinato na pizzaria, e agora por tentar matar você. Tudo certo para você?

— Não quero que ele se livre de nada.

Principe abaixou a voz.

— Todo o resto virá à tona durante o julgamento. Posso garantir.

— Por que não agora?

— As rodas da Justiça giram lentamente. O caso levará muito tempo até ser julgado. Quando isso acontecer, o interesse terá diminuído. E uma eleição geral terá passado.

Blume tocou um hematoma novo no lado do rosto.

— Não há nada político a respeito de Pernazzo. Ele é um psicopata. Jamais cagaram em nós por causa de psicopatas. Quando muito, é o contrário. Todos se lembram de repente de que precisam da polícia e dos juízes. Até os políticos precisam fingir gostar deles durante um ou dois dias. A sociedade agita-se e lembra-se de que tais coisas existem. Todos ficam felizes.

— Com Pernazzo à solta matando pessoas, Clemente torna-se um assassinato aleatório. Antes de Pernazzo entrar em cena, parecia que Clemente morrera por uma causa ética. Sua versão dos eventos torna as coisas mais indefinidas.

— Isso é bom: minha versão — disse Blume.

Principe relaxou os ombros e olhou diretamente para Blume.

— O papel de Alleva como principal vilão foi muito ajudado pelo fato de que ele, direta ou indiretamente, matou um policial.

— Isso eu entendo — disse Blume.

— Mas quando você complicou a história começando a falar sobre um nova pessoa, Pernazzo, era quase como se estivesse, de certo modo, exonerando Alleva. Esse é um dos motivos pelos quais não estava obtendo pleno apoio dos colegas. É como se Pernazzo fosse, de alguma maneira, seu problema. Sei que não é o caso, mas há um elemento psicológico em jogo aqui. Especialmente depois da morte de Ferrucci. Não estou condenando isto, e como juiz responsável pela investigação do assassinato aleatório de Brocca, farei tudo em meu poder para investigar Pernazzo pelo caso Clemente. Isso virá à tona finalmente, mas a decisão caberá ao juiz a cargo dos interrogatórios iniciais, ao promotor-chefe, à corte, até mesmo ao conselho de magistrados. Mas é uma decisão a ser tomada mais tarde, por outras pessoas.

— Ele tentou me matar... E minha mulher.

— Ah, então ela estava lá, sua mulher.

— Foda-se, Filippo, pare com os jogos. Ela estava lá. Ela salvou minha vida. Mas prefere ficar fora disso.

— Certo. Está tão certo assim de que ela é "sua mulher"?

— O que isso quer dizer?

— Uma irrelevância — disse Principe. — Pernazzo. Ele é... Como posso dizer... É como uma peça que sobrou em um quebra-cabeça completo.

Seria bom se pudéssemos simplesmente jogar fora a peça extra. Se alguém chegasse primeiro a Pernazzo, toda a verdade jamais seria conhecida, mas suponho que a justiça possa ser feita mesmo assim. Além disso, eu diria que seus esforços foram dignos de algum reconhecimento.

O telefone celular de Blume tocou. Ele olhou para ver quem era, mas o número era restrito. Ele atendeu mesmo assim.

— Aha! Meu policial americano favorito — disse a voz de Innocenzi. — Eu estava neste lado da cidade e pensei em comprar uns doces na De Pedris para depois da missa. — Ele abaixou a voz, falando com discrição, confidencialmente. — Melhor um doce da véspera da De Pedris do que um fresco do ninho de ratos perto da minha casa feito na véspera. Quando percebi que estava na cidade, perguntei-me se, por algum acaso, os negócios poderiam ter levado você ao prédio do tribunal, o qual posso ver de onde estou sentado. Por uma feliz coincidência, encontrei-o aí. De Pedris faz um ótimo café com espuma de castanha... Conhece? Você merece um depois do choque que sofreu de manhã. Além disso, tem algo que eu queria lhe perguntar. Só a você, veja bem, e a mais ninguém.

52

DOMINGO, 5 DE SETEMBRO, 13H45

Blume conferiu a hora no telefone e caminhou de cabeça baixa, sem cumprimentar ninguém no corredor. Já eram quinze para as duas. Se Angelo Pernazzo estivera na noite anterior na casa de Di Tivoli e pegara o carro dele... Quando chegou ao elevador, deu repentinamente meia-volta sobre os calcanhares, retornou para o local de onde viera e entrou diretamente no escritório de Principe, sem bater. Principe estava ao telefone e cobriu o bocal quando Blume entrou. Depois, sem dizer nada a quem quer que fosse, desligou.

— Filippo, escute — disse Blume, falando rapidamente. — Di Tivoli tinha... tem... uma segunda casa em Amatrice. Acabei de me lembrar de que Manuela Innocenzi mencionou-a. Há uma chance muito boa de encontrarmos Pernazzo lá. Descubra o mais rápido que puder. Consiga o endereço. Se Di Tivoli tiver mais de uma propriedade fora de Roma, dê prioridade à mais próxima, mas eu apostaria em Amatrice. Se o veículo de Di Tivoli for registrado seguindo naquela direção, ele estará em nossas mãos.

Blume partiu de novo e voltou a descer rapidamente o corredor, deixando o edifício do Tribunal de Justiça. Apressou-se ao atravessar a larga avenida e seguiu na direção da Via Cola di Rienzo. Uma loura platinada com olhos pintados de preto e lábios inchados olhou com desdém para ele de uma mesa em um café. Um carneiro velho disfarçado de cordeirinho.

Blume pegou o telefone, ligou para Principe e obteve sinal de ocupado. Apenas quatro minutos haviam se passado, de todo modo. Telefonar daquele jeito só retardaria as coisas. Mas ele não conseguia aplacar a sensação de que Innocenzi estava à frente deles.

Dois jovens com roupas esportivas vermelhas e amarelas estavam sentados fora do café, nenhum dos dois bebendo nada, ambos fumando. Quando Blume entrou, observaram-no pelos cantos dos olhos. Innocenzi estava sentado sozinho em uma das quatro mesas no café, lendo *Il Messaggero*. Não havia sinal dos doces que supostamente compraria.

Innocenzi dobrou o jornal quando Blume sentou-se à sua frente.

— O que você quer? — disse Blume.

— Café, obrigado, Alec.

— Muito engraçado.

— Calma e controle, Alec. Se não estiver oferecendo os cafés, então eu vou pedir.

Fazer aquilo envolvia levantar a mão em uma saudação lânguida. O barman apareceu ao lado da mesa como se tivesse sido teletransportado para lá. Innocenzi fez o pedido. Os cafés chegaram. Os dois beberam em silêncio total. Innocenzi girou o dedo mínimo dentro da xícara, cobrindo a ponta com uma borra de café e açúcar não dissolvido, a qual esfregou como cocaína nas gengivas. Depois, chupou o dedo.

— Olho para você e sinto uma espécie de admiração... entende? Como um cantor que não compromete o estilo ou a política para vender discos. Como Lucio Battisti, Gino Paoli, Neil Young, sabe?

— Não — disse Blume.

Innocenzi gargalhou.

— É isso. Justamente esse tipo de atitude bolchevique. Então, o que posso fazer por você?

Blume limpou a boca com as costas da mão.

— Nada. Você disse que queria me contar algo.

— Eu soube de seu problema de hoje de manhã.

— Quem lhe contou? D'Amico?

— Não traio as pessoas que me contam coisas. É por isso que sou o último homem de pé. Você está bem?

— Estou bem, e muito tocado pela sua preocupação.

— Eles vão pegar a pessoa que tentou fazer isso?

— Vamos pegá-lo, sim.

— Quando?

— Logo.

— Excelente. Que chato que você está com o braço estirado. Do contrário, provavelmente o teria pegado ali mesmo, naquele instante.

Blume não disse nada.

— Para sua sorte, tinha uma mulher muito boa para defender você. Kristin é uma garota que sabe lutar.

Blume pode ter piscado, mas não mais do que isso. Devia estar preparado para esse tipo de coisa. Ninguém poderia saber o quanto Innocenzi sabia sobre Kristin, exatamente como ele queria.

— Ouvi relatos extraordinários de um homem fugindo descalço da cena — continuou Innocenzi. — Um exagero, provavelmente, mas é de se perguntar. Nenhum profissional teria cometido todos aqueles erros. Um profissional teria pegado vocês dois. Você, depois Kristin. É o que um cara bom faria. Você jamais suspeitaria de nada. Costumo me perguntar se ao menos há tempo para ouvir o último tiro. Mas esse cara? — Innocenzi deu tapinhas na xícara de café como se ela fosse a pessoa de quem falava. — Ele é uma piada ruim. Um constrangimento. Mata pessoas como Clemente, que, minha filha diz, era um homem muito bom. Finalmente obtive o nome dele através do departamento. Angelo Pernazzo. O apartamento dele está sendo revistado.

— Pernazzo é o objeto das investigações — disse Blume.

— Agora, ouvi que Alleva e Massoni estão mortos, que descansem em paz. Suponho que tenha alguma ideia de quem fez isso?

— Parece que mataram um ao outro — começou Blume.

Innocenzi levantou uma das mãos em protesto.

— Por favor. Um pouco de reciprocidade pelo respeito que demonstrei por você. Você não é um bom mentiroso, afinal. Não é suficientemente italiano. Jogue limpo, como um americano.

— Isso realmente mexe com meu orgulho nacional — disse Blume. Mas Innocenzi estava parcialmente certo. Blume não viu sentido em ser intransigente sem motivo. — Certo, talvez Pernazzo também tenha algum envolvimento com as mortes. Parece claro que mantinha contato regular com Massoni. Você percebe que, se não foi ele quem matou Alleva, as suspeitas recairão sobre você?

Innocenzi espanou levemente uma poeira invisível do pulso para desconsiderar a ideia.

— Você sabe que Alleva estava sob minha proteção. E, mesmo que não estivesse, não podemos ter devedores matando credores, clientes matando empreendedores. Todo o sistema entraria em colapso. Presumo que tenha ouvido sobre o que aconteceu com o nosso pobre amigo apresentador da televisão?

— Sim.

— Pernazzo de novo?

Blume concordou com um curto movimento da cabeça.

— Isso está ficando constrangedor.

O telefone de Blume tocou. Ele atendeu. Era Principe. Blume estava certo. Di Tivoli tinha uma casa perto de Amatrice.

— E agora? — perguntou Principe. — Devo enviar unidades para lá?

— Que tal rastrear o veículo? Espere até que façam isso — disse Blume. — Ligarei de novo em cinco minutos.

Blume fechou o telefone e bateu com ele na mesa.

Innocenzi inclinou-se para a frente e deu um empurrão bem-humorado no lado do ombro de Blume. Parecia quase satisfeito. Agora era a vez dele pegar o telefone. Innocenzi teclou um número, mantendo uma das mãos erguida como que para conter um fluxo de baboseiras sem importância por parte de Blume, que permaneceu tenso, mudo e atento.

— Quinze minutos, no máximo — Innocenzi falou para quem quer que tivesse atendido do outro lado da linha.

O telefone de Blume dançou sobre a mesa e ele o agarrou.

— O veículo de Di Tivoli foi registrado entrando na rodovia Strada dei Parchi há setenta minutos. Deve estar em Amatrice a esta altura. Vou dar a ordem para irem até lá

— Certo — disse Blume. — Diga para se aproximarem com cautela. Lembre-se de que está lidando com policiais do campo. — Ele fechou o telefone. — Suponhamos — disse a Innocenzi — que ambos estejamos procurando pela mesma pessoa ao mesmo tempo. Quem você acha que a encontraria primeiro?

Innocenzi não hesitou.

— Não as autoridades.

— Não acha que as autoridades estão no caminho certo?

— Podem estar correndo para o local, Alec, enquanto eu e você ficamos sentados aqui à distância de tudo que está acontecendo.

Apenas para se assegurar, Blume disse:

— Correndo para o local onde o inimigo comum está agora?

— É como eu veria a situação.

— E, baseado na experiência, você acredita que as autoridades chegarão a tempo?

— Digamos que um juiz telefone neste instante para a polícia local de Amatrice. Acho que já seria tarde demais.

— Maldição! — Blume socou a mesa. — Manuela conta tudo a você, não é?

Innocenzi tocou os lábios.

— Não gosto de ouvir você dizendo coisas como essa, Alec. É quase como se estivesse afirmando que, se algo acontecer ao homem que tentou matar você, Manuela será responsável. Vê o problema?

— Não é um problema se nada acontecer a ele.

— Se nada acontecer a ele. Você quer isso? — Mas antes que Blume pudesse responder, Innocenzi prosseguiu. — Não quer. Acaba de nos dar um aviso com cinco minutos de antecedência. Se algo ruim acontecer a ele, é porque você queria que fosse assim. Você está armando contra ele.

Blume puxou o telefone, apertou a tecla de rediscagem e chamou Principe.

— Vá em frente. Leve o máximo de unidades que puder ao local. Faça isso agora.

Innocenzi observou-o.

— Ainda levarão 15 minutos até que o primeiro policial local chegue lá. Agora, são duas e cinco. Quer outro café? Algo mais forte? Temos alguns minutos para ficarmos aqui juntos, sentados serenamente, esperando para saber o desenrolar dos eventos.

— Comigo servindo como seu álibi — disse Blume.

— Não preciso de álibis, Alec. — Ele levantou um dedo, o garçom apareceu. — Um Crodino para mim e... — Blume não disse nada. — ... o mesmo para meu amigo.

O garçom voltou e Innocenzi observou-o enquanto servia a bebida espumante de laranja das garrafas simples em dois copos pequenos. Depois, disse:

— Lembra-se de Gargaruti, seu senhorio? Depois que seus pais morreram?

Blume virou o Crodino em um único gole, derramando metade pela passagem de ar da garganta.

Innocenzi inclinou-se para a frente e deu um tapa entre as omoplatas de Blume.

— Vejo que se lembra. Agora, não vou fingir que sei todos os detalhes. Me deixe contar o que ouvi na época. Gargaruti tinha pelo menos vinte apartamentos, o que chamou a atenção das pessoas. Vinte apartamentos e você se torna visível. Se não quiser levar um tiro, precisa se declarar, fazer um acordo. Certo?

— Suponho que sim — disse Blume, os olhos ainda lacrimejando. De repente, sentiu-se perdido no mundo, como se ainda tivesse 17 anos.

— Além disso, Gargaruti já pagava um *pizzo* pela *rosticceria*, pelo menos é o que dizem. Eu não poderia saber. Portanto, era conhecido. Precisava ser persuadido a ser generoso. Um daqueles caras que deviam ter milhões, mas preferia passar o dia todo enfiado em um avental sujo enfiando espetos em bundas de galinhas e servindo batatas fritas com alecrim. No tempo livre, passava a noite arrochando o aluguel dos inquilinos. Quer ouvir a história?

Blume queria. Ele precisava.

— Um dia, recebi um pedido para que fizesse alguém pressionar um pouco Gargaruti, apenas para que pegasse mais leve com o garoto americano. O motivo por que cheguei a ouvir isso pessoalmente é que o pedido foi feito pelos policiais. Temos uma regra sensata que diz que ninguém, exceto eu, tem autorização para fazer acordos com as autoridades. Todos os contatos com a polícia deveriam passar por mim, e ainda passam. Preciso sempre conhecer pessoalmente o policial. Somente para manter a honestidade. Portanto, conversei com um policial e a parceira dele, uma mulher, o que não aprovo, mas os dois eram pessoas boas e me contaram a história de um garoto americano que tinha perdido os pais em um assalto a banco. Parecia algo bom de se fazer, e foi divertido pegar Gargaruti daquela maneira, de modo que, repentina e magicamente, o aluguel do garoto simplesmente desapareceu, e todos pudemos nos sentir um pouco como heróis. É de se imaginar que o garoto americano questionaria um pouco aquilo tudo. Mas não foi o que fez. Em vez disso, foi à faculdade. Depois... Adivinhe... Entrou para a Polizia di Stato, comprou o apartamento por uma bagatela, sem perguntar muito o motivo, e tornou-se o policial mais puro em todo o mundo. A carreira dele não é nada demais, mas ele é totalmente descomprometido. Gosto de pensar que contribuí nessa história de sucesso.

Blume segurou a mesa com força, prendendo-se ao presente. Tinha 38 anos, não era mais uma criança perdida. Os pés dele estavam fixos e esticados contra o chão, e seu corpo tinha peso e substância. Ele não permitiria que Innocenzi fosse a pessoa a conduzi-lo de volta às suas lembranças.

— Acha que estou poluindo suas memórias? — perguntou Innocenzi.

— Ajudei você, amigo.

— Você não é um amigo — disse Blume.

Innocenzi tocou o crucifixo sob a camisa de seda.

— Isso cabe a você.

Ele ameaçou levantar-se.

— Você não é um amigo — disse novamente Blume, organizando os pensamentos. — Então quero saber por que decidiu me ajudar.

— Uma troca de favores. Acontece o tempo todo. Acho inclusive que é o que pode ter acabado de ocorrer entre nós.

— Os dois policiais não eram graduados o bastante para que você fizesse um favor a eles.

— Não faço distinções hierárquicas. Um deles tem um cargo bastante elevado atualmente, de modo que, talvez, eu tenha previsto...

— Não. Não é isso. Quem matou meus pais, Innocenzi?

Innocenzi colocou a palma da mão contra o lado do rosto e esticou a pele diminuindo as rugas abaixo do queixo.

— Não fui eu.

— Se você ainda lembra o nome do senhorio depois de tantos anos, pode se lembrar dos assassinatos no banco, e sabe quem fez aquilo, e por quê.

— Talvez alguém já tenha dito a você quem foi — disse Innocenzi.

— O número da sepultura do assassino que me enviaram? Foi você?

Innocenzi concordou.

— Foi outro favor?

— Sim. Foi um favor. Mas foi feito sem pedir nada em troca.

— Quem eram os dois homens no banco naquele dia?

— Não eram ninguém. O assalto... Nem foi pelo dinheiro. Foi uma invasão do meu território, um desafio à minha autoridade. Um *sfregio* dos meus rivais. Resultou em... Algumas coisas terríveis. Crueldade sem sentido, e ajudou os albaneses a se firmarem. Quando dois disputam um osso, o terceiro pega a carne.

— Você sabia quem matou meus pais.

— O assassino também era meu inimigo. Não tive nada com o que aconteceu.

— Você teve algo a ver com a morte de Pietro Scognamiglio?

— Era esse o nome dele? Eu tinha me esquecido.

— Eu não.

— Não, algo assim nunca é esquecido.

— Você ordenou que o matassem?

— Se tivesse ordenado, eu contaria? Talvez neste contexto, conversando com você como um filho, e não um policial, eu contasse. Mas não, não fui eu. Não podíamos tocar nele... Parte de um acordo de trégua que fizemos alguns meses depois. Acho que a própria facção livrou-se dele, finalmente. Não me preocupo. Quando soube, pensei que você estaria interessado.

— Acha que devo ser grato por isso? Pensa que não o culpo? Eles foram mortos por sua causa, por causa da divisão de Roma em feudos. Por causa de você, de suas drogas, coerções, proteções, apostas, prostituição, extorsões, roubos, a exploração dos fracos e sua miserável e baixa luta de merda por território.

Innocenzi esticou o braço sobre a mesa e bateu com o indicador no lado do nariz de Blume. Blume tentou pegar o dedo, mas Innocenzi encolheu o braço. O retângulo de luz na frente do bar diminuiu um pouco quando os dois guarda-costas de Innocenzi, cheirando a tensão, ocuparam a entrada.

— Não, não me toque. Seria realmente muito ruim se fizesse isso, Alec.

Blume recostou-se e tentou controlar a ira que pulsava em sua cabeça.

— Escute, Alec. Roma sempre foi assim. Desde a Idade Média. Desde antes. Desde sempre. Quem você pensa que eram os Colonna? Os Orsini, Farnese, Borghese, Chigi, Pamphili? Todos aqueles grandes *palazzos* no centro, com grades nas janelas e paredes espessas, para que estão ali? Cada família controlava uma área, e elas se enfrentavam e se matavam, e continua assim. E agora você, um estrangeiro, acha que pode entrar aqui e falar sobre como esta cidade antiga, a maior da terra, *caput mundi*, deve ser administrada. Foda-se, volte para seu lugar e adquira um pouco de perspectiva.

— Então meus pais simplesmente foram pegos em um fogo cruzado histórico. É isso?

— É isso. Como se estivessem no Líbano, ou em algum outro lugar. Tentei compensar você, e agora acredito que estamos quites.

Innocenzi levantou-se e partiu. Blume ficou sentado na mesa, revendo o passado.

53

DOMINGO, 5 DE SETEMBRO, 08H25

O MEDO QUE PERNAZZO sentiu enquanto corria era físico. Um dedo invisível espreitando pela noite e cutucando-o delicadamente nas costas, onde imaginava que a bala entraria quando a mulher de cabelos vermelhos atirasse. Ele mudou de direção, para a direita, e o dedo parecia segui-lo, apertando agora contra a nuca. Depois, correu paralelamente a um muro de tijolos por 30 metros e seguiu em frente, sob uma abertura nas antigas fortificações romanas, cruzando um feixe de grama, passando por adolescentes estirados em bancos de pedra e atravessando outra avenida, desta vez praticamente sem trânsito, exceto por um bonde, visível ao longe. Por enquanto, não havia nenhuma rua transversal. Ele atravessou outras duas avenidas, ambas conduzindo à basílica com as estátuas de mármore. Se algum carro tivesse sido chamado, não teriam a menor dificuldade em alcançá-lo naquela área. Ele continuou com a fuga em linha reta até que, finalmente, uma transversal apareceu à direita. Ele agachou-se ao entrar nela, somente para descobrir que a viela levava diretamente para outra avenida larga e oferecia pouco espaço para se esconder mas, finalmente, os dedos gelados recuaram.

Pernazzo diminuiu o passo e, quando deixou a pequena rua para emergir perto da Santa Croce di Gerusalemme, conseguiu simular um passeio casual ao passar por um grupo de clérigos reunidos diante da basílica. Ele finalmente se deu conta de que os chinelos haviam caído de seus pés. Parou em uma caçamba de lixo e, olhando em volta, puxou um saco plástico com lixo. Estava gosmento por fora e tinha um forte cheiro de ketchup e repolho, e Pernazzo achou que sentira algo se mover dentro do saco, mas era apenas a pulsação do sangue circulando e o suor escorrendo por seu braço. Carregando o saco de lixo, seguiu caminhando, mantendo a cabeça baixa. Quando chegou à avenida diante da igreja, viu a primeira viatura.

O carro estava a 80 metros de distância e vinha na direção de Pernazzo, mas lento demais para estar atendendo a um chamado. Ou estava simplesmente fazendo a ronda ou uma circular já fora transmitida. Pernazzo ajustou sua altura à da caçamba verde de lixo e ergueu a tampa, ocultando-se do carro e bloqueando a própria visão. Jogou o saco fedorento de lixo dentro da caçamba e esfregou as mãos na frente das calças. A viatura aproximava-se.

Com uma cautela exagerada, Pernazzo atravessou a rua na direção de um ponto de ônibus e de bonde e parou no meio de um grupo de universitários, que tentavam evitar olhar para seus pés descalços e pretos. Trinta segundos depois, um bonde parou lentamente e todos embarcaram. Na segunda parada, praticamente de volta na direção de onde fugira, ele saltou. Ouvia sirenes. Todos pareciam convergir para ele.

Pernazzo espremeu-se na entrada de um prédio e observou o carro de Di Tivoli à distância. Finalmente, saiu da entrada em direção ao carro. Seu pé escorregou em algo macio. Alguns metros depois, uma coisa afiada inseriu-se entre os dedos do outro pé. Ele não olhou para baixo, pois mantinha os olhos fixos no carro. Conseguiu chegar e entrou na segurança do veículo. Sentia o cheiro do couro, dos compostos de plástico volátil, do próprio corpo. Olhou para a mochila cinza, acomodada no chão. Pernazzo ligou o GPS e inseriu o endereço da *villa* em Amatrice.

Usar os pedais do carro descalço era desconfortável e difícil. A embreagem era o pior. Pernazzo passou por duas viaturas que iam na direção contrária. Olhando pelo retrovisor, não viu nenhum sinal de que tivessem desacelerado ao passar por ele. Parecia que ninguém descobrira Di Tivoli ainda. Ele tinha tempo.

A voz tranquilizadora do GPS disse que Pernazzo estava deixando os limites da cidade através da Strada dei Parchi. Ela repetiu o nome, caso ele não tivesse percebido. Ele abriu a janela para deixar entrar o cheiro quente da gasolina e dos loureiros.

Pernazzo passou a mão sobre o volante e reclinou na cadeira. Compraria um SUV na Argentina. Atravessaria os bulevares de Buenos Aires no carro, vivendo a vida que Alleva planejara para si mesmo. Pernazzo ouvira que era uma cidade como Paris. Conferira no Google Earth e vira as árvores.

A estrada estava praticamente vazia e ele deu vazão total à potência do motor de Di Tivoli. Fechou as janelas e acelerou o carro até 180 quilômetros por hora antes de começar a reduzir. A estrada circulava os arredores de L'Aquila. Ele não gostava de ir assim para o interior, longe do mar, mas, em alguns dias, estaria no porto de Buenos Aires observando os navios chegarem.

A estrada terminava abruptamente em um cruzamento desenhado por um idiota, onde carros embicavam e desviavam para entrar no fluxo de tráfego que vinha em alta velocidade na direção contrária. Ele dirigiu por quatro quilômetros e, seguindo o conselho educado do navegador, dobrou à direita em uma estrada de cascalho branco que cortava os campos como um esparadrapo.

A *villa* ficava a quatro quilômetros da estrada e a três da primeira casa que vira. A terra era mais rica, mais pesada e mais verde do que perto do esconderijo de Alleva. O lugar parecia vazio. Ele levara duas horas.

Pernazzo dirigiu ao redor da casa, entrando aos solavancos em um trecho de campo, para estacionar o carro fora de vista em um jardim coberto de vegetação, ao lado de um balanço enferrujado. Quando estava prestes a desligar o motor, viu um leve cintilar de movimento entre os arbustos na extremidade oposta de um campo arado que começava onde o jardim terminava. Agarrou instintivamente o volante, relaxando um pouco as mãos quando reconheceu a silhueta cinzenta de um javali, que deu meia-volta e partiu trotando sob uma moita.

Pernazzo abriu uma fresta na porta do carro, colocou um pé na grama e conferiu se havia algum outro animal selvagem nos arredores. Ouvia farfalhares e estalos nas moitas, sussurros nas árvores e o som da água do rio sobre o cascalho, mas nada humano o perturbou. Ele olhou através do campo na direção da área na qual vira os olhos de porco observando-o alguns momentos antes e saiu do carro. A grama era agradável sob a sola dolorida dos pés.

Atrás da casa, mantendo a cabeça um pouco baixa o tempo todo, Pernazzo arrastou-se até uma janela e olhou para dentro. Pôde ver mobília rústica pesada, um tapete velho sobre um chão vermelho. Foi até uma porta traseira e tentou abri-la. Estava trancada. A janela seguinte era pequena e poderia dar para um banheiro. Ele ficou de costas para a janela e bateu nela com o cotovelo. Mas, no último instante, conteve o movimento do braço, temendo os danos que os cacos do vidro estilhaçado poderiam causar. Achou uma pedra enlameada e atirou-a contra o vidro. Ele pensou ter ouvido o som do vidro rachando, mas a pedra quicou de volta. Tentou novamente. Dessa vez, a janela estilhaçou. O barulho assustou-o um pouco, e ele ficou imóvel, ouvindo o som das árvores e dos campos. Cuidadosamente, retirou da armação os triângulos mortais de vidro, tateou em busca do trinco, abriu a janela, jogou a mochila para dentro e depois entrou. Pernazzo atravessou rapidamente a casa até o saguão de entrada. Abriu a porta da frente, olhou ao redor e não viu nada. Conferiu duas vezes se fechara a porta da frente. À esquerda, havia um pequeno painel de disjuntores e o disjuntor geral de eletricidade, o qual ligou.

A sala de estar era grande e arejada, com uma janela retangular larga e cristalina na frente, cuja vista dava para um pequeno declive e oferecia uma boa visão do céu. Aquilo o fez lembrar-se do papel de parede na área de trabalho do Windows. Havia uma mesa rústica no centro da sala, revistas e livros espalhados sobre ela. Mas a janela fez com que se sentisse exposto demais, e ele subiu para o outro andar.

Pernazzo encontrou o que imaginou ser um quarto de criança no final do corredor. Carregou a mochila até o canto do quarto e largou-a na cama, sobre a qual havia um lençol desbotado do Homem-Aranha. Deitou nela e inspirou o cheiro terroso do mofo, apreciando-o. Ele perdera a noção de sua programação de sono, mas chegou à conclusão de que estava na hora de outro hipersono e fechou os olhos.

Uma hora depois, Pernazzo despertou de um dos sonos mais profundos e mais tranquilos que tivera em anos.

Levantou-se da cama, abriu o zíper da mochila e separou cuidadosamente cinco passaportes em branco: dois italianos, um argentino, um inglês e um grego. Escolheu o grego. Tateou a capa do passaporte até os dedos tocarem em um pequeno calombo sob ela, um indício revelador de um chip com identificação por radiofrequência implantado. Ele desceu outra vez, atravessou rapidamente o espaço aberto da sala de estar e encontrou a cozinha. Estava com sorte. Onde o balcão da cozinha fazia uma curva em "L" na direção oposta da pia, havia um forno de micro-ondas, os LEDs azuis piscando 00:00 para ele.

Pernazzo abriu a porta do micro-ondas, colocou o passaporte dentro do forno, girou o seletor para potência máxima e apertou o botão de ligar. Uma luz acendeu e o passaporte começou a rodar lentamente sobre o prato giratório. Pernazzo deixou-o no forno durante não mais que três segundos, depois abriu a porta, que emitiu um apito exatamente no mesmo instante em que um cão latiu. Ele repetiu a operação cinco vezes, deixando o papel esfriar depois de cada aquecimento. Um chip em branco no passaporte dispararia um alarme no aeroporto, mas um quebrado poderia passar despercebido.

De volta ao quarto, ele revistou um armário velho. Muitas das roupas tinham manchas negras de apodrecimento e mofo, todas tinham um odor bolorento. Mas Pernazzo encontrou uma camisa que lhe servia. Ficou de quatro e revirou a base do armário, emergindo com vários pares de sapato. Um par antiquado de tênis All-Star para basquete com cano alto era do tamanho certo. As coisas estavam melhorando.

Ele encontrou um par de tesouras cegas na gaveta superior de uma escrivaninha de criança pintada com várias cores, em falta no mercado desde a década de 1970.

Pernazzo cortou as bordas das fotos de acordo com a marcação na primeira página, as tesouras emitindo um som abafado e rascante enquanto deslizavam sobre os espaços brancos. Escolheu a que ficara cortada mais perfeitamente e a inseriu na área emoldurada do passaporte grego. Da mesma gaveta pegou um pequeno e antiquado pote de cola, mas estava completamente seco. Ele pensou por um instante, depois voltou ao corredor e abriu uma porta à esquerda, que dava para outro quarto de criança, e depois outra à direita, que dava para um banheiro com reluzentes azulejos amarelos. Encontrou um tubo de pasta de dente, levou-o ao quarto e espremeu um pouco atrás da foto. Pressionou com firmeza a foto no lugar e depois testou com o polegar. A foto resistiu sem deslizar, era tudo de que precisava.

Então, Pernazzo pegou o gravador em relevo de metal. Ele desmontou a cabeça e inseriu a forma com o emblema grego que Alleva preparara para si próprio. Depois de inserir a forma de relevo, pressionou com força o braço do gravador para se assegurar de que estava encaixado com firmeza. O som da pancada ecoou do outro lado da casa. Em seguida, fixou o gravador no lugar, deslizou a foto com um papel entre os dois e pressionou com força, emitindo um baque delicado que quase soou como se tivesse vindo do andar de baixo. A mesa de madeira rangeu. O relevo da cruz grega e as letras em volta ficaram bons. O efeito era excelente, especialmente porque ninguém com algum conhecimento real examinaria letras gregas. Ficaria ainda melhor quando aplicasse a tira laminada de acetato de celulose, o que exigiria a utilização de um ferro.

Mas aquilo podia esperar. No meio-tempo, ele prepararia o passaporte argentino e os italianos e se vestiria, talvez até tomasse um banho, e finalmente se livraria da faca e da pistola. Ele começaria a se divertir. Amanhã estaria em uma balsa italiana de Nápoles para a Sardenha ou de Bari para a Grécia. As possibilidades eram muitas. No dia seguinte, aterrissaria em Paris. Depois, usaria o passaporte grego para fazer uma reserva em um voo para a Argentina. Talvez passasse alguns dias em Paris. Jamais fora para lá.

Talvez pudesse até passar um dia na EuroDisney. Olhou de novo para o trabalho manual e, de repente, ficou preocupado com o fato de a fotografia não estar parecida com ele. O rosto que via parecia amarelado demais. Mas tirara as fotos tão recentemente... Um segundo pensamento preocupante ocorreu-lhe. A foto era recente demais. A data de emissão no passaporte era de três anos antes. A foto tinha três dias. Será que perceberiam?

Ele pegou a pasta de dente e voltou ao banheiro, passaporte na mão, para se olhar no espelho da porta do armário. Sentia-se tonto e irreal. Não comera nada. Inclinou-se sobre a pia e respirou algumas vezes. Depois, olhou de volta para o reflexo e gritou. Havia um velho sem orelhas atrás dele.

54

DOMINGO, 5 DE SETEMBRO, 14H

— Fique parado — foi tudo o que o homem sem orelhas disse. Depois, gritou para o andar de baixo. — Alguém pode subir aqui e dar uma olhada?

— Estou subindo — disse um voz feminina.

Pernazzo considerou atirar-se contra o homem na porta, mas sentia-se preso ao chão. O homem sem orelhas tinha olhos inexpugnáveis. Ele deu um passo para o lado, e Pernazzo viu uma mulher com um rosto bruto e cabelo oxigenado que mastigava chiclete enquanto estudava seu rosto. Ele já a vira em algum lugar.

— Você é Pernazzo?

— Não.

No documentário de Di Tivoli. Foi onde a vira. Manuela Innocenzi.

— Sim, é você — disse ela, depois virou-se e saiu.

Pernazzo ameaçou mover-se na direção dela, mas o homem sem orelhas deu um passo para o lado para bloquear a porta. Havia pelo menos mais uma pessoa no corredor.

— Ei. Espere um minuto — disse Pernazzo. — Talvez tenha ocorrido um engano. Quem você pensa que eu sou?

Nenhuma resposta.

Sorrateiramente, Pernazzo tateou a bancada da pia em busca da tesoura, mas lembrou-se de que ela estava no quarto, pertencia a uma criança e era pequena e cega.

Ele ouviu o som de alguém arrastando os pés lentamente pelo corredor e entrando no quarto. Mais uma vez, Pernazzo cogitou investir contra o homem sem orelhas, mas descobriu que seus pés não obedeciam.

— Venha aqui — ordenou o homem na porta. — Venha — acrescentou ele em uma voz exasperada e meio bajuladora quando Pernazzo não se moveu. — Não quero precisar arrastar você pelas orelhas. Vamos — disse o sequestrador, que deu um empurrão em Pernazzo para dentro do quarto e parou na porta. Sentada na cama, folheando preguiçosamente os passaportes, estava a mulher, de novo. Pernazzo sentiu o suor empapar as costas de sua camisa. Ele precisava tentar adquirir uma postura de negociação. Acenou com a cabeça para os passaportes e tentou colocar no rosto um sorriso de sabedoria, mas ela não levantou os olhos.

— Muito bons, não são?

Ela lançou um olhar na direção dele, como se conferisse de onde viera o barulho inesperado, depois largou os passaportes e tirou alguns cartões de memória Transcend da bolsa.

— Ah, esses são especiais. — Pernazzo arriscou, mas ela já perdera o interesse e estava agora observando com um olho uma forma circular de metal contida em um disco de plástico transparente. Pernazzo reconheceu-o como o que tinha a coroa e o leão britânicos.

— Essa é a fôrma de relevo para o passaporte inglês. A fôrma de baixo-relevo é para outro caso — propôs ele.

Manuela Innocenzi colocou o círculo de metal na cama e pegou uma das cinco folhas com números.

— É só backup. Caso alguma coisa não funcione com os cartões de memória, o que pode não acontecer nunca. Com estes números posso reconstituir números de contas bancárias e contatos telefônicos.

Ela pegou a Ka-Bar Tanto e examinou o cabo. Desembainhou a faca e girou-a para ver os dois lados da lâmina, como se procurasse manchas. Ele percebeu que jamais deveria ter guardado a faca, não importava o quanto lhe fosse valiosa.

Pernazzo olhou para um tapete de *Guerra nas Estrelas* ao pé da cama. C3PO tinha o braço erguido em saudação.

— Como me encontrou? — De repente, era tudo que ele queria saber.

Ela ignorou a pergunta, mas finalmente falou:

— Você não tinha motivo para fazer todas aquelas coisas. Você podia escolher. Eu nasci dentro disso e tentei me colocar acima de tudo sem magoar meu pai. Arturo era minha última chance de mudar. E eu teria conseguido, de verdade. Eu teria escapado. Escapado para a bondade.

Pernazzo não tinha ideia do que a mulher feia estava falando, mas não duvidava do poder dela.

Ela continuou:

— Você matou Arturo com isso. — E moveu a mão delicadamente para impedir qualquer protesto. — E guardou porque sente orgulho do que fez. Arturo e eu tínhamos um profundo senso de justiça. Sabia? Era o que tínhamos em comum.

Pernazzo sentiu uma sombra cobrir sua cabeça e o corpo quando a esperança se esgotou.

— Isso também é seu? — A voz dela era terna. Pernazzo olhou para baixo e viu que ela colocara a pequena pistola de Alleva na cama de criança. — A mochila não. Era dele. Lembro que costumava levar o almoço em uma marmita. Estava sempre caminhando ou andando de bicicleta, sempre tinha esta bolsa. Ele mantinha nela um livro para identificar flores. Não apenas flores. Era um entusiasta até de ervas daninhas, grama.

Pernazzo olhou para um mapa-múndi na parede do quarto. Estava enrolado nas pontas. A União Soviética ainda existia. A Argentina era verde, o Brasil era laranja e o Chile, rosa. Os pés dele estavam gelados.

— Como me encontrou?

— Todos acabamos sendo encontrados, no final.

Pernazzo viu-se no corredor, o velho sem orelhas atrás dele. Desceu os degraus com a sensação de impotência. Ao pé da escada havia um jovem com um agasalho esportivo. Tinha um bigode muito ralo, o peito sem pelos e olhos de corça. Também estava segurando uma pistola e apontando-a casualmente para o coração de Pernazzo. Era um modelo elegante, como a de Massoni.

O garoto parecia bom o bastante. Pernazzo olhou lentamente para a direita. A mulher de rosto bruto estava sentada, seus pés grandes apontando na direção dele. Torcia algo nas mãos e encarava-o com os olhos azuis e pequenos, jamais tirando-os de cima dele, o tempo todo mastigando o chiclete com a mandíbula. O telefone do velho tocou, ele pressionou o aparelho contra a orelha mutilada, murmurou algo sobre cinco minutos e o guardou.

— Mexa-se — ordenou o garoto. Saíram pela porta da frente, e o garoto, de repente, empurrou Pernazzo com força, como se a casa o tivesse mantido educado e só agora ele estivesse entrando em seu ambiente. Pernazzo escorregou na grama, tropeçou para a frente e cogitou disparar correndo, mas o garoto vinha logo atrás dele com a pistola de cano longo. Pernazzo viu dois veículos 4 x 4 estacionados diante do portão. Como não os ouvira? Deram a volta na casa, e ele estava de novo no jardim, atrás dela. Viu novamente a janela quebrada, os cacos brilhantes de vidro.

À medida que se aproximaram dos arbustos no final do jardim, Pernazzo ficou tenso, pronto para tentar fugir. Contudo, apesar de sentir a parte superior do corpo leve e pronta para alçar voo, a parte inferior parecia caminhar com dificuldade. O jovem sussurrou:

— Pare. — A voz estava tão próxima que Pernazzo sentiu os pelos da orelha tremerem.

Ele avançou alguns passos, perguntando-se se sua mãe o estaria vendo agora.

— Eu disse "pare". — Não havia irritação na voz suave.

Usando a energia que corria pela parte superior do corpo, Pernazzo agachou-se e agarrou um galho quebrado de um olmo, mas era leve como cortiça. Virou-se com o galho na mão, mas o garoto estava a cinco passos dali, fora de alcance. Ele nem parecia ter reparado na arma de Pernazzo.

— Espere um minuto! — disse Pernazzo. Ele ergueu o galho podre acima da cabeça. — Este é leve demais. Preciso...

— O quê?

Mas Pernazzo não conseguiu pensar em nada para dizer.

O garoto atirou e a bala atravessou o cotovelo direito de Pernazzo. Quando ouviu o estampido, ele pensou que a madeira tivesse explodido sobre sua cabeça. E, em seguida, a dor foi tão grande que ele quis arrancar o braço atingido.

A bala seguinte enterrou-se na rótula de Pernazzo e não saiu. Ao cair, ele sentiu o vômito subir pela garganta e, quando atingiu o chão, inspirou tudo de volta e perdeu o fôlego. Contorceu-se para ficar de lado e moveu-se o suficiente para conseguir respirar. Algo infinitamente forte e impiedoso agarrou o braço estilhaçado e puxou-o, espalhando a agonia do cotovelo para todo o corpo. Muito acima dele, havia o rosto escurecido do jovem e, acima dele, um céu azul com nuvens parecidas com leves marcas de giz.

Pernazzo não fizera planos para a dor. Ela excluía qualquer possibilidade de clareza. Acima de tudo, não era justo. Ele não tinha chance, caído ali. Um ideia distante começava a formar-se em sua mente, em algum lugar além da dor. Ele precisaria de algum tempo para refletir sobre ela. Hora de recuperar-se. Tinha algo a ver com mudança. Ele tinha certeza de que seria uma linda ideia.

— Espere — disse. — Acho que posso...

O jovem de agasalho branco atirou duas vezes na testa de Pernazzo, dando um fim imediato aos espasmos. Usou o pé para virar o cadáver esquelético e, para não correr nenhum risco, deu mais dois tiros atrás da cabeça.

55

TERÇA-FEIRA, 7 DE SETEMBRO, 11H

— E QUANTO AOS CACHORROS?
Quem falava era Sveva Romagnolo, e Blume não conseguia acreditar na pergunta. Ele acabara de descrever a descoberta do corpo de Pernazzo na *villa* de Di Tivoli em Amatrice, e aquela era a ideia dela de uma resposta adequada.

— Os *cachorros*? — Ele afastou o telefone do ouvido e olhou para o fone, como se o aparelho fosse responsável pela pergunta ridícula. Agora a principal preocupação de Blume era o que fazer com Paoloni. Não conseguia se decidir.

— Sei que pode parecer uma pergunta estranha depois de tudo que acaba de me contar, comissário, mas entenda, já fui informada sobre o que aconteceu com Pernazzo. Seu chefe, Gallone, ficou muito satisfeito em me contar cada detalhe, além de afirmar que cuidaria da mídia. Não quero ouvir mais. Não por enquanto. E é a primeiríssima coisa que Arturo perguntaria. Portanto, agora estou perguntando por ele.

— Ferrucci garantiu que cuidaria disso — disse Blume. — Mas depois que foi... Bem... Acabou sendo esquecido. — Não importava o que fizesse, não denunciaria Paoloni às autoridades. Paoloni poderia fazer isso por conta própria.

— Você sabe onde os animais ficavam aprisionados, não sabe? Os detalhes estavam nos arquivos de Arturo.

— Em algum lugar perto da Ponte Galleria, acho — disse Blume. Ele trabalhava com Paoloni há sete anos. Até agora as diferenças de estilo não tinham importado.

— E ninguém foi resgatá-los até agora? Durante todo esse tempo, ninguém pensou em resgatar os cães? Isso... É imperdoável.

Blume voltou a mente para a conversa surrealista na qual aparentemente estava envolvido.

— Ferrucci queria fazer algo, me lembro disso. Os cães estão mortos a esta altura, acredito. A menos que alguém estivesse dando água a eles. Realmente não pensei a respeito.

— Bem, pense a respeito agora.

— Se não estiverem mortos, terão escapado e estarão enfurecidos — disse Blume. Ele precisava confrontar Paoloni agora. — É responsabilidade da polícia municipal ou conselho local de saúde — continuou. — Não diz respeito à brigada móvel.

— Então telefone para eles. Telefone para alguém. Depois, ligue de volta para mim, mantenha-me informada.

Blume já enviara o último arquivo do caso para o Tribunal de Justiça. Levaria a maior parte do dia pegando os arquivos de volta, encontrando as anotações de Clemente sobre a localização dos malditos cachorros... a menos que...

Blume procurou no computador o número da LAV e telefonou para o escritório de Clemente. A secretária lúgubre atendeu. Lembrava-se dele, sem muito gosto, mas pareceu amolecer um pouco diante da inesperada demonstração de humanidade de Blume. Mais objetivamente, sugeriu um lugar onde os cães poderiam estar enjaulados. Ele poderia fazer aquilo e depois lidar com Paoloni, que, sabiamente, retornara à licença por doença.

Pouco menos de uma hora depois, Blume estava no meio de um campo, cabeça baixa em um esforço para tirar o nariz do vento e do rastro do cheiro trazido por ele. Cerca de 250 metros mais à frente, posicionadas entre barracos pré-fabricados decrépitos e veículos enferrujados, havia jaulas silenciosas de metal. Ele apenas discernia os volumes inertes e formas escuras dentro delas, e não se aproximaria nem mais um passo. Manteve a cabeça baixa e examinou a grama nodosa que crescia em meio à areia, à lama e às conchas esmigalhadas.

Blume ficou parado ali por dez minutos, até um 4 x 4 com as letras ASL e o brasão de Lazio aparecer atravessando o campo. Uma equipe de três homens do Serviço de Saúde chegou em macacões azuis e brancos, luvas protetoras cor de abóbora e armamentos que incluíam não somente varas imobilizadoras e um rifle de dardos narcotizantes, mas também uma escopeta. Todos usavam máscaras. Pareciam pensar que cabia a ele a tarefa de conduzi-los por todo o caminho até as jaulas.

— Não sem uma máscara — disse Blume. Um deles foi até a van e voltou com uma máscara. Era impossível falar usando a máscara, então percorreram o último trecho em silêncio.

A 50 metros das jaulas, já parecia evidente que todos os cães estavam mortos. Alguns, na extremidade oposta, já estavam em decomposição. Os mais próximos da torneira de água fechada eram quase invisíveis atrás do enxame de moscas. Uma jaula parecia conter um cão morto e os restos estraçalhados de outros dois. As outras continham um cão cada uma. Um dos membros da equipe entregou o rifle de dardos a um companheiro e apontou uma máquina de fumaça entre as barras. Para afastar-se da fumaça branca, Blume recuou na direção de um barraco destruído, evitando colidir com um congelador inconveniente, também cheio de insetos, e encostou-se em um trailer decrépito apoiado em três blocos de concreto. A equipe da ASL poderia lidar sozinha com aquela porcaria imunda.

A fumigação parecia ter penetrado a máscara de Blume, ou talvez a máscara tivesse ficado embaçada por dentro. Blume tirou-a, foi atingido pelo fedor e colocou-a de volta rapidamente. Aquilo era pior. Ele não via nada. Inclinou-se para baixo e tirou-a novamente.

Ao tirá-la, Blume pensou ter visto uma pequena luz âmbar cintilar sob o trailer. Agachou-se para conferir o que era. Ao registrar a presença de outra luz âmbar, sentiu um formigamento de medo subindo do pescoço para os cabelos. Não eram luzes; eram olhos. Foi quando ouviu o rosnado e, antes que tivesse tempo de levantar novamente, dois dentes caninos apareceram na escuridão e uma forma negra enorme, pesada e fedida saiu rapidamente de debaixo do trailer e atirou-se sobre Blume, derrubando-o com força no chão. Ao cair de costas, Blume viu a equipe de proteção civil a 20 metros dele, envolvendo-se pela fumaça, alheios por detrás das máscaras.

Blume gritou, então levantou instintivamente os braços até a garganta, mas o animal não o atacou ali. A tática dele parecia ser usar o peso para imobilizá-lo antes de rasgá-lo com os dentes. A besta abriu a boca enorme acima do braço machucado de Blume. Ele sentiu a língua e a respiração do animal sobre sua mão e retesou-se enquanto aguardava as mandíbulas fecharem e deceparem seus dedos. Blume começou a chutar e a sacudir os braços e percebeu que o animal não era tão pesado quanto parecia. Ele golpeou com o braço bom e acertou o focinho gelado do cachorro, que latiu e retirou completamente o peso de cima de Blume. Levantando-se com esforço, Blume deu um enorme chute no traseiro do animal, que estremeceu e ganiu. Ele chutou novamente e o cão rolou no chão, ficando na mesma postura que Blume estava poucos segundos antes.

Blume levantou o pé, pronto para atingir agora com o calcanhar, mas o grande cachorro negro apenas ficou deitado, respirando rápido. Um grito abafado veio por trás e o comissário virou-se para ver os homens correndo em sua direção. Um deles gritou algo por detrás da máscara, depois a arrancou e gritou novamente:

— Afaste-se!

Um dos homens da equipe, ainda de máscara, apontava a escopeta, o outro um dardo de tranquilizante. Blume começou a recuar e o homem com a escopeta foi o primeiro a avançar. Blume foi até onde ele estava.

— Saia daí! É um cane corso. Ele pode rasgar sua garganta com uma única mordida.

O homem com a escopeta tirou a máscara para observar.

— É um pouco pequeno para um cane corso.

— É jovem. Além disso, está muito subnutrido. Mas não se deixe enganar.

Blume olhou para o braço e a mão no gesso. O animal cobrira-o de saliva.

— Afaste-se, comissário.

O cão tivera várias oportunidades para arrancar o braço de Blume com uma mordida. Mas não usara os dentes. Mesmo enquanto se sacudia e golpeava, o animal fizera o melhor para continuar lambendo sua mão. Foi tudo o que ele havia feito. Blume percebeu que conseguira esmagar o punho no focinho do cachorro porque o animal estava tentando se aninhar a ele. Blume aproximou-se um pouco e o animal abanou a cauda feia e cortada, depois fechou os estranhos olhos de tigre.

— O que vai fazer com ele? — perguntou Blume.

— Vamos colocá-lo para dormir com isso. — O homem tocou em um dardo com uma pena dentro do rifle.

— E depois o quê? Será sacrificado?

— Overdose de fenobarbital. Se eu pudesse escolher um modo de morrer, é provável que escolhesse justamente esse. Muito tranquilo.

Blume agachou-se e esticou o braço. O cão levantou uma pata coberta de lama e emitiu um som choroso. Blume deu tapinhas no pescoço musculoso, ainda lustroso e limpo.

— Podemos dar um pouco de água para ele? — perguntou.

56

TERÇA-FEIRA, 7 DE SETEMBRO, 21H

— Encontrou os cães? — perguntou Sveva Romagnolo assim que abriu a porta para Blume, mais tarde naquela noite.

— Sim. — Ele não tinha certeza se gostava de executar ordens daquela mulher, mas estar ali adiava o encontro com Paoloni para outro dia.

— Estavam todos mortos, como você disse que estariam?

— Praticamente.

— Não estavam todos mortos? Suponho que precisaram ser sacrificados imediatamente. Cães de briga não conseguem viver na sociedade humana. Tudo que sabem é matar. Sabe, Arturo sempre dizia isso. Todos pensam que amar cães é algo incondicional, mas ele também era duro. Teria banido completamente certas raças. É um ato de extrema irresponsabilidade manter certos tipos de cães na companhia de humanos. Você deve ter percebido que ele não tinha um cachorro. Enfim, obrigada por ter vindo.

Blume entrou no apartamento. As portas da varanda estavam abertas e uma brisa noturna quente soprava para dentro.

— Vamos para a varanda — disse ela.

Blume sentou-se na mesma cadeira de vime da última vez e descreveu o encontro com Pernazzo. Contou a ela sobre os jogos de computador, as apostas, a conexão com Alleva, o assassinato de Enrico Brocca na frente da pizzaria.

Às vezes ela estremecia. Com mais frequência, concordava com a cabeça enquanto ele falava. Em nenhum ponto ela demonstrou muita raiva, mas seu rosto estava indistinto na meia-luz.

Quando Blume terminou, ela disse:

— E você tem alguma ideia de quem matou Pernazzo? Seu chefe, Gallone, só me diz que as investigações estão em andamento, e nenhum dos meus outros contatos parece ter qualquer ideia... Ou interesse, na verdade. O importante para mim era reagir bem, e foi o que fiz. O caso em si é irrelevante para eles.

— Se eu lhe contar quem penso que matou Pernazzo, você não insistirá para que eu torne isso público?

— Não. É claro que não.

— E não passará adiante a hipótese citando meu nome, mesmo quando vir a investigação morrer aos poucos sem que ninguém seja levado à justiça?

— Não usarei seu nome. Mas posso fazer alvoroço.

— Provavelmente, foi Manuela Innocenzi. Eventualmente, também ouvirá isso de outras fontes.

— Aquela... Mulher? — agora ele ouvia raiva e nojo na voz dela. — Você tem alguma prova?

— O mais provável é que ela tenha pedido que fizessem isso. Não tenho evidências diretas, mas recebi outro dia um telefonema de Benedetto Innocenzi que aponta nesta direção. Ele também telefonou para outras pessoas para transmitir a mesma mensagem: não pensem em importunar a filha dele ou haverá represálias e, acima de tudo, revelações comprometedoras.

— Insistirei para que haja uma investigação adequada.

— Está no seu direito — disse Blume e depois, instintivamente, abaixou-se quando uma bola de futebol laranja e branca quicou no encosto de sua cadeira. Ele virou-se e viu uma criança de cabelo comprido e um rosto de bebê olhando zangado para ele.

— Tommaso! — disse a mãe. — Este é Alec Blume. Ele é policial.

A criança continuou encarando Blume. Era um olhar hostil, mas não continha uma malícia real.

— Você joga futebol? — perguntou Blume. Pronto, era provavelmente uma daquelas coisas insossas que adultos dizem. Muito corretamente, o garoto ignorou a pergunta e foi pegar a bola. Depois, começou a jogá-la nos azulejos imediatamente atrás de Blume, eliminando qualquer esperança de uma conversa, enquanto a mãe sorria solidariamente não para Blume, mas para o filho. Hora de partir.

Blume levantou-se e observou enquanto o garoto jogava a bola alto demais e perdia de novo o controle dela.

— Você ainda não é muito bom nisso — disse Blume.

Sveva Romagnolo olhou para ele, ultrajada.

O garoto pegou a bola, enfiou-a embaixo do braço e disse:

— Sou bom.

— Ainda não. Acho que talvez seja por causa do seu cabelo. É comprido demais. Cai na frente dos olhos.

— Tommaso tem um cabelo lindo — disse Sveva. — Você estava de partida, comissário?

Tommaso quicou a bola cinco vezes em sequência, depois disse:

— Você acha que consigo fazer mais rápido do que isso?

— Acho. Acho que talvez tenha um talento natural, mas precisa praticar. Muito. E quando conseguir quicar a bola o dia inteiro usando as mãos, precisa depois aprender a fazer o mesmo com os pés. Leva muito tempo mas, como eu disse, você parece ter talento. Peça para alguém cortar seu cabelo e veja se estou certo.

— Comissário Blume! Tommaso, diga adeus ao policial.

— Tchau, Tommy — disse Blume.

— Tommaso. Não Tommy — repreendeu Sveva.

Ela atravessou a sala, batendo os calcanhares descalços no chão.

Tommaso seguiu-os até a saída e gritou:

— Se eu aprender a fazer mais de cem, você volta para ver?

— Claro que sim — disse Blume.

Sveva parou de repente e olhou para o filho, enquadrado pelo umbral da porta, segurando a bola acima da cabeça. Depois olhou para Blume.

— Isso é grosseiramente irresponsável de sua parte. Suponha que ele realmente queira que você venha vê-lo. E então?

— Chame e eu venho. E corte o cabelo dele. Ele não é uma menina.

— Sei que meu filho não é uma menina. Mas jamais teve o cabelo cortado, desde bebê — disse Sveva.

— É por isso que deveria cortar agora. Não finja que nada mudou para ele.

57

QUARTA-FEIRA, 8 DE SETEMBRO, 10H

Na manhã seguinte, Blume, finalmente de folga, concedeu a si próprio o luxo de ficar na cama até as dez. Tomou o café da manhã no bar local, gastando um pouco do crédito deixado por Sveva. Telefonou para Paoloni mas não obteve resposta. Lá vamos nós outra vez, pensou.

Depois telefonou para Kristin na embaixada e ficou surpreso quando a moça o convidou à casa dela para jantar. Às sete horas. Blume calculou que deveria marcar com Paoloni em torno das quatro. A dor do encontro seria minimizada pela perspectiva de ver Kristin imediatamente depois. Mas, primeiro, ele tinha outros compromissos importantes.

Depois do café da manhã, caminhou até o veterinário na Via Tuscolana e perguntou sobre o cachorro que trouxera na noite anterior. A recepcionista, a quem Blume não conseguia deixar de ver como enfermeira, disse a ele que esperasse. Blume sentou-se ao lado de uma mulher idosa com um gato em uma gaiola. O gato tinha três pernas. A mulher narrava os eventos para o animal à medida que ocorriam.

— E aqui vem um homem simpático sentar-se ao nosso lado, Melchior — disse ao gato. — Ele machucou o braço, assim como você machucou a perna. Mas, obviamente, o braço dele ainda está no lugar, não é mesmo?

Por sorte, não foi preciso esperar muito.

Blume olhou desanimado para o cão de pé diante dele. De alguma maneira, o banho fizera com que a cabeça e os ombros parecessem ainda maiores do que na noite anterior quando, com advertências rigorosas da unidade da ASL, Blume o transportara no banco de trás de seu carro.

— Ele é incomumente pequeno para a raça — disse o veterinário. — Uma espécie de fracasso como cane corso, na verdade. Quando o vi pela primeira vez, pensei que fosse jovem e ainda cresceria. Mas é plenamente adulto. Pode-se ver pelos dentes. Alguns estão moles, diga-se de passagem. Tomara que não os perca. Ele está subnutrido e sofreu desidratação. Mas deve ter conseguido alguma comida boa em algum lugar. Será que tinha algo disponível no lugar onde o encontrou?

— Parecia haver uns restos de carne perto das jaulas — disse Blume.

— Espero que seja o que andou comendo. Não gosto da ideia de que possa ter comido outros cães.

— Não esse sujeito — disse o veterinário. — Olhe para ele. Parece um canibal?

Blume respondeu que não sabia.

— Exatamente — disse o veterinário. Ele tocou o lado do corpo do animal. — Hematomas no traseiro mostram que algum safado deu alguns chutes no pobre coitado, e ele fica intimidado facilmente, o que sugere que tenha sido espancado com frequência no passado. Mas, no geral, está em boa forma. Contudo, é provável que esteja com vermes por beber de fontes de água poluída. Também parece ter um bom temperamento. Definitivamente, é um cão muito calmo. Mas não o deixe sozinho perto de crianças. Na verdade, não o tire da coleira e apenas tome cuidado. Ele pode mudar. Você precisa dar a ele quatro refeições pequenas por dia ao longo do próximo mês. Bastante fósforo, potássio. Deixe-me ver... magnésio, suplementos alimentares de ácido linoleico ômega 3 e 6. Você parece confuso.

— Devo fazer tudo isso?

— Alguém precisa fazer. Grande cachorro, grande responsabilidade. Não se preocupe com a dieta, anoto tudo para você. Também precisa caminhar muito com ele. Marque uma consulta de revisão para a semana que vem e depois a cada duas semanas pelos próximos dois meses. Pode pagar com cheque, se quiser.

Blume planejara deixar a criatura lá por alguns dias, mas quando descobriu que o veterinário cobrava mais pelo pernoite do que os hotéis para onde ia nas férias, mudou de ideia.

O cachorro estava sentado no banco de trás, respirando sobre a nuca de Blume, olhando como dirigia. Blume visitou uma pet shop para comprar uma coleira, uma guia retrátil, um pote de comida, suplementos de vitaminas, cereais, latas variadas e talcos antiparasitas. O total foi 112 euros e 15 centavos. Blume ficou chocado. O dono da loja perguntou-lhe se teria 2 euros e 15 centavos trocados e Blume empreendeu uma constrangedora busca com uma só mão entre as moedas na carteira. No meio delas, estava o minúsculo cartão de memória que Innocenzi lhe dera. Ele ainda não assistira ao vídeo. O computador dele não tinha um leitor apropriado, de todo modo. Ele equilibrou o cartão na ponta do dedo, quase o jogou fora, depois o recolocou na carteira.

Quando retornou ao carro, uma jovem atraente parecia aguardá-lo, mãos na cintura.

— Que tipo de monstro você é? — perguntou ela.

Blume sentiu que aquilo tinha sido um pouco pesado.

— Desculpe. Não costumo parar em fila dupla.

— Do que está falando? Abra imediatamente as janelas daquele carro. Aquela criatura poderia morrer lá dentro. Tem alguma ideia de como é abafado dentro de um carro? Um animal daquele tamanho usa todo o oxigênio. Abra, droga!

Blume fez o que ela mandou, e explicou que era novo naquilo, que o cachorro não era dele. A mulher deu-lhe um sermão sobre bem-estar animal e deixou-o seguir para o próximo compromisso.

Blume dirigiu até a residência dos Brocca. Colocou a coleira no pescoço do cachorro, que não parecia nada pior por ter sido asfixiado no carro, e depois passou algum tempo tentando prender a guia na coleira. Finalmente, os dois saíram e subiram até o apartamento.

A mãe de Giulia abriu a porta. Parecia melhor do que antes e conseguiu dar um sorriso fraco, que desapareceu quando viu o cachorro. Parecia prestes a dizer algo quando a filha surgiu atrás dela.

— Alec! Você tem um cachorro — disse a garota. — Qual é o nome dele? — A mãe abriu passagem para que os dois entrassem.

— Ele não tem nome, Giulia, e não é meu cachorro — respondeu Blume. — É temporário. Veja, ele nem tem identificação.

Blume olhou ao redor da sala de estar. Estava mais arrumada do que na última vez que estivera lá. A mãe de Giulia sentou-se em uma poltrona e indicou para que Blume se sentasse no sofá à frente dela. Ele sentou-se sem largar a guia. Giulia ficou perto de Blume, no sofá. O cão estava entre eles, e bloqueava a visão um do outro. Blume puxou a guia algumas vezes, mas o cachorro retesava o pescoço e olhava para ele com um ar de morsa entediada.

— Seu filho está aqui, Sra. Brocca? — indagou Blume, inclinando a cabeça para olhar sobre o cão.

— Não. Está com a avó. Não quero que precise ouvir isso, mesmo que nada possa ser pior do que o que ele viu.

— A equipe forense devolveu o carro?

— Sim, obrigada.

— Sentado! — gritou Giulia de repente, mas o cachorro permaneceu no mesmo lugar. Ela levantou-se e caminhou até ele, e Blume segurou a guia com mais firmeza. A garota era apenas um pouco mais alta do que o animal. A cabeça dela caberia inteira na boca dele. — Deitado! — Ela apontou para o chão. O cachorro deitou-se.

Blume mostrou fotografias de Pernazzo, que elas identificaram imediatamente. Mostrou fotos de Alleva e Massoni. Giulia lembrava de Massoni, a mãe não. Depois ele começou contando que o homem que matara o pai e o marido delas estava morto. Elas concordaram com a cabeça. Já sabiam.

Ele balbuciou algumas condolências, incerto quanto a por onde iniciar a narrativa pela qual estavam esperando, porque, na verdade, tudo começara no dia em que entrara no apartamento de Pernazzo e deixara de prendê-lo.

Ele não apenas deixara de prender Pernazzo. Ele o insultara e incitara, depois saiu às pressas para ver Kristin, deixando Pernazzo livre para reafirmar a virilidade matando Enrico Brocca e arruinando aquela família. Ele falou rapidamente sobre os detalhes.

Mas Giulia estava pronta para ele. Ela dobrou as pernas sobre a almofada, virou-se para encará-lo melhor, e disse:

— Quando viu Pernazzo pela primeira vez, você teve uma sensação ruim em relação a ele?

— Sim. — Ele não mentiria para ela.

— Mas não poderia tê-lo prendido naquele momento? Não podemos prender pessoas só porque não gostamos dela. Certo?

— Certo — disse Blume. — Não posso fazer isso. — Ele percebeu que o cachorro estava babando no tapete.

Vinte minutos depois, Blume concluiu sua versão dos acontecimentos com a notícia de que Pernazzo fora assassinado em uma casa no campo e que a investigação prosseguia mas, outra vez, Giulia estava pronta.

— Quem matou Pernazzo?

— Não sabemos.

— Mentiroso –– acusou Giulia. — Quando diz a verdade, você fala "eu", e quando mente, tenta diluir a culpa e diz "nós".

— Giulia, você não deve... — disse a mãe, mas a voz dela carecia de qualquer convicção.

— Temos o direito de saber — retrucou Giulia, olhando diretamente para Blume.

— Acho que foi uma mulher chamada Manuela Innocenzi, mas não é provável que isso venha a ser confirmado. — Blume percebeu que precisaria explicar quem era Manuela, o que significaria contar mais detalhes.

Quando terminou de novo, Giulia disse:

— Então meu pai foi a segunda vítima de Pernazzo depois de Clemente? Acho que isso era bastante importante para que tivesse me contado logo.

— Não parecia relevante para o caso — disse Blume. — Além disso, acredito que ele também possa ter matado a mãe. Provavelmente, foi o que despertou algo dentro dele, mas nada disso pode ser provado agora. Portanto, seu pai teria sido o terceiro.

Ficaram sentados em silêncio por algum tempo. O cachorro parecia ter adormecido.

Finalmente, Giulia disse:

— Não sinto nada. Não, isso não está certo. Não sinto nada diferente agora que sei quem fez aquilo e que ele está morto.

— Acho que eu sinto — disse a mãe. Os dois viraram-se para olhar para ela. Lágrimas rolavam soltas de seus olhos, mas o rosto dela parecia estranhamente sereno, como se não estivesse ciente de que chorava. — Acho que me sinto melhor. Tenho algo a dizer a mim mesma. Agora, posso dizer essa coisa para mim, e... Não sei explicar. É como se eu não estivesse falando comigo mesma. Mas ao mesmo tempo é algo que posso dizer. Não fique muito chocada, Giulia, quando digo isso, mas eu gostaria de ter matado ele. Gostaria de ter estrangulado ele com essas mãos. — Ela levantou as mãos, que eram pequenas e bem-torneadas.

Quando Blume e o cão se despediram, Giulia seguiu-os até a porta:

— Você voltará?

— Preciso?

— Não. Acho que não.

Ela esticou a mão, mas Blume acariciou o cabelo dela.

— Tchau, Giulia. Cuide da sua mãe e do seu irmão, mas não fique presa a isso. Você ainda é uma criança. Deixe de que também cuidem de você.

No caminho de volta para o carro, Blume enviou uma mensagem de texto para Paoloni pedindo para encontrá-lo. O cão ganiu e olhou para ele.

— Está com fome? Deve ser isso. Planeja ficar com fome com frequência?

Blume foi para casa alimentar o cachorro. Paoloni ainda não respondera a mensagem. Quanto mais demorasse para responder, pensou Blume, mais fácil seria mostrar-se menos simpático.

Quando abriu uma lata de carne e cereais e colocou a comida no pote novo, o cão latiu, quase fazendo com que Blume atirasse algo nele.

— Seu latido é alto demais para meu apartamento — disse ao cachorro, que latiu outra vez, incomodando os ouvidos de Blume. Ele colocou o pote com comida no chão. Ele se esqueceu de comprar um pote para água, então encheu uma panela rasa. Quando se abaixou para colocar a água ao lado da comida, tudo tinha sumido. Depois, o cão bebeu a água toda em vinte segundos. Blume encheu a panela mais duas vezes até o cachorro ficar satisfeito.

Ele saiu de casa às cinco, cedo demais para o encontro com Kristin. Seria a primeira visita de Blume à casa dela, e ela iria cozinhar. Ele tinha fortes suspeitas de que ela não seria muito boa, mas não estava fazendo a visita por causa da comida.

Não houve discussão quanto a deixar o cachorro em casa. Ele era simplesmente grande demais e estranho demais. Além disso, de alguma maneira, ele percebera que Blume estava de saída e colocou-se ao lado da porta.

Assim que chegaram à rua, o cachorro agachou e aliviou-se bem no meio da calçada.

— Ah, Jesus Cristo — disse Blume, revoltado. Ele se lembrou novamente do quanto detestava cachorros.

— Ei!

Blume virou-se. Outra mulher enfurecida, agora mais velha. Ela apontou para a sujeira. Blume desculpou-se, mas não ajudou em nada. Depois de algum tempo, perdeu a paciência.

— A cidade toda está coberta de cocô de cachorro, lixo e pichações. Vocês, romanos, são as pessoas mais sujas do planeta. Então não venha para cima de mim como se morasse na Suíça ou algo parecido. Você mora aqui, vire-se.

Ele afastou-se, sentindo-se mal. A mulher estava certa, é claro. Deveria haver mais pessoas como ela. E o que fora tudo aquilo sobre "vocês, romanos"? Devia ser a perspectiva de ver Kristin que estava fazendo com que se sentisse novamente um estrangeiro.

— Quanto a você — falou para o cachorro. — Comporte-se melhor.

58

QUARTA-FEIRA, 8 DE SETEMBRO, 17H

Blume fez outra tentativa de contatar Paoloni, e desta vez o telefone foi atendido.

— Estava evitando você — disse Paoloni. — Mas também andei pensando. Precisamos conversar.

— Eu sei — retrucou Blume. — Mas vamos deixar para amanhã de manhã. Eu te telefono, atende.

— Certo, mas ligue assim que puder. Quero resolver isso.

Blume pensou em fazer uma surpresa para Kristin e esperar diante da embaixada, na Via Veneto. Foram necessários três minutos inteiros de pé diante dos portões da embaixada com o cachorro até que um carro com três homens se aproximasse e eles perguntassem o que pensava que estava fazendo. Blume mostrou a identidade, examinada por cada um deles, que a olharam cuidadosamente. Blume esperou ser reconhecido como policial e explicou que tinha uma amiga que trabalhava na embaixada.

O homem no banco de trás disse algo, e o motorista olhou para Blume.

— Você é americano — falou em inglês.

— Sim — disse Blume. — Nasci nos Estados Unidos.

— Mas também é comissário da polícia italiana. Como isso é possível?

— É uma longa história.

— Aposto que sim. Qual é o nome da sua amiga, diga-se de passagem?

— Kristin Holmquist.

— Kristin? Conheço Kristin.

O homem abriu um grande sorriso para Blume e sugeriu que esperasse por ela do outro lado da rua, no Palace.

— Chique demais para mim — disse Blume. — Mas não vou atrapalhar vocês.

— Falou como um verdadeiro colega. Bonito cachorro, diga-se de passagem.

No final, Blume telefonou para Kristin, disse-lhe para encontrá-lo em um lugar que conhecia na Via Crispi. Um pequeno bar a cinco minutos dali que não se importava com o cachorro e cobrava o mesmo tanto para quem ficava sentado quanto de pé.

— Alec! Que cachorro lindo! — disse Kristin quando chegou, meia hora atrasada. — É um cane corso, não é? Eram usados pelos romanos nas batalhas. Sabia disso? Está cuidando dele para quem? O que estamos fazendo aqui?

— Mudança de planos. Gosta deste cachorro?

— Amo! Ainda não é adulto, ou é? Qual é o nome dele? Espero que não seja algo totalmente romano, como Pertinax, ou Pugnax, ou... Não me lembro de nenhum outro, Domitian, Nerva. Aureliano.

Ela sentou-se e cruzou as pernas.

— São todos bons nomes — disse Blume. — Escolha um.

— Quer dizer que ele ainda não tem um nome?

— Não, nenhum nome. Talvez queira lhe dar um?

— O que quer dizer? — perguntou Kristin.

— Quero dizer que pode ficar com ele. Como um presente. Você disse que gostava de cachorros.

Kristin fechou lentamente os olhos, depois os abriu e pareceu decepcionada ao vê-lo ainda sentado ali.

— Não acredito que disse isso.

— Foi uma piada — disse Blume. — Eu só estava brincando. Ei, vamos lá, é sério. Eu não tentaria me livrar do cachorro desse jeito.

— Foi uma piada?
— Claro que foi.
— Então, o que vai realmente fazer com o cachorro?
Blume pensou, piscou algumas vezes, depois disse:
— Na verdade, eu ainda não tinha chegado a...
Ela interrompeu.
— Não estava brincando coisa nenhuma, não é? Você realmente pensou que eu ficaria com o cachorro assim, sem mais nem menos.
— Brincando em parte, honestamente. Não, nem mesmo isso. Quero dizer, se tivesse dito sim, teria sido legal... Não, não teria. Certo, deixa eu contar como o encontrei — disse Blume.
— Não estou interessada nisso agora. — Kristin estava de pé, fulminando Blume com os olhos, o rosto brilhante demais sob o sol para que ele pudesse ver, o cabelo de um vermelho chamejante. — Você pensou que poderia jogar um cachorro indesejado para cima de mim sem mais nem menos. Como se eu não tivesse nada melhor para fazer? Quer dizer, sem mencionar que já sabe que vou para os Estados Unidos em alguns dias. Com que frequência acha que preciso viajar para lá?
— Não sei — disse Blume, que não viajava havia uns dez anos. — Três vezes por ano? Quatro?
— Vou uma vez por mês. Como diabos você pensou que eu lidaria com um cachorro... Nem sei por onde começar. Você odeia cães, certo?
— Bem, odiar é um pouco extremo.
— Você os odeia. Foi praticamente a primeira coisa que me disse. Então agora está tentando descarregar sobre mim algo que odeia.
Blume gostaria de ter conhecido melhor a própria psicologia.
— Um cão é um ser vivo, uma responsabilidade, algo a que você dá amor, um sinal de comprometimento a longo prazo. Eu nem tinha certeza quanto a convidar você para jantar. Achei que talvez fosse... Doméstico demais. Que pudesse indicar muitas coisas. Aí, você faz uma coisa dessas.
Pelo tom de voz dela, o que Blume via como um erro de cálculo relativo ao seu senso de oportunidade estava revelando-se um grande erro, uma

daquelas trapalhadas que acabava cometendo. Kristin dizia coisas a seu respeito que nem ele mesmo sabia. Blume estivera nessa posição antes, só que com outra garota, e sem cachorro.

— Talvez queira ouvir como consegui o cachorro? — tentou.

Não, ela não queria. Poucas coisas poderiam lhe interessar menos. Ela levantou a questão do estúdio mumificado dos pais de Blume, a imobilidade dele, a casa deprimente na qual morava e toda sua postura.

— Acho que precisaremos apertar o botão de *reset*, Alec. Permanecer estritamente profissional.

Então ela foi embora, deixando Blume piscando cegamente sob a luz inesperada do sol.

59

QUINTA-FEIRA, 9 DE SETEMBRO, 10H30

Se Kristin tinha achado seu apartamento deprimente, pensou Blume, ela deveria ver o de Paoloni. Depois de seis ou sete anos, Paoloni ainda precisava encontrar tempo para desencaixotar o que trouxera quando a mulher o expulsou de casa. Ele alugou um apartamento a 200 metros dela, convencido de que ela veria o erro que cometera. As cadeiras da sala foram usadas certa vez como armas durante uma briga em uma pizzaria. O dono doara as cadeiras como um gesto de profunda gratidão pela ajuda de Paoloni em restaurar a paz. A sala continha também uma pesada poltrona de couro, do tipo encontrado nas salas de espera de certos ministérios do governo.

— É uma bela televisão — disse Blume.

— É, obrigado. É *full HD*. Dizem que dá para ver o suor no rosto dos jogadores, a lama na bola de futebol, até cada folha do gramado — disse Paoloni. — Só que a tela é grande demais, ou minha cadeira está perto demais, então eu fico um pouco tonto assistindo. Para ver direito, é preciso ficar de pé na porta, onde você está.

— Certo — disse Blume.

— Estive pensando. Vamos sair. Há uma espécie de parque e campos de futebol atrás da igreja. Podíamos ir para lá.

— Claro. — Blume não tinha problemas em deixar o apartamento de Paoloni, mas se soubesse que iriam para um parque, teria trazido o cachorro. Ele o fechara em seu quarto, mas o animal provavelmente poderia derrubar paredes com a testa.

Paoloni decidiu sentar-se em um banco perto de uma grade de arame, atrás da qual dois times de garotos jogavam futebol na grama sintética. Alguns pais gritavam instruções das laterais.

— Você mataria aqueles caras? — pergu0ntou Blume, começando direto pelo pior ponto.

— Não sei. Provavelmente. Mas não posso ter certeza. Compreenda, conheço Alleva. Ele provavelmente teria se rendido imediatamente quando nos visse entrando, o que tornaria isso mais difícil.

— Mas você teria feito? Teria atirado nele?

— Não estou falando de escolhas morais aqui — disse Paoloni. — Só quero dizer que teria sido difícil eu me safar. Os outros caras que estavam comigo não estavam lá para executar um assassinato. Se Alleva e Massoni resistissem, eles não teriam feito muitas perguntas sobre força letal, mas caso Alleva se rendesse imediatamente e eu o matasse, teria sido um problema.

— Vamos lá, Beppe. Você não espera que eu acredite nisso. Vocês quatro entraram lá com um pensamento e uma intenção. Não há motivo para protegê-los. E vocês todos estão no filme.

— Innocenzi me deu uma cópia — disse Paoloni. — Bancamos os idiotas, não é mesmo? Ir para lá na intenção de vingar um colega, sair de lá parecendo os Irmãos Marx.

— Não assisti. Não acho que vou fazer isso. Então, você estava com... Quem?... Zambotto e...

— Outros dois caras com quem eu trabalhava em Corviale.

— Nomes?

Paoloni pareceu distraído pelo jogo de futebol.

— Nomes, Beppe — repetiu Blume. — Acha certo que Innocenzi saiba e eu não? De todo modo, está tudo no filme.

— Genovese e Badero. São praticamente inseparáveis. Sacanas perversos, os dois.

— Eu estava protegendo você, e você fez isso — disse Blume. — O que faria agora? Está pelo menos escutando?

Paoloni estava novamente acompanhando o jogo.

— Não sei o que faria se eu fosse você — disse ele. — Faria vista grossa, mas é aí que está todo o problema, não é? Fiz vista grossa demais. Tenho feito há tanto tempo que fui tragado. Na verdade, não existe mais uma diferença real entre eu e eles. Mas eu não recebia dinheiro. Bem, recebia, mas usava tudo... Quase tudo... Para comprar informações.

Blume pensou no apartamento alugado de Paoloni e acreditou nele. Mais ou menos.

— O que aconteceu com toda aquela culpa em relação a Ferrucci?

Paoloni cuspiu, acendeu um cigarro e disse:

— Foi real. Ainda está aqui dentro. Era o principal motivo por que eu queria pegar Massoni e Alleva.

— Não acho que posso deixar isso passar, Beppe. Não posso fingir que não aconteceu.

— Eu sei — disse Paoloni, olhando para a frente, os olhos ainda fixos nos jogadores de futebol. — Esta é a diferença entre nós. No começo, não era assim. Éramos basicamente iguais, mas você nunca adquiriu a malícia das ruas. É porque sempre foi... — Paoloni levantou-se de repente, jogou fora o cigarro e socou o ar. — Viu aquilo?

— O quê?

— O gol!

Um jovem de cabeça raspada e linhas pretas tatuadas ao longo dos braços correu até a grade, apontou para o próprio peito, puxou a camisa. Paoloni ergueu os polegares para ele e gritou:

— Cabeçada brilhante! Absolutamente brilhante! — Com o rosto iluminado, sorrindo, Paoloni virou-se para Blume. — É meu filho, Fabio. Mora com a mãe. Ele é o máximo.

— Você esteve aqui todo esse tempo assistindo ao seu filho jogar futebol?

— Sim. Quartas de final da liga da paróquia, subdezesseis. Estão jogando contra o Ottaviano. Ei, eu também estava escutando — disse Paoloni.

— Podia ter me dito.

— Não achei que se interessaria.

— Você não é muito bom em me contar coisas, Beppe. Não consegue nem mesmo assumir que quer assistir ao filho jogar futebol.

— Você poderia ter dito "não". Além do mais, faz alguma diferença?

Blume olhou para os adolescentes correndo diante deles. Quase pareciam profissionais, quase pareciam adultos, só que corriam demais de um lado para o outro. Toda aquela energia e entusiasmo.

— Quero que deixe a polícia. Se fizer isso, cuido de você lá dentro, garanto que nada disso venha à tona.

— Imaginei que faria isso — disse Paoloni.

— É um favor, Beppe. Dos grandes. E continua em débito comigo.

— Eu sei. Talvez eu devesse sair mesmo. Alleva e Massoni teriam sido meus primeiros assassinatos. Outros viriam depois. Quando se começa, você sabe.

— É — disse Blume. Ele pegou a carteira, tirou o cartão de memória e entregou-o a Paoloni.

— Não preciso assistir a isso. Destrua. Quanto menos cópias, melhor.

— Obrigado. — Paoloni guardou o cartão no bolso dos jeans. — Já destruí minha cópia, mas Innocenzi deve ter feito uma distribuição. É como ele age.

— Se você estiver fora da polícia, ele não terá muito uso para o filme — disse Blume.

Ficaram sentados em silêncio por alguns instantes, ambos acompanhando o jogo. Paoloni assistia atentamente.

— Aquele lateral é rápido. — disse Paoloni finalmente.

— É. Mas cruza aberto demais — disse Blume. — Seu filho é muito bom. Ele treina muito?

— Mais do que estuda. Mas o idiota fuma. Cigarros. Maconha, também. Toma umas pílulas sexta à noite antes de sair para dançar. Acha que não sei.

O outro time marcou um gol.

— Somos só ataque, nenhuma defesa — disse Paoloni.

— O que vai fazer? — perguntou Blume. — Para ganhar dinheiro, quero dizer. Será difícil encontrar trabalho com a sua idade.

— Está tudo certo. Tenho uma coisa em andamento — disse Paoloni. — Através de um amigo que abandonou a polícia há algum tempo. Tenho pensado a respeito nestes últimos dias, e agora me decidi.

— O quê?

— Não é um ótimo emprego.

— Certo, mas é o quê?

— Vou ser segurança de banco.

60

QUINTA-FEIRA, 16 DE SETEMBRO, 16H30

Blume passou a manhã e o começo da tarde arejando o estúdio dos pais, removendo as peças de mobília mais inúteis e folheando os papéis deles, muitos dos quais estavam tomados por traças e poeira. Ele jogara fora muitos papéis, e o braço recém-libertado doía por causa do esforço.

Na semana anterior, ele telefonara para Kristin para dizer que estava limpando o estúdio, e ela não desligara. Alguns dias depois ela disse que conhecia um bom dentista perto de Nova York, caso ele quisesse ir aos Estados Unidos para consertar os dentes lascados.

— Não é tão caro quanto dizem. Eu gostaria de ver você inteiro de novo. Enfim, você decide. A embaixada reserva meus voos, portanto, se estiver pensando em ir, precisará fazer tudo sozinho.

Blume entrou online imediatamente e reservou um bilhete para Nova York. Ele telefonaria para Kristin de lá. Enquanto desconectava, o cão entrou na cozinha em busca de comida.

— Ah, que ótimo — disse Blume.

O cheiro de poeira no estúdio lembrava-o de algo que não conseguia detectar. Era uma sensação frustrante. Como quando tentou lembrar-se do rosto da mãe, que começava a se dissipar rapidamente em sua memória.

Os dois policiais e a policial voltaram na tarde seguinte, horas depois de Blume identificar os corpos dos pais. Ele não desmaiou, tampouco chorou, fez uma cena no necrotério ou em casa com eles. Convidou os policiais para um café, o que parecia algo adulto a se fazer. Mas não quiseram entrar, e não tinham mais informações para dar. Ele deixou a porta aberta e entrou na sala de estar, onde decidira fazer o dever de casa, porque, se os pais pudessem ver aquilo, ficariam orgulhosos dele, confortados ao vê-lo seguindo com a vida com tanta maturidade. Quando os policiais partiram, ele ligou a televisão e assistiu a jovens garotas de saias curtas dançarem com Ambra. Ambra Angiolini, a ninfeta com um microfone preso à cabeça e coxas brilhosas.

A polícia voltou à noite. Um policial, acompanhado por duas mulheres. Uma estava uniformizada e usava maquiagem demais. A outra não vestia uniforme e fazia Blume se lembrar de sua professora de geografia. Ela queria saber onde estavam os parentes mais próximos. Ele disse que seus parentes mais próximos eram os pais. Tias, tios, avós, ela especificou. Não que ele soubesse. Talvez uma tia por parte de mãe. O pai fora filho único, como ele. Os pais dos pais estavam mortos, assim como os dele estavam agora. Não, ele não tinha nenhum outro lugar para ir.

— Ainda dói? — perguntou Principe.

Blume estava sentado no escritório do juiz, coçando o braço.

— Na verdade, não. Coça como o diabo. Começou a coçar quando tiraram o gesso. Estou enlouquecendo.

— Não se preocupe. A coceira é um sinal.

— De quê? Câncer no fígado?

— De cura, Alec. O que me faz lembrar... Ouviu sobre Manuela Innocenzi?

— Não. O quê?

— Capotou com o carro. Provavelmente, estava dirigindo muito rápido. Ainda podiam sentir o cheiro de álcool nela quando chegaram ao local. Aparentemente, está mal. Não é uma grande perda, suponho.

— Quando tudo isso aconteceu?

— Ontem à noite. Na Via La Spezia. É perto de onde mora, não é?

— Sim.

— Quer dizer que vai nos deixar para umas férias prolongadas? Algumas pessoas ficarão satisfeitas.

— Juntei as férias com a licença por doença. Primeiro vou para Rye, depois para Vermont.

— RAI?

— Rye — disse Blume, e soletrou. — É um lugar no norte do estado de Nova York. Kristin tem um dentista lá. Diz que é o melhor que existe. O problema é que preciso me livrar de um cachorro.

— Livrar? Quer dizer, sacrificar? — perguntou Principe.

— É um cane corso. Grande, tranquilo, possivelmente perigoso perto de crianças, propenso a surtos de salivação. Quer cuidar dele para mim? Ficarei fora por um mês.

— Muito engraçado — disse Principe.

— Entende o que digo? Ninguém quer um cachorro assim. A lei diz que eu deveria registrá-lo até hoje, dez dias depois da adoção. Oficialmente, deveria ter sido sacrificado, de todo modo. Portanto, caso eu decida... Você sabe... Não há problema, ou não deveria haver. Não vejo nenhum problema com a papelada para a...

— Execução?

— Não vejo outra opção — disse Blume.

— Você sabe, Alec, que conheço Kristin há cerca de dois anos, apesar de não poder dizer que a conheça bem. Ela telefona às vezes, permanece atualizada, joga para obter informações privilegiadas, é faminta por boatos, distribui convites para seminários nos Estados Unidos, organiza algumas atividades extras em conferências em hotéis na beira de lagos para promotores, policiais... Tudo pago, ou com descontos especiais. O tipo de corrupção legal e delicada que os laboratórios farmacêuticos usam com os médicos. É uma mulher bonita, dura e aterrorizantemente inteligente.

— Então, o que está dizendo?

— Fique com o cachorro.

SÁBADO, 18 DE SETEMBRO, 09H30

O voo AZ 645 para o aeroporto JFK inclinou-se de repente sobre o mar ao norte de Fiumicino, lançando uma emoção de parque de diversões e gargalhadas nervosas pelos corredores.

Durante uma fração de segundo, Blume sentiu-se sem peso. Enquanto olhava diretamente para baixo, para a água azul brilhante e imaginou-se caindo e afundando, o fundo de sua garganta estreitou. Então a asa do avião levantou novamente e Ostia deslizou sob a janela em meio ao domo cintilante de calor e poluição que cobria Roma.

O avião começou a subir novamente e a seguir para o norte. Depois de apenas dez minutos, a costa da Toscana ficou visível por um instante. Blume sentou-se ereto e inclinou a cabeça para conseguir olhar para trás o máximo possível, trazendo de volta a dor no pescoço. Ele correu a língua pelas beiradas irregulares dos dentes que seriam consertados em breve.

Ele estava correndo atrás de uma mulher que não o admirava e deixando para trás dois parceiros e subordinados que o abandonaram cada um ao seu modo. Primeiro D'Amico, depois Paoloni. Talvez houvesse algo de errado com ele. A deserção de Paoloni fora o que mais doera. Um assassino em potencial, um parceiro pouco confiável, e... de certo modo, um amigo.

O avião passou sobre um grupo pouco familiar de ilhas menores cujos nomes as outras crianças na escola já tinham aprendido antes de Blume chegar. Em quatro meses, o garoto americano dominara a língua, em seis meses adquirira também o sotaque e esqueceram-se do quanto ele fora estranho um dia.

Paoloni estava deixando a polícia. Blume visitou-o alguns dias depois. Encontrou o antigo parceiro sozinho no apartamento em um estado de depressão profunda, e talvez o tenha deixado ainda mais deprimido, mas não mais sozinho. Paoloni disse que não poderia cuidar de um cachorro durante um mês sem saber o nome pelo qual o chamaria, e Blume disse que poderia chamá-lo de qualquer nome que quisesse.

O avião inclinou-se outra vez, mais suavemente agora, e aprumou-se rumo ao noroeste. A Itália estava agora atrás de Blume. Ele virou-se para a frente na cadeira.

Este livro foi composto na tipologia Adobe Garamond
Pro Regular, em corpo 11,5/16, e impresso em papel
off-white, no Sistema Cameron da Divisão
Gráfica da Distribuidora Record.